Herzenmacher

1. Auflage 2019
© Ueberreuter Verlag GmbH, Berlin 2019
ISBN 978-3-7641-7080-6
Copyright © 2019 by Akram El-Bahay
Dieses Werk wurde vermittelt durch die Literaturagentur Scriptzz,
www.scriptzz.de

Lektorat: Emily Huggins
Umschlaggestaltung: Maximilian Meinzold
Druck und Bindung: CPI books GmbH
Gedruckt auf Papier aus geprüfter nachhaltiger Forstwirtschaft.
www.ueberreuter.de

INHALT

EIN NÄCHTLICHER BESUCH

Es war eine besondere Nacht, in der ein Mann an die Tür zu Léos Haus klopfte. Eine Nacht, in der ein kalter Wind die Aussicht auf Veränderungen in sich trug wie den Duft des fernen Meeres. Léo war gerade erst nach Hause gekommen. Es war der letzte Abend. Der letzte Abend, ehe für den Sechzehnjährigen die langen Ferien beginnen würden. Ferien, die er wie so oft alleine verbringen würde, da seine Freunde, anders als er, oft wochenlang verreisten. Léo aber würde zu Hause bleiben. Wie immer. Seine Mutter und er fuhren nie fort. Manchmal kam es ihm so vor, als gäbe es gar keine Welt um ihn herum, die er kennenlernen konnte. Er hatte den Sommerabend wie so viele zuvor mit seinen Freunden unten am Fluss verbracht. Dort, wo die Welt ein klein wenig weiter schien und Léo immer für ein paar Stunden vergessen konnte, dass er sich der kleinen, französischen Stadt Briançon, in der er mit seiner Mutter in einem schmalen Haus wohnte, längst entwachsen fühlte.

Seit er denken konnte, lebten sie hier inmitten der ewig schneebedeckten Berge im Angesicht der alten Silbermine, dem einzigen Grund, weshalb sich Touristen nach Briançon verirrten. Und nur am Fluss, der ihm das Gefühl gab, zwischen den Bergen hindurchschlüpfen zu können, hatte Léo es ertragen können, dass die Zeit scheinbar nicht vergehen wollte. Früher schienen sich die Tage für ihn manchmal zu Jahren zu dehnen, während er sehnsüchtig darauf wartete, endlich älter zu werden. Nun aber hatte Léo (oder Léonce, wie ihn wirklich nur seine Mutter nannte) das Gefühl, dass die Zeit ihm zwischen den Fingern zerrann. Insgeheim fürchtete er, in Briançon sein ganzes Leben zu verpassen. Er wusste nicht, welches Ziel es für ihn in dieser Stadt geben konnte. Jenseits des Flusses aber wartete die Welt auf ihn. Eine Welt, die er entdecken musste. Er fühlte, dass etwas in ihm steckte, das sich zeigen wollte. Aber nicht hier.

Léo war immer einigermaßen pünktlich nach Hause gekommen. Doch heute hatte er mit Frederick, seinem besten Freund, und den anderen aus seiner Klasse länger am Fluss gesessen und war so spät heimgekehrt, dass er sich statt zur Tür lieber durch die Werkstatt ins Haus seiner Mutter schlich.

Die Werkstatt. Es war kein Zufall, dass sie den größten Teil des Hauses einnahm. Léos Mutter war eine ebenso leidenschaftliche wie bekannte Spielzeugmacherin. Die kleinen Figuren brauchen eben mehr Platz als die Menschen, sagte sie immer, wenn Léo sich darüber beschwerte, wie wenig ihm und seiner Mutter von dem betagten Haus blieb.

Er hatte es gerade bis ans Ende der Treppe in den ersten Stock geschafft, als ein Klopfen, laut wie das Hämmern eines Riesen, durch das kleine Haus dröhnte. Léo runzelte die Stirn. War Frederick ihm vielleicht nachgegangen? Léo war kurz davor, hastig hinunterzustürzen, um jedes weitere Klopfen zu verhindern, das seine Mutter aus dem Schlaf reißen würde. Doch in diesem Moment erschien sie schon unten im Flur, band sich den Morgenmantel zu und stolperte fluchend durch die Dunkelheit auf die Tür zu.

»Léonce, du …« Sie hielt mitten im Satz inne, den Türknauf noch in der Hand, und für einen Moment schien sie wie erstarrt. Der Mann zeichnete sich vage gegen die nachtschwere Dunkelheit ab. Léo musterte ihn verwundert vom Treppenabsatz herab, verborgen in den Schatten des dunklen Hauses.

»Verzeih, meine Hübsche. Aber es ist Zeit«, sagte der Fremde mit einer so tiefen Stimme, dass sie beinahe die Wände zum Beben brachte. Rasch presste Léos Mutter ihm eine Hand auf den Mund und schob ihn wortlos zur Werkstatt, die sich an den schmalen Flur anschloss. Sie sah sich einmal prüfend um, ehe sie die Tür so hastig schloss, dass sich der Saum ihres Morgenmantels um ein Haar im Türspalt verfing. Der Schlüssel klickte im Schloss und dann war es still.

Ratlos blieb Léo zurück. Sie schloss sonst nie ab. Was hatte sie so Geheimes mit dem Besucher zu besprechen? Überhaupt war das ein ziemlich seltsamer Mann. Täuschten ihn seine Augen oder war er wirklich nur so groß wie die Kinder, die nun, da die Schule den Sommer über geschlossen war, bis spät in den Abend auf den Straßen unterwegs waren? Vielleicht gehörte er als zu klein geratener Clown in einen Zirkus. Aber was hatte Léos Mutter mit Zirkusleuten zu tun? Sicher, es kamen seltsame Menschen in ihren Laden. *Jouets en étain de Mellino*, so hieß ihr Geschäft. Ihre Kunden kamen von überallher. Selbst aus fernen Ländern reisten einige an. Liebhaber wertvoller, handgefertigter Blechspielzeuge. Es waren besondere Stücke. Manche sagten, ein Mellino sei echter als andere Spielzeuge. Diese Blechmänner, so erzählten die Leute, hätten eine Seele.

Das war natürlich Unsinn und reich war seine Mutter mit ihren Spielzeugen auch nicht geworden, ganz gleich wie gut sie sein mochten. Léo ging den Käufern der Spielzeuge in der Regel aus dem Weg. Dieser da aber hatte etwas Seltsames an sich. Etwas … Vertrautes.

So leise er konnte, schlich Léo die Treppen wieder hinab und presste ein Ohr gegen die Tür zur Werkstatt. Doch so sehr er sich auch anstrengte, er vermochte keines der Worte zu verstehen, die hinter ihr gewechselt wurden. Die Laute, die hindurchdrangen, waren einfach zu dumpf. Durch die Dielenfenster fiel das Mondlicht, silbern und kalt, und fing sich auf der Türklinke. Wenn Léo sie doch einfach herunterdrücken und die Tür einen Spalt weit öffnen könnte! Gerade weit genug für seine Ohren.

Léo starrte das Holz an, als könnte er auf die andere Seite sehen, wenn er sich nur genug anstrengte. Er würde nicht ins Bett gehen, ohne herausgefunden zu haben, warum seine Mutter nachts Besuch von einem kleinwüchsigen Mann erhielt. Es gab schließlich noch einen anderen Eingang in die Werkstatt. Den, den Léo gerade erst genommen hatte, um sich ins Haus zu schleichen. Eigentlich war es nur ein loses Brett in der Holzwand eines alten Schuppens an der Rückseite des Hauses. Aber vom Schuppen aus gab es eine Tür in die Werkstatt, die schon, seit Léo denken konnte, nicht richtig schloss. Léo war sich sicher, dass niemand etwas von dem losen Brett wusste. Er hatte es vor Jahren entdeckt und das Geheimnis bewahrt. Früher hatte Léo sich durch den Schuppen heimlich in die Werkstatt geschlichen und seine Mutter, die bei der Arbeit nie gestört werden wollte, unbemerkt beobachtet. Fasziniert hatte er ihr dabei alle Handgriffe abgeschaut. Ganz wohl fühlte er sich nicht bei dem Gedanken, seiner Mutter hinterherzuspionieren. Aber er musste einfach einen genaueren Blick auf den seltsamen Kerl werfen.

Das schlechte Gewissen begleitete Léo nur für einen kurzen Moment auf seinem Weg zur Rückseite des Hauses. Von der Werkstatt aus wies ein großes Fenster auf die Straße. Helles Licht ergoss sich hinaus in die Sommernacht und Léo duckte sich unter den verräterischen Strahlen entlang. Das lose Brett schob er leise zur Seite, drückte die Tür einen Spalt breit auf und einen Augenblick später lugte er verstohlen in die Werkstatt hinein.

»… verbiete dir, mich hier zu belästigen«, hörte Léo seine Mutter sagen. Er konnte sehen, wie sie ihre Augen zusammenkniff. Das war immer ein schlechtes Zeichen. Zumindest für Léo.

Der Besucher hatte Léo den Rücken zugedreht. Er schien völlig fehl am Platz zu sein. Obwohl es seit Tagen unerträglich heiß war und die Luft noch immer schwer und drückend über der kleinen Stadt lag, trug er einen Wintermantel mit Fellkragen und eine Mütze mit einem scheußlichen Muster, die seinen Kopf doppelt so dick wirken ließ, wie er vermutlich war. In seiner Rechten hielt er ein Paar Handschuhe, mit der Linken wedelte er in der Luft herum. »Meine Teuerste«, sagte der Besucher mit seiner tiefen Stimme, »nichts liegt mir ferner, als eine schöne Blume wie dich zu belästigen.«

Léo musste ein Kichern unterdrücken, als er sah, wie seine Mutter die Augen verdrehte.

»Aber bitte denk auch einmal an mich. Du kannst mir glauben, dass ich mich hier alles andere als wohl fühle. Der Weg hinauf zu dir war ganz schön anstrengend. Und wer weiß, was geschehen würde, wenn ich mich hier verirrte.«

»Das sollte dir schwerfallen. Es ist so oder so Briançon. Wie ich sehe, trägst du noch immer dieses Ding auf deinem Kopf.«

»Nie würde ich mich von ihr trennen. Du hast sie gut gestrickt. So schön. Und sie hält seit Jahren.«

Léos Mutter winkte ab. »Wieso musst du überhaupt mitten in der Nacht kommen? Fast hättest du Léonce geweckt.«

»Verzeih, mein Täubchen«, antwortete der Besucher mit öliger Stimme, »aber hätte ich etwa am Tag durch dein Briançon laufen sollen? Vorbei an all den Menschen hier?« Er drehte sich um und sein Blick wanderte durch die Werkstatt. Dabei streiften seine Augen die Tür, hinter der Léo kauerte. Rasch wich dieser einen Schritt zurück. Der Fremde aber schien ihn nicht bemerkt zu haben. »Das gleiche Haus, aber so ganz anders. Ich werde mich nie daran gewöhnen.« Er griff nach etwas, das auf der Werkbank lag. »Wie geht es eigentlich Léonce?«, fragte er, während er eine kleine Figur betrachtete. Der silberne Soldat glänzte im Schein der Lampe.

»Er ist hier ganz und gar zu Hause, wenn du das meinst«, erwiderte Léos Mutter kühl.

»So, so«, raunte der Besucher und wandte sich wieder zu ihr um. Dabei ließ er seine Hand in der Tasche seines Mantels verschwinden. »Hat also noch immer keine Ahnung von …«

»Nein«, zischte Léos Mutter und machte einen Schritt auf den Mann zu. »Und er wird es auch nie erfahren.«

Für einen Moment sahen sich die beiden stumm an. Selbst aus seinem Versteck heraus spürte Léo die Anspannung in der Werkstatt.

Es war der Besucher, der die Stille schließlich zerschnitt. »Natürlich«, erwiderte er so gelassen, als hätte Léos Mutter gerade eine Bemerkung über das Wetter gemacht. »Ganz wie du willst. Aber ich bin nicht wegen dem kleinen Léonce hier. Du weißt, was ich will.«

Der kleine Léonce. Es klang, als sei er ein Kind. Woher kannte der Kleinwüchsige ihn überhaupt?, fragte sich Léo verärgert. Und was um alles in der Welt wollte er haben?

Léos Mutter antwortete nicht. Wortlos ging sie zu einem Schrank neben der Tür. Ein lautes Knarren durchdrang die nächtliche Stille. Dann schloss sie ihn wieder und hielt etwas Silbernes in der Hand. Léo erstarrte, als er die faustgroße Kugel erkannte. Es war das letzte Stück, an dem sein Vater gearbeitet hatte. Damals, vor zehn Jahren, kurz bevor er einen Kunden besuchen wollte, nie heimgekommen und anschließend von der Polizei als vermisst eingestuft worden war. Er war nie wiedergekommen und Léo hatte sich die Kugel oft heimlich angesehen, wenn er allein in der Werkstatt war, und sich vorgestellt, dass sein Vater sie für ihn gemacht hatte. Es gab kaum etwas in dem kleinen Haus mit der Spielzeugwerkstatt, das an Léos Vater erinnerte. Nicht einmal Fotos waren von ihm geblieben. Als hätte die Zeit seine Spuren fortgespült wie das Meer Fußabdrücke aus feuchtem Sand. Léo waren im Grunde nur die Bilder geblieben, die er in seinem Kopf bewahrte. Bilder, die immer blasser wurden und die einen fröhlichen Mann zeigten, der ebenso braune, zerzauste Haare hatte wie Léo selbst und sich meist über die Werkbank beugte und zu den Blechmännern sprach, als wären sie lebendig. Gerne hätte Léo mehr über ihn gewusst, doch seine Mutter mochte es nicht, wenn er sie nach ihm fragte. Sein Vater sei tot. Viel mehr hatte er nie aus ihr herausbekommen und irgendwann waren auch seine Fragen seltener geworden. Vergessen hatte er sie jedoch nie.

Léos Mutter hielt die Kugel für einen Moment nachdenklich in der Hand und ein Anflug von Bitterkeit zog über ihr früh gealtertes Gesicht. Dann gab sie dem Mann die Kugel mit einer so schnellen Bewegung, als wollte sie sie loswerden, ehe sie es sich anders überlegen konnte. »Komm nie wieder«, sagte sie leise, als der Besucher die Kugel unter seinem Mantel verschwinden ließ.

»Natürlich, meine Schöne. Das hier«, der Fremde klopfte auf die Ausbuchtung in seiner Manteltasche, »wird uns alle retten.«

»Das freut mich für euch«, erwiderte Léos Mutter kühl. Sie öffnete die Tür zum Flur und knipste das Licht in der Werkstatt aus.

»Dein Mann ist nicht umsonst gestorben«, sagte der Besucher noch und folgte ihr hinaus.

Léo hörte, wie sie die Haustür öffnete. »Aber es wird ihn nicht zurückbringen, oder?«, sagte sie mit Bitterkeit in der Stimme. »Übrigens, du kannst den silbernen Soldaten in deiner Tasche behalten.«

Léo hörte den Mann leise lachen. »Silber ist noch immer rar auf unserer Seite. Ich … du könntest reich sein. Mit mir. Wenn wir einiges davon hinüberschaffen.«

»Nein, danke«, erwiderte Léos Mutter. »Ich habe mir nie viel aus Zwergen gemacht.«

Léo kauerte mit klopfendem Herzen hinter der Schuppentür und verstand nichts. Gar nichts. Wieso hatte der Mann von seinem Vater gesprochen? Er schien ihn gekannt zu haben. Was zum Teufel sollte das heißen *Dein Mann ist nicht umsonst gestorben*? Wie konnte diese Kugel jemanden retten? Und was durfte Léo nicht erfahren? Mit einem Mal kam ihm seine eigene Mutter wie eine Fremde vor und all die Fragen über seinen Vater, die sie ihm nie hatte beantworten wollen, stiegen aus der Tiefe seines Herzens empor, als hätten sie nur auf den richtigen Augenblick gewartet. Der Gedanke, dass der Mann die Kugel forttrug, im Grunde Léos Eigentum, machte ihn wütend. Doch dass der Besucher verschwand, ohne wenigstens eine oder besser alle von Léos Fragen zu beantworten, machte ihn wahnsinnig.

Die Gasse, in der das Haus mit der Spielzeugwerkstatt lag, war leergefegt, als Léo sich hinter dem Schuppen hervorwagte. Auf der einen Seite führte die Gasse hinauf in Richtung der Festung, des *Fort des Têtes*. Auf der anderen Seite stieg sie ebenso steil hinab. Wo war der Mann hin? *Der Weg hinauf zu dir war ganz schön anstrengend*, erinnerte sich Léo an die Worte des Besuchers. Also hinunter!

Léo stolperte die alten Pflastersteine hinab. Er bemühte sich, halbwegs leise zu sein, doch die Stille hing so dicht in den Gassen, dass seine Schritte laut zwischen den Häusern hallten und er fürchtete, gleich die halbe Stadt aus dem Schlaf zu reißen. Léo rannte am Buchladen vorbei, dann an der Reinigung und schließlich an der verlassenen Metzgerei, in der sich einmal ein furchtbarer Mord ereignet haben sollte. Alle Häuser waren in der Nacht so grau wie Asche. Die Gasse war in Stufen angelegt, als würde sich eine lange Treppe zwischen den Häusern hindurchziehen. Léos Beine flogen über das Pflaster. Er fürchtete schon, sich für die falsche Richtung entschieden zu haben, als er am Ende der Gasse endlich eine Gestalt sah: Die dicke Mütze mit dem hässlichen Muster wackelte auf dem Kopf des kleinen Mannes. Für einen Moment blieb der Kleinwüchsige stehen und blickte sich um. Léo drückte sich schwer atmend gegen eine Hauswand. Sei von nun an leiser, Léo, ermahnte er sich und schlich vorsichtig hinter dem Mann her, kaum dass dieser sich wieder in Bewegung gesetzt hatte.

Die Gasse gabelte sich vor ihm und Léo folgte der Gestalt nach links. Kurz darauf stieß er auf den großen Platz, an dessen Ende die riesige Stiftskirche mit ihren beiden Türmen stand. Von dem Fremden war mit einem Mal nichts mehr zu sehen.

Léo drehte sich im Kreis. Nichts. Vier Gassen führten auf den Platz. Aus einer war er hergekommen, doch welche der drei anderen sollte Léo nehmen? Er lauschte in die Nacht hinein, aber er konnte keine Schritte hören. Léo wollte in eine der Gassen laufen, hielt dann jedoch wieder unschlüssig inne. Stattdessen wählte er eine andere, blieb erneut stehen ... und gab resigniert auf. Der bittere Geschmack der Niederlage breitete sich in seinem Mund aus. Léo hatte den Mann verloren. Keine Antworten. Und die Kugel war auch weg.

Entmutigt ging Léo zur Kirche hinüber und lehnte sich an den Stein, der noch immer warm von der Augustsonne war. Wo war der Mann nur hin? Léo glaubte nicht, dass er aus Briançon stammte, und das einzige Hotel der Stadt lag viele Straßen entfernt. Er hatte auch kein Auto gehört und zu Fuß würde niemand nachts die bergige Kleinstadt verlassen. Er konnte sich nicht erinnern, dass der seltsame Besucher etwas darüber gesagt hatte, wo er hergekommen war oder wo er hinwollte. Léo atmete tief ein. Endlich kam ein wenig Wind auf, nachdem sich die Luft den ganzen Tag über nicht bewegt hatte. Er wischte sich den Schweiß von der Stirn und schloss die Augen.

»Was machst du denn hier?«

Léos Herz hörte beinahe zu schlagen auf. Er riss die Augen auf und ... sah seinen Freund Frederick vor sich stehen.

»Sag mal, bist du wahnsinnig, mich so zu erschrecken, Fred?« Léo warf Frederick einen ärgerlichen Blick zu. Sein Freund war beinahe achtzehn und wirkte mit den braunen Locken, die Léos so sehr ähnelten, auf andere oft wie dessen großer Bruder. Und er benahm sich auch so. Fred machte sich gerne darüber lustig und erklärte Léo, dass er nun einmal ständig auf ihn aufpassen müsse. Vor nicht einmal einer Stunde hatten sie noch zusammen am Fluss gesessen. Offenbar war Frederick länger dort geblieben, ehe er sich auf den Heimweg gemacht hatte. Das Haus seiner Eltern lag nicht weit entfernt von der Kirche.

»Oh, tut mir leid. Ich wusste nicht, dass du nachts deine Ruhe in Kirchen suchst«, meinte der andere trocken. »Wolltest du für gute Noten beten? Versuch es gar nicht erst. Solch ein Wunder bekommt selbst Gott nicht hin.«

»Was?«, fragte Léo verwirrt. »Ach so, die Kirche. Nein, natürlich nicht. Ich bin jemandem gefolgt.«

»Gefolgt?« Fredericks Stimme klang belustigt. »Einem Einbrecher?«

»Ach, halt die Klappe«, sagte Léo. »Hast du jemanden gesehen? Einen sehr kleinen Mann?«

Frederick hob den Finger, als wollte er auf den kleineren Léo deuten, dann aber schüttelte er den Kopf. »Nein, niemanden.«

»Verdammt. Wo ist er nur hin?«

»Vielleicht durch die Tür«, meinte Frederick lässig und deutete auf das Kirchenportal.

Léo wandte sich um und sah zu seiner Überraschung einen Flügel der Kirchentür einen Spaltbreit offen stehen. Einen Moment lang starrte Léo ihn an. Was, wenn der Fremde gar keine der Gassen genommen hatte? Sein Herz schlug heftig. »Warte hier«, meinte er zu Frederick. »Ich muss mir das mal ansehen.«

»Du willst doch nicht etwa da rein? Sei bloß vorsichtig, Léo.«

»Ja, ja«, erwiderte er. »Übrigens, wenn ein wirklich kleiner Mann aus der Kirche kommt, dann versuch bitte, ihn aufzuhalten. In Ordnung, Fred? Es ist wichtig.«

»Alles klar«, sagte Frederick. »Aber mach schnell. Ich kann ja nicht immer auf dich aufpassen.«

Vorsichtig drückte Léo den Türflügel auf und spähte in die Finsternis, die sich schläfrig und träge im Kirchenschiff ausgebreitet hatte. Mit der Lampe an der Rückseite seines Smartphones leuchtete Léo im Inneren umher. Die Schatten wichen dem Licht nur widerwillig. Selbst am Tag verirrte sich kaum einer hier hinein und in der Nacht war die Kirche völlig verlassen. Léo leuchtete umher, bis der Lichtschein die Tür zum linken der beiden Kirchtürme aus der Dunkelheit löste. Léo stutzte. Sie war nur angelehnt. Normalerweise blieb sie immer verschlossen. Jeder in Briançon wusste, dass der Turm nicht betreten werden durfte. Schon seit Léo denken konnte, hieß es, er sei baufällig. Offenbar war der Kleinwüchsige im Turm.

Léo atmete tief durch. Er konnte sich keinen Grund vorstellen, warum der Mann mitten in der Nacht einen geschlossenen

Turm hinaufsteigen sollte. Doch Léo war schon zu weit gegangen, um jetzt einfach unverrichteter Dinge wieder umzukehren.

Er trat durch die Tür und an den Fuß der Treppe, die hinauf zur Turmspitze führte. Schritte. Er hörte sie leise von oben. Jemand stieg tatsächlich den Turm hinauf. Léo zögerte einen Moment. Nachts eine Kirche zu betreten, kam im Grunde einem Einbruch gleich. Und er würde es nur noch schlimmer machen, wenn er den verbotenen Turm hinaufstieg. Andererseits kannte der Mann Léos Vater. Und er hatte die Kugel. Léos Kugel.

Léo starrte hinauf. Das Ende der Treppe lag im Dunkeln.

Er atmete tief durch. Dann machte er sich daran, die Treppe ebenfalls hinaufzusteigen.

Léo wusste nicht, wie viele Stufen er schon hinter sich gebracht hatte. Der Turm kam ihm keineswegs baufällig vor. Ganz im Gegenteil. Die Stufen schienen völlig unbeschädigt. Die Treppe vor ihm ging plötzlich in einen breiten Absatz über, der an einer Mauer endete. Léo hätte vor Überraschung beinahe sein Smartphone verloren. Er war noch nicht ganz oben. Über ihm war Dunkelheit. Das Turmdach musste noch einige Meter entfernt sein, die Treppe aber ging nicht weiter. Ein wenig Licht drang durch ein schmales, rahmenloses Fenster in den Turm und vermochte Léo kaum etwas zu offenbaren. Er strich mit der Hand über den Stein, als müsste er sich vergewissern, dass die Mauer echt war. Der Fremde war nirgends zu sehen.

Léo hatte Schritte auf der Treppe gehört. Da war er sich ganz sicher. Und hier oben gab es nirgends eine Nische, in der sich der Mann hätte verbergen können. Gleich wie klein er auch war, Léo hätte ihn sehen müssen.

Mitten in die Mauer war ein Steingesicht eingelassen. Der Mann, der Léo mit leblosen Augen entgegensah, hatte den Mund weit aufgerissen. Ein langer Bart spross ihm über den Lippen und aus seinem Unterkiefer wuchsen zwei raubtierhafte Zähne. Sie schienen mit Silber überzogen zu sein und glänzten im Licht des Smartphones.

Léo drehte sich einmal im Kreis, doch den nächtlichen Besucher schälte der Lichtschein nicht aus der Dunkelheit. Von ihm fehlte jede Spur. Léo verstand nicht, wie das sein konnte. Er hatte die Schritte doch gehört. Oder etwa nicht? Hatte er sich so sehr gewünscht, den Mann doch noch zu finden, dass die Schritte im Dunkeln nur Einbildung gewesen waren? Mit einem Mal begann Léo, an sich selbst zu zweifeln. Und wurde furchtbar wütend. Wenn er eine Chance gehabt hatte, den Besucher noch zu finden, dann war sie nun verstrichen. Wahrscheinlich hatte er die Kirche nie betreten. Der Mann war fort. Und mit ihm auch die Kugel. Léo hatte es vermasselt. Er starrte das Steingesicht an, als könnte es ihm verraten, was er nun tun sollte. Stumm blickte es zurück und schien ihn dabei auszulachen.

»Verdammt!«, rief Léo und schlug dem Gesicht gegen die steinernen Lippen. Einen Moment später bereute er seine Wut. Die schroffe Oberfläche des Steins hatte Léos Haut aufgerissen. Die Wunde an seiner Hand begann zu bluten und tat mit einem Mal so weh, dass sich Léo auf die Lippen beißen musste. Er drückte sich die Wunde gegen die Lippen und begutachtete dann den Ratscher. Wenigstens war er nicht besonders tief. Als er wieder auf das Steingesicht blickte, keuchte Léo überrascht auf. Seine Blutstropfen schienen in den Stein zu sickern wie Wasser in einen Schwamm. Dann bewegte sich der Mund.

»Tritt hinüber, Einwohner aus Briançon.«

Léo starrte das Gesicht an. Unmöglich!, dachte er bei sich. War da irgendwo ein Lautsprecher verborgen? Léo kam nicht dazu, danach zu suchen. Worte kamen zwar keine mehr aus dem Mund. Aber die beiden silbernen Zähne wuchsen auf einmal in die Höhe. Sie stießen in die Dunkelheit wie die Triebe einer Pflanze. Sprossen verbanden sie und bildeten eine Leiter. Léo blieb der eigene Mund offen stehen. Was geschah hier? Zauberei? Er betastete die Leiter. Sie war wirklich echt. Léo rüttelte an ihr, doch sie bewegte sich keinen Millimeter. Er fuhr sich mit der Hand über die Augen, die Leiter aber blieb. Wie war das möglich? Zweifelnd setzte er einen Fuß auf die unterste Sprosse. Es hätte ihn nicht gewundert, wenn sie sich in Luft aufgelöst hätte. Die Leiter schien indes ebenso real wie das Steingesicht und der ganze verdammte Turm.

Das kannst du später klären, dachte Léo bei sich. Wie auch immer es möglich war, dass es diese Leiter gab, sie schien der einzige Weg fort von dem Absatz, auf dem Léo stand. Ob der Mann hier hinaufgeklettert war? Léo sah sich ein letztes Mal um. Wohin sonst, Léo? Er überlegte nicht, sondern schluckte stattdessen alle Zweifel und Ängste hinunter. Er würde die letzten Meter im Dunkeln zurücklegen müssen. Kein schöner Gedanke. Doch wenn der Kleinwüchsige es geschafft hatte, dann würde er das auch schaffen. Léo schaltete die Lampe an seinem Smartphone aus, steckte es in die Hosentasche und machte sich an den Aufstieg.

Höher und höher.

Hinein in die Dunkelheit, die nicht enden wollte.

Und plötzlich drehte sich die Welt auf den Kopf. Léo verlor den Halt. Er glaubte, in die Tiefe zu stürzen. Jemand schrie und es dauerte, bis Léo begriff, dass er selbst das gewesen war. In diesem Moment war oben unten und unten oben.

Und nichts war mehr wie zuvor.

AUF DER ANDEREN SEITE

Einen Moment lang glaubte Léo, dass er ohnmächtig werden würde. Er wusste nicht, wie herum er an der Leiter hing. Panisch klammerte er sich an die Sprossen, bis der Schwindel nachließ und er sich sicher war, wo es hinabging. Runter, sagte er zu sich. Runter, ehe du dir noch den Hals brichst. Mit zitternden Knien stieg er die Leiter wieder hinab. Der Mond schien nur schwach in den Turm hinein und Léo verfehlte in der Dunkelheit mehr als einmal die nächste Sprosse. Er fühlte sich seltsam verwirrt und schwindlig. Es brauchte einen Moment, ehe er wieder klar im Kopf war.

Endlich spürte er festen Boden unter den Füßen. Kurzerhand zog er sein Smartphone hervor und schaltete die Lampe daran wieder ein. Die Finsternis wich widerwillig ein kleines Stück vor dem Licht und das Steingesicht erschien vor Léo. Hatte es eben nicht noch einen langen Schnurrbart gehabt? Léo schüttelte den Kopf. Nie wieder würde er im Dunkeln eine Leiter hinaufklettern. Sollte der fremde Mann sich doch den Hals brechen, wenn er es unbedingt tun musste. Falls er überhaupt hier gewesen war. Den Turm konnte er über die Leiter ohnehin nicht verlassen. Léo würde einfach wieder hinuntersteigen und vor dem Turm zusammen mit Frederick auf ihn warten. Das hätte er von Anfang an tun sollen. Wieso war er nur auf die Idee gekommen, dem Fremden hinterherzuklettern?

Als er die angelehnte Tür aufstieß, steckte er sein Smartphone weg. Er war im Freien. Léo stockte. Er hätte doch in die

Kirche gelangen müssen. Offenbar gab es auch eine Tür, die vom Turm aus hinausführte. Ein kalter Wind schlug Léo entgegen. Doch er merkte einen Moment lang gar nicht, dass er fror.

Er wunderte sich nicht einmal über den Schnee, der unter seinen Schritten knackte, oder darüber, dass Frederick fort war.

Was Léo nicht verstehen konnte, war, dass die ganze Kirche aussah, als sei ein Blitz in sie eingeschlagen. Das Mauerwerk durchzog ein tiefer Riss und der rechte der beiden Türme schien nur noch mit Mühe stehen zu können. War ein Unwetter über die Stadt gezogen, ohne dass Léo etwas davon mitbekommen hatte? Und warum war es so kalt? Léo starrte mit offenem Mund in den Nachthimmel, aus dem unermüdlich Schneeflocken fielen. Léo träumte. Das war die einzige Erklärung.

Léo ging einige Schritte auf den verschneiten Platz hinaus. Dann blieb er stehen und sah sich um. Nur der Mond schien herab, voll und hell, und der Schnee warf sein Licht zurück. Aber keine Straßenlaternen erhellten die Nacht. Sie fehlten.

Dafür stand auf dem Platz ein großer Brunnen, den Léo noch nie gesehen hatte. Der Brunnen war mit Figuren verziert, die ihre Münder weit aufgerissen hatten. Ein wenig ähnelten sie dem Gesicht am Ende der Turmtreppe. Im Frühling, Sommer oder Herbst mochten sie wohl Fontänen aus Wasser in die Luft spucken. Nun aber schienen sie stumme Schreie in die Nacht zu schicken. Dahinter ragte eine Art Gestell in die Nacht, an dem ein Körper wie ein Gehängter baumelte. Léo runzelte verwirrt die Stirn. Während er sich in dieser ebenso vertrauten wie fremden Welt umsah, legte sich die Kälte wie ein Mantel um ihn. Vielleicht war er doch abgestürzt und hatte sich den Kopf angeschlagen. Er lag nun womöglich bewusstlos am Fuß der Leiter und halluzinierte. Oder es hatte auch schon die Leiter nicht gegeben und er hatte sich bereits auf der Treppe den Kopf an irgendetwas angestoßen. Léo kniff sich, so fest er konnte, in den Arm. Es tat weh, doch Schnee und Kälte blieben.

Plötzlich nahm Léo aus dem Augenwinkel eine Bewegung wahr: Am Brunnen rührte sich etwas. Léo sah hinüber. Ein Mann, so bleich, als hätten die Sterne ihm das Gesicht gefärbt, stand plötzlich vor dem Brunnen. Es war zu dunkel, um ihn genau zu erkennen, doch der Mann strahlte eine Wildheit aus, die Léo an ein Raubtier erinnerte. Er sah zu Léo hinüber und musterte ihn kurz, dann wandte er sich ab. Hinter ihm, auf den Köpfen der Brunnenfiguren, saßen mit einem Mal knapp zwei Dutzend schwarze Krähen. Sie waren so plötzlich erschienen, als hätte die Nacht sie geboren. Jedes der Tiere wandte Léo den Kopf zu. Er kam sich vor wie ein Schaf, das von einem Rudel Wölfe beiläufig gemustert wurde. Die Vögel schienen auf etwas zu warten.

Normalerweise hatte Léo keine Angst vor Vögeln, mochten sie auch noch so groß sein. Früher hatte er den Bauern in Briançon geholfen, die Krähen zu verscheuchen, wenn ausgesät wurde. Doch diese Tiere waren anders. Lauernd. Léo wurde kalt und das lag nicht nur am eisigen Wind, der mit unsichtbaren Fingern unter sein T-Shirt tastete. Léo hatte das Gefühl, dass es nichts Gefährlicheres auf der Welt geben konnte als diese Krähen und den Mann. All das hier mochte nur ein Traum sein, doch die Angst, die er fühlte, war echt. Hinter Léo knirschte der Schnee.

Das Geräusch sich nähernder Schritte ließ Léo herumfahren. Ein zweiter Mann lief auf Léo zu. Er trug einen dunklen Mantel und das Gesicht unter seiner Wintermütze war so dunkel wie das der vielen orientalischen Einwanderer in den französischen Großstädten. Es war scharf geschnitten, und eine lange Nase wuchs aus ihm heraus. »Weg da, Junge!«, zischte er, als er

Léo erreichte. Die kalte Luft gab den Worten des Mannes ein weißes Kleid. »Wir müssen fort, ehe die Hexenkrähen und ihr Herr damit beginnen, sich für uns zu interessieren.«

Léo sah von dem dunklen Gesicht zu den Vögeln und dem bleichen Mann. Sie schienen ihm keine große Aufmerksamkeit mehr zu schenken. Nur einer der Vögel musterte ihn mit kalten, grausamen Augen. Léo nickte, doch als er seine Füße bewegen wollte, geschah nichts. Er war wie versteinert. Léo konnte nicht einmal wegsehen. Was ging hier vor? Langsam und vorsichtig trat der Fremde zu Léo, den Blick starr auf die Vögel und den Mann mit dem kalkweißen Gesicht gerichtet. Der Schnee knackte bei jedem Schritt so laut, dass Léo zusammenzuckte. Dann stand der Dunkelhäutige neben ihm.

Er legte Léo die Hand auf die Schulter. »Sieh sie nicht an. Ihr Blick lähmt dich.« Seine Hand fuhr über Léos Augen und sofort war der Bann gebrochen. Léos Füße gehorchten ihm wieder. Unwillkürlich wollte er davonlaufen, doch der Fremde hielt ihn fest. »Ruhig, Junge.« Er sprach mit einem arabischen Akzent, der die Worte klingen ließ, als würden sie in die Luft gemalt und nicht gesprochen.

»Was sind das für Krähen?«, fragte Léo und sah in die tiefbraunen Augen des Anderen.

»Die Hexe schickt sie.« Auf Léos fragenden Blick hin fügte er hinzu: »Sie hat auch den Todeshändler geschickt. Den Mann, den du bei ihnen siehst. Du …«, er musterte Léo mit starrem Gesichtsausdruck, dann blieb sein Blick auf Léos Sachen hängen, »du kommst von der anderen Seite?«

»Die andere Seite? Wovon reden Sie?« Léo schüttelte den Kopf und schluckte. Das alles wurde immer merkwürdiger. So einen Traum hatte er wirklich noch nie gehabt.

»Du weißt nichts?«, fragte der Mann leise, dann sprach er mit hastigen Worten weiter, während er Léo vorsichtig vom

Brunnen fortzog. »Es sind Hexenkrähen. Du musst dich vor ihnen in Acht nehmen. Sie machen dich zu Ihresgleichen, wenn sie dir den Schnabel ins Fleisch schlagen. Es heißt, ihr Los ist schlimmer als der Tod.« Der Fremde zog Léo noch einen knackenden Schritt fort von den Krähen. Eines der Tiere flatterte wild mit den Flügeln. »Etwas hat sie angelockt«, murmelte der Mann leise. Dann sah er Léo scharf an. »Hast du Silber bei dir?«

»Silber?« Léo war verwirrt. Wieso Silber? Wovon redet der Mann bloß? Ehe Léo reagieren konnte, hatte der Mann schon die Kette entdeckt, die Léo um den Hals trug. »Hey«, rief Léo ärgerlich, als der Mann sie ihm abriss. »Die war von meiner Freundin. Na gut, meiner Ex-Freundin. Aber sie hat mir gefallen.«

»Silber macht die Geschöpfe der Nacht wild. Sie hassen es ebenso wie die Hexe. Sie können es riechen wie etwas Verdorbenes. Auch wenn es ihnen schwerfällt, genau zu sagen, wo die Quelle dieses für sie so widerlichen Duftes ist.« Der Mann warf die Kette weit weg. Einige der Vögel flogen kreischend empor. Doch die anderen starrten die beiden lauernd an. »Das war nicht alles«, meinte der Mann nachdenklich. »Hast du noch etwas bei dir?«

Léo schüttelte den Kopf. »Nein«, sagte er.

»Dann hat wohl noch etwas anderes sie hergelockt«, sagte der Mann. »Und vielleicht glauben sie, wir hätten etwas damit zu tun.« Er blickte zum Brunnen. »Verflucht. Der Weg ist uns versperrt. Wir müssen einen anderen wählen.«

Léo verstand nicht, was er damit sagen wollte. Das Geräusch von Schritten ließ den Mann verstummen. Sie waren sehr leise, und Léo konnte sie wohl nur deshalb hören, weil die Straßen menschenleer waren. Sie kamen aus einer Gasse, die direkt hinter dem Brunnen auf den Platz führte. Léo hielt den Atem an.

Wer war das? Noch ein ... wie hatte der Dunkelhäutige sie genannt? Todeshändler?

Die Gestalt, die hinter einer Ecke auftauchte und beim Anblick der Krähen erschrocken zusammenfuhr, entpuppte sich als ein Mädchen. Wie alt mochte sie sein? Vielleicht zehn Jahre? Ihre Kleider waren so zerlumpt, dass sie ihr kaum Schutz vor der Kälte geben konnten. Die Holzscheite, die sie in den Händen trug, fielen zu Boden, als sie vor den Vögeln und dem Todeshändler zurückwich und genau dort stehen blieb, wo die Silberkette lag. Der Ausdruck auf ihrem Gesicht ließ Léos Herz verkrampfen. Es war keine Angst darin, kein Schrecken. Nur die Gewissheit des nahen Endes. Oder etwas Schlimmeren.

Auf ein Schnippen des Todeshändlers hin entfalteten zwei der Vögel ihre Flügel und stießen sich in die Luft. Das Mädchen löste sich erst aus ihrer Starre, als sie bereits den halben Weg hinter sich gebracht hatten.

Léo sah den Dunkelhäutigen an. Wir müssen etwas tun, wollte er sagen. Doch die Worte waren wie festgefroren auf seiner Zunge.

Das Mädchen stolperte zurück um die Ecke und verschwand aus Léos Blickfeld. Schreie, Kinderschritte auf Schnee und das Schlagen von Flügeln. Die Nacht schien plötzlich aus nichts anderem mehr zu bestehen. Keines der Fenster öffnete sich. Kein Licht ging an. Die Menschen, die hier wohnten, wollten offenbar nicht auf sich aufmerksam machen.

Der Dunkelhäutige erwiderte Léos Blick und zog scharf die Luft ein. »Wenn ich sage *lauf*, dann lauf.«

»Aber ...« Léo wollte nicht flüchten. Er wollte dem Mädchen helfen und eine vernünftige Erklärung für all das hier erhalten. Er wollte ...

Der Todeshändler wandte sich Léo und dem Fremden zu. Er bedachte sie mit einem Blick, den Léo auf der Haut zu spüren glaubte. Und auf einen Wink von ihm hin flogen zwei der Krähen auf ihn und den Fremden zu. Ihr Schrei klang schrecklich menschlich und ließ Léos Herz für einen Schlag aussetzen. Der Fremde steckte blitzschnell die Hand unter seinen Mantel, der dabei für einen Moment zur Seite glitt. Léo erkannte einen Beutel am Gürtel des Mannes. Seine Hand aber fuhr daneben in eine der Innentaschen und warf den Vögeln ein Pulver entgegen. Es blitzte in dem Moment, da es den Schnee berührte, taghell auf. Die Vögel stoben erschrocken auseinander und fielen wie betäubt zu Boden.

»Lauf.«

Die Angst ließ Léo schneller rennen, als er es jemals zuvor getan hatte. Doch die Straßen waren von Eis überzogen und so glatt wie ein Spiegel. Einmal, zweimal fiel er auf den rutschigen Boden und der Fremde half ihm auf. Das Geräusch von schlagenden Flügeln folgte ihnen und erneut hörte Léo die schrecklichen Schreie der Hexenkrähen. Es hatte einige Minuten gebraucht, ehe die Vögel die Verfolgung aufgenommen hatten, doch nun kamen sie näher. Flügel waren schneller als Beine, erst recht im Winter. Sie bogen in eine Gasse ein und Léo hoffte nur, dass der Traum endlich enden möge. Doch er ging weiter. Eine weitere Gasse, dann erreichten sie eine dritte, die Léo vage erkannte. Alles hier schien ihm irgendwie vertraut. Dies war Briançon. Doch die Häuser und Geschäfte waren ihm fremd.

Léo sah das Loch in der Wand nicht, aber der Fremde erkannte es rechtzeitig. Es war kaum mehr als ein Schatten in der Nacht. Er stieß Léo hinein und stolperte ihm hinterher. Nur einen Moment später flogen die Krähen an dem Loch vorbei.

Ihre wütenden Schreie eilten ihnen voraus. Léo wagte nicht zu atmen. Und dann waren sie allein und sein hektisches Atmen und sein wilder Herzschlag waren als Einziges noch zu hören. Léo wartete, bis der Fremde ihm ein Zeichen gab, und schlich, so leise er konnte, hinter dem Mann aus ihrem Versteck. Er folgte ihm die Gasse zurück, durch die sie gerannt waren, bis sie auf eine große Straße trafen. Sie lag einsam vor ihnen. Von den Krähen gab es keine Spur. Erst jetzt wagte Léo zu sprechen.

»Was war das gerade?«, fragte er zitternd vor Angst und Kälte. »Ein Zauberpulver?«

»Magnesium und ein besonderer Silberstaub«, erwiderte der Mann und legte Léo beruhigend die Hand auf die Schulter. »Die Diener der Hexe werden blind davon. Wenigstens für einen Moment. Und auch jetzt sind sie verwirrt. Ansonsten wären wir beide schon …« Er beendete den Satz nicht.

Diener der Hexe. Léo beschloss, alle Zweifel an dem, was hier geschah, so gut zu verdrängen, wie er konnte. Bis du aufwachst, Léo. Hoffentlich bald. »Und wo bin ich hier?«

»In Briançon. Es ist verwirrend, nicht wahr? Ich weiß nicht, wie du es geschafft hast herzukommen. Aber du kannst nicht zurück. Nicht sofort. Die Hexenkrähen sind uns noch auf den Fersen. Ich …« Er stockte und sah Léo nachdenklich an. »Ich nehme dich mit. Zu Fernando. Dann sehen wir weiter.« Der Mann musterte Léo mit seinen dunklen Augen. »Ich heiße übrigens Haluk.«

»Léo.« Er sah unbehaglich in den Nachthimmel hinauf, als ob sich aus der Schwärze über ihm unversehens eine der Krähen lösen könnte. »Was sind das für Tiere? Sie sind doch nicht normal.«

Haluks Lippen verzogen sich zu einem schmalen Lächeln. »Hier schon, Léo. Wie soll ich dir das alles nur erklären? Nun, über unsere Welt herrscht eine Hexe. Die Krähen sind die Geister ihrer besiegten Feinde, gefangen in einem Kleid aus Federn. Die Todeshändler aber sind ihre schrecklichsten Diener, denn sie sind Menschen, die aus freien Stücken in ihren Dienst getreten sind und daher einen Teil der Hexenmacht in den untoten Leibern tragen. Sie sind nicht zu erlösen.«

Léo sagte nichts darauf. Was hätte er auch erwidern sollen? Das alles war nicht zu glauben. Er sah sich stattdessen um und erkannte die Straße, in der sie waren, wieder. Von hier aus war es nicht weit bis zum Haus seiner Mutter. Doch Léo glaubte nicht, dass er sie darin finden würde.

Haluk ging vor und sie kamen über einen weiteren offenen Platz, der groß genug war, dass auch weniger aufmerksame Augen als die der Krähen sie problemlos hätten erspähen können. Sie drückten sich eng an den Hauswänden entlang, die die Schatten der Nacht einfingen wie ein Spinnennetz achtlose Insekten. Obwohl sie so vorsichtig gingen, wie sie nur konnten, knackte der Schnee mehr als einmal verräterisch laut unter ihren Füßen. Léo zuckte dabei jedes Mal zusammen und horchte in der eiskalten Nachtluft nach dem Schlag von Flügeln.

Haluk hatte ihm seinen Mantel umgelegt. »Wieso schneit es eigentlich?«, fragte Léo bibbernd.

Haluk blieb kurz stehen und streckte die Hand nach einer der herabfallenden Schneeflocken aus. »Es ist das Wetter der Hexe«, sagte er düster.

Léo schüttelte verwirrt den Kopf. Hexe? Es ist ein Traum, Léo. Wundere dich nicht. Du kannst ihn ebenso gut mitspielen. »Bist du ein Feind dieser Hexe, Haluk?«, fragte er, ohne sich noch Gedanken zu machen, wie verrückt das alles hier war. Es musste einfach ein Traum sein. Obwohl die Schreie des Mädchens beängstigend echt geklungen hatten.

Haluk sah Léo nachdenklich an, als müsse er sich entscheiden, ob er ihm vertrauen konnte. »Jeder, der seine Freiheit vor ihr verteidigen möchte, ist ihr Feind.« Dann wandte er sich um und sagte eine Zeit lang nichts mehr.

Sie gingen schweigend weiter. In der Ferne hörte Léo hin und wieder das Schlagen von Flügeln und jedes Mal musste er dem Drang widerstehen, davonzulaufen.

Als sie in eine kleine Gasse einbogen, blieb Léo einen Moment lang verwundert stehen. Das war die Gasse, in der das Haus seiner Mutter stand. Da hinten lag das Spielzeuggeschäft. Léo runzelte die Stirn. Aus der Entfernung sah es beinahe genauso aus wie in der Wirklichkeit, seiner Wirklichkeit, wären da nicht die vielen anderen Spielzeugmanufakturen gewesen, die den Weg zu beiden Seiten säumten. Léo deutete auf das Haus seiner Mutter. »Dort drüben wohne ich. Obwohl, es sieht ein wenig anders aus, als es sollte.«

Haluk sah Léo verwundert an. »Das Haus dort? Da wohnt Meister Fernando.«

»Fernando? Wer soll das sein?«

»Ein Spielzeugmacher«, antwortete Haluk. »Mit einer Hand aus Metall, die er sich selbst gebaut hat und an deren Finger Schraubenzieherköpfe stecken.«

Léo hörte nur mit einem Ohr zu. Der Anblick seines Hauses hatte ihn überwältigt. Léo konnte nicht anders: Er lief auf das Geschäft zu und starrte durch die große Scheibe. Auch hier lagen Blechspielzeuge im Fenster, doch die mechanischen Figuren, die der Mond silbern beschien, waren anders. Sie saßen aneinander gelehnt, als wollten sie sich gegenseitig wärmen in dieser Winternacht und einige öffneten die Augen und sahen Léo durch die Scheibe an. Léo kam nicht dazu, sich weiter darüber zu wundern. Er wandte sich zu Haluk um, der noch einige Häuser entfernt war. Und erstarrte.

Ein Schatten löste sich aus der Nacht und landete hinter dem Mann im Schnee. Eine Krähe. Léo hatte sie nicht gehört. Und er hörte auch nicht die anderen, die so plötzlich in der Dunkelheit erschienen, als hätte sie jemand aus ihr herausgeschnitten. Federn, Flügel und blitzende Schnäbel. Léo zählte die Angreifer nicht, die sich wie auf einen stummen Befehl hin auf Haluk stürzten. Der Dunkelhäutige griff unter seinen Mantel und zog einen Dolch hervor. Er schimmerte silbern wie der Mond. Er trennte den ersten beiden Vögeln die Leiber in zwei Teile, und die Tiere verblassten, als würde das Mondlicht sie ausbleichen. Haluks Klinge tanzte in der Nacht, doch gegen den stetig wachsenden Strom aus Krähen vermochte sie nichts auszurichten, und bald schon färbte Haluks Blut den Schnee.

Léo wollte ihm helfen, doch er konnte sich nicht rühren. Unbeweglich und gefangen in der eigenen Angst stand er da, bis er eine Hand auf der Schulter spürte, die ihn in den Eingang des Hauses riss. Ein alter Mann stand plötzlich neben ihm, eine Fackel in der linken Hand. Er wedelte mit ihr durch die Luft wie mit einem Schwert, und einer der Vögel fing Feuer. Die Fackel schenkte ihm Federn aus Flammen. Das Tier schlug in Panik mit den Flügeln. Die Schreie, die der Vogel in die Nacht stieß, waren jedoch so menschlich, dass Léo glaubte, seine Ohren würden ihm einen Streich spielen.

Die anderen Krähen stoben fort von dem Feuer. Mit den Flammen vertrieb der Mann die Tiere, deren Schreie Léo noch lange in den Ohren hallten.

Der Platz vor dem Geschäft war völlig leer. Keine Vögel, kein Opfer. Nur das Blut, das Flecken in den weißen Schnee malte. Und der Beutel, den Haluk mitgeführt hatte. Wo aber war sein Körper?

Der Alte fluchte. »Verdammt! So schnell. Er ist weg. Siehst du?« Er deutete auf die roten Flecken, die verblassten, als würde die Nacht die Farbe aus ihnen waschen und die Welt vergessen, von wem sie stammten.

»Er ist tot«, keuchte Léo. »Genau wie das Mädchen.«

»Das Mädchen? Was für ein Mädchen? Ist sie auch den Krähen in die Krallen geraten? Dann teilen die beiden sich ein Schicksal«, zischte der Mann mit der Fackel und drückte Léo einen der Schraubenzieherköpfe seiner mechanischen rechten Hand gegen die Brust. Der Alte bückte sich schnell und hob Haluks Beutel auf, der im Schnee lag.

»Aber ...«

»Kein aber.« Der Mann mit der Schraubenzieherhand sah Léo mit einer seltsamen Mischung aus Trauer, Wut und Sorge an. »Bete, dass die Vögel nie wieder kommen. Bete, dass sie dich vergessen. Bete, dass du selbst vergessen kannst, was heute geschehen ist. Es ist besser so.«

Léos Augen schwammen in Tränen. Er wehrte sich nicht, als der Mann ihn in das Haus seiner Mutter schob. Er konnte nur noch an den getöteten Haluk denken. Und zum ersten Mal in dieser schrecklichen Nacht überkam ihn die Gewissheit, dass dies doch kein Traum war.

IN FERNANDOS HAUS

Léo hörte die Stimmen nur undeutlich. Er saß auf einem zerschlissenen Sessel vor einem eisernen Holzofen. Ein Feuer brannte darin und Léo starrte in die Flammen, als könnte er in ihrem Tanz die Antwort auf die Frage finden, wie all das hier möglich war. In seiner Welt war dies das Wohnzimmer. Hier schien dieser Raum einen ähnlichen Zweck zu erfüllen, auch wenn es seltsam … mittelalterlich eingerichtet war. Nicht einmal eine normale Lampe gab es. Nur Kerzen und der Schein des Feuers vertrieben die nächtliche Dunkelheit.

Die Arme hatte Léo um die Knie geschlungen, als könnte er sich so vor den Bildern schützen, die in seinem Kopf Gestalt annahmen. Die Wärme des Ofens vertrieb die Kälte aus seinem Körper, doch gegen die Angst in seinem Herzen, gegen die Erinnerung an Haluks Ende und den schrecklichen Tod des Mädchens war sie machtlos. Tot. Der Mann, der ihm geholfen hatte. Tot. Das Mädchen, das zur falschen Zeit am falschen Ort gewesen war. Ermordet von Krähen. Als er an diese Wesen und den Mann dachte, der sie befehligt hatte, sprang Léo unwillkürlich auf, als würden sie hinter ihm lauern.

Der Alte – den Schraubenzieherfingern nach dieser Fernando, von dem Haluk gesprochen hatte – hatte Léo vor das Feuer gesetzt und ihn dann allein gelassen. Seine Stimme drang durch die Tür. Léo ging langsam in den Flur. Sie kam aus der Werkstatt. Die Tür war nicht verschlossen. Léo öffnete sie einen Spaltbreit und lauschte.

»Wieso hat er so seltsame Sachen am Leib?«, fragte der Alte.

»Ich fürchte, er kommt von der anderen Seite.« Die tiefe Stimme des Mannes, dem Léo hierher gefolgt war, füllte die ganze Werkstatt. Léos Herz übersprang einen Schlag. Er hatte ihn also doch noch gefunden. »Dort tragen die Menschen diese Art Kleidung.«

»Die andere Seite?« Fernando klang verwirrt. »Welche andere Seite? Du meinst doch nicht etwa …«

»Doch«, sagte der Mann. »Er muss mir irgendwie gefolgt sein.«

»Aber das ist unmöglich«, erwiderte Fernando. »Der Durchgang öffnet sich nur für jemanden, der von unserer Seite stammt.«

»Das weiß ich«, sagte der Mann mit mühsam unterdrückter Ungeduld. Er hörte sich an, als müsse er etwas einem Kind erklären. »Und doch muss es so geschehen sein.«

»Gesetzt den Fall, du hast recht: Wieso ist er dir gefolgt? Hast du nicht aufgepasst?«

»Unterstell mir nicht, ich wäre unvorsichtig«, gab der andere nun ärgerlich zurück. »Es war tiefe Nacht und niemand darf dort in den Turm. Ich kann mir nicht erklären, wo der Junge herkam. Vielleicht sollten wir ihn einmal nach seinem Namen fragen.«

»Fragen? Wenn er wirklich von der anderen Seite kommt, dann darf er doch nichts von dieser hier erfahren.«

»Bei der dunkelsten Tiefe!«, rief der Kleinwüchsige mit der tiefen Stimme. »Er hat mit angesehen, wie ein Schwarm Hexenkrähen den Boten getötet hat. Ich würde sagen, er hat schon einiges von unserer Seite erfahren.«

»Vielleicht«, räumte Fernando widerwillig ein.

»Dann werden wir ihn ganz einfach fragen«, bestimmte der Zwerg. »Ich hole ihn.«

Léo atmete tief durch und stieß die Tür auf. »Nicht nötig«, sagte er und betrat die Werkstatt. »Ich …« Mehr konnte er nicht sagen. Er starrte den Mann an, dem er gefolgt war. Öllampen tauchten die Werkstatt, die der von Léos Mutter sehr ähnlich war, in warmes Licht. Und zum ersten Mal sah Léo den seltsamen Menschen von Angesicht zu Angesicht. Aber war er überhaupt ein Mensch? Er hatte seine geschmacklose Mütze und den Mantel abgenommen. Langes, schwarzes Haar fiel ihm auf die Schultern. Silbersträhnen schimmerten darin, als hätte eine Spinne ihre Fäden von seinem Kopf herabgesponnen. Das grimmige Gesicht war voller Narben. Er war nicht wie die Kleinwüchsigen, die Léo schon einmal im Zirkus gesehen hatte. Dieser Mann war viel breiter. Überhaupt war er irgendwie viereckig. Was ihn aber ganz offensichtlich von einem Menschen unterschied, waren seine Augen. Wie schwarze Kohlestücke steckten sie in seinem Gesicht. Alles Weiße fehlte an ihnen.

»Du siehst aus, als hättest du noch nie einen Zwerg gesehen«, meinte er und zog den verblüfften Léo in die Werkstatt.

»Einen Zwerg?«, stammelte Léo. Er erinnerte sich daran, dass seine Mutter den Fremden so genannt hatte. Doch das war ein Scherz gewesen. Oder? »Was meinst du mit *Zwerg*?«

»Brauchst du noch einen Beweis dafür, dass er von der anderen Seite kommt, alter Blechstanzer?«, fragte der Kleinwüchsige.

Fernando rückte sich die Brille zurecht, die er auf seiner dicken Nase balancierte, und musterte Léo mit einem seltsamen Ausdruck im Gesicht. Einige seiner mechanischen Finger drehten sich dabei wie von selbst um die eigene Achse.

»Du brauchst keine Angst zu haben, Junge«, ergriff der seltsame Mann mit den dunklen Augen das Wort. »Hier droht dir keine Gefahr. Ich bin Kafir und das dort ist der alte Fernando. Und du bist …?«

Léo löste den Blick langsam von der mechanischen Hand und sah den Zwerg an. Ein Zwerg! Léo fuhr sich mit den Fingern über die Augen, als könnte er das unglaubliche Bild vor ihnen verschwinden lassen. »Léo«, antwortete er leise vor Müdigkeit und Angst. »Léo Mellino.«

Stille hing einen Moment lang wie ein Tuch zwischen Léo und den beiden anderen, ehe das nervöse Lachen des Alten sie zerschnitt. »Léo Mellino?« Er sah zu dem Zwerg. »Hast du das gehört, Kafir? Izas Sohn soll heimgekehrt sein. Hast du schon einmal so einen Unsinn gehört?«

Der Zwerg antwortete nicht. Stattdessen ging er auf Léo zu und blieb ganz dicht vor ihm stehen. Er nahm seine Hand und schnüffelte daran wie ein Hund. »Er hat etwas von ihr«, wisperte der Zwerg. »Und von Stéfane.«

»Aber er könnte auch ein Spion sein«, erwiderte der Alte misstrauisch. »Einer von ihren Dienern.«

»Du meinst, die Hexe schickt ausgerechnet dir altem Schraubenkopf einen so seltsamen Jungen in die Werkstatt, damit sie dich ausspionieren kann? Sie hätte dir wohl eher einen ihrer allsehenden Spiegel geschenkt, du eitler Pfau.«

»Es ist ein seltsamer Zufall, dass Haluk ein Junge von der anderen Seite über den Weg läuft, oder?«, beharrte der Alte.

»Ich bin ihm nicht über den Weg gelaufen!«, rief Léo aufgebracht. »Haluk kam, als ich bei den Krähen und diesem … Todeshändler stand, und hat mir geholfen.« Léo schluckte den Kloß in seinem Hals hinunter und dann berichtete er, was sich alles ereignet hatte. »Ich sollte hierher mitkommen, bis ich wieder zurück kann«, schloss Léo.

»Nun gut, vielleicht war es so«, brummte der Alte. »Das mit dem Mädchen ist schrecklich. Aber sie ist nicht die erste und vermutlich auch nicht die letzte Unschuldige, die in dieser verfluchten Stadt ihr Leben verliert. In jedem Fall haben die verdammten Krähen den Boten vor der Werkstatt eines Spielzeug-machers getötet. Und ein Todeshändler hatte euch am Turm gesehen? Himmel, das ist nicht gut.«

»Die ganze verdammte Straße ist voller Spielzeugmacher«, meinte Kafir. »Selbst, wenn die Hexe etwas vermutet, dann weiß sie doch nicht, auf welchen von euch Blechschraubern sie eines ihrer Augen werfen soll. Und das Silber kann sie hier nicht fühlen. Dafür ist gesorgt.«

Das Silber? Léo kniff die Augen zusammen und sah den Zwerg an. Er hatte beinahe vergessen, warum er ihm nach-gerannt war. All die Fragen über seinen Vater kamen Léo nun wieder in den Sinn. Die Kugel aber konnte er in der Werkstatt nicht erkennen. »Wo ist sie? Sie gehört mir.«

»Sie?«, fragte der Zwerg.

»Die Kugel, die du mitgebracht hast.«

»Na, siehst du!«, rief der Alte. »Er ist doch ihr Spion. Wir sind tot. Wir werden mit einem Federkleid enden. Ich hoffe nur, du bist auch als Krähe kleiner als ich. Dann werde ich dir die Augen auspicken.«

Der Zwerg machte nur eine wegwerfende Handbewegung und legte den Kopf schief. »Woher weißt du von dem Herzen?«

Dem Herzen? Léo verstand nicht. »Ich habe euer Gespräch mitangehört. Es gibt ein loses Brett und dahinter eine Tür.«

Der Zwerg lachte. »Ein loses Brett, von dem vermutlich nur du weißt, oder? Du hast viel von deinem Vater, Léo. Ja, das hast du.«

»Du kanntest ihn wirklich?« Léos Herz schlug auf einmal so schnell, als steckte in seiner Brust ein wildes Tier.

»Stéfane? Ja, den kannte ich. Er war ein guter Mann. Für einen Menschen, meine ich. Fast ein wenig zwergisch. Hat sich auch nie an Regeln gehalten. Und Metall hat er ebenso geliebt wie wir. Besonders Silber.«

»Silber«, murmelte Léo. »War es das, was die Krähen angelockt hat? Haluk hat gesagt, dass sie Silber fühlen können.«

»Ja, das tun sie«, erwiderte der Zwerg. »Vermutlich haben sie das Herz gewittert.« Seine Miene wurde plötzlich ernst. »Offenbar hat Haluk die Seite kurz nach mir gewechselt. Ich hatte geglaubt, er sei längst wieder hier. Sonst hätte ich mit dem Übergang gewartet. So viel Silber bleibt nicht unentdeckt in dieser Welt. Außer man hat einen Platz, an dem man es verbergen kann.«

»Haluk sagte, er wollte zu Fernando. Warum? Und was waren das für Wesen, die ihn getötet haben? Und warum haben sie das getan?« Als er an Haluks Tod dachte, begann Léos Stimme zu zittern.

Der Alte und Kafir wechselten einen raschen Blick miteinander. Der Mann klopfte Léo mit seinem mechanischen Arm auf die Schulter, der daraufhin schmerzverzerrt zusammenzuckte.

»Hatte er die ... Sache dabei?«, fragte der Zwerg Fernando.

»Ja«, raunte Fernando. »Aber fast hätten die Krähen die ... Sache gefunden.«

»Nun, fast ist eben nur fast«, meinte der Zwerg.

»Wovon sprecht ihr?«, rief Léo ärgerlich.

»Diese Angelegenheiten sind ... vertraulich«, entgegnete Fernando. »Und Haluks Tod ist tragisch.« Er warf dem Zwerg einen hilfesuchenden Blick zu.

»Wir waren bei deinem Vater stehengeblieben, Léo«, sagte Kafir schnell.

»Mein Vater? Ja, genau. Wieso kanntest du ihn? Und was ist das hier überhaupt für eine Welt? Wieso gibt es hier mein Haus?«

»Es ist meines, bitte schön«, sagte Fernando und zog die Schublade eines Arbeitstisches auf. Daraus holte er eine Flasche mit einer glasklaren Flüssigkeit und drückte einen seiner

Schraubenzieherfinger in den Korken. Mit einem lauten Ploppen zog Fernando ihn heraus und goss drei schmutzige Gläser ein. »Auf dieser Seite zumindest.« Er seufzte. »Es ist schwer zu erklären.« Für einen Moment starrte er in das Glas, als ob er mit den Augen etwas verfolgte, das darin schwamm. »Du kennst doch Spiegelbilder. Stell dir vor, von deiner Welt gäbe es viele solcher Bilder. Und jedes wäre nie ganz so wie das Original. Manche beinahe gleich und manche ganz anders. Verstehst du?« Er nahm einen tiefen Schluck und hustete. »Die Orte sind sich ziemlich ähnlich, aber die Menschen völlig verschieden. Eine verrückte Sache. Habe es selbst nie richtig verstanden.«

»Und wieso gibt es diese Spiegelbilder?«, fragte Léo, der sich nicht sicher war, ob der Alte sehr schlau oder sehr übergeschnappt war. Vielleicht beides, entschied er.

»Keine Ahnung«, meinte Fernando und schob Léo und Kafir je eines der Gläser hin. »Es gibt sie eben. Viel interessanter ist doch, warum sie miteinander verbunden sind. Vielleicht liegt es an der Magie der Hexen. Manche sagen, ihre Zauberei macht unsere Welt durchlässig. Auf jeden Fall gibt es Durchgänge. So wie den auf der Spitze des Turms. Sie alle besitzen diese hässlichen Gesichter. Wichtig ist, dass diese Durchgänge auf beiden Seiten an genau demselben Ort stehen müssen. Hier gehört der Turm zum kaputten Handelshaus. Aber bei euch heißt das Gebäude irgendwie anders. Kirsche oder so.«

»Kirche«, korrigierte Léo verwirrt. »Aber wieso gibt es auch hier Kreuze auf dem Gebäude?«

»Kreuze?« Kafir sah ihn belustigt an. »Das ist das Symbol der Händlergilde. Das große Plus. Ein Zeichen ihres ständig wachsenden Reichtums.«

Der Alte machte eine wegwerfende Handbewegung. »Egal. Haluk kam auf jeden Fall ebenfalls von der anderen Seite. Er muss kurz nach dir auf den Turm gestiegen sein.«

Kafir nahm einen tiefen Schluck aus dem Glas, das Fernando ihm gegeben hatte. Léo griff nach seinem und roch misstrauisch daran. Angewidert verzog er das Gesicht und schüttelte sich. Es roch wie Pinselreiniger. »Aber wieso konnte ich dann herüberkommen? Hattet ihr eben nicht gesagt, dass man dazu von hier stammen muss?«

Der Zwerg und der Alte sahen sich einen Moment lang unschlüssig an. »Er weiß von nichts«, meinte Kafir schließlich.

»Iza hat ihm nichts gesagt?« Der Alte schüttelte den Kopf. »Na gut, für Geheimhaltung ist es wohl wirklich ein wenig spät.« Fernando räusperte sich und setzte eine seltsam feierliche Miene auf. »Léo Mellino«, sagte er, dann machte er eine Pause und nahm schnell noch einen Schluck. Der beißende Geruch der Flüssigkeit ließ Léos Augen tränen. »Du konntest den Durchgang öffnen, weil du von hier stammst.« Der Alte machte noch eine Pause, doch Léo starrte ihn nur wortlos an. Er ist bloß übergeschnappt, dachte er. Der Alte schien ihm die Gedanken von der Stirn gelesen zu haben und verzog ein wenig ärgerlich den Mund. »Du kommst von hier. Hier bist du geboren. In diesem Haus. Willkommen zu Hause, Léo Mellino aus Briançon.«

Léo sah Fernando an und suchte in dem faltigen Gesicht nach einem Hinweis darauf, dass sich der Alte über ihn lustig machte. Doch der blickte nur ernst zurück und schließlich begriff Léo, dass Fernando wirklich meinte, was er gerade gesagt hatte.

»Ich komme von hier?« Léo sah sich um, als hoffte er, zwischen Werkzeugen und Blechstücken einen Beweis dafür zu finden. Es war schon kaum zu glauben, ach was, gar nicht zu glauben, dass es Briançon zweimal geben sollte. Aber wie um alles in der Welt konnte er von hier stammen? Was er bislang von diesem Briançon gesehen hatte, sah wie eine Welt aus, die aus seinem Geschichtsbuch hätte stammen können. Oder besser noch: aus einem Märchenbuch. Es gab keinen Hinweis auf Strom. Kein elektrisches Licht. Nichts. Dieses Briançon steckte offenbar irgendwo im Mittelalter. Und von hier sollte er kommen? Jedoch …

Léo sah Fernando nachdenklich an. Fremd kam er sich hier trotz allem nicht vor. Mit jedem Augenblick, den er an diesem Ort verbrachte, fühlte er sich mehr … zu Hause. Die Unruhe, die ihn noch vor einigen Stunden unten am Fluss beherrscht hatte, war fort. Als wäre er zwischen den Bergen hindurchgeschlüpft und hätte eine Welt betreten, die ihm neu und vertraut zugleich war.

»Du brauchst einen Beweis?« Fernandos Stimme ließ ihn aus seinen Gedanken fahren.

Léo nickte. Ja, er brauchte tatsächlich einen Beweis. Etwas, das ihm zeigte, dass er von hier stammte. Dass dies keine Lüge war.

Der Alte trat neben ihn und deutete stumm auf die verschiedenen Werkzeuge, die auf einem der Arbeitstische lagen. Die meisten kamen Léo bekannt vor. Seine Mutter benutzte ganz ähnliche. Andere jedoch hatte er noch nie gesehen.

»Deine Mutter hat auch so eine Werkstatt«, bemerkte Fernando bemüht beiläufig.

»Ja, sie stellt darin Spielzeuge her. Und mein Vater hat es auch getan«, antwortete Léo, der nicht verstand, was das mit dem Beweis zu tun hatte, den er brauchte.

»Sie waren beide talentierte Schüler von mir«, meinte der Alte. »Dein Vater kam aus dem Süden hierher. Ein magerer Junge, dem ich sein besonderes Talent vom schmutzigen Gesicht abgelesen habe, als ich auf der Straße fast über ihn gestolpert bin. Ich habe ihn kurzerhand in meine Dienste genommen, nachdem er die Prüfung bestanden hat, die auch du nun zu meistern hast. Er hat Iza übrigens bei mir kennengelernt. Sie ist meine Nichte. Habe sie hier untergebracht, nachdem ihre Eltern gestorben waren. Traurige Sache.«

»Mein Vater und meine Mutter?«, stieß Léo hervor. »Sie kommen von hier?«

»Nun, andernfalls dürfte es schwer möglich sein, dass du hier geboren wurdest.« Fernando kicherte. Bevor Léo eine weitere Frage über seine Eltern stellen konnte, nahm der Alte einen fingerlangen, dünnen Metallstift von der Arbeitsplatte und betrachtete ihn nachdenklich. »Du hast es doch bestimmt auch geerbt, oder? Das Talent, meine ich. Dein Vater und deine Mutter hatten es beide.«

Léo sah Fernando verwirrt an. »Wovon sprechen Sie?«

»Sie?« Der Alte lachte hustend. »Ich bin für dich kein Fremder. Eher so eine Art Großonkel. Aber nenn mich bloß nicht Onkelchen oder so. Ich bin einfach nur Fernando.«

»Na gut«, sagte Léo, »wovon sprichst du?«

»Sie hat dir gar nichts erzählt? Nichts von dem Talent?«

»Welches Talent?«

Fernando schüttelte den Kopf. »Ich werde dich prüfen, ehe ich dich zurückschicke, Léo. Jetzt gleich.« Er schnaufte verächtlich. »Nichts erzählt«, murmelte er vor sich hin. »Also wirklich.« Fernando dirigierte Léo vor einen abgenutzten Arbeitstisch. »Wenn ich richtig liege, kann ich dir beweisen, dass du von hier kommst. Dass du zu etwas in der Lage bist, das nur jemand fertigbringen kann, der von dieser Seite stammt.« Er sah Léo fragend an. »Die Figuren, die deine Mutter baut. Sind sie … anders? Ich meine, sind sie etwas Besonderes?«

Léo nickte. »Die Leute kommen von weit her, um sie zu kaufen. Manche sagen, ihre Spielzeuge seien einzigartig.«

»Das glaube ich gerne«, meinte Fernando und kicherte. »Schlaue Iza.« Er nahm einige Werkzeuge und einen handgroßen, halbfertigen Blechmann, der zusammen mit anderen Figuren leblos in einer hölzernen Kiste lag.

Léo schaute ihm verwirrt zu und fragte sich, was der Alte vorhatte. In seiner Welt hatte seine Mutter es nicht gerne gesehen, wenn er sich in der Werkstatt herumgetrieben hatte. Als sein Vater noch gelebt hatte, hatte Léo ihm oft helfen dürfen. Bis zu dessen Verschwinden hatte Léo Spielzeugmacher werden wollen. Und nun? Er war wieder zehn und wollte nur seinem Vater nacheifern. Die Jahre, in denen er diesen Wunsch vergessen hatte, schrumpften, als hätte es sie nie gegeben.

»Ich werde dir sagen, was zu tun ist«, meinte Fernando und drückte Léo einen Schraubenzieher in die Hand, der so dünn war, dass er kaum die Form des Kopfes erkennen konnte.

Léo verstand nicht, doch er gehorchte den Anweisungen. Fernandos Stimme leitete Léos Hände. Sie zitterten zunächst, als Léo nacheinander winzige Schrauben an dem Blechmännchen festdrehte. Doch je länger er an der Figur arbeitete, desto sicherer wurde er. Es fühlte sich an, als hätte er nie etwas anderes getan. Er montierte die Beine, setzte winzige Zahnräder ineinander und zog die Schrauben fest, die so klein waren, dass er dazu eine Lupe vor sein Auge drücken musste. Zum Schluss öffnete Fernando eine kleine Schachtel, in der eine glitzernde Metallkugel lag. Sie ähnelte der, die sein Vater gefertigt hatte, nur war sie viel kleiner und bei Weitem nicht so kunstvoll.

»Das Herz«, raunte Fernando geheimnisvoll. »Es ist das Wichtigste. Versuch einmal, es einzusetzen.«

Also war die Kugel seines Vaters ebenfalls ein Herz für ein mechanisches Wesen? Léo konnte es nicht glauben. Er folgte Fernandos Anweisungen und nahm das Herz mit einer dünnen Pinzette aus der Schachtel. Es war nicht einfach, doch schließlich gelang es ihm, das Herz in die Brust der Figur zu stecken.

Vorsichtig tippte er es mit einem Metallstift an, wie Fernando verlangte. Im Inneren der kleinen Kugel klackte es und dann fing sie erwartungsvoll an zu vibrieren. Atemlos betrachtete Léo den Blechmann, der leblos vor ihm auf dem Arbeitstisch stand. Der spitz zulaufende Kopf hing hinunter, als würde er sich vor seinem Erbauer verbeugen, und die leblosen Augen hielten den Blick starr auf die Tischplatte gerichtet. Dann aber ging ein Ruck durch die Figur und das Herz fing an sich zu drehen.

Überrascht keuchte Léo auf. Über Fernandos Gesicht lief hingegen ein zufriedenes Lächeln. Der Alte schloss die kleine Klappe in der Brust des Blechmanns und die Figur erwachte endgültig zu ihrem mechanischen Leben. Sofort fing sie an, die Schrauben und Werkzeuge aufzusammeln, die jemand achtlos auf dem Tisch hatte liegenlassen.

»Er ist ein Aufräumer«, sagte Fernando und klopfte Léo mit seiner gesunden Hand auf die Schulter.

»Wie ist das möglich?«, fragte Léo staunend. Er hatte keine Batterien gesehen, keinen Schalter, nichts. Die Kugel allein schien das Spielzeugmännchen anzutreiben.

»Das?« Fernando deutete auf den Blechmann, der gerade einen kleinen Hammer über den Tisch schleifte. »Oh, die sind doch nur was für Anfänger. Zum Üben. Und zum Prüfen.« Er warf Léo einen langen Blick zu. »Und du hast die Prüfung bestanden, die auch deine Eltern bestehen mussten. Da hast du deinen Beweis. Blech, Werkzeug und Schrauben sind auf beiden Seiten gleich. Doch nur ein Spielzeugmacher aus unserer Welt, ausgestattet mit einem besonderen Talent, kann dies hier fertigbringen. Ein metallenes Herz zum Schlagen bringen, wie wir es nennen. Also«, er räusperte sich, »ich würde sagen, du bist auch einer. Das ist ziemlich klar, oder?«

»Ein was bin ich?« Léo hatte Mühe seinen Blick von dem Aufräumer loszureißen.

»Na, einer von uns. Wie dein Vater. Und deine Mutter. Sie ist übrigens die Brillanteste, die ich je kennengelernt habe. Besser noch als ich. Und das will etwas heißen.«

Kafirs Räuspern unterbrach Fernandos Eigenlob.

»Du, Léo Mellino«, sagte er, »du bist ein Herzenmacher.«

KEIN WEG ZURÜCK

Zuhause. Das war Léos erster Gedanke, als er am nächsten Morgen in Fernandos Haus erwachte. Der Gedanke erschien so plötzlich in seinem Kopf, als habe er schon immer darin gesteckt. Als sei dies wirklich sein Zuhause. *Hier bist du geboren. In diesem Haus.* Fernandos Worte, so wenig Léo sie auch glauben konnte, lösten doch ein seltsames Gefühl der Geborgenheit in ihm aus. Es war verrückt. Er hatte Briançon immer verlassen wollen, so unbedingt, weil es ihn erdrückt hatte. Und nun hatte er ausgerechnet in Briançon einen nie gekannten Frieden gefunden.

Léo lag in einem von zwei alten Betten in einem kleinen Zimmer des ersten Stocks. Fernando hatte ihn kurzerhand hier einquartiert. Léo hatte geglaubt, keine Sekunde lang schlafen zu können, so aufgeregt war er gewesen. Schließlich waren ihm die Augen aber doch zugefallen und als er sie wieder geöffnet hatte, war er immer noch in diesem Briançon, das es eigentlich nicht geben konnte, und trug einen Titel, den er nicht verstand. Herzenmacher.

Léo schaute hinauf durch das kleine Fenster in der Dachschräge über ihm und sah den Wolken nach. Sie glitten über einen Winterhimmel, der so blau war, dass es beinahe schmerzte, ihn anzusehen. Für einen Moment kam ihm seine Mutter in den Sinn. Vielleicht überwog bei ihr gerade noch der Ärger über den Sohn, der nicht heimgekehrt war. Vielleicht dachte sie, dass er, ohne Bescheid zu geben, bei Frederick übernachtet hatte. Oder glaubte sie, dass ihm etwas passiert war? Dann würde sie bei Fredericks Eltern anrufen, wie sie es so oft getan hatte, wenn er früher nach den Abenden mit seinen Freunden nicht heimgekehrt war. Und Fred würde schließlich beichten, dass Léo den Turm hinaufgestiegen war. Würde sie begreifen, dass er auf die andere Seite gegangen war? Vielleicht. Denn sie musste ja auch einmal diesen Weg gegangen sein, zusammen mit Léos Vater. Vielleicht aber kehrte Léo auch zurück, ehe sie erfuhr, wo er hingegangen war. Und dann? Sollte er sie zur Rede stellen? Natürlich, Léo, sagte er sich. Wie könntest du sie je wieder ansehen, ohne mit ihr über das hier zu sprechen?

Er strich über die Wolldecke, unter der er lag. Sein Herz schlug schneller bei dem Gedanken, dass seine Mutter oder gar sein Vater womöglich einmal in genau diesem Bett geschlafen hatten. So wie Léo jetzt. Für einen Moment gab er sich ganz dem Gefühl von Frieden hin, das er hier so unerwartet gefunden hatte. Doch dann drängte die Erinnerung an die beiden Toten in seinen Kopf. Und der Frieden in Léos Herzen schmolz wie der Schnee am Ende des Winters. Diese Welt war anders als seine eigene. Böser. Kälter. Das durfte er nicht vergessen, wenngleich sie ihm wie ein Traum vorkam. Aber auch Träume können schrecklich sein, Léo.

Auf seinem Nachttisch saß der Aufräumer, dem er gestern ein mechanisches Leben geschenkt hatte. Das eiserne Männchen sah ihn erwartungsvoll an. »Guten Morgen«, sagte Léo und kam sich nicht einmal sonderbar vor, ein Spielzeug zu begrüßen. Hier war einfach alles zu sonderbar, um sich selbst so zu fühlen.

In dem zweiten Bett auf der anderen Seite des Raums bewegte sich jemand und riss Léo damit aus seinen Gedanken. Ein Junge, kaum älter als Léo selbst, setzte sich auf und strich sich den Schlaf aus den Augen. Als er Léo bemerkte, verengten sie sich vor Misstrauen. »Wer bist du?«, fragte er, ohne sich mit einer Begrüßung aufzuhalten.

»Mein Name ist Léo.«

»Aha«, antwortete der Junge und stand auf. In seinem weißen Nachthemd ging er zu dem Schrank, der neben den Betten und einem Tisch das einzige Möbelstück im Raum war. »Und was machst du hier?«, fragte er wenig freundlich. »Bist du ein Neuer?«

»Ein neuer was?«, fragte Léo und stand ebenfalls auf.

»Ein neuer Lehrling, natürlich.« Der Junge begann sich eine Hose und ein Hemd aus grobem Leinen anzuziehen. Als er Léo in seinen Boxershorts und seinem T-Shirt sah, runzelte er die Stirn. »Wo trägt man denn solche Sachen?«, wollte der Junge wissen, ehe Léo die andere Frage beantworten konnte.

»Ich komme aus Bri… aus einer anderen Stadt«, berichtigte sich Léo rasch.

Seine Sachen lagen neben dem Bett. Der Aufräumer deutete Léos Blick richtig und machte sich sofort eifrig daran, Hosen und Strümpfe in dessen Richtung zu ziehen.

»Danke«, murmelte Léo und begann, sich nun ebenfalls anzuziehen. »Sie ist weit weg, aber dieser hier ganz ähnlich.« Noch immer betrachtete der andere Junge ihn fragend. »Meine Mutter ist Fernandos Nichte«, spann Léo seine Geschichte fort.

»Aber was machst du hier?«, wollte der andere Junge wissen. Léo versuchte sich gerade eine Antwort zurechtzulegen, als er schwere Schritte auf der Treppe hörte. Jemand stieg schnaufend die Stufen hinauf, dann wurde die Tür ohne anzuklopfen schwungvoll aufgestoßen.

»Na, beide schon wach, wie?« Fernando blieb kurzatmig im Türrahmen stehen. »Habt ihr euch schon bekannt gemacht? Nicht? Na, das ist David, mein Lehrling.«

Der Junge strich sich das schwarze Haar glatt, das daraufhin so makellos auf seinem Kopf saß, als hätte es nie eine andere Form gehabt.

»Und das ist Léo.« Fernando warf dem Jungen einen kurzen Blick zu. »Der Sohn einer Bekannten.«

»Bekannten?«, fragte David misstrauisch. »Ich dachte, er gehöre zu Eurer Familie.«

»Ja, natürlich«, sagte Fernando hastig und warf Léo einen fragenden Blick zu. »Er ist auf der Durchreise zu seiner Mutter. Wir haben uns lange nicht gesehen«, fügte Fernando noch etwas zu laut hinzu. »Obwohl er ganz aus der Nähe kommt.«

»Ganz aus der Nähe?«, fragte David und sah Léo an. »Ich dachte, er wohnt weit weg von hier.«

»Er ist übrigens auch einer«, fuhr Fernando fort, der Davids Einwand offenbar nicht gehört hatte. »Ein Herzenmacher. Ganz wie ich.« Seine Stimme klang auf einmal sehr stolz.

Davids Blick verfinsterte sich, kaum dass Fernando die Worte ausgesprochen hatte. Es traf Léo, als er Verachtung und Neid in Davids Blick aufsteigen sah wie Wasser in einem tiefen Brunnen. Er musste nichts über David wissen, um zu verstehen, dass er ganz offensichtlich kein Herzenmacher war.

Fernando schien die plötzliche Spannung nicht zu bemerken. »Heute fährt er wieder heim. Kafir und ich bringen ihn gleich zu einer Kutsche, die … die ihn heimbringt.« Fernando rückte sich die Brille umständlich zurecht und Léo musste den Kopf schütteln. Noch nie hatte er einen schlechteren Lügner gesehen.

Der Spielzeugmacher räusperte sich und verließ das Zimmer. Léo sah sich noch einmal in dem Raum um, als müsste er ihn sich genau einprägen. Er hätte gerne ein Foto von diesem Raum gemacht, doch eine Lüge, um David sein Smartphone zu erklären, fiel ihm beim besten Willen nicht ein. Er winkte dem Aufräumer zu und überlegte einen Moment, ihn einfach mitzunehmen. Doch dann entschied er sich dagegen. Wer weiß, ob sich das Männchen auf der anderen Seite wohlfühlen würde. Léo lächelte ihm noch einmal zu und folgte Fernando durch die Tür. Es geht schon wieder heim, Léo, dachte er bei sich. Leider.

Fernando führte ihn die Treppe hinab. Der Zwerg Kafir stand schon an der Tür und schlang sich den Mantel um den dicken Leib, als könne der Winter mit seinen kalten Fingern bis in den Flur hineinreichen. »Guten Morgen«, sagte Kafir und seine Stimme klang so tief, als stamme sie von einem Riesen. »Wie schläft es sich auf dieser Seite des Turms, in diesem Briançon?«

»Pst«, machte Fernando und deutete hinauf zum Schlafraum.

Kafir folgte fragend seinem Blick, dann nickte er. »Der kleine Langeweiler, was?«, fragte er nicht besonders leise. Er lächelte Léo verschwörerisch an. »Hat nicht halb so viel auf dem Kasten wie du. Ein Herzenmacher.«

»Komm, Junge«, unterbrach ihn Fernando und drückte sich an dem Zwerg vorbei. Er hatte einen Mantel geholt, doch als er ihn Léo reichen wollte, zögerte er. Léo trug noch immer die Sommersachen, die er gestern Abend am Fluss angehabt hatte. Sein T-Shirt, eine Jeans und Sneaker. »Nein, so geht das wirklich nicht«, meinte Fernando und ging zu einem Kleiderschrank, der im Flur stand. Daraus zog er etwas hervor, das aussah wie ein großer, schmutziggrauer Scheuerlappen. Bei genauerem Hinsehen stellte sich der Scheuerlappen jedoch als Pullover heraus, den Fernando Léo mit einem Nicken reichte. »Du kannst ihn mir zurückgeben, wenn wir oben auf dem Turm sind.«

Léo nahm den Pullover so vorsichtig entgegen, als befürchtete er, jeden Moment könnte ein Tier daraus hervorspringen.

»Ist mein liebster Pullover, weißt du?«, fügte Fernando ein wenig verschämt hinzu, als sich Léo die kratzende und seltsam riechende Wolle überzog. Der Pullover hing an ihm herunter, als wäre er ein schlaffer Ballon, und roch ziemlich muffig. Etwas widerwillig nahm Léo den Mantel, den Fernando ihm anschließend reichte, dann holte sich auch der Spielzeugmacher einen aus dem Schrank. »So, und nun werden wir zusehen, dass wir dich wieder …«, Fernando warf einen hastigen Blick zur Treppe und sprach dann leiser weiter, »… nach drüben bringen.«

Schon bei seinem ersten Schritt aus der Tür hinaus wäre Léo beinahe ausgerutscht. Es hatte gefroren. Durch den Schnee, der den Straßen wie eine Decke übergeworfen war, schimmerte in der Morgensonne das Eis hindurch. Die herabfallenden Flocken ließen diese Welt wie das Innere einer Schneekugel aussehen. Léo grub seine Finger tief in die Taschen des Mantels und drückte den Kopf so eng an die Brust, wie er nur konnte, um der Kälte zu entgehen. In diesem Moment vergaß er das Kratzen auf der Haut und den seltsamen Geruch, der ihm in die Nase stieg. Er war einfach nur froh über den Pullover.

Sie stapften los. Es musste schon eine Weile schneien, denn die Stelle, an der Haluk gestern Abend gestorben war, sah nun wieder unberührt aus. Keine Spur von dem Kampf. Léo schüttelte sich und warf unwillkürlich einen prüfenden Blick in den Himmel, aber kein verdächtiger Vogel war zu sehen. Den Tod fühlte er dennoch wie ein Versprechen in der Luft.

»Keine Angst«, flüsterte Fernando, als hätte er Léo den Gedanken von der Stirn abgelesen, und legte ihm seine Schraubenzieherhand auf die Schulter. »Am Tag sieht man die Krähen nur selten. Da gibt es andere Augen, die für die Hexe spionieren. Nur vor den Todeshändlern musst du dich zu jeder Tageszeit in Acht nehmen.«

»Die Todeshändler … greifen sie Menschen an?«, fragte Léo, der sich noch gut an das bleiche Gesicht beim Brunnen entsinnen konnte. »Wieso kämpfen die Leute nicht gegen sie?«

Fernando schüttelte den Kopf. »Kämpfen? Einige der Narren in Briançons Straßen suchen sie sogar. Andere heißen sie bereitwillig willkommen. Und wieder andere schleichen sich heimlich zu ihnen, damit es keiner merkt. Aber niemand würde die Hand gegen sie erheben. Nicht nur aus Angst wagt das keiner. Die Leute sind ihnen verfallen. Oder besser dem, was die Todeshändler ihnen versprechen. Denn sie verführen. Überreden dich dazu …«, er brach ab. »Besser du weißt so wenig wie möglich von all diesen Dingen, damit du dir keine zu großen Sorgen machst. Meide sie nur. Die Todeshändler sind Diener der Hexe. Vergiss das nicht!«

Léo nickte, aber sein Herz schlug hastig vor Angst. Vielleicht war es doch gut, wenn er schnellstens wieder hinüberging. Auch wenn ein Teil von ihm bleiben und die neue Welt entdecken wollte, die sich ihm so plötzlich eröffnet hatte. Seine Welt. Doch so verlockend sie ihm auch vorkam, sterben wollte er nicht in ihr.

Der Alte ging voraus, die Straße entlang, die sich zwischen den eng beieinanderstehenden Häusern hindurchzwängte. Auch wenn Léo mit Angst und der Erinnerung an den Tod zu kämpfen hatte, folgte er seinen Führern staunend durch diese fremde und doch vertraute Welt. Viele der niedrigen Häuser, die die Straße säumten, sahen beinahe so aus wie in seiner Heimatstadt. Sie standen an derselben Stelle, mal dicht an dicht, mal gaben sie einen schmalen Durchgang zwischen sich frei. Gebaut aus grobem Stein, die hölzernen Fensterläden geöffnet, als hätten die Häuser die Augen aufgeschlagen. Und doch waren sie auf ihre Weise ganz anders. Hier schienen sie lebendiger, jünger, gerade erst gebaut. Sie strahlten in Grün, Gelb oder Blau. So bunt, als hätten Kinder sie gemalt. In Léos Welt dagegen hatte die Zeit die Farbe von den Mauern gewaschen, sodass nur allzu offenbar wurde, wie alt die Häuser dort waren.

Fast jedes hier beherbergte ein Geschäft, dessen Auslagen darum zu wetteifern schienen, die Blicke der vorbeilaufenden Menschen auf sich zu ziehen. Léo hätte es ihnen am liebsten gleichgetan und sich die Nase an jeder Scheibe platt gedrückt.

»Kaum zu glauben, nicht wahr?«, sagte der Zwerg zu Léo, als er dessen staunende Blicke bemerkte. »So geht es mir auch jedes Mal, wenn ich auf deine Seite muss.« Auf seine Nase hatte er eine große schwarze Brille gesetzt, mit der er aussah wie eine Fliege.

»Ist dir der Inhalt der Flasche gestern nicht bekommen?«, fragte Léo und unterdrückte ein Schmunzeln.

Der Zwerg runzelte die Stirn. »Wieso?«

»Na, ich dachte wegen der Sonnenbrille.«

»Nein«, sagte Kafir und schaute einer Frau, die an ihnen vorbeiging, so offensichtlich nach, dass es Léo regelrecht peinlich war. »Zwerge haben sehr empfindliche Augen«, sagte er, nachdem er der Frau scharf hinterhergepfiffen hatte. »Wir leben unter der Erde. Helle Sonne vertragen wir nicht.«

Sie folgten der Straße, an deren Ende sich die Häuser auseinanderschoben und den Blick auf die Berge freigaben, die Léo hier ebenso erdrückend vorkamen wie in seiner Welt. Er konnte die Menge der Läden, die die Straße säumten, kaum zählen. Auch darin ähnelten sich beide Welten. Léos Blick flog über die Geschäfte, an denen sie vorbeigingen. Die Wäscherei, auf deren Schwelle eine Katze in der Sonne lag. Der Fischladen, aus dessen offener Tür der schwere Geruch der frischen Flussbarsche drang. Das Buchgeschäft mit den aufgeschlagenen Wälzern, deren bemalte Seiten in der Sonne funkelten, als wäre die Farbe auf ihren Seiten noch nicht ganz getrocknet.

»Warum ist hier eigentlich Winter?«, wollte Léo wissen, als er an einer eisglatten Bordsteinkante beinahe ausgerutscht wäre.

»Winter?«, erwiderte Kafir. »Es ist Sommer wie in deiner Welt. Oder besser«, fügte er an, als er Léo offenbar die Verwunderung vom Gesicht ablas, »es sollte Sommer sein. Aber die Menschen haben ihn fast vergessen, seit sie da ist.«

»Wer?«, fragte Léo aufgeregt. »Die Hexe?« Er erinnerte sich an Haluks Worte.

»Nicht so laut«, ermahnte ihn Fernando scharf. »Rede nur leise von ihr. Oder am besten gar nicht!«

»Ja, die Hexe«, antwortete ihm Kafir, der offenbar weniger Furcht vor der Hexe hatte als der Spielzeugmacher. »Die Kinder erinnern sich schon nicht mehr an die Zeit, in der auf jeden Sommer zuverlässig der Winter folgte. Schon seit vielen, vielen Jahren ist dieser Kreislauf durchbrochen. Seit«, der Zwerg sah auf eine Schneeflocke, die auf seiner Hand gelandet war, »die Winterhexe zu einem ständigen Gast auf der Burg des Königs geworden ist. Die Welt ist seither immer mehr aus dem Gleichgewicht geraten. Anfangs hat man es noch nicht so deutlich gemerkt. Die Sommer waren ein wenig kühler, die Winter etwas strenger. Aber es wird schlimmer. Von Jahr zu Jahr. Und dieser Winter endet kaum noch. Man sagt, sie fühlt sich nur in der Kälte wohl. Ihre Welt sei eine erstarrte Welt, in der das Leben langsamer verstreicht und der Tod ferner ist. Nur für sie, nicht für die Menschen, versteht sich. Aber andere meinen …«

»Genug«, zischte Fernando grantig. »Das ist langweilige Politik. Nichts für Kinderohren.«

»Er ist kein Kind«, erwiderte der Zwerg, ehe Léo zu einer empörten Bemerkung ansetzen konnte. »Und du kannst kaum verheimlichen, was vor sich geht.« Kafir nickte zu einer Gruppe junger Kerle, die sich um einen offiziell aussehenden Mann mit einem altmodischen, dreieckigen Hut scharten.

»Was machen die da?«, wollte Léo wissen.

»Sie lassen sich rekrutieren«, antwortete Fernando seufzend. Offenbar hatte er entschieden, Léo selbst aufzuklären. »Es wird einen Krieg geben. Unsere Nachbarn rüsten längst auf gegen uns. Waffen werden jenseits der Grenzen geschmiedet. Männer in den Kriegsdienst gerufen. Die Könige aller Reiche, die wie wir seit so vielen Jahren vom Winter beherrscht werden, haben sich zusammengeschlossen.«

»Aber warum?«, fragte Léo, ohne den Blick von den Männern zu nehmen, die nacheinander dem Offiziellen mit dem dreieckigen Hut ihre Namen nannten, der sie dann in eine Liste eintrug. Die Entschlossenheit stand ihnen allen ins Gesicht geschrieben.

»Weil sie begriffen haben, dass der Sommer nicht mehr kommt, solange die Winterhexe lebt«, sagte Fernando düster. »Dass die Felder nur noch an wenigen Tagen im Jahr schneefrei sind und so wenig hervorbringen, dass manche Mütter ihre Kinder kaum noch satt bekommen. Denn die Hexe hilft nur uns. Sorgt dafür, dass vor ihrer Haustür niemand Hunger zu leiden hat. Schenkt uns Annehmlichkeiten, für die wir mit diesem unnatürlichen Wetter bezahlen. Unsere Nachbarn aber erhalten keinen Lohn. Sie wissen, erst wenn die Winterhexe geht, wird auch der verfluchte Schnee aufhören. Und die Narren aus Briançon werden für die Hexe mit Freude in den Krieg ziehen. Weil sie nicht auf den Luxus verzichten wollen, den sie ihnen verspricht.«

Léo fröstelte nicht nur wegen der Kälte. Auf einmal glaubte er die Anzeichen des Krieges überall zu sehen. Kinder, die mit Holzstecken Schwertkampf spielten, die Männergruppen, die sich an zahlreichen Straßenecken um einen der Hutträger scharten. Pferdewagen, die Ladungen von Eisen durch die verschneiten Straßen trugen. Eisen, aus dem vermutlich Waffen gemacht wurden.

Keiner der drei sagte etwas. Als wollte er Léo von seinen düsteren Gedanken ablenken, fing sich plötzlich der Duft von frischem Brot und süßen Kuchen zwischen den Häusern. Léo drückte sich an einem mageren Jungen vorbei, der mit einem Korb voll dampfender Brötchen in einer Seitengasse verschwand. Eine lange Schlange reichte von einem der Häuser auf die Straße. Daneben hatten sich zahllose Kinder versammelt, wie hungrige Straßenkatzen, und starrten sehnsüchtig in das Geschäft hinein.

»Das gibt es bei uns auch«, meinte Léo. »Morgens beim Bäcker Schlange stehen.«

Kafir warf Léo einen Blick zu, und Léo konnte den Tadel durch die geschwärzten Gläser hindurch spüren. »Bäcker?«, wiederholte er abfällig. »Das ist doch kein Bäcker. Dies hier, Léo, ist eine Zwergenkonditorei. Die einzige in Briançon.«

Er blieb auf der anderen Seite der Straße stehen und deutete auf das Schaufenster. Zwischen den vielen Menschen hindurch erkannte Léo Torten, die sich abenteuerlich in die Höhe schraubten. Sie waren kunstvoll verziert und funkelten in der Sonne, als wären sie mit Eis überzogen.

»Morgens gibt es hier das beste Brot der Stadt, mittags die kunstvollsten Backwerke und Plätzchen für den Tee und abends, ja dann werden die besonderen Kreationen hergestellt, die jeden vor Verzückung seufzen lassen, der das Glück hat, eine von ihnen auf die Zunge zu bekommen«, sagte Kafir, als arbeitete er selbst in der Konditorei und müsste Léo etwas verkaufen. »Diese Torten krönen das Fest von jedem, der genug Geld besitzt, um sich wenigstens einen Abend lang mit den Reichsten der Reichen zu messen. Zumindest, was den Nachtisch betrifft.« Er bemerkte Léos hungrigen Blick. »Ach, herrje. Du hattest natürlich kein Frühstück. Warte mal«, sagte er. Er ging zu der Schlange und drängte sich zwischen den Wartenden hindurch auf die Tür der Konditorei zu. Er rief etwas in einer kehligen Sprache hinein, die Léo nicht verstand. Ein Zwerg erschien daraufhin in der Tür. Wie Kafir trug er keinen Bart, sein Bauch war noch dicker als der von Fernandos Freund und der Ausdruck auf seinem Gesicht noch ein wenig grimmiger. Doch Léo glaubte, in den harten Zügen eine Ähnlichkeit zu Kafir zu entdecken.

Der Zwerg drückte ihm ein Brot in die Hand, das aus der Entfernung wie ein Stück Kohle aussah. Die Augen der Kinder abseits des Geschäfts folgten dem Brot so sehnsüchtig, als hätten sie seit Tagen nichts gegessen. Der fremde Zwerg bemerkte ihre Blicke, verschwand wieder im Geschäft und einen Moment später kehrte er mit einer Schüssel voller Brotreste zurück, um die sich die Kinder wie Tauben um Krumen scharten.

»Hier«, meinte Kafir, als er Léo das Brot in die Hand drückte.

Neugierig brach Léo ein Stück von dem schwarzen Laib ab und schob es sich in den Mund. Nie hatte er etwas Vergleichbares gekostet. Es schien sich auf seiner Zunge zu verändern, als probierte es aus, was Léo wohl am liebsten essen würde. Von salzig wandelte es sich zu scharf und endete dann in einem süßen Geschmack, den Léo nicht zuordnen konnte. »Unglaublich«, entfuhr es Léo und er sah, wie Kafir zufrieden nickte. »Besser als Schokolade!«

Kafir blickte ihn fragend an. »Schoko… was?«

Léo winkte ab. Offenbar unterschieden sich die beiden Seiten, wenn es um Léos liebste Süßigkeit ging. »Nur etwas aus meiner Welt. Übrigens, war der Mann da ein Verwandter von dir?«

Er sah, wie Fernando zusammenzuckte und sich Kafirs Züge für einen Moment verhärteten. »Verwandt, ja, das sind wir. Es war meine Tante«, meinte der Zwerg grimmig.

Die Gedanken an die Hexenkrähen und den drohenden Krieg verflüchtigten sich in der Morgensonne allmählich wie Frühnebel und Léo blieb nur die Neugierde. Er hätte sich allzu gerne noch länger in der Stadt umgesehen. Besonders ein Geschäft zog seinen Blick auf sich. Léo konnte nicht anders, als stehen zu bleiben. Mit großen Augen starrte er in die Auslage. Zahllose Spiegel lagen auf einem schwarzen Tuch, golden eingefasst, groß und klein, von Mustern geschmückt, die wie Ranken an den Rahmen entlangtrieben. Léo wusste nicht sofort, was ihn so an ihnen faszinierte. Der Reihe nach sah er sie an.

»Du siehst in Hexenspiegel«, raunte Kafir ihm zu. »Interessante kleine Dinger, nicht?«

Léo starrte die Spiegel an. Und dann begriff er. Aus keinem von ihnen sah er sein Spiegelbild zurückblicken.

»Du kannst sie auf einen Ort richten, der weit entfernt liegt. Am anderen Ende der Welt, wenn du es willst. Und wenn dort jemand den Zwilling des jeweiligen Spiegels besitzt, kannst du zu ihm hinsehen. Die teuren Exemplare erlauben es dir sogar, mit einem Menschen hinter dem zweiten Spiegel zu sprechen.«

»Unglaublich«, stammelte Léo.

»Hinterhältig«, erwiderte Fernando brummig und starrte in die blank polierten Spiegel. »Die Hexe hat sie verzaubert und lässt sie von ihren Dienern verkaufen. Sie soll so sehen und hören können, was ihre Spiegel sehen und hören. Verliebte Worte, dunkle Geheimnisse. Viele sagen, das sei alles Unsinn. Ich aber denke, dass es stimmt. Die Narren, die diese Dinger kaufen, entblößen sich vor der Hexe.«

»Habt ihr auch so etwas in eurer Welt?«, fragte Kafir interessiert. »Ich bin immer nur kurz da und bekomme kaum etwas mit.«

Léo zog sein Smartphone hervor. »Wir haben das hier.«

»Sieht klein aus«, bemerkte Fernando. »Taugt es was? Kann es mit mir sprechen?«

»Ich habe hier kein Netz.«

»Ich weiß nicht, wofür du eines brauchst, aber ich kann dir eines besorgen«, meinte Kafir.

Einen Moment lang sah ihn Léo fragend an, dann musste er lächeln. »Nein, nicht so ein Netz. Wartet, es kann noch etwas.« Er dirigierte Kafir und Fernando vor das Schaufenster und hielt das Smartphone vor sich. Als er ihnen das Foto zeigte, das er gemacht hatte, breitete sich Erstaunen auf ihren Gesichtern aus.

»Ein Zauber«, sagte Kafir verblüfft und strich über das Display.

»Nein, das ist Technik«, verbesserte Léo.

Fernando sah ihn an. »Wo ist da der Unterschied?«

Bald erreichten sie den Lauf des Flusses, an dessen Gegenstück Léo gestern noch mit seinen Freunden gesessen hatte. »Er heißt zwar hier Königsband«, sagte Kafir, als sie an einer kunstvollen Eisenbrücke entlanggingen und auf die Eisfläche hinuntersahen, »aber er ist so schmal und gemächlich, dass er bereits mit dem ersten Anflug des Winters einfriert.«

Léo erkannte den Platz, an dem er mit seinen Freunden abends öfters saß und den Fluss beobachtete, der sich träge in seinem Bett durch die Berge hindurchschlängelte. Er sah den Kindern hinterher, die über das Eis schlitterten. In seiner Welt war der Fluss noch nie erstarrt. Hier aber sah er aus, als wäre die Zeit für ihn stehen geblieben. Die Sonne brach sich auf seinem starren Rücken und ließ ihn glitzern, als sei er mit Diamantsplittern überzogen.

»Und das ist alles nur wegen der Hexe so?«, fragte er Kafir so leise, dass die Leute, die hinter ihnen über die Brücke gingen, ihn nicht hören konnten.

Kafir nickte.

»Wie mächtig ist sie?«, wollte Léo wissen.

»So mächtig, wie sie will. Sie ist die eigentliche Herrscherin über die Stadt und das ganze Königreich, auch wenn man das nicht laut sagen darf. Aber im Grunde wissen es alle.«

»Königreich? Es gibt noch einen König? Wer ist es? Und warum regiert er hier?« Die Fragen purzelten nur so aus Léo heraus.

»König Antoine. Wo sollte er denn sonst regieren?«, gab Fernando zurück.

»Na, in Paris.«

Die Augen hinter Fernandos Brillengläsern weiteten sich. »Die Zwergenstadt, in der um Geld gespielt wird? Nur Glücksritter und Amüsierhungrige fahren dorthin und verprassen ihre Goldmünzen bei Kafirs Sippe. Nein, der König lebt schon immer hier. Und bei ihm die Hexe.«

»Aber was ist mit den Leuten?«, fragte Léo. »Haben sie keine …«

»Angst vor ihr? Das kommt darauf an, wen du fragst, Kleiner. Manche fürchten sie ebenso sehr wie den Tod. Andere sind ihr dankbar für das, was sie für die Stadt tut. Sieh nur.« Der Zwerg deutete auf eine Straßenlaterne, die denen in Léos Welt nicht unähnlich war.

»Ihr habt Strom?«, fragte Léo verwundert.

»Strom? Ach ja, Iza hat davon erzählt. Er fließt durch eure Welt und lässt alles leuchten, nicht wahr? Nein, in dem Glas sind Feuerkäfer gefangen. Normalerweise sind sie so selten wie Silber und einem normalen Menschen würden sie die Haut von den Knochen brennen. Doch die Diener der Hexe züchten sie in dem verfluchten Turm, in dem sie haust, und sperren sie für die Einwohner der Stadt in ihr gläsernes Gefängnis. Es ist nicht das einzige Wunder, das die Hexe den Menschen von Briançon schenkt. Wie ich sagte, dieses Königreich erhält viele Annehmlichkeiten von ihr. Doch der Preis, den wir und unsere Welt zu zahlen haben, ist hoch. Viel höher, als sich viele eingestehen. Und wer weiß, ob die Welt je wieder so werden kann, wie sie einst war. Ob sie sich überhaupt noch an den Sommer erinnern kann.«

»Nun halt doch deinen Mund, du kleinwüchsige Plappertasche«, murrte Fernando düster. »Sonst enden wir nicht einmal mit einem Federkleid, sondern werden noch von den Feuerkäfern gefressen.«

Sie hatten den Platz erreicht, auf dem das kaputte Handelshaus mit seinen beiden Türmen stand. Davor sah Léo den Brunnen und den Gehängten. Das Gesicht des armen Teufels war vor Angst entstellt und so bleich wie das des Todeshändlers gestern Nacht. Léo konnte nicht abschätzen, wie lange er schon dort hing und wann das Leben seinen Leib verlassen hatte. Der Mann sah seltsam unwirklich aus, doch sein Anblick brachte die Erinnerung an die vergangene Nacht wieder zurück. Léo hörte das Krächzen der Vögel in den Ohren, als würden sie über ihm kreisen. Kälte drang unter seinen Mantel und tastete sich bis in sein Herz vor. Léo musste sich überwinden, den Gehängten und hinter ihm den Brunnen anzusehen, auf dem die Hexenkrähen gesessen hatten, ehe das Mädchen und Haluk …

Er konnte nicht mehr und wandte sich ab. »Wer war er?«, fragte er Fernando und Kafir.

»Der da?«, meinte der Zwerg so beiläufig, als wäre der Anblick eines offen zur Schau gestellten Toten nichts Ungewöhnliches. »Einer, der sich gegen den Krieg ausgesprochen hat vermutlich und der als Verräter gehängt wurde. Es läuft die große Mobilmachung. Wir stellen eine Armee auf. Oh, die Menschen des ganzen Reiches sind wie von Sinnen. Überall hört man sie über unsere Nachbarländer schimpfen. Wer nicht für den Krieg ist, ist gegen uns.«

»Das ist unmenschlich«, zischte Léo. Er hatte zuvor noch nie einen Toten gesehen. Und nun waren es bereits drei innerhalb weniger Stunden.

»Unmenschlich?«, erwiderte Kafir mit mildem Spott in der Stimme. »Leider ist es nur allzu menschlich. Grausam. Schrecklich. Die Wirklichkeit. Nenn es, wie du willst. Dies ist unser Briançon. Hier herrscht die Hexe. Du spürst ihren Willen in der Luft. Sie hat den Winter ins Land gebracht. Und mit ihm den Tod. Die Lage ist so angespannt, dass es nur einen Funken braucht, um einen Flächenbrand zu entzünden.«

Léo fuhr herum, als er eine metallene Hand auf der Schulter fühlte.

»Sieh«, meinte Fernando so vergnügt, als hätte er keines von Kafirs dunklen Worten gehört. Léo folgte seinem Blick hinauf zu dem linken Turm, froh, von dem Gehängten und den allzu düsteren Gedanken abgelenkt zu werden. In dieser Welt zierte nicht eine Sonnenuhr die Spitze des Turms, sondern ein mechanisches Uhrwerk. Die Zeiger standen auf kurz vor zehn. Unter dem Ziffernblatt war eine Tür in die Mauer eingelassen, die auf einen schmalen Vorsprung führte. Sie war halb geöffnet, dahinter lag alles im Dunkeln.

Léo runzelte die Stirn. »Wer ist denn so verrückt und steigt dort oben aus dem Turm?«, fragte er.

Kafir deutete auf Fernando. »Uhrenmacher. So wie er früher.«

»Die berühmte Uhr von Briançon«, rief der Alte stolz und deutete überflüssigerweise hinauf. »Neben dem Ziffernblatt in der Mitte siehst du noch einige weitere. Sie zeigen dir den Tierkreis und in welcher Phase der Mond ist und wo die Sonne steht. Und im Inneren gibt es ein kleines Planetarium.«

»Er hat an ihr herumgeschraubt«, flüsterte Kafir.

»Ich habe sie gebaut«, korrigierte ihn Fernando.

»Hat ihm den Arm von der Schulter gebissen, das Ding. Er ist in das Uhrwerk geraten.«

»Sie ist trotzdem die schönste Uhr der Welt«, meinte Fernando verträumt und strich sich gedankenverloren über den mechanischen Arm. »Früher einmal funktionierte auch die Uhr in dem anderen Turm und gemeinsam erfüllten sie jede volle Stunde mit ihrem wunderschönen Glockenspiel. Es war, als würde man einem Lied lauschen, das zwei begnadete Künstler spielen. Aber als ein gelehrter Taugenichts vor vielen Jahren ein Wetterexperiment dort veranstaltet hat, ist ein heftiger Blitz eingeschlagen, der nicht nur die Uhr dort zerstört, sondern auch dem Handelshaus eine so tiefe Narbe in die steinerne Haut geschnitten hat, dass es im Grunde abgerissen werden müsste. Die Uhr im rechten Turm zeigt seither beharrlich vier Minuten nach zehn an.« Er blickte stolz auf den linken Turm. »Aber diese hier läuft noch immer. Fehlerfrei. Jede Stunde hat einen eigenen Klang. Zehn Uhr ist besonders schön.« Der alte Spielzeugmacher deutete hinauf zum Zifferblatt. Der kleine Zeiger rutschte gerade auf die Zehn und aus dem Inneren des Turms erklang ein Geräusch, als würde eine Frau singen. Plötzlich aber mischte sich ein lautes Krächzen hinein, das aus vielen Kehlen zu stammen schien.

»Verdammte Biester«, zischte eine alte Frau, die mit gebeugtem Rücken über den Platz schlich. »Jede Stunde geht das so. Seit heute Morgen um sechs. Warum bleiben sie nicht im Turm der verdammten Hexe, wo sie hingehören?« Sie versetzte dem Gehängten einen Schlag, als trüge er die Schuld daran, und schlich weiter, während hinter ihr der Schnee von den toten Schultern fiel.

Fernando sah ihr nach, dann richtete er seinen Blick wieder hinauf zum Turm, aus dem noch immer das aufgeregte Krächzen kam. »Himmel, die Hexe weiß es«, flüsterte er und war mit einem Mal so weiß wie der Schnee. »Sie weiß, wo der Durchgang ist.«

Léo starrte hinauf, das Herz so schwer vor Angst, dass es beinahe keine Kraft mehr zum Schlagen hatte. Hinter der halb geöffneten Tür an der Turmspitze erkannte er plötzlich Augenpaare, die auf ihn hinabstarrten. Jeden Moment, glaubte er, würden die Krähen aus dem Turm jagen und sich auf sie stürzen.

Nur Kafir bewahrte die Ruhe. »Nein, sie weiß es nicht«, sagte er gefasst. Das Kreischen der Vögel war so laut, dass Léo ihn kaum verstand. »Sonst wären ihre Todeshändler da. Alles, was sie weiß, ist, dass Haluk gestern hier war. Und dass Silber in diese Welt gelangt ist.«

Léo erinnerte sich bei diesen Worten an seine Kette, die Haluk fortgeworfen hatte. Doch unter dem Schnee konnte er sie nicht entdecken.

Der Zwerg zog die beiden Menschen mit sich. »Die Biester beobachten nur den Platz. Kommt, wir gehen. Aber schön langsam.«

»Und was geschieht jetzt mit mir?«, fragte Léo und wagte nicht sich umzudrehen.

»Du bleibst erst einmal hier«, bestimmte Kafir.

Léo nickte, doch dann kam ihm ein Gedanke, der sein Herz endgültig schwer vor Furcht machte. »Meine Mutter. Was, wenn sie herausfindet, dass ich nachts im Turm war. Und herüber…«

»Keine Angst«, sagte der Zwerg. »Haluk hat den Durchgang auf dieser Seite mit aller Sicherheit verschlossen. Und damit kann niemand die Seiten wechseln, solange er nicht von hier aus wieder geöffnet wird. Wir warten ab. So lange, bis die Hexe und ihre Diener das Interesse an dem Turm verlieren.«

Fernando sah ihn düster an. »*Wenn* sie es verlieren.«

EIN BESONDERER AUFTRAG

In den folgenden Tagen fühlte sich Léo hin- und hergerissen zwischen der Angst vor der Hexe, ihren Krähen, dem Krieg, der in der Luft lag, und der Neugier auf die Heimat seiner Eltern. Er kam sich vor wie in einem Märchen. Aber Märchen müssen nicht immer gut ausgehen, Léo, mahnte er sich, wenn er anfing, die Gefahren um ihn zu vergessen.

David war nicht begeistert gewesen, als er gesehen hatte, wie Léo zusammen mit Fernando zurückkehrte. Und seit der Alte ihm eröffnet hatte, dass Léo noch ein wenig bleiben und mitarbeiten würde, hatte sich das Gesicht des Jungen komplett verfinstert.

»Du wirst einfach mein zweiter Lehrling.« Fernando hatte seltsam gerührt ausgesehen und Léo hatte geglaubt, eine Träne hinter seiner Brille glitzern zu sehen. »Endlich wieder ein Mellino in diesem Haus. Ich sage dir, diese Zeit wirst du nie vergessen.«

Er hätte all das hier selbst dann nicht vergessen können, wenn er sich angestrengt hätte. Und die Aussicht, wie sein Vater und seine Mutter hier zu lernen, hatte die Angst aus seinem Herzen vertrieben.

Der alte Spielzeugmacher wies Léo einen Arbeitsplatz in der Werkstatt zu. »Derselbe Platz, an dem auch dein Vater immer gestanden hat«, meinte Fernando feierlich. Er ließ Léo zunächst ein paar Zuarbeiten für ihn selbst und David erledigen. Mit viel Eifer und ebenso viel Unterstützung seines Aufräumers machte sich Léo an die Arbeit. Und schon am zweiten Tag durfte er sich an einem einfachen mechanischen Männchen versuchen und als Fernando ihm am Abend erklärte, wie er das Herz anfertigen musste, hatte Léo das Gefühl, dass er in seinem Leben nie etwas anderes gemacht hätte, als Spielzeuge zu bauen.

Bei seiner Mutter hätte er all dies nicht gelernt. Der Gedanke an sie versetzte Léo jedoch einen Stich und er versuchte, ihr Bild aus seinen Gedanken zu verdrängen. Er hätte ihr gern gesagt, dass es ihm gut ging und dass sie sich keine Sorgen machen musste. Aber auch wenn seine Mutter sich sorgte, Léo konnte nicht fort, solange die Krähen den Übergang in seine Welt besetzten.

Auch in den folgenden Tagen belagerten die Vögel den Turm des alten Handelshauses und Léo verbrachte die meiste Zeit in der Werkstatt. Kafir besorgte ihm ein paar Sachen, mit denen er in Briançon nicht weiter auffiel. Eine Hose, ein Paar schwere Stiefel und einen Mantel, der im Gegensatz zu dem von Fernando nicht nach muffigem Schrank roch. Das Haus verließ er dennoch nur selten und wenn, dann meist am Morgen, wenn die Sonne hell schien und der Himmel frei von Krähen war.

Das Spielzeugmachen erfüllte ihn so sehr, dass er kaum merkte, wie die Tage vergingen. Fernando ließ sich einige Geschichten über Léos Vater entlocken. Léo erfuhr, wie er seiner Mutter monatelang hinterhergelaufen war, bis sie ihm auch nur ein Lächeln geschenkt hatte. Wie er anfangs allzu oft sämtliche Regeln gebrochen hatte und wie er sich schließlich von Idealismus getrieben einer Art Verschwörung gegen die Hexe angeschlossen hatte. Léo glaubte, seine Eltern neu kennenzulernen. Was jedoch mit dem Herzen, das sein Vater gebaut hatte, geschehen war und für wen es war, mochte Fernando ihm nicht verraten. Und auch über die Verschwörung sagte er kein Wort mehr.

So schön die Tage auch waren, in den Nächten, wenn er im Bett lag, träumte Léo von einem Krieg, in dem er ein Soldat war, und von Krähen, die ihn verfolgten und mit spitzen Schnäbeln nach ihm hackten. Er träumte so oft von ihnen, dass er begann, schon beim Zubettgehen den Moment herbeizusehnen, an dem er wieder vor seinem Tisch saß und eiserne Körper und Herzen baute. Selbst für Fernandos kritische Augen gab es schon nach kurzer Zeit nur wenig an seiner Arbeit auszusetzen, gleich wie viel Léo zu tun bekam.

Er saß gerade über einer Sonderanfertigung für einen Kaufmann, der einen mechanischen Brotabschneider für seinen Frühstückstisch bestellt hatte, als die Türglocke schrillte. Vor Schreck ließ Léo eine Schraube fallen, die über den Arbeitstisch und schließlich über die Kante rollte. Sofort stürzte sich der Aufräumer, der Léo in Fernandos Haus nicht von der Seite wich, vom Tisch. Léo sah ihm kurz nach, doch dann lenkte ihn die Stimme eines Jungen, die durch den Laden schallte, ab. Er war um einiges jünger als Léo selbst. Ein magerer Junge mit schwarzen Haaren, die ihm wild in die Stirn fielen.

»Hallo, David«, grüßte der Junge, der in die Werkstatt trat und sich unaufgefordert auf einen Stuhl fallen ließ. Draußen schneite es einmal mehr und der Schnee, der sich dem Jungen auf den Mantel gelegt hatte, fiel zu Boden. »Es ist unglaublich. Er ist ... Wer ist das denn?«, fragte er, als er Léo erblickte, der gerade die Schraube aus den Händen des Aufräumers entgegennahm. Der kleine Mann hatte sich eine ordentliche Beule bei seinem unüberlegten Sprung zugezogen. Léo griff sich einen winzigen Hammer und machte sich daran, sie ihm auszuklopfen.

»Ein Neuer. Léo, heißt er«, antwortete David ohne auf-
zuschauen und schraubte einem Träger die Beine an. »Er ist
nicht von hier.«

»Hallo«, sagte der Junge. »Ich heiße Emanuel.«

»Er erledigt für ein paar Kupfermünzen unsere Botengänge«,
erklärte David Léo knapp und sah dann endlich von seiner Arbeit auf. »Was ist so unglaublich?«

»Unglaublich? Ach so, natürlich. Es ist wirklich unglaublich.
Er ist tot«, rief er. Emanuel sprang von seinem Stuhl auf und
begann so aufgeregt von einem auf das andere Bein zu hüpfen,
als steckten ein paar heiße Kohlen in seinen Schuhen.

»Wer ist tot?«, hörte Léo jemanden hinter sich gähnend fragen. Fernando kam mit schlafmüden Beinen aus dem Wohnzimmer in die Werkstatt gewankt. Es war zwar erst elf Uhr,
doch Fernando hatte sich bereits zu seinem ausgedehnten Mit-
tagsschlaf hingelegt. Offenbar musste er einiges nachholen. Léo
hatte ihn nicht nur in der zurückliegenden Nacht unten arbeiten gehört.

»Der König«, schnappte Emanuel so aufgeregt, als würden
die Worte seinen Mund verbrennen.

»Was erzählst du, Junge?«, brummte der alte Spielzeugmacher barsch und gähnte. Mit seiner Schraubenzieherhand setzte
er sich seine Brille auf die dicke Nase und seine durch die Gläser
vergrößerten Augen musterten den Jungen wie ein unerfreu-
liches Insekt. »Der König dürfte sich bester Gesundheit er-
freuen. Erst letzte Woche habe ich ihm persönlich einen Putzer
für die goldenen Knöpfe seines Mantels geliefert. Seine Majestät sah kerngesund aus.« Fernando strich sich das widerspens-
tige Haar glatt, das wie weißes Stroh auf seinem Kopf wucherte.

»Aber er ist tot«, beharrte Emanuel und schielte auf die Straße, die sich zunehmend mit Leuten füllten. »Es heißt, es war
ein Atta... ein Attena...«

»Ein Attentat?«, bot Léo an. Er betrachtete prüfend den Aufräumer, der sich dankbar über den nun wieder makellosen Kopf strich, während Emanuel nickte.

»Der neue König wird zur Mittagsstunde vor der Burg eine Rede halten«, sagte der Laufjunge in so geschäftsmäßigem Ton, als sei er gerade zum Hofsprecher ernannt worden. Dabei hielt er unauffällig seine rechte Hand auf.

Fernandos Gesicht wurde weiß wie an dem Morgen, an dem sie die Krähen im Turm entdeckt hatten. »Der König ist tot. Das ist der Funke, der den Flächenbrand entzündet«, murmelte er zu sich selbst und warf dem Jungen gedankenverloren eine Kupfermünze zu.

»Wenn Ihr wollt, dann höre ich sie mir für Euch an und berichte später«, fügte Emanuel hinzu. Er hielt seine Hand weiter offen, doch Fernando scheuchte ihn aus dem Geschäft.

»Ohren habe ich selbst, du gieriger Bengel«, rief er ihm hinterher und warf die Tür geräuschvoll ins Schloss.

»Ein Attentat«, murmelte er und sein Gesicht war so düster geworden, als stünde das Ende der Welt bevor. »Es geht los.«

»Hatte der König Feinde?«, fragte Léo.

»Antoine de Bussaco? Keinen in Briançon«, meinte Fernando. »Alle haben ihn geliebt. Er hat sich die Ehrfurcht seiner Untertanen damit verdient, dass er stets für Ruhe und Ordnung gesorgt hat. Aber unter unseren Nachbarn gibt es viele, die ihm ebenso wie der Hexe den Tod wünschen, allein, weil er ihr seit Jahrzehnten Unterschlupf gewährt und in ihren Augen schuld ist, dass der Winter mittlerweile fast ewig zu dauern scheint.«

»Und wer wird dann der neue König, von dem der Junge gerade gesprochen hat?«, wollte Léo wissen.

»Du weißt nicht, wer der Prinz ist?«, fragte David in einem Tonfall, als würde er Léo für schwachsinnig halten.

»Du weißt doch, Léo kommt nicht von hier«, verteidigte Fernando ihn schnell. »Damit hat er sicher Prinz Isaak gemeint«, fuhr er an Léo gewandt fort. »Der älteste Sohn des toten Königs. Ein Taugenichts, und launisch und aufbrausend noch dazu. Verdammt.« Fernando sah durch das Schaufenster seines Geschäfts auf die Menschen, die durch die Straße zogen. »Wir haben genug geschraubt«, bemerkte er schließlich. »Ich finde, wir sollten den neuen König einmal anhören, meint ihr nicht?«

Vier Alleen führten auf die Burg des Königs zu, die auf einem Hügel über der Stadt thronte. Doch es war gleich, auf welche von ihnen sie auswichen: Alle Straßen schienen gleichermaßen verstopft. Fernando griff zum Äußersten und drückte die Menschen vor sich mit seiner Schraubenzieherhand kurzerhand beiseite. Die Leute sprangen zurück, wenn sich die metallenen Finger in ihre Rücken bohrten, und David und Léo mussten sich beeilen, um Fernando in die Lücken zu folgen, die er in die Menge riss. Wie Treibholz schwammen sie durch ein Meer aus Menschen, in dem die Kutschen der Adligen, die sonst vermutlich immer ihren Weg fanden, hoffnungslos stecken blieben. Die ganze Stadt schien auf den Beinen zu sein.

Léo konnte die Burg bereits aus der Ferne erkennen. In seiner Welt stand dort oben das Fort des Têtes, eine gewaltige Festungsanlage. Hier aber hatte es womöglich nie existiert. An seiner Stelle erhoben sich die strahlend hellen und starken Burgmauern.

Sie brauchten eine Ewigkeit, um dorthin zu gelangen, aber wenigstens schneite es nicht mehr und im Gewühl der Menschen war es warm. Schließlich schwemmte sie die Menge vor das Tor der Burg und sie erkämpften sich einen Platz so nahe bei den Königswachen, dass Léo die eingravierte Krone auf den Knöpfen ihrer Uniformen erkennen konnte.

Prinz Isaak hatte bereits mit seiner Rede begonnen. Mit seinem schulterlangen blonden Haar und seinem eckigen Kinn sah er aus wie der Held des Märchenbuchs, aus dem Léos Mutter ihm als Kind vorgelesen hatte. Doch Isaaks Stimme war beinahe so hoch wie die einer Frau und sie überschlug sich häufig, wenn sich Briançons kommender König in Rage redete.

»Fistelmund. So nennen ihn die Leute«, raunte Fernando Léo zu, als Isaaks Stimme besonders schrill über die Menge tönte. »Aber sie tun es nur heimlich. Es heißt, Isaak lässt jedem die Zunge, über die dieser beleidigende Name kommt, aus dem Mund herausschneiden.«

»… werden wir den Angriff auf die Krone mit gleicher Münze heimzahlen und den Tod meines Vaters vergelten«, hörte Léo ihn sagen, dann verloren sich die Worte des Prinzen in einem Schluchzer, der Léo reichlich gespielt vorkam.

»Der Heuchler«, meinte Fernando verächtlich. »Es ist kein Geheimnis, dass der Prinz die Tage gezählt hat, die Antoine seiner Meinung nach schon zu lang auf dem Thron gesessen hat. Auf seinem Thron. Man sagt, der König sei im Grunde gegen die Mobilmachung gewesen und habe sie für Isaaks Geschmack viel zu zaghaft durchgeführt. Verflucht, seine Schwester, die noch von der Amme gestillt wird, wäre besser auf dem Thron aufgehoben als er hier.«

»Mit Gift töten nur Feiglinge«, polterte der blonde Prinz. »Wir aber kämpfen ehrenhaft. Mit offenem Visier und reinem Herzen. Wer auch immer hinter dem Mord an meinem Vater, an unserem geliebten König, steckt, wird daran scheitern, unser Königreich einzunehmen. Wir werden unsere Anstrengung vervielfachen, die große Armee von Briançon aufzustellen. Eine

Armee, die die Welt noch nie gesehen hat. Und dann werden wir alle Feinde, die sich uns entgegenstellen, hinwegfegen. Ich rufe hiermit jeden Mann zu den Waffen. Es ist eure, äh, unsere Pflicht, meinen toten Vater, euren geliebten König, zu rächen.«

Jubel entbrannte so plötzlich, als würden die Menschen platzen, wenn sie nicht endlich laut schrien. Isaak machte eine Pause und ließ seine Worte wirken. Sie drangen in die Köpfe der Menschen und erfüllten ihre Herzen mit Kriegslust. Léo sah fragend zu Fernando hinüber, dessen Gesicht starr auf den Prinzen gerichtet war.

»Das Einzige, was an seiner Rede stimmte, waren die Worte vom geliebten König«, wisperte Fernando grimmig. »Aber der Rest ist eine Lüge. Er will den Krieg, weil *sie* ihn will. Weil er ihrem Zauber verfallen ist. Und ich verbiege mir alle Schraubenzieherfinger, wenn das Gift nicht von ihr stammt.«

»Von *ihr*?« Léo wollte fragen, wen Fernando meinte, doch ehe er den Mund aufmachen konnte, ging ein Raunen durch die Menge.

Eine in Weiß gekleidete Frau erschien neben Isaak. Ihr Kleid war so strahlend wie der Morgen und ihre Augen leuchteten wie Eis, das die Sonne bricht. Ein Soldat schob sich vor Léo und verdeckte ihm für einen Moment die Sicht, doch schließlich gelang es Léo, den Kopf hoch genug zu recken, um sie kurz zu sehen. Sie war … makellos. Strahlend schön. Wie ein Versprechen an ein Leben voller Glück.

»Die Hexe«, beantwortete Fernando die Frage. »Sieh sie dir an. Nur ihr ist es erlaubt, Weiß zu tragen. Weiß für die Unschuldige. Neben ihr würde selbst die ehrlichste Jungfrau wie eine verschlagene … nun, eben äußerst unmoralisch wirken.« Er warf Léo einen verschämten Blick zu. »Sieh nur, wie alle sie anstarren.«

Léo blickte sich um. Tatsächlich waren alle Augen auf sie gerichtet.

»Es heißt, die Hexe sei die schönste Frau, die es in Briançon, ja, in der Welt, je gegeben hat. Nur ein Blick von ihr, sagen die Leute, reiche aus, um den Verstand aus dem Herzen eines Mannes zu waschen. Jeder, den dieser Zauber berührt, würde alles für sie tun. Alles. Einzig, um ein Lächeln auf jenes Gesicht zu malen, von dem es heißt, es sei vollkommen.«

Als Léo sich umsah, erkannte er in den Mienen der Männer die Macht des Zaubers, von dem Fernando sprach.

»Die Leute haben schon über eine Liebesbeziehung zwischen ihr und dem alten Antoine de Bussaco getuschelt, als der König noch jung gewesen ist«, fuhr der Spielzeugmacher flüsternd fort. »Die Hexe aber ist nicht gealtert. Und nun steht sie hier. Neben Isaak, der ebenso jung ist wie sein Vater damals. Dass sie gekommen ist, kann nur heißen, dass sie die Nachfolge des Königs akzeptiert. Briançons heimliche Herrscherin hat entschieden.«

»Heimlich? Warum herrscht sie nicht offen über das Land, wenn sie so mächtig ist?«, fragte Léo und starrte zu der Frau hoch, als wäre sie die erste, die er in seinem Leben je gesehen hatte.

»Selbst sie weiß, dass eine Herrschaft, die sich nur auf Angst stützt, so viel Hass hervorbringt, dass sie eines Tages an ihm erstickt. Nein, sie braucht die Liebe in den Herzen der Menschen. Liebe für einen König. Oder zumindest eine gewisse Sympathie. Der König kümmert sich um das Volk. Sie hat die Macht.«

Eine Krähe landete auf der Schulter der Hexe und Léos Herz setzte einen Schlag aus. Er glaubte, den menschlichen Schrei der Hexenkrähen zu hören, und dachte an Haluk. *Schlimmer als der Tod.* Die Augen der Krähe waren ebenso dunkel wie seine es gewesen waren, doch Léo wusste nicht, ob alle Vögel solche Augen hatten oder nur dieser eine. Grob zog Fernando ihn weg. »Genug gehört«, zischte der alte Spielzeugmacher. »Der Funke ist da. Ach, ich habe zu lang gewartet. Ich hätte längst fertig sein müssen.« Er trieb Léo und David vor sich her. Sie bahnten sich einen Weg durch die Menge, die sich jedem bereitwillig öffnete, der fortging und damit Platz für die machte, die blieben.

Sie waren kaum zur Tür herein, da verschwand Fernando auch schon in dem Schuppen, von dem aus Léo in seiner Welt das Gespräch zwischen Kafir und seiner Mutter belauscht hatte. Hier jedoch gab es sicher kein loses Brett. Fernando schloss die Tür, und Léo hörte ihn von da an hämmern und stanzen. Nur gelegentlich kam der alte Spielzeugmacher an diesem Tag noch heraus. Dann saß er, das missmutige Gesicht in seine faltigen Hände gelegt, am Fenster und starrte auf die verschneiten Straßen hinaus. »Der Funke«, murmelte er und sein Gesicht verhärtete sich. Eine Erklärung über sein seltsames Verhalten gab Fernando nicht ab. Er war so verändert, dass Léo nicht den Mut aufbrachte, ihn nach dem zu fragen, was er in dem Schuppen baute. Vermutlich, so dachte er, hatte Fernando dort all die Nächte über gearbeitet.

Gegen Abend kam Kafir in die Werkstatt, um zu berichten, dass es ruhiger wurde am Turm. »Hoffentlich nur noch ein paar Tage, dann kannst du wieder heim, Léo.« Fernando nickte nur beiläufig.

»Der Fistelmund wird übrigens morgen früh gekrönt. Verliert nicht viel Zeit mit Trauern«, meinte der Zwerg und folgte Fernando dann ohne ein weiteres Wort in den Schuppen.

Am nächsten Morgen ließ sich Fernando überhaupt nicht blicken. Nur emsiges Hämmern aus dem Schuppen zeigte an, dass der Alte nicht gestorben oder verschwunden war. Léo und David waren daher alleine in der Werkstatt, als es gegen die Tür zum Haus klopfte. Es klang, als sei derjenige, der da Einlass verlangte, verschlossene Türen nicht gewohnt. Ehe Léo die Tür öffnen konnte, stolperte Fernando aus dem Schuppen. Er sah aus, als habe er die ganze Nacht gearbeitet. Und er roch auch so. Er drängte sich an Léo vorbei, und der scharfe Duft von Politur zog in seine Nase. Oder war es der von Fernandos Schnaps?

Der blasse Mann mit dem schwarzen Mantel, dem der Alte die Tür öffnete, rümpfte die Nase und trat so selbstsicher ein, als wäre dies hier sein Zuhause und Léo und die anderen Fremde. In der einen Hand hielt er einen kunstvoll geschnitzten Gehstock. Aus dem anderen Ärmel aber lugten goldene Finger. Offenbar war Fernando nicht der Einzige, der irgendwann eine Gliedmaße hatte einbüßen müssen.

Fernando sah ihm finster nach. »Ihr wünscht, mein Herr?«, fragte er kalt.

»Graf de la Mort«, stellte sich der Mann vor. »Ich spreche für seine Majestät, König Isaak de Bussaco.« Der Bote der Krone ließ seinen wässrigen Blick über die Regale voller Eisenmänner fahren, ehe er an Fernando haften blieb und ihn geringschätzig musterte. »Seine Majestät erbittet, hm, die Unterstützung seiner Untertanen.« Die Stimme des Boten war etwas zu hoch und gehörte zu einem Mann, der offensichtlich zu viel Zeit in dunklen Räumen verbracht hatte. Er war so blass, als hätte ihm der Schnee das Gesicht weiß gefärbt. Das Wort *erbittet* klang über seine schmalen Lippen gestrichen eher wie *befiehlt*.

Léo starrte ihn mit zusammengekniffenen Augen an. Etwas Unmenschliches ging von ihm aus. Wie von dem Mann am Brunnen. Dem Todeshändler. Nur mit Mühe widerstand Léo dem Drang, sofort aus der Werkstatt zu flüchten.

76

»Wir werden unser Möglichstes tun, um dem König zu helfen«, sagte Fernando und trat auf den Grafen zu. Er überragte den Boten um gut einen Kopf. »Wenn es um eine Steuer geht, dann …«

»Seine Majestät schickt mich nicht aus, um, hm, Geld einzutreiben.« Das freudlose Lachen des Boten machte ihn in Léos Augen noch unmenschlicher. »Es geht vielmehr um, hm, eure meisterhafte Arbeit.«

»Der König wünscht Spielzeug?« Die Frage hatte Léos Mund bereits verlassen, ehe er sich auf die Zunge hatte beißen können. Der Graf musterte ihn wie eine Katze, die einen kranken Vogel zum Spielen entdeckt hatte.

»Der König wünscht sich dessen hier zu bedienen.« Er deutete auf ein paar Kämpfer unter den fertigen Arbeiten, die zur Abholung bereit waren. Leblos standen sie auf einer Platte voreinander, die eisernen Schwerter zum Schlag erhoben. In dem Moment jedoch, da der Graf sie mit seiner weichen Hand antippte, erwachten sie zum Leben und begannen ihr endloses Duell. Ihre Waffen hieben unermüdlich aufeinander ein und es klang, als ob ein Löffel an eine Teetasse geschlagen würde. Aus kalten Augen sah der Bote den beiden Kämpfern eine Weile interessiert zu, dann richtete er den Blick mit einem Mal auf Fernando. Léo erkannte darin eine Härte, die wohl auf keinem Schlachtfeld der Welt, sondern nur in einem Thronsaal erworben werden konnte. Jemand mit diesem Blick hielt den Tod für einen akzeptablen Preis, solange er ihn nicht selbst zahlen musste. »Ihr habt sicher von der grandiosen Rede unseres neuen Königs gehört. Wir stellen die große Armee von Briançon auf. Doch so tapfer unsere Männer auch sind, die Heere unserer Feinde sind so viel stärker. Der Krieg steht bevor. Und um ihn zu gewinnen, braucht der König Soldaten, die nie schlafen. Die nie essen. Die nie krank werden. Und die nie sterben. Ihr versteht?«

Fernando sah den Grafen mit so unverhohlener Abscheu an, dass Léo fürchtete, dieser würde ihn dafür verhaften lassen. Doch der Bote des Königs ließ erneut sein freudloses Lachen hören und sah dann wieder auf die beiden kleinen Kämpfer. »Seine Majestät wünscht ein Modell in Lebensgröße bis zum Ende der kommenden Woche.« Er überreichte Fernando einen Brief mit dem Siegel des Königs. Drei Raben. Für Léo sahen sie aus wie die Hexenkrähen.

»Ein Modell?« Fernando riss den Brief auf und überflog ihn. Seine Miene verfinsterte sich beim Lesen noch mehr. »Einen eisernen Soldaten also. Und wenn wir nicht liefern können?«

Der Graf tippte die beiden Kämpfer erneut an und alles künstliche Leben wich mit einem Schlag aus ihnen. »Nun, es weht ein neuer Wind durch die Burg. Der neue König verzeiht Fehler und Frechheiten nicht. Er verzeiht sie ganz und gar nicht. Hm.«

Die beiden folgenden Tage und Nächte verbrachte Fernando in der Werkstatt und brütete über den Plänen für einen lebensgroßen Kämpfer. Nachdem er endlich fertig war und seinen Lehrlingen zeigte, was sie zu bauen hatten, schien es fast, als wäre er wütend auf seine eigene Arbeit. Missmutig erklärte er ihnen, wie der eiserne Soldat funktionieren sollte. Tatsächlich war er einem der Spielzeuge, von denen Léo nun schon einige gebaut hatte, sehr ähnlich. Nur die Bewegungen, zu denen er imstande sein sollte, waren viel komplexer als die der Spielzeuge. Léo fragte sich, wie der mechanische Kämpfer wohl aussehen würde, wenn er fertig war. Kafir, der jeden Tag gekommen war, um zu berichten, dass die Krähen noch immer Wache am Turm hielten, hatte ihm erzählt, dass der Ruf des Alten als Spielzeugmacher legendär und er selbst unter den wenigen Herzenmachern etwas Besonderes war. Doch von dem Glitzern, das Léo jedes Mal in den Augen des alten Spielzeugmachers erkannt hatte, wenn er etwas baute, fehlte bei diesem Auftrag jede Spur.

Während David den Körper zusammenschraubte, fertigten Fernando und Léo das Herz. Es war seltsam für Léo, an einem Herz dieser Größe zu arbeiten. Handgroß. So groß wie das silberne Herz, das sein Vater gebaut hatte. Es hätte wohl in einen lebenden Menschen gepasst. Doch die Brust, in der es schlagen würde, war aus Eisen. Die Frage, für wen das Herz seines Vaters gemacht worden war, kam Léo wieder in den Sinn. Doch es gab so viel zu tun, dass er sie bald wieder vergaß.

Während sie Tage und Nächte damit zubrachten, die gestellte Aufgabe zu meistern, kam in Léo trotz der Angst vor der Drohung des Boten und der Sorge um seine Mutter, die sicher mit jedem Tag verzweifelter wurde, ein seltsames Hochgefühl auf. Die Herausforderung, gleich wie schrecklich sie war, beflügelte ihn, und jedes Mal, wenn er einen Schritt weiter mit seiner Arbeit war, empfand er eine tiefe Zufriedenheit wie noch nie in seinem Leben. Er spürte die Last der Stunden nicht, die er über der Werkbank hockte. Mittlerweile hatte sich der Aufräumer, der Léos Arbeitsplatz noch ordentlicher als Davids hielt, auch zu einem guten Werkzeugreicher gemausert. Léo wusste nicht, ob es diesen Namen tatsächlich für mechanische Menschen gab, doch er gefiel ihm und als er den Aufräumer zum ersten Mal so nannte, schien das kleine Männchen vor Stolz anzuschwellen.

»Es tut mir leid, dass du in diese Sache hier gerutscht bist«, sagte Fernando am Abend vor Ablauf der königlichen Frist zu Léo, als nur sie beide und der Werkzeugreicher in der Werkstatt waren. »Noch kannst du nicht hinüber und ohne deine Hilfe hier hätten wir es vielleicht nicht geschafft. Sollten wir allerdings morgen den König nicht zufriedenstellen können und ich im Kerker landen, wird Kafir dich zu seinen Verwandten bringen. Bis die Luft wirklich rein ist und der Durchgang wieder geöffnet werden kann. Und wenn die dreimal verflixten Krähen für immer und ewig in meiner Uhr hocken, wird er dich zu einem anderen Portal bringen. Allerdings wäre es mir lieb, wenn du die Stadt nicht verlassen müsstest. Es sind ziemlich unruhige Zeiten, weißt du?«

Léo starrte ihn an. Er konnte nur an ein Wort denken.

»K… Kerker?«, stammelte er erschrocken.

»Das würde zu Isaak passen«, murmelte Fernando düster. »Doch ich befürchte, dass er sehr zufrieden mit seiner Mordmaschine sein wird.«

Am nächsten Morgen war es Fernando selbst, der dem Kämpfer das Herz in die Brust setzte, und er war es auch, der es anstieß. Als das Geschöpf die Augen öffnete, fühlte Léo einen tiefen Stolz für die eigene Arbeit in sich aufsteigen. Er wusste, dass dieses Gefühl schrecklich unpassend war. Immerhin hatten sie einen Soldaten geschaffen. Aber der Eiserne war so … vollkommen. David schien Léos Stolz zu teilen. Er sah ihren mechanischen Soldaten so glücklich an, als hätten sie ein Wesen aus Fleisch und Blut geschaffen. Einen Augenblick blickte sich der Eiserne um, als müsste er erst begreifen, dass er zu einem mechanischen Leben erwacht war. Dann legte er eine Hand auf den Schwertknauf. Obwohl er sich nicht weiter regte, schien eine grenzenlose Kraft den metallenen Leib zum Vibrieren zu bringen. Kaum wahrnehmbar.

Léo sah zu Fernando hinüber und wollte etwas über ihre gelungene Arbeit sagen, doch die Worte blieben ihm wie Bleiklumpen auf der Zunge liegen. Fernandos Blick war so in Abscheu getränkt, dass Léo erschrak. Der Alte seufzte, ließ den mechanischen Mann sein Schwert ziehen und einige Finten und Paraden gegen einen unsichtbaren Gegner führen.

»Unglaublich«, wisperte jemand hinter ihnen. Emanuel stand dort in der Tür, den Mund offen wie ein Scheunentor, und sah den Soldaten an, als käme dieser von einem anderen Stern.

»Sag bloß, es ist schon wieder ein König gestorben«, sagte Fernando schroff und Léo fand, dass seine Stimme dabei sogar ein wenig hoffnungsvoll klang.

»Nein«, murmelte Emanuel und konnte seine Augen nicht von dem Soldaten lassen. »Er ist wunderschön.«

»Perfekt«, sagte David. »Er ist ein Meisterstück.«

»Törichte Bengel!«, schimpfte Fernando. »Er würde euch töten, wenn man ihm den Befehl dazu gibt. *Wunderschön* trifft es da wohl nicht ganz.« Mit seiner künstlichen Hand zog Fernando noch eine Schraube nach, dann warf er sich seinen Mantel über. Er war schon halb zur Tür hinaus, als er sich noch einmal umwandte. »Worauf wartet ihr? Wollt ihr als Freiwillige in diesen Krieg ziehen, von dem der verdammte Graf gesprochen hat? Oder möchtet ihr nicht lieber dem König sein Monster bringen? Keine Angst, der Einzige, der im Kerker landen wird, bin ich. Wenn wir versagen, könnt ihr aus dem Laden machen, was ihr wollt. Aber jetzt kommt. Oder ich bohre euch mit meinen Metallfingern ein paar Schrauben in die Brust.« Er schnippte und der Soldat setzte sich daraufhin leichtfüßig in Bewegung.

Die Menschen auf den Straßen blieben verwundert stehen, als die seltsame Prozession am Königsband entlang zum Palast marschierte. David ging neben dem mechanischen Soldaten und hatte eine besonders ernste und erhabene Miene aufgesetzt. Vor ihm schlurfte Fernando und blickte jeden missmutig an, der dem Kämpfer aus Eisen nachsah. Léo bildete den Schluss. Emanuel aber ging voran. Die metallene Haut des Soldaten glänzte in der Sonne und Emanuels Lächeln war so breit, als habe er das Geschöpf geschaffen und nicht die Spielzeugmacher. »Kommt und seht den eisernen Soldaten, der für uns den Krieg gewinnen wird!«, rief Emanuel stolz.

»Sei still«, zischte Fernando, doch Emanuel konnte nicht einmal die Aussicht auf einen Stich mit der Schraubenzieherhand davon abhalten, die Leute mit seiner Prahlerei anzulocken.

Der Weg schien Léo endlos. Schließlich aber erhob sich die Burg vor ihnen, und sein Herz begann vor Aufregung so schnell zu schlagen, als ob ein kleines Tier in seiner Brust hockte.

Die Wache, die sie vor der Burg anhielt, warf dem Soldaten aus Eisen und den Menschen, die ihn begleiteten, einen misstrauischen Blick zu. Der Brief des Königs, den Fernando der Palastwache in die Hand drückte, aber ließ ihn beiseitetreten und sie passieren. Der Soldat geleitete sie sogar bis in den mit Prunk überladenen Thronsaal und übergab sie an einen anderen Wächter, der die vier und den Eisernen zum König führte. Isaak saß gelangweilt auf seinem Thron unter einem geschwungenen Bogen, auf dem eiserne Rosen wuchsen, während ein Maler an einer Staffelei versuchte, den schnöseligen König auf der Leinwand in einen heldenhaften Anführer zu verzaubern. Graf de la Mort mit dem blassen Gesicht und den wässrigen Augen stand hinter dem Maler und schien jeden Pinselstrich zu kontrollieren.

»… und es zieht in jedem Zimmer«, hörte Léo den neuen König lamentieren. »Warum hausen wir in einer verfluchten Burg und nicht in einem modernen Schloss? Kein Wunder, dass man uns für rückständig hält.«

»Es ist das edle Erbe Eurer Vorfahren, Majestät«, entgegnete der Graf ölig. »Ihr Stammsitz, hm.«

»Sie vermodern in der Erde. Und frieren werden sie dort sicher nicht. Wozu bin ich König, wenn ich nicht mal …« Er stockte, als er den Besuch bemerkte. »Ja? Was gibt es denn? Ich werde gemalt.«

»Fernando, der Spielzeugmacher«, stellte der Wächter sie vor. David, Léo und Emanuel ignorierte er. Die vier verbeugten sich, doch Isaak nahm keine Notiz von ihnen. Mit Genugtuung registrierte Léo, wie Davids wichtigtuerische Miene einfror. Die Aufmerksamkeit des neuen Königs galt einzig und allein dem mechanischen Soldaten. Mit einer herrischen Handbewegung scheuchte er den Maler fort wie ein Insekt. »Male es ohne mich fertig. Und vergiss nicht meine Muskeln.«

Léo fragte sich, wovon der hagere König sprach, doch er vermied es, ihn allzu auffällig zu mustern.

»Graf de la Mort hat gesagt, dass ihr die Letzten seid«, bemerkte Isaak. »Eure Vorgänger haben mich verärgert. Sie waren eine Enttäuschung.« Seine Stimme klang im Thronsaal noch höher als bei seiner Ansprache vor dem Palast. »Ihre … Spielzeuge haben sich als untauglich erwiesen. Ich hoffe, ihr habt es besser gemacht.« Er stand von seinem Thron auf, ging um den mechanischen Soldaten herum und strich mit einer manikürten Hand über das Metall. Der Graf trat hinter ihn. Mit zusammengekniffenen Augen musterte er den Soldaten, blieb dabei jedoch so stumm, als ob er abwarten wollte, was der König von der Figur hielt.

Léo warf Fernando einen beunruhigten Blick zu. Er hatte nicht damit gerechnet, dass der König scheinbar auch anderen Spielzeugmachern befohlen hatte, ihm eiserne Kämpfer zu bauen. Als er sich jedoch im Thronsaal umsah, erkannte er Reste eiserner Soldaten. Ein Bein, ein paar Arme und einen Kopf, der dem eines Menschen nachempfunden war. Léo schluckte.

Isaak klopfte mit der Hand gegen die Brust des eisernen Soldaten, dann wandte er sich zum Grafen um. »Er scheint etwas besser gearbeitet zu sein als die anderen. Die sind nur umhergestolpert. Und er kann wirklich kämpfen?«

»Wenn sich der, hm, Handwerker an Euren Auftrag gehalten hat.«

Erst jetzt fand Isaaks Blick den alten Spielzeugmacher. Als er Fernandos künstliche Hand sah, verzog er angewidert den Mund. »Euer … Geschöpf wird sich beweisen müssen wie die anderen vor ihm. Gewinnt es, dann werdet ihr einen Auftrag von mir erhalten, durch den ihr meine ewige Anerkennung und Reichtum gewinnt. Wenn nicht … Nun, seid sicher, ihr wollt meine Anerkennung und mein Gold.« Isaaks Lachen klang hohl und der Graf fiel freudlos darin ein.

Isaak winkte den Wächter heran, der sie in den Thronsaal geführt hatte. »Greif ihn an. Und halte dich nicht zurück. Es ist alles erlaubt. Jede Finte und jeder schmutzige Trick. Kämpfe, als ginge es um dein Leben.«

Der Wächter nickte und nahm seinen federgeschmückten Helm ab, während Isaak zurück zu seinem Thron ging. »Das dürfte nicht allzu schwer sein, Eure Majestät.«

Das Schwert, das er zog, war so blankgeputzt, als wäre es noch nie benutzt worden. Doch Léo zweifelte nicht daran, dass sein Besitzer es nicht nur sauber, sondern auch scharf hielt. Das Schwert ihres Kämpfers hingegen hatte Fernando auf dem Dachboden seines Hauses unter einem Berg Gerümpel hervorgezogen. Es war alt und in aller Eile vom Rost befreit worden. Es würde ein ungleicher Kampf werden, befürchtete Léo. Er warf einen sorgenvollen Blick auf den eisernen Soldaten und sein Herz begann schneller zu schlagen. Wie tief mochten die

Kerker der Burg liegen? Léo sah zu Fernando hinüber, doch das Gesicht seines Meisters war so unmöglich zu lesen wie ein zugeschlagenes Buch.

Der Wächter stellte sich vor den mechanischen Mann und hob seine Klinge. Als sein Gegner keine Anstalten machte zu reagieren, warf er Isaak einen fragenden Blick zu. Der König winkte ungeduldig. Er funktioniert nicht mehr, dachte Léo. Der Wächter wird ihn mit nur einem Hieb besiegen.

Die Klinge des Wächters stieß nach vorne und Léo schloss die Augen, um das Unvermeidliche nicht sehen zu müssen. Das Geräusch von Eisen auf Eisen aber, das er erwartet hatte, blieb aus und Léo öffnete seine Augen wieder. Ihr Soldat hatte sich zur Seite gedreht und war dem Stich ausgewichen. Der Wächter verengte ärgerlich die Augen und schlug erneut zu. Der mechanische Kämpfer riss seine Waffe hoch und die Klingen trafen klirrend aufeinander. Noch einmal fuhr die Waffe des Wächters auf den Eisernen zu. Und dann noch einmal. Doch ganz egal, wie geschickt er sein Schwert führte, er konnte keinen Treffer platzieren. Nun ging der mechanische Mann zum Angriff über. Mit einer Reihe schneller Schläge trieb er den Wächter vor sich her. Zwar war er nicht so leichtfüßig wie sein Gegner und seine Bewegungen waren nicht so elegant, aber er war ausdauernder. Der Mann, gegen den er kämpfte, war kräftig, keine Frage, doch nach einiger Zeit erlahmten seine Bewegungen zusehends. Schweiß perlte ihm von der Stirn und er begann, schwer zu atmen. Léo schöpfte wieder Hoffnung. Vielleicht war ihr Soldat einem Kämpfer aus Fleisch und Blut doch nicht unterlegen. Er bemerkte, wie er die Hände zu Fäusten geballt hatte, als wollte er selbst in den Kampf eingreifen. Plötzlich aber machte der Wächter einen Ausfall, ließ sich beinahe fallen und hieb nach den Kniekehlen des Eisernen. Léo keuchte. Einem Menschen hätte er damit wohl alle Sehnen und Muskeln zerschnitten, nicht aber dem mechanischen Mann. Fernando hatte die Gelenke extra verstärkt, sodass keine Klinge den anmontierten Unterschenkel vom Bein abtrennen konnte. Der Wächter fluchte und Léo entspannte sich wieder.

Hinter Isaak trat eine in Weiß gekleidete Gestalt in den Raum. Die Frau war so atemberaubend schön, dass Léo, obwohl er sie nur aus dem Augenwinkel sah, für einen Moment vergaß, wo und warum er hier war. David aber starrte sie an, als würde er alles tun, was sie wollte, sogar einen Mord begehen, nur damit sie ihn ansah. Sie beugte sich zu Isaak. Mit ihrer Hand strich sie über seine Schulter.

Der junge König drehte ihr kurz den Kopf zu. »Er ist gut, nicht wahr, meine Teuerste?«

»Ja, das ist er.« Es waren die ersten Worte, die Léo von ihr hörte, und sie klangen, als wären sie aus dem Mund eines jungen Mädchens gekommen. Wie alt war die Hexe? Léo sah nur noch ihre Gestalt. So weiß. So unschuldig.

»Er wird mich vor meinen Feinden beschützen«, meinte der König.

»Es schmerzt mich, dass Euer Leben von allen Seiten bedroht wird. Die große Armee ist der einzig richtige Schritt.«

»Ich hoffe, diese Tölpel dort haben mir endlich einen fähigen Kämpfer gebaut. Aber würden mir eiserne Kämpfer auch gehorchen? Nicht, dass die Blechschrauber sie am Ende noch ihrem König auf den Leib hetzen, wenn unsere Feinde ihnen Gold bieten. Verrat ist überall.«

Die Hexe lächelte. »Seht, mein König. Auch dieser Soldat aus Metall hat ein Herz. Und wer ein Herz hat, kann es Euch schenken.«

Isaak nickte zufrieden und wandte seine Aufmerksamkeit wieder den beiden Kämpfern zu.

Der Eiserne hatte den Wächter mittlerweile entwaffnet. Der Mann kniete vor seinem Gegner aus Metall und die Klinge des mechanischen Soldaten verharrte in der Luft.

»Scheinbar ist dieser hier wirklich besser als die anderen«, bemerkte der König.

Léo entließ erleichtert die Luft aus seiner Lunge, die er zuvor vor Aufregung angehalten hatte. Fernando war gerettet. In diesem Moment fiel der Blick der Hexe auf Léo und er verlor sich in ihren Augen. Sie war atemberaubend wie eine Königin. Léo wurde kalt und er fühlte sich mit einem Mal zurückversetzt in jene Nacht, in der er mit Haluk vor den Krähen geflohen war. Er war gefangen. So wie an dem Brunnen. Erst Isaaks Klatschen brachte Léo in die Wirklichkeit zurück. Die Hexe wandte sich wieder dem König zu und entließ Léo aus ihrem Blick.

»Zufriedenstellend«, bemerkte Isaak, und selbst sein Lob klang nach Beschwerde und Vorwurf. »Doch kann er auch töten?«, fragte der König. »Wir sollten sichergehen.«

Und ehe Léo verstand, was diese Worte bedeuteten, beugte sich Isaak vor und deutete auf den geschlagenen Wächter. »Töte ihn«, sagte er und sah dem mechanischen Soldaten in die eisernen Augen. »Töte ihn für deinen König.«

DER TODESHÄNDLER

Keiner sagte ein Wort, während sie zurück in das Spielzeuggeschäft gingen. Nicht einmal Emanuel, der vorhin noch so stolz gewesen war, vermochte die Erinnerung an das Gesehene abzuschütteln. Der Schrei, das Blut, das triumphierende Grinsen Isaaks und der leere Blick des Wächters, nachdem ihm der Kopf von den Schultern getrennt worden war. Der Eiserne war in der Burg geblieben, und Fernando mit seinen Begleitern entlassen worden. Schon bald würden sie ihren Auftrag erhalten.

Léo erkannte die eigenen Gedanken in Fernandos Gesicht. Eine Armee der Eisernen wäre unbesiegbar. Isaak würde nicht nur die Feinde der Hexe vernichtend schlagen können, wenn er genug der mechanischen Mörder erhielt. Er würde auch jedes Land einnehmen können, das er wollte.

Sie hatten die anderen Spielzeugmacher gesehen, als sie die Burg verlassen hatten. Ihre Augen waren voller Angst gewesen und Léo hatte Fernando gefragt, was nun mit ihnen geschehen würde.

»Nichts«, hatte sein Meister düster geantwortet. »Der König braucht sie noch. Er braucht eine Armee der Eisernen. Und wir drei würden Jahre brauchen, sie ihm zu bauen. Die anderen Spielzeugmacher aber und wir könnten es zusammen in wenigen Wochen schaffen. Wir alle werden wohl nur noch Kämpfer wie ihn bauen. Vielleicht wäre es besser gewesen, wir hätten alle versagt, auch wenn ich dann mit ihnen in den Kerker gemusst hätte.«

Die Sonne schien so fröhlich vom Himmel, als wollte sie Léo auslachen. Er schämte sich. Er hatte Freude an der Arbeit gehabt und war voller Stolz für das gewesen, was sie geschaffen hatten. Der Eiserne war etwas Besonderes gewesen. Und nun hatte Léo erkennen müssen, dass der mechanische Soldat nur so gut war wie der Mann, der ihn befehligte. Nur so gut wie Isaak. Lediglich David schien das Erlebte nicht beeindruckt zu haben. Unter seiner stets ernsten Miene erkannte Léo Stolz. Ja, David war stolz, dass ihr Soldat der Beste gewesen war. Stolz auf sich, dass seine Arbeit so gut gewesen war.

Zurück im Geschäft übergab Fernando seinen beiden Lehrlingen ein paar halbfertige Spielzeuge, die in den vergangenen Tagen liegen geblieben waren, dann verschwand er stumm in seiner Werkstatt im Schuppen und kam erst spät am Abend wieder aus ihr heraus. Was er darin getrieben hatte, blieb sein Geheimnis. Léo und David waren gerade eben mit allem fertig geworden, doch Fernando machte sich heute nicht einmal die Mühe, ihre Arbeit zu kontrollieren. Er stopfte die mechanischen Männchen, die sie fertiggestellt hatten, in einen Sack, dann winkte er Emanuel heran, der die ganze Zeit über mit kalkweißem Gesicht auf einem Stuhl im Verkaufsraum gekauert hatte. Mit dem Sack gab er ihm eine Adressliste und den Auftrag, alles auszuliefern.

Draußen war es schon dunkel, und als Emanuel die Tür öffnete, hatte Léo mit einem Mal das Gefühl zu ersticken, wenn er auch nur eine Sekunde länger in dem Geschäft bleiben müsste, in dem sie vor wenigen Stunden noch den Eisernen fertiggestellt hatten.

»Ich begleite ihn«, rief Léo Fernando zu.

Der Alte seufzte. »Gut, aber sei vorsichtig. Halte den Kopf unten, Junge, und komm sofort zurück, wenn ihr fertig seid. Du weißt, wer nachts unterwegs ist.«

Léo nickte, griff nach seinem Mantel und sprang hinter dem Laufjungen hinaus in den Winterabend. Nicht einmal die Angst vor den Hexenkrähen konnte ihn zurückhalten.

Wie ein furchtbarer Traum kam Léo der bisherige Tag vor, während er die kühle Abendluft so tief einatmete, als könnte sie alle dunklen Bilder aus seinem Kopf vertreiben. Die Fertigstellung des Eisernen, die verwunderten Blicke auf den Straßen und die blutige Demonstration im Thronsaal – das alles schienen Erinnerungen zu sein, die ein anderer erlebt hatte und die nun hoffentlich in der Kälte verblassen würden. Léo war froh, der Werkstatt und der gedrückten Stimmung in ihr entkommen zu sein, und Emanuel freute sich über die Begleitung. Er ließ es sich nicht nehmen, den schweren Sack zu schultern, obwohl Léo ihm mehr als einmal anbot, ihn zu tragen.

Der Junge kannte die Stadt wie es nur die Laufburschen taten. Auf ihrem Weg zu den Käufern der mechanischen Figuren, die sie besuchen mussten, zeigte er Léo Abkürzungen, die dieser auf der anderen Seite nie entdeckt hatte. Obwohl der Wind an diesem Abend besonders kalt blies, waren die Straßen noch voller Menschen. Die meisten von ihnen waren bepackt wie Esel und aus einigen Läden führten die Schlangen der Kunden hinaus bis auf die Straßen, die im Schein der Feuerkäfer-Laternen erstrahlten.

»Ich verstehe nicht, weshalb alle vor dem Todestag der Hexe so durchdrehen«, meinte Emanuel.

»Todestag?«

»Na, du weißt doch. Sie verhandelt mit dem Tod um ein weiteres Jahr mit dem Leben, das ihr ihre Todeshändler bringen.«

»Die Todeshändler verhandeln um was?« Léo hatte sich bislang nicht gefragt, was genau ihr Name eigentlich bedeutete.

Emanuel warf Léo einen fragenden Blick zu. »Du hast noch nie davon gehört? Ach ja, du kommst ja nicht von hier. Ich habe immer geglaubt, der Auftrag der Todeshändler wäre im ganzen Land bekannt.« Emanuel wischte sich über den Mund, als hätte ihr Name dort einen bitteren Geschmack hinterlassen. »Aber vielleicht finden sie auch hier in Briançons dunklen Gassen genug und müssen die Stadt daher nie verlassen.« Er sah sich um, als wollte er sichergehen, dass niemand zuhörte. »Die Hexe ist alt, ohne je gealtert zu sein. Sie hält am Leben fest. Doch der Tod lässt sich nicht betrügen. Die Todeshändler sind keine Menschen, glaube ich, sondern etwas anderes. Manche sagen, sie sind Tote, die nicht sterben dürfen. Seelenlose, die sich ganz und gar der Hexe verschrieben und längst vergessen haben, wie es ist, zu leben«, erklärte Emanuel, offensichtlich froh, mit seinem Wissen prahlen zu können. »Sie handeln mit Menschen um Tage, Wochen oder gar Monate. Es heißt, die Zahl der Lebensjahre auf der Welt ist begrenzt. Wenn die Hexe mehr Jahre haben will, als ihr zustehen, muss ein anderer ihr die Zeit geben. Freiwillig. So ist die oberste Regel. Es heißt, dass diese Regel den Todeshändlern sehr zu schaffen macht. Sie würden wohl jedem am liebsten das Leben aussaugen, der so dumm ist, sich mit ihnen einzulassen. Sie sollen beinahe süchtig danach sein, es aus ihren … Verhandlungspartnern zu schneiden. Aber sie beherrschen sich. Seit ich denken kann, ziehen die Todeshändler das ganze Jahr über durch die dunklen Gassen und feilschen mit den Menschen für ihre Herrin um die Zeit, die sie zum Weiterleben braucht. Und am Tag, an dem ihre eigentliche Zeit abgelaufen ist, kommt der Tod in ihren Turm und sie gibt ihm die Zeit der Menschen, damit er sie weiterleben lässt.« Emanuel sah den verwunderten Léo an.

»Wenn der Tod für ein weiteres Jahr fort ist, ist die Hexe äußerst großzügig. Für viele Menschen ist der Todestag der Hexe daher ein Feiertag, an dem ihre Kinder etwas geschenkt bekommen. So wie eure Spielzeuge. Aber es gibt auch viele, die sich insgeheim vor ihr fürchten und den Winter fortwünschen, den sie wie ein Kleid trägt. So wie ich.« Poetische Worte. Und rebellische noch dazu. Emanuel schlug sich die Hand vor den Mund, als wollte er sie noch zurückhalten.

Es war also, wie Fernando und Kafir gesagt hatten. Die Menschen nahmen für die Erfüllung ihrer Wünsche in Kauf, dass ihre ganze Welt in Eis und Schnee erstarrte. Dass der Lauf der Welt aus dem Takt geriet, weil sie nicht auf die Erfüllung ihrer Wünsche verzichten wollten. Und offenbar waren sie sogar bereit dazu, auf einen Teil ihrer Lebenszeit zu verzichten.

»Wie kann man ihr nur freiwillig Stunden, Tage oder sogar Jahre schenken?«, fragte Léo fassungslos. »Nicht eine Minute würde ich ihr geben.«

»Manche machen sich nicht so viel aus ihrer Zeit«, erwiderte Emanuel leise. *»Lieber ein Tag in Reichtum als ein Leben in Armut*, heißt es bei uns. Einigen bedeuten ein paar Tage nichts, wenn sie dafür einen Wunsch erfüllt bekommen, der ansonsten unerreichbar wäre. Jeder weiß von dieser Praxis, doch nicht alle geben zu, dass sie zu den Todeshändlern gehen, wenn sie ihre Runden durch die Straßen machen. Oder sie zu sich rufen. Aber wenn jemand, der nie Geld hatte, plötzlich in neuen Sachen durch die Stadt spaziert. Oder sich ein riesiges Haus oder ein prächtiges neues Pferd kauft, dann weiß man, dass er sich mit den Todeshändlern eingelassen hat. Denk nicht mal daran, dich auf einen Handel mit den Todeshändlern einzulassen, egal, was sie dir anbieten. Sie erfüllen viele Wünsche. Manchmal sogar Herzenswünsche. Die Hexe gibt ihnen die Macht dazu. Aber ich glaube, nichts ist Lebenszeit wert.«

Léo sah sich unbehaglich um, hinauf zu den Häusern offensichtlich wohlhabender Menschen. Doch sie trafen auf niemanden, und seine Gedanken wurden bald von anderen Dingen
in Anspruch genommen. Drei Paar Kämpfer, einen Akrobaten
und zwei Aufräumer übergaben sie an die neuen Besitzer.

Je mehr sich ihr Sack leerte, desto leichtfüßiger eilte Emanuel durch die Gassen der Stadt. Sie hatten nur noch einen
Tänzer auszuliefern, als der Junge sie in eine Straße führte, in
die das Licht der Feuerkäfer nicht hineinreichte. Die Häuser
verloren sich hier in der Nacht und das Licht, das aus den Fenstern heraus auf die Straße schien, war nicht mehr warm und
einladend, sondern kalt wie der Schnee und abweisend.

»Die dunklen Gassen«, flüsterte Emanuel Léo zu und für
einen Moment blieb er stehen. »Das Armenviertel. Gewissermaßen eine Stadt in der Stadt, vergessen vom König und seinen Gesetzen. Sag kein Wort«, flüsterte er. »Besser, uns bemerkt
keiner.«

»Warum?«, fragte Léo leise.

Emanuel starrte nervös in die düstere Straße vor ihnen,
durch die sich die schwach beleuchteten Häuser wie die Haut
einer hungrigen Schlange zogen, die auf neue Beute wartete.
»Glaub mir, das willst du nicht wissen.«

»Ach, komm schon, so schlimm kann es doch wohl nicht
sein.« Léo zwang sich ein aufmunterndes Lächeln auf die Lippen, doch Emanuel sah ihn weiter ernst an und sein Blick
wischte Léo alle Zuversicht aus dem Gesicht.

Sie drückten sich schweigend durch die Schatten und jedes Mal, wenn ihnen jemand entgegenkam, schlug Léos Herz
schneller. Dann fürchtete er, die leichte Wölbung in Emanuels
Sack könnte gierige Blicke anziehen und sie verraten.

Nicht alle Häuser in den dunklen Gassen waren einfach er-
richtete Bauten aus Holz, Lehm und Backsteinen. In dem fah-

len Licht, das hin und wieder aus den Fenstern schien, erkannte Léo über einigen Eingängen halb verwitterte Figuren, die auch in den wohlhabenderen Vierteln der Stadt die Eingänge vor bösen Besuchern schützen sollten. Teufel mit aufgerissenen Mündern, Schlangen, die ihre Giftzähne zeigten, und geflügelte Löwen. Der Glanz einer alten und vergessenen Zeit hing noch an diesen Gebäuden, und Léo fragte sich, wie die Straßen des Armenviertels einmal ausgesehen haben mochten, ehe sie in die Schatten gefallen waren.

Das Haus, dessen Adresse auf Fernandos Liste stand, war selbst für die dunklen Gassen in einem erbärmlichen Zustand. Die Löcher im Dach waren trotz der Dunkelheit gut zu erkennen und die Läden der Fenster hingen schief in den Angeln. Emanuel klopfte so leise wie möglich gegen die Tür und ein altes Gesicht erschien im Türspalt.

»Ihr Spielzeug«, sagte Emanuel leise. Der Mann, der ihnen die Tür wortlos öffnete, warf einen misstrauischen Blick auf die leere Straße, dann winkte er die Jungen hinein. Für einen Moment überlegte Léo, ob es drinnen nicht gefährlicher sein konnte als draußen. Doch sie hatten nur eine Sache bei sich, die etwas wert war, und dafür hatte der Alte bereits bezahlt.

Die Kälte schien ihnen vorausgeeilt zu sein und hatte sich zwischen den alten Möbeln ihren Platz gesucht. Das Licht einiger schiefer Kerzen warf riesige Schatten an die Wände und vermochte das Haus nicht freundlicher zu machen. Der Alte deutete wortlos auf einen zerschlissenen Sessel, dann verschwand er, offenbar gebeugt von der Last vieler Jahre, in einem anderen Zimmer. Léo warf Emanuel einen fragenden Blick zu.

»Wir können uns ruhig setzen«, flüsterte Fernandos Laufbursche. »Das Gastrecht wird in den dunklen Gassen nie gebrochen.«

»Ich dachte nicht, dass es hier so etwas gibt«, zischte Léo zurück.

»Gerade hier«, flüsterte Emanuel. »Wenn du sonst nichts hast, behältst du deinen Anstand erst recht und gibst ihn nicht her. Aber das gilt natürlich nicht, wenn du kein Gast bist.« Er fuhr sich mit dem Finger über den Hals.

Léo schluckte, ließ sich auf dem durchgesessenen Polster nieder und stellte den Tänzer auf einem kleinen Tisch vor sich ab. Selbst an diesem trostlosen Ort verlor das Spielzeug nichts von seiner Schönheit. Léo hatte die Figur selbst gebaut. Sie gehörte zu denen, die ihm besonders gut gelungen waren. Insgeheim bedauerte er es, dass sie hier enden würde. Als der Alte wiederkam, war er nicht mehr allein. Ein kleines Mädchen folgte ihm und musterte die beiden Fremden misstrauisch mit großen, dunklen Augen. Sie war mager wie eine Straßenkatze und hielt die Hand des Alten fest umklammert, als würde sie ohne seine Hilfe straucheln. Als sie den Tänzer sah, erschien für einen Moment ein ungläubiges Lächeln auf ihrem Gesicht. Doch dann krümmte sich das Mädchen unter einem heftigen Hustenanfall. Erst nachdem sie sich wieder beruhigt hatte, ging das Mädchen auf den Tisch zu und berührte den Tänzer so vorsichtig, als könne er in tausend Scherben zerspringen, wenn sie nicht achtgab.

»Du musst ihn dort antippen«, sagte Léo und deutete auf die Brust der Figur.

Das Mädchen sah Léo aus müden Augen an, streckte die Hand aus und kaum dass ihr Finger das mechanische Männchen berührt hatte, fing es an zu tanzen. Es wiegte sich im Rhythmus einer Musik, die nur es selbst zu hören schien, drehte sich und sprang hoch in die Luft.

»Danke, Opa«, sagte das Mädchen und musste erneut husten. Wie verzaubert stand sie vor dem Tisch und beobachtete ihr neues Spielzeug.

Woher hatte der Alte nur das Geld für den Tänzer?, fragte sich Léo. Selbst wenn er alles verkauft hätte, was Léo sah, hätte es nicht gereicht.

»Warum zeigst du dem Tänzer nicht dein Bett?«, fragte er seine Enkeltochter. Das Mädchen nahm den Tänzer so stolz in die Hände, als sei er das schönste Stück eines Königsschatzes, und trug ihn in das Zimmer, aus dem der Alte und sie gekommen waren.

»Noch ist nicht der Todestag der Hexe«, bemerkte Emanuel.

Der Alte lächelte bitter. »Ich konnte nicht warten. Der Schneehusten wird dafür sorgen, dass sie heute einschläft und nicht mehr aufwacht.«

»Schneehusten?« Léo sah Emanuel fragend an, doch es war der Alte, der antwortete.

»Du kennst ihn wohl nicht, Junge. Er kommt immer zum Jahresende. Der Wind aus den Bergen trägt dann den Schnee von dort in die Stadt. In ihm steckt die Krankheit, die den kurzen Sommer über in den Bergtümpeln schläft. Wenn man ihn überhaupt noch einen Sommer nennen kann. Man bekommt den Husten, wenn der Schnee schmilzt und man das Wasser aus den Pfützen trinkt. Er lässt einen irgendwann nicht mehr atmen. Kein Wunder, dass du noch nicht von ihm gehört hast. Es sind meistens die Menschen in diesen Straßen, die an ihm sterben, weil sie kein anderes Wasser zum Trinken finden. Der Schneehusten hat mir bereits zwei weitere Enkel genommen. Und meine Tochter.«

»Wie könnt Ihr sicher sein, dass es heute sein wird?«, fragte Léo, dessen Magen sich zusammenzog, als er zu dem Zimmer hinübersah, in dem das Mädchen mit seinem Geschenk spielte.

Der Alte zog eine angerauchte Zigarette aus der Jackentasche und entzündete sie an einer Kerze. »Ich habe ihr Mal lesen lassen.«

»Ihr wart bei der Hexe?«, stieß Emanuel hervor und sah den Alten ungläubig an.

»Ja«, bestätigte er. Seine Enkeltochter hustete plötzlich so heftig, dass er aufstand, um nach ihr zu sehen.

»Was ist das Mal?«, fragte Léo leise, während der Alte in dem anderen Zimmer verschwand.

»Du weißt ja wirklich gar nichts«, meinte Emanuel. »Woher kommst du denn bloß? Vom Mond? Also, es heißt, der Tod selbst würde jedem Neugeborenen am ersten Tag seines Lebens Tag und Ort der nächsten und letzten Begegnung mit ihm auf die Stirn schreiben. Die Hexe und ihre Todeshändler können es lesen. Sie können es sogar umschreiben, wenn Lebenszeit freiwillig gegeben wird.«

Nicht zum ersten Mal, seit er auf der anderen Seite war, glaubte Léo, er würde ein Märchen hören. Unbewusst fuhr er sich mit der Hand über die Stirn, als könne er dort etwas ertasten.

Der Alte kam zurück und zog an seinem Zigarettenstummel. »Ich war da«, führte er das Gespräch fort. »Und sie hat mir den Tag genannt. Ich hatte schon befürchtet, ihr kämt zu spät. Ich hatte euch früher erwartet.«

»Ein Auftrag des Königs hat uns aufgehalten«, murmelte Léo. »Aber wie …?«

»… wie habe ich mir das Lesen des Mals leisten können? Und erst recht das Männchen aus Eisen?« Der Alte zog den Rauch der Zigarette so tief ein, als würde er ohne ihn ersticken. »Sie hat mir für das Lesen des Mals nichts berechnet. Und das Geld für das Spielzeug habe ich von ihr erhalten.« Der Alte lachte ein freudloses Lachen. »Aber bezahlt habe ich dennoch. Ich habe nicht viel. Nicht seit meine Enkeltochter und ich allein sind. Ich bin zu alt zum Arbeiten. Aber Zeit, die habe ich. Wenigstens etwas.« Er sah Léo und Emanuel an und seine Augen blitzten auf.

»Ihr wart bei den Todeshändlern«, flüsterte Emanuel so leise, als würde alleine das Aussprechen des Namens einen von ihnen anlocken.

»Ja.« Der Alte sah dem Rauch nach, der aus seinem Mund kam.

»Und wie viel musstet ihr …?« Léo starrte den Alten mit offenem Mund an.

»Alles, was ich noch hatte. Das Geld hat gerade für das Geschenk meiner Enkeltochter gereicht.«

Léo sah in das Gesicht des Todgeweihten. »Aber wenn Ihr alles gebt, werdet Ihr sterben«, rief er.

Ärger grub tiefe Falten in die Stirn des Alten und er legte den Finger auf die Lippen. »Nicht so laut.« Er wartete einen Moment und sah sich um, doch er hörte kein Geräusch aus dem Zimmer seiner Enkeltochter. »Was soll ich mit all den Jahren, wenn auch noch sie fort ist? Sie betrauern? Lieber erfülle ich ihr noch einen Wunsch, ehe ich gehe. Habt ihr diese Freude in ihrem Gesicht gesehen? Allein das war es wert.«

Ehe Léo etwas erwidern konnte, klopfte es. Der Alte runzelte die Stirn. Dann zog er noch einmal tief an seiner Zigarette, als wäre es der letzte Zug seines Lebens, und bedeutete Léo und Emanuel, sich hinter einem Vorhang im hinteren Teil des Zimmers zu verstecken, der eine Waschgelegenheit vom restlichen Raum abtrennte. Die beiden Jungen gingen leise hinüber, doch Léo schloss den Vorhang nicht ganz. Durch einen schmalen Spalt spähte er hindurch. Es war staubig hinter dem Vorhang und Léo spürte ein Kitzeln in der Nase. Der Alte schlurfte zur Tür und öffnete sie.

»Ihr seid zu früh«, hörte Léo ihn sagen.

»Nein, auf die Minute pünktlich«, kam die heisere Antwort. »Willst du mich nicht hereinbitten?«

»Ich will es nicht, aber ich weiß, dass ich muss. Tritt ein.«

Als wäre er eine Marionette, die an unsichtbaren Fäden hing, taumelte der Alte zurück und ein Mann trat prüfend in das Haus. Sein schwarzer Mantel flatterte kurz auf und fast schien es, als hätte er Flügel. Flügel wie die Hexenkrähen. Seine Schritte wurden vom Klacken eines Stocks begleitet, auf den er sich stützte. Léo fröstelte. Im ersten Moment glaubte er, dass der Fremde die Kälte von draußen mitbrachte, doch dann begriff er, dass er sie in sich selbst spürte. Léo schien mit einem Mal alle Zuversicht aus dem Herzen verloren zu haben. Dann trat der Mann in den Schein der Kerze und Léo erstarrte. Die Schatten streichelten ein blasses Gesicht, das ihm nur allzu bekannt vorkam. Léo hatte den wässrigen Blick schon zuvor gesehen. Doch nun schien er noch unmenschlicher zu sein. Der Mann sah sich um, als könnten seine Augen die Dunkelheit mühelos durchdringen. Wie kalt und gelangweilt sie schienen. Als hätten sie alles schon zu oft gesehen und könnten nichts Neues mehr entdecken. Mit goldenen Fingern strich er über eine zerschlissene Kommode. Léo tippte Emanuel auf die Schulter und deutete auf den Todeshändler. Der Laufbursche schlug sich die Hand vor den Mund. »Das ist der Mann aus der Burg«, wisperte er.

»Graf de la Mort«, flüsterte Léo zurück. Sein Herz schlug schneller.

»Du bist nicht der, mit dem ich gehandelt habe«, stellte der Alte misstrauisch fest.

»Oh, du kannst dich geehrt fühlen. Ich bin stets derjenige, der den letzten Handel vollendet. Den Handel, der unserer Herrin das letzte bisschen Zeit für ein neues Jahr bringt. Ich bin der erste Diener der Herrin. Es ist mein Privileg.« Das blasierte *Hm* hatte er abgelegt und seine Stimme klang härter als in der Werkstatt oder im Thronsaal. Alle aristokratische Arroganz war aus ihr gewichen und zurück war nur Kälte geblieben.

Er wischte mit einem Taschentuch über den Sessel, auf dem zuvor Léo gesessen hatte, legte seinen Mantel ab und nahm Platz.

»Dann ist das wohl mein Glückstag«, erwiderte der Alte bissig.

»Ja«, antwortete der Graf und ein raubtierhaftes Lächeln erschien auf seinem Gesicht. »Hattest du Besuch?«, fragte er und strich über die Lehne des Sessels. Es klang, als würde eine Katze mit ihren Krallen darüber fahren. »Das Polster ist noch warm.« Interessiert sah er sich um.

»Meine Enkeltochter«, sagte der Alte und es gelang ihm nicht, die Angst in seiner Stimme mit seinem Widerwillen gegen den Gast zu übertünchen. »Jetzt ist sie hinten, Todeshändler.«

Der Graf verzog das Gesicht. »Todeshändler. So wie du ihn aussprichst, klingt der Name so unschön. Als brächten wir das Ende. Dabei tauschen wir nur mit euch Menschen. Zeit gegen Geld. Und Geld ist manchmal wertvoller als Jahre. Freut sich deine Enkeltochter über ihr Geschenk?«

Der Alte sagte nichts. Er blieb stehen und zog tief an der Zigarette. Graf de la Mort griff in seinen Mantel, der neben ihm auf der Sessellehne lag, und holte mit seiner künstlichen Hand eine goldene Uhr hervor. Ihr Ticken klang, als schnitt eine Klinge in Haut. Etwas Bedrohliches ging von ihr aus.

»Es ist zu früh«, beharrte der Alte und sah zu dem Zimmer, in dem seine Enkeltochter spielte.

»Oh, wir lassen dir noch Zeit, um angemessen Abschied zu nehmen. Ein Geschenk, wenn du so willst. Aber den Rest brauchen wir jetzt. Zeit muss freiwillig gegeben werden. Und manche Menschen weigern sich, uns zu geben, was uns zusteht, wenn sie erst einmal bezahlt wurden.«

»Und was macht ihr dann? Nehmt ihr euch einfach das, was ihr wollt? Ihr seid Diebe, die den Menschen das Leben stehlen.«

Der Graf setzte ein spöttisches Lächeln auf. »Wir nehmen nichts außer dem, was uns aus freien Stücken überlassen wird. Ich verrate dir ein Geheimnis, Alter. Eines, das du mit ins Grab nehmen kannst. Wir dürfen niemandem die Jahre entreißen. Wir würden einen furchtbaren Preis bezahlen. Das ist die oberste Regel unseres Daseins. So wie deine oberste Regel lautet, dass der Tod am letzten Tag zu dir kommen wird.« Das Lächeln des Grafen war kalt. »Bei dir kommt er heute. Aber wir wissen uns zu helfen. Will einer nicht zahlen, so überreden wir ihn. Die meisten hängen an etwas. An anderen Menschen. Enkeltöchtern.« Der Todeshändler lachte so unmenschlich, dass es Léo ins Herz stach. »Du willst doch nicht, dass sie ihre letzten Stunden Angst hat? Ich frage nur für den Fall, dass du uns nicht geben willst, was vereinbart war. Immerhin würdest du morgen an nichts mehr hängen.«

Für einen Augenblick blitzten die Augen des Alten wütend auf. Doch dann erlosch dieser Funke und er senkte geschlagen den Kopf und nickte.

Mit einem überlegenen Ausdruck auf dem bleichen Gesicht stand der Todeshändler auf und trat auf den Mann zu. Der Großvater des Mädchens rührte sich nicht und Léo fragte sich, ob er unter einem ähnlichen Zauber stand wie Léo in der Nacht, in der er auf die Hexenkrähen getroffen war. Der Graf fuhr mit den Fingern seiner echten Hand über die Stirn des Alten. Ein eigenartiges Muster blitzte kurz auf der Haut auf, dann leuchtete die Uhr so hell, als würde ein Feuer in ihr aufflammen. Das Ticken wurde lauter und der Alte stöhnte. Dann trat der Graf zurück und der Alte konnte sich wieder bewegen.

Er taumelte zurück und griff sich an die Stirn. »Wie viel Zeit habe ich noch?«

»Genau eine Stunde.«

»Eine Stunde? Aber was soll ich in nur einer Stunde tun?«
Der Alte sah seinen Gast wütend an.

Der Todeshändler schüttelte den Kopf. »Erwartest du eine
Antwort von mir? Tu, was immer dir beliebt. Wie viele Stunden
hast du bereits in deinem Leben verstreichen lassen? Wie viele
sind dir wie Sand zwischen den Fingern zerronnen, ungenutzt
geblieben und vergeudet worden? Diese ist ein Geschenk! Eine
Stunde, die du so bewusst nutzen kannst wie noch keine in deinem Leben. Denn du weißt, dass nach ihr keine mehr kommt.«

Der Alte atmete tief ein und aus. »Dann werde ich sie mit
meiner Enkeltochter verbringen. Aber was wird aus ihr, wenn
ich ...«

»Bist du noch nie vor ihr ins Bett gegangen? Betrunken genug, um zu vergessen, dass sich deine oder ihre Zukunft nicht
in bunten Farben, sondern nur in grau malt? So wird es auch
heute sein. Und dann wird sie nach dir einschlafen.«

Der Alte nickte. »Das ist tröstlich.«

»Tröstlich? Der Tod ist nicht tröstlich. Er ist das Ende.« Der
Graf lachte verächtlich.

Léo konnte das Kribbeln in der Nase nicht mehr aushalten.
Das Niesen unterdrückte er gerade noch, doch ein leises Keuchen vermochte er nicht zurückzuhalten.

Blitzschnell drehte der Todeshändler seinen Kopf zu dem
Vorhang um. »Wer ist dort?«

Léos Herz verkrampfte sich, doch ehe der Todeshändler auch
nur einen Schritt auf den Vorhang zu gehen konnte, stellte sich
der Alte ihm in den Weg. Ein ungeheurer Zorn war in ihm erwacht. Seine Augen verengten sich und er richtete sich zu seiner vollen Größe auf. Früher einmal musste er eine stattliche
Erscheinung gewesen sein und das Bild von dem Mann, der er
einmal gewesen war, flammte kurz auf. »Verlass mein Haus«,
rief er mit fester Stimme.

Der Todeshändler sah ihn kalt an. Er schien das Geräusch hinter dem Vorhang vergessen zu haben. »Ich warne dich. Niemand redet so mit dem ersten Diener der Herrin.«

»Du warnst mich? Wovor? Etwa vor dem Tod?« Der Graf zischte böse, doch der Alte ließ sich nicht beeindrucken. »Der Handel ist abgeschlossen. Du hast in meinem Haus nichts mehr verloren!«

»Haus?« Die heisere Stimme triefte vor Hohn. »Loch trifft es wohl eher.« Er lachte, doch er trat über die Schwelle, als der Alte die Tür aufriss. »Mein Mantel!«, rief der Todeshändler, ehe die Tür ins Schloss geworfen wurde.

Der Alte stand einen Moment still, den Kopf gebeugt, als würde es ihm Mühe bereiten, sich auf den Beinen zu halten. Dann lächelte er. Noch nie hatte Léo ein Lächeln gesehen, in dem Kummer so zufrieden aussah. Der Alte ging auf das Zimmer seiner Enkeltochter zu. »Ihr könnt gehen«, sagte er an den Vorhang gewandt. »Bitte.«

Léo und Emanuel stolperten in den Raum und für einen Moment wollte Léo dem Alten etwas Tröstendes sagen. Doch er wusste nicht, was. Der Todeshändler hatte sich von ihm nur geholt, was ausgemacht war. Lebenszeit für einen letzten Abend voller Glück.

»Und der Todeshändler?«, fragte Léo ängstlich, als er die Hand auf die Klinke legte.

»Er dürfte längst auf dem Weg zu seiner Herrin sein. Die Todeshändler verabscheuen die Gegenwart der Lebenden, heißt es. Weil es sie an ihre eigene Vergangenheit erinnert.«

Die Straße lag leblos vor ihnen. Der Todeshändler war tatsächlich weg und Léo atmete erleichtert aus. Er hatte keine Furcht mehr. Keine Gestalt in den dunklen Gassen konnte ihn jetzt noch ängstigen. Léo sah zu Emanuel hinüber, doch ehe er etwas sagen konnte, zischte der Laufbursche ihm zu: »Erzähl niemandem, was wir gerade gesehen haben. Niemandem. Hörst du? Es heißt, die Todeshändler lassen keinen Menschen leben, der sie dabei beobachtet, wie sie … Wenn er uns entdeckt hätte, dann hätte er sich nicht mit einem Handel aufgehalten, wenn du verstehst, was ich meine.«

Die Angst schloss sich eisern wie eine Kette um Léos Hals. Er nickte. Emanuel eilte voraus. Léo stolperte hinter ihm her und in der Ferne glaubte er das Krächzen einer Krähe zu hören.

EINE ARMEE FÜR DEN FISTELMUND

Wie viel Eisen gab es in Briançon? Léo schien es, dass der Vorrat unerschöpflich war und in diesen Tagen alles davon in Karren verladen durch die Stadt gefahren wurde. Fernando wähnte die Hexe hinter der Eisenflut. Ob es stimmte, konnte Léo selbstredend nicht sagen. Beinahe täglich kam eine Fuhre in der Werkstatt an und musste ins Lager getragen werden, das bald bis zum Bersten gefüllt war. Die Stapel der Metallplatten türmten sich hoch und Léo musste einige Träger mit besonders langen Beinen bauen, damit sie an die oberen Platten kamen. Im Gegenzug für das Metall nahmen die Diener des Königs die fertigen Soldaten mit, die Fernando und seine beiden Lehrlinge wie alle Spielzeugmacher in der Gasse im Akkord bauten.

Nie hatte Léo geglaubt, dass er so schnell wieder die Freude daran verlieren könnte, eiserne Herzen zum Schlagen zu bringen. Doch jedes Mal, wenn er sich an die Werkbank setzte und damit begann, handgroße Herzen für mechanische Soldaten aus Metall zu bauen, musste er an Haluk und den toten Wächter aus dem Thronsaal denken. Sie waren beide gestorben, weil der Wille der Hexe es gefordert hatte. Nun verlangte die Hexe eine metallene Armee. Und du schraubst mit, Léo, sagte er sich. Er fühlte sich wie ein gemeiner Mörder, wenn er daran dachte, dass er gerade den Tod von Menschen zusammenbaute, die wie er den Krieg sicher nicht wollten.

Graf de la Mort hatte den Auftrag des Königs persönlich überbracht. Léo war froh, dass er zu diesem Zeitpunkt nicht in der Werkstatt gewesen war. *Isaaks Eiserne*, so nannte man die metallenen Soldaten auf den Straßen. Einige wenige sprachen den Namen voller Furcht und Abscheu aus. Die meisten aber brachten ihn mit glänzenden Augen über die Lippen. Die Stadt schien in diesen Tagen gespalten in diejenigen, die den Krieg fürchteten, und diejenigen, denen die Kämpfe gar nicht früh genug losgehen konnten. Wie viele von den unbesiegbaren Soldaten Briançons Herrscher wollte, blieb sein Geheimnis. Bis auf Weiteres galt für alle Spielzeugmacher der Stadt der Befehl, nach Fernandos Plänen die eisernen Soldaten zu fertigen.

Isaaks Eiserne. Obwohl er nichts dazu sagte, wusste Léo, wie sehr Fernando darunter litt, dass es ausgerechnet seine Geschöpfe waren, die Isaak in den Krieg ziehen lassen wollte. Denn es gab noch einen Namen, den die Menschen ihnen gaben. *Fernands*. Als der alte Spielzeugmacher zum ersten Mal gehört hatte, dass man die eisernen Soldaten so nannte, hatte er einen Tobsuchtsanfall bekommen. Früher, so hatte Léo von Kafir erfahren, hatten die Leute alle mechanischen Männchen aus der berühmten Spielzeugwerkstatt so genannt. Doch nun galt der Name nur noch den Eisernen. Léo musterte seinen Meister verstohlen, der mit starrer Miene auf die Arme blickte, die er mit seiner künstlichen Hand verschraubte. Sie sollten sie besser *Fernandos Fluch* nennen, dachte er bei sich.

Die Werkstatt hinter der verschlossenen Tür suchte Fernando schon seit einigen Tagen nicht mehr auf. Er verbrachte die meiste Zeit selbst an der großen Werkbank und baute Eiserne zusammen. Bald schafften die drei Spielzeugmacher einen an nur einem Tag. Vielleicht war Fernando schon mit seiner heimlichen Arbeit fertig geworden. Was immer es war, Léo hatte beschlossen, das Geheimnis darum irgendwann einmal zu lüften, wenn der Albtraum, in den er gestolpert war, enden würde.

Während er das Herz fertigbaute, das noch an diesem Abend in den nächsten leblosen Soldaten eingesetzt werden sollte, entschied Léo, dass er wieder einmal aus der Werkstatt herauskommen musste, um zu sehen, dass es draußen noch eine Welt ohne Schrauben und Metall gab, gleichgültig, wie durcheinander sie derzeit war. Er musste raus. Ja, er hatte wieder das Gefühl zu ersticken, wenn er länger als nötig in der Werkstatt blieb.

Später, als der Eiserne sein Herz eingesetzt bekommen und sich bereitgestellt hatte, um morgen von Isaaks Dienern abgeholt zu werden, nahm Léo den Werkzeugreicher und brachte ihn nach oben in sein Zimmer. David hatte sich darüber beschwert, dass Léo das Geschöpf wie ein lebendes Wesen behandelte. Doch Léo scherte sich nicht darum und setzte ihn auf seinen Nachttisch. Dann verließ er das Haus so hastig, als müsse er einem Ungeheuer entkommen, das ihn gefangen hielt. David, der wie jeden Abend im Gegensatz zu Léo noch aufräumte und seinen Platz für den nächsten Tag vorbereitete, blickte ihm kopfschüttelnd nach. Fernando aber, der vor seinem Geschäft stand und die Straßen entlang sah, als warte er auf jemanden, hielt ihn am Arm fest. Fernando war mit jedem neuen Eisernen verschlossener geworden und für einen Moment kam er Léo wie ein Fremder vor. Sein Blick war hart, die Augen ertränkt in einer Bitterkeit, die Léo noch nie bei ihm gesehen hatte. Doch als sein Meister sich zu ihm herabbeugte, verschwanden all der Ärger und die Enttäuschung aus seinem Gesicht und darunter fand sich nichts als Sorge.

»Pass auf, Junge«, zischte er. »Bald ist der Todestag der Hexe. Es treiben sich Leute auf den Straßen herum, besonders auf denen, die ganz der Nacht gehören, denen man nicht begegnen sollte.«

Todeshändler. Léo wusste, von wem er sprach, und nickte. Er wollte sich von dem Griff losmachen, doch Fernando zog ihn noch einmal zu sich heran. »Aber am meisten musst du auf den Himmel achten. Du weißt, wovon ich spreche.«

Der Schnee hielt Briançons Straßen unter sich begraben. Léo schlang seinen Mantel eng um den Körper und versuchte an nichts zu denken, während er es seinen Füßen überließ, ihn zu führen. Doch allzu oft sah er sich selbst und den Mann mit der dunklen Haut, wie sie in einer Nacht, die Jahre zurückzuliegen schien, vor den Hexenkrähen flüchteten. Ja, Léo wusste, von wem Fernando gesprochen hatte, auch wenn ihn die Krähen seit einiger Zeit in seinen Träumen in Frieden ließen. Heute Nacht schienen sie nicht hier zu sein. Nur die Sterne waren über ihm und spannten einen blass leuchtenden Bogen über die Welt. Ohne die vergangenen Tage hätte Léo sich verzaubert gefühlt, als er an den Prachtbauten Briançons vorbeiging, während ihm die blinden Augen der Wasserspeier und in Stein gehauenen Figuren auf den Häuserfassaden folgten. So aber hatte er das Gefühl, schneller gehen zu müssen, um all dem zu entfliehen, was hinter ihm lag.

Vor der hell erleuchteten Zwergenkonditorei standen einige Kinder und als ein kleinwüchsiger Bäckerlehrling herauskam und ihnen Plätzchen reichte, die im heißen Ofen zu dunkel gebacken worden waren, gab sich Léo angesichts der leuchtenden Kinderaugen für einen Moment der Vorstellung hin, dass alles gut werden würde. Dass der Krieg, der so greifbar in der Luft lag, vielleicht nie kommen würde und er bald wieder Spielzeuge bauen durfte, ehe er nach Hause gehen würde. Idiot, sagte er sich einen Moment später, glaubst du, Isaak hortet die Eisernen nur zum Spaß, Léo? Nein, der Funke war nach Fernandos Worten bereits entzündet. Die Männer des Palastes rekrutierten noch immer fleißig Soldaten, trotz der Fernands, und an den Wänden der Häuser fanden sich immer öfter Parolen, die den Feinden der Stadt einen eisernen Tod und dem neuen König einen glanzvollen Sieg prophezeiten. Es hätte Léo nicht gewundert, wenn der Fistelmund die Sprüche selbst in Auftrag gegeben hätte.

Der Gedanke an die Eisernen verfolgte Léo zwei Stunden später auf seinem Heimweg noch immer. Und mit ihnen hatte sich ein weiterer Gedanke in seinen Kopf gedrängt. Flucht. Weshalb sollte er nicht einfach fort von hier gehen? Nach einem anderen Durchgang in seine Welt suchen? Fernando hatte etwas angedeutet, das Léo nicht mehr hatte vergessen können. *Auf jeden Fall gibt es Durchgänge. So wie den auf der Spitze des Turms.* Also existierten irgendwo vermutlich weitere Durchlässe nach Hause. Und dennoch, trotz all des Schreckens, den diese Welt in ihrem schneeweißen Kleid bot, gab es einen Teil von Léo, der nicht gehen wollte. Der mehr lernen wollte über diesen Ort. Über die Heimat seiner Eltern. Über das Talent, das sie und er besaßen. Es hielt ihn fest, als hätte er bereits angefangen, Wurzeln in fremdvertrauter Erde zu treiben.

Léo sah auf die Straße vor ihm, die dalag, als gehörte sie in eine Glaskugel, in der man es durch Schütteln schneien lassen konnte. Diese Welt war ebenso wunderschön wie schrecklich. Unwillkürlich nahm Léo einen anderen Weg als in seiner ersten Nacht, um nicht noch einmal den Platz vor dem Turm des Handelshauses zu betreten, und so näherte er sich Fernandos Laden schließlich aus einer kleinen Straße, die so schmal war, dass nicht einmal das Licht des Mondes und der Sterne einen Weg in sie hinein fanden. Sie lag tief im Schatten der Nacht und wand sich wie eine Schlange durch die Stadt. Längst hatte sich die Dunkelheit in den Häusern eingenistet. Die Fenster sahen wie blinde Augen hinaus. *Es treiben sich Leute auf den*

Straßen herum, besonders auf denen, die ganz der Nacht gehö-
ren, denen man nicht begegnen sollte. Léo dachte an die dunklen Gassen, doch dies war nicht das Armenviertel und er be-
gegnete niemandem bis auf einen mageren Kater, der ihm um
die Beine strich und um Fressen bettelte. Am Ende der Gasse
aber, so kurz vor seinem Ziel, dass er das Schild über Fernandos Laden schon sehen konnte, hielt Léo inne. Es war still in
der Nacht, sodass Léo wenig Mühe hatte, die Worte zu verstehen, die zwei Gestalten vor dem Spielzeuggeschäft miteinander
wechselten.

»Es gibt doch sicher auch größere Spielzeuge als die hinter eurem Schaufenster.« Obwohl Léo den Mann nicht sehen konnte, wusste er sofort, von wem die unmenschlich kalte Stimme
stammen musste. Dort, nur einige Schritte entfernt, stand ein
Todeshändler. Als er den schwarzen Umhang sah, überkam Léo
die gleiche bittere Angst, die er auch in dem Haus des Alten
gefühlt hatte. Lauf weg, Léo. Lauf. War er hier, um mit jemandem einen seiner grausigen Handel abzuschließen? Léo hätte
dann mit klopfendem Herzen an ihm vorbeigehen können und
jedes Angebot, das der Todeshändler ihm womöglich machen
würde, ablehnen. Aber nein, sicher hatten sie ihn gesucht und
gefunden. Also wussten die Todeshändler, dass einer von ihnen
im Haus des Alten beobachtet worden war? Hatte Emanuel etwas gesagt, das sie verraten hatte? War er schon tot? Léo wollte
gerade loslaufen, als sein Verstand die Angst besiegte. Der Todeshändler hat nach Spielzeug gefragt, nicht nach dir, Dummkopf. Sein Herz schlug noch immer so wild, als wollte es aus
seiner Brust entkommen. Doch Léo zwang sich zur Ruhe und
lauschte weiter.

»Ihr meint die Eisernen?« Das war Davids Stimme. Was
machte er noch so spät draußen? Er war doch sonst immer früh
im Bett.

»Die Eisernen? Ach ja, die Spielzeuge eures Königs. Nein. Die meine ich nicht. Es ist eine andere Arbeit. Ungleich kunstvoller. Ein mechanischer Mensch, beinahe so echt wie du. Habt ihr so etwas?«

Wovon sprach der Todeshändler? Léos Angst verflog ebenso schnell, wie sie gekommen war. Die Eisernen waren die ersten mechanischen Geschöpfe, die so groß wie Menschen waren. Aber selbst sie waren nicht annähernd echt.

»Wir haben nichts, auf das diese Beschreibung passt, mein Herr«, sagte David.

»Schade«, meinte der Todeshändler. »Ich weiß, dass die Manufakturen in dieser Straße die besten der Stadt sind. Vielleicht sogar die besten des Landes. Was ich suche, gibt es nur hier. Da bin ich sicher. Ich werde dir eine Karte dalassen, mein lieber Junge. Es wäre schön, wenn du die Augen offen halten könntest nach dem, was ich suche. Vielleicht findest du es dort, wo du es am wenigsten erwartest.«

»Und wie soll ich Euch unterrichten, wenn ich etwas finden sollte?«, fragte David skeptisch und betrachtete etwas in seinen Händen.

»Die Karte ist der Schlüssel«, sagte der Todeshändler so liebenswürdig, als spräche er mit seinem Lieblingsneffen. Doch Léo erkannte in der Stimme auch eine Kälte, die tiefer war als die des Winters. »Ein Zauber haftet ihr an. Wenn du mir eine kurze Nachricht darauf schreibst, werde ich es erfahren und dich aufsuchen.«

»Ein Zauber? Ihr kommt von der Hexe?«

Hatte der Dummkopf nicht erkannt, mit wem er sprach? Léo schüttelte den Kopf.

In die Stimme des anderen Lehrlings mischten sich plötzlich Ehrfurcht und Sehnsucht. Léo war es nicht entgangen, wie er sie im Thronsaal angesehen hatte, als sie dem Kampf des Eisernen zugesehen hatte. Léo hatte diesen Blick bei Isaaks Rede auf den Gesichtern der Männer um sich herum beobachtet.

»So ist es. Sie wird dir eine Belohnung zahlen, wenn du Erfolg hast. Sie erfüllt gerne die Wünsche derer, die ihr treu sind. Du hast doch einen besonderen Wunsch, oder?«

Und ob er den hat, dachte Léo düster. Er will ein Herzenmacher sein. Er las es David jeden Tag von den eifersüchtigen Augen, wenn er eines von ihnen zum Schlagen brachte.

»Nichts, was Geld kaufen könnte«, flüsterte David so leise, dass Léo die Worte kaum verstand.

»Dann ist meine Herrin genau die richtige, um dir deinen Wunsch zu erfüllen«, sagte der Todeshändler. Er verbeugte sich und wurde von der Nacht verschluckt.

Léo wartete, bis David im Laden verschwunden war und ihm so kalt wurde, dass er seine Zehen nicht mehr fühlen konnte. Der hungrige Kater strich um seine Beine herum. Léo verscheuchte ihn, dann ging er in das Spielzeuggeschäft. Er wusste, woran David dachte. An die Belohnung der Hexe. Und an die verschlossene Tür in der Werkstatt.

Léo erkannte Davids Gestalt an der Tür zum Schuppen, noch ehe sich seine Augen ganz an die Dunkelheit in Fernandos Werkstatt gewöhnt hatten. Fernandos anderer Lehrling beugte sich gerade zum Schlüsselloch hinab.

Der immer so tugendhafte und fehlerlose David brach eine Regel. Léo versuchte sich den Anblick für immer ins Gedächtnis zu brennen, ehe er einen Schritt in die Werkstatt hinein machte. »Hast du etwas verloren?«, fragte er.

David fuhr erschrocken in die Höhe und selbst die Schatten um sie konnten nicht verbergen, dass sich seine Wangen vor Scham rot färbten. Etwas fiel mit einem leisen Klingen zu Boden. »Warum kommst du so spät?«, fragte David, ohne auch nur einen Moment auf Léos Frage einzugehen.

Weil ich dein Gespräch mit dem Todeshändler belauschen musste, dachte Léo bei sich. »Ich wusste nicht, dass Meister Fernando dich dazu auserkoren hat, auf die Zeit zu achten«, antwortete er stattdessen.

»Es ist beinahe Mitternacht«, stellte David wichtigtuerisch fest und machte beiläufig einen Schritt von der Tür weg.

Nach dem Moment der Überraschung klang er für Léos Geschmack schon wieder zu selbstsicher.

»So spät schon? Man sollte meinen, kein normaler Mensch würde sich da noch auf den Straßen herumtreiben. Dabei ist mir gerade ein Mann über den Weg gelaufen.«

»Ein Mann?«, fragte David und versuchte, betont teilnahmslos zu klingen.

»Ja. Ich hätte ihn beinahe nicht gesehen, so schwarz wie er gekleidet war«, log Léo weiter.

»Hat er etwas zu dir gesagt?« Die eben noch so beherrschte Stimme zitterte leise.

»Nein, zu dir?« Léo genoss den Moment. Er konnte Davids Unbehagen beinahe schmecken.

»Wie kommst du darauf, dass ich mit ihm gesprochen habe?« Ärger ließ David schneller sprechen, und seine Wangen färbten sich noch röter. Er drehte sich um und ging ohne ein weiteres Wort die Treppe hinauf, die in das Schlafzimmer der Lehrlinge führte. Léo aber blieb noch ein paar Momente dort in der Dunkelheit und wartete darauf, dass es still wurde. Dann ging er zur Tür. Seine Finger ertasteten ohne Mühe das Ding, das David hatte fallen lassen. Ein Metallstück, weich und biegbar. Sieh mal an, dachte er bei sich. Beinahe hätte der tugendsame David noch eine Regel gebrochen. Léo hatte Frederick einmal geholfen, einen solchen Schlüssel zu formen, weil sein bester Freund versucht hatte, im Schulsekretariat den verschlossenen Schrank zu öffnen, in dem seine ... nicht unbedingt blütenreine Schulakte lag. Es hatte lange gedauert und war ausgesprochen schwierig gewesen. Offenbar nutze man in beiden Briançons Hilfsmittel dieser Art. Nun, David schien eine dunkle Seite zu besitzen, die man ihm nicht so ohne Weiteres ansah.

Léo starrte auf die verschlossene Tür. Befand sich dort wirklich ein mechanischer Mensch, der beinahe echt war? Léo schüttelte den Kopf. Und selbst wenn, was sollte ihn das interessieren? Er wollte sich abwenden, doch seine Füße rührten sich nicht vom Fleck und er hielt seinen Blick noch immer auf die Tür gerichtet. Fernando und Haluk, der Todeshändler und die Hexe. Sie alle schien das, was hinter dieser Tür war, zu verbinden. Léo spürte es. Ihn selbst, den die silberne Kugel seines Vaters in diese Welt geführt hatte. Haluk, der auf dem Weg zu Fernando gewesen war, um ihm etwas zu bringen. Der alte Spielzeugmacher, der heimlich hinter der Tür arbeitete. Und die Hexe, die einen Todeshändler auf die Suche nach einem lebensechten mechanischen Mann geschickt hatte. Alles Zufall? Sicher nicht. In Léo erwachte der Wunsch, die Tür selbst zu öffnen. Oder sollte er Fernando nicht lieber direkt auf die Tür und die Suche des Todeshändlers ansprechen? Nun, das, was Fernando hinter der Tür trieb, musste nicht unbedingt mit dem Besuch des Hexendieners zusammenhängen. Und außerdem wollte Fernando nicht, dass ihn jemand bei seiner geheimen Arbeit ertappte. Warum also sollte Léo nicht einmal mit Davids Schlüssel versuchen die Tür zu öffnen? Ein kurzer Blick, mehr nicht. Du bist genauso schlimm wie David, schoss es ihm durch den Kopf. Nein, sagte er sich einen Moment später. Das war er nicht. Er wollte die Tür öffnen, weil er vermutete, dass sein Vater und das Herz, das er gebaut hatte, etwas mit dem zu tun hatten, was er hinter ihr finden würde. Dass er dort die Antwort auf die Frage finden würde, die Fernando ihm nicht beantworten wollte. David aber gierte danach, um Fernando verraten zu können und um einen Wunsch erfüllt zu bekommen. Sie waren sich in gar nichts ähnlich. Ja, Léo würde Fernandos Geheimnis vor David lüften. Er musste es einfach tun und außerdem damit vielleicht herausfinden, was sein Meister mit Haluk zu tun hatte. Und mit dessen Beutel, für den er sein Leben aufs Spiel gesetzt und verloren hatte. Und wie das alles mit dem Tod des Königs verbunden war. Und dann? Léo wusste es nicht.

»Was tust du denn hier?« Fernandos Stimme riss Léo hart aus seinen Gedanken. Selbst im Dunkeln erkannte er das leichte Misstrauen in den Augen seines Meisters.

»Ich … ich bin spät gekommen«, sagte Léo. Du stehst genau vor der Tür, Idiot. Sag ihm doch gleich, dass du hineinwillst.

»Und? Hast du meinen Ratschlag befolgt?« Langsam schob Fernando seinen massigen Körper zwischen Léo und die Tür.

»Keine Krähen«, sagte Léo. »Aber ein Todeshändler war in der Straße.« Léo war kurz davor, seinem Meister von dem Gespräch zwischen dem Hexendiener und David zu erzählen. Doch wovon hätte er ihm berichten sollen außer von einem vagen Verdacht?

Für einen Moment war die Stille zwischen ihnen so tief wie die Nacht. »Nun, sie sind viel unterwegs in diesen Tagen«, sagte Fernando dann und hob seine künstliche Hand, ohne den Blick von Léo zu lassen. Unwillkürlich machte Léo einen Schritt zurück, als er sich den spitzen Enden der Schraubenzieherköpfe ausgesetzt sah. Einer von Fernandos metallenen Fingern war seltsam geformt. Und dann begriff Léo. Dies war kein Werkzeug wie die anderen. Fernando steckte den Finger in das Schloss zur Werkstatt und die Tür sprang auf. Dahinter war alles dunkel. »Ich gebe dir noch einen Rat«, sagte Fernando leise, als er auf der Schwelle stehen blieb. »Tritt nicht durch die falsche Tür. Du weißt am Ende nicht, was du hinter ihr findest.«

Der Todeshändler ließ sich die nächsten Tage nicht mehr blicken und Léo hatte stets ein Auge auf David. Fernandos anderer Lehrling gab vor, sich einzig auf seine Arbeit zu konzentrieren. Doch wenn er sich unbeobachtet fühlte, streifte er durch die Werkstatt und das Lager. Léo sah ihm jedes Mal an, dass er nicht das gefunden hatte, was er suchte. Seinen Schlüssel. Irgendwann gab David die Suche auf und machte sich heimlich daran, nach der Arbeit einen neuen zu fertigen. Léo war dankbar, dass ihm das erspart blieb, doch er selbst schaffte es auch mit dem fertigen Schlüssel in seiner Tasche nicht, Fernandos geheime Werkstatt zu betreten. Die Tür blieb für ihn unüberwindbar, gleich wie geschickt er sich auch anstellte. Das Schloss musste besonders kompliziert konstruiert sein. Ohnehin war es schwer genug, sich der Tür zu nähern, denn Fernando verbrachte beinahe jede freie Minute, die er nicht an einem der Eisernen arbeitete, am Schaufenster seines Ladens und starrte hinaus. Er wartet, dachte Léo. Aber auf was? Oder auf wen?

Irgendwann gestand sich Léo ein, dass Davids Schlüssel die Tür nicht würde öffnen können. Wenn er wirklich hinter sie blicken wollte, müsste er den echten Schlüssel in die Finger bekommen. Diese Erkenntnis dämpfte seinen Enthusiasmus erheblich und die Tür und ihr Geheimnis gerieten für einige der immer gleichen Tage, an denen sie einen der Eisernen zusammenbauten, aus seinem Blickfeld.

Dann aber geschah etwas, das alles änderte. Fernando war gerade im Lager und inspizierte die Eisenvorräte, als ein langbeiniger Träger gegen einen der hohen Stapel stieß. Fünf der kreuz und quer gestapelten Platten lösten sich voneinander, fielen zu Boden und verkeilten Fernando, der direkt vor ihnen stand, zwischen sich. Seine wütenden Schreie hallten durch das ganze Haus. Léo versuchte mit David und dem Träger zusammen die Metallplatten anzuheben, doch sie waren nicht zu bewegen. Einzig Fernandos künstlicher Arm schaute heraus. Wenigstens schien ihr Meister nicht in Lebensgefahr. »Die anderen Träger. Verdammt, holt sie alle her«, brüllte er, verborgen unter dem Eisen.

»Das kannst du wohl alleine erledigen«, sagte David, als sie auf dem Weg in die Werkstatt waren. »Ich muss weiter arbeiten.«

Léo sah ihm nach. Ja, dachte er. Aber nicht an dem Eisernen. Mit dem war David schon fertig und noch dazu hatte er einen menschengroßen Aufräumer gebaut, um die Ordnung in der Werkstatt bei all der Arbeit aufrechtzuerhalten. Nein, dachte Léo. Du willst an deinem Schlüssel arbeiten. Er lächelte, als er an die Enttäuschung dachte, die David bald erleben würde. Er folgte ihm in die Werkstatt und nahm hastig etwas von seiner Werkbank, dann suchte er die mechanischen Menschen zusammen und ging mit seinen Helfern wieder zu Fernando, der unablässig nach den Trägern schrie.

Die Träger bezogen Aufstellung und Léo zwängte sich an ihnen vorbei zu dem Plattenstapel, unter dem Fernando gefangen war. »Sie werden dich gleich befreien«, sagte er und fasste mit seiner linken Hand nach dem Arm, der unter dem Haufen herausguckte, während er mit seiner Rechten etwas auf einen bestimmten Finger an Fernandos Hand drückte. Ein Abdruckkissen. »Spürst du das?«, fragte er. Er zwickte Fernando in den Arm, der kurz aufschrie.

»Au! Was soll das? Willst du mir noch mehr Schmerzen zufügen?«

Nein, nur ablenken, dachte Léo und sah auf das Abdruckkissen in seiner Hand, das nun eine feine Einbuchtung zeigte, die haargenau mit Fernandos metallenem Schlüsselfinger übereinstimmte. Normalerweise dienten die Kissen dazu, Gussformen für wichtige Bauteile herzustellen. In diesem Fall würde es um den Schlüssel zu Fernandos geheimer Werkstatt gehen. »Manchmal verliert man alles Leben aus seinen Armen, wenn man verschüttet ist. Ich wollte nur sichergehen, dass du keinen Arzt brauchst«, rief Léo.

»Mir geht es gut, danke sehr«, murrte Fernando. »Aber nun geh lieber zur Seite und lass die Träger ihre Arbeit tun.«

Mit klopfendem Herzen verließ Léo das Lager. Ein Hochgefühl breitete sich in ihm aus. Was war wohl hinter der Tür? Er dachte an die Worte des Todeshändlers. *Ein mechanischer Mensch, beinahe so echt wie du.* Woran nur hatte Fernando gearbeitet?

Léo musste sich viel Mühe geben, um mit Hilfe des Abdruckkissens einen Schlüssel zu fertigen. Er konnte immer nur wenige unbeobachtete Momente an ihm arbeiten und der Bart war ungewöhnlich kompliziert. Außerdem war Léo kein Schlüsselschnitzer, gleich wie talentiert er als Spielzeugmacher auch sein mochte.

Als der Schlüssel irgendwann aber leicht wie eine Feder in seiner Hand lag, klopfte Léos Herz so fest, dass er fürchtete, jeder könnte es hören. In der nächsten Nacht konnte Léo nicht schlafen. In seinem Kopf wirbelten die Gedanken. Irgendwann gab er den Versuch, zur Ruhe zu kommen, auf und öffnete das Fenster. Kalte Nachtluft wehte ihm um die Nase, als er den Kopf hinausstreckte. Wie dunkel es in dieser Welt war. Die Sterne leuchteten hier so viel heller. Vielleicht, weil es zu wenig Lampen in der Stadt gab, um sie zu überstrahlen. Das Dach war nicht allzu steil und vor sich erkannte Léo den Dachfirst. Einem Impuls folgend kletterte er aus dem Fenster auf das Dach und schob sich bis zu dessen Spitze. Ja, hier konnte er seine Gedanken ordnen. Es tat gut, draußen zu sein. Léo hatte das Gefühl, dass es hier keine Grenzen für seine Gedanken gab. Er blickte über die schlafende Stadt hinüber zu den beiden Türmen des Handelshauses und ignorierte die Kälte. Er hätte doch die ganze Zeit schon Fernando ins Vertrauen ziehen können. Über den Todeshändler. Über David. Über alles. Doch er hatte es nicht getan. Fernandos Heimlichkeit schien wie eine Krankheit auf Léo übergegangen zu sein. Manchmal, wenn sein Meister mit versteinertem Gesicht am Fenster stand und hinausstarrte, ertappte sich Léo dabei, wie er an Fernando zu zweifeln begann. Warum konnte er nicht nach Hause zurück? War es wirklich so gefährlich, einen anderen Durchgang zu nehmen? Oder wollte ihn Fernando absichtlich hier behalten? Vielleicht gab es etwas zu tun, etwas, das nur ein Mellino vollbringen konnte und das irgendwie mit der Kugel zusammenhing. Manchmal erschienen Léo diese Gedanken dumm und er schämte sich dann ihretwegen. Aber dann gab es Momente, in denen sie eine zerstörerische Macht entfalteten und Léos Vertrauen in Fernando erschütterten.

Er atmete tief durch und sein Atem glitzerte silbern im Mondlicht. Nein, er musste herausfinden, was hinter der Tür war. Dann konnte er mit Fernando reden. Nur dann. Doch was würde er wohl hinter der Tür finden? Einen besonderen mechanischen Mann? Oder etwas ganz anderes? Sieh nach, Léo, sagte er sich. Jetzt sofort.

Léo kletterte mit vor Aufregung wild schlagendem Herzen zurück ins Zimmer und zog den Schlüssel unter seinem Kopfkissen hervor. Dann lauschte er. Davids Atem ging regelmäßig. Er schlief. Léo schlich aus dem gemeinsamen Zimmer und stieg die Treppe hinab. Längst kannte er die gefährlich lauten Stellen, quietschende und knarrende Stufen, die er lautlos überschritt, und wie eine Katze erreichte er das Erdgeschoss. Er horchte an der Tür zu Fernandos Zimmer und ging erst weiter, als er ihn schnarchen hörte. Die Dunkelheit ließ das mittlerweile so vertraute Haus seltsam fremd erscheinen. Schatten hatten sich in den Ecken eingenistet und schienen jedem Geräusch zu lauschen. Gerade als Léo in die Werkstatt gehen wollte, hörte er Schritte hinter sich. Mit einem Mal schlug ihm das Herz fest in der Brust. Wer war das? David? Fernando? Er war doch so sicher gewesen, dass alle schliefen. In seinem Kopf rasten die Gedanken wie aufgescheuchte Bienen durcheinander. Keine Ausrede, die ihm einfiel, würde das hier erklären können. Fernando hatte Léo gewarnt, die Tür in Ruhe zu lassen.

Aus dem Schatten des Flures löste sich eine Gestalt. Ehe Léo etwas sagen konnte, erkannte er den Aufräumer, den David vor Kurzem gebaut hatte. Gemächlich ging das mechanische Männchen an ihm vorbei und schickte sich an, in dem großen Raum für Ordnung zu sorgen. David hatte Léo gebeten, ihm ein Herz für den Aufräumer zu bauen. Normalerweise bat er Léo um gar nichts. Schon gar nicht um ein Herz. Der Neid darüber, dass Léo ein Herzenmacher war und er nicht, wurzelte offenbar tief in ihm. Doch in diesem Fall war es David gar nicht schwergefallen, die Bitte zu äußern.

Der Aufräumer war ganz offensichtlich misslungen. Der Kopf hatte eine völlig andere Form als bei mechanischen Männchen dieses Typs üblich. Hast du keine Lust mehr, alles selbst in Ordnung zu halten?, hatte Léo ihn gefragt und David hatte nur das Gesicht verzogen. Der andere Lehrling musste vergessen haben, den Aufräumer schlafen zu schicken, nachdem er alles an seinen Platz gebracht hatte. Léo tippte ihn an, doch das mechanische Männchen reagierte nicht, sondern ging einfach weiter. Der sonst so sorgfältige David hat ihn nicht richtig gebaut, dachte Léo. Nun, er konnte sich nicht darum kümmern, nicht jetzt. Doch ebenso wenig konnte er den Aufräumer frei herumlaufen lassen. Wenn er mitten in der Nacht anfing, Spielzeuge von der einen zur anderen Seite zu tragen, würde das selbst Fernandos schlimmstes Schnarchen übertönen und ihn aus dem Schlaf reißen. Léo ging hinter dem mechanischen Männchen her. Seine Augen flogen dabei durch den Verkaufsraum auf der Suche nach etwas, das er ihm zum Wegbringen geben konnte. Ein Holzkistchen auf der Theke schien die richtige Größe zu haben.

»Nimm es«, flüsterte Léo dem Aufräumer zu. »Es steht am falschen Platz. Ich zeige dir, wo es hingehört.« Seine Stimme klang viel zu laut für seinen Geschmack. Das mechanische Männchen aber griff anstandslos nach dem Kistchen und folgte Léo zu der verschlossenen Tür. Es gefiel Léo nicht, dass er einen Zeugen hatte, doch der Aufräumer konnte keinem von dem erzählen, was er sah, und er würde so lange warten, bis Léo ihn aufforderte, das Kistchen irgendwo abzustellen.

Der Schlüssel passte perfekt ins Schloss und öffnete es beinahe lautlos. Noch einmal sah sich Léo in der verlassenen Werkstatt um. Dann machte er sich daran, Fernandos Geheimnis zu lüften.

Die Dunkelheit hinter der Tür war so dicht, dass sie Léo für einen Moment blind machte. Er wartete, bis sich seine Augen an sie gewöhnt hatten, doch selbst dann noch gab die kleine Werkstatt das Geheimnis nicht preis, das sie hütete. Léo hatte auf Licht verzichten wollen. Es war zu verräterisch in der Nacht. Doch die Schatten in dem Raum verbargen beharrlich, was hinter ihnen lag, und zuletzt musste er die Kerze aus der

Tasche ziehen, die er für den Notfall mitgenommen hatte. Er zündete sie an und ihr Licht vertrieb die Finsternis.

Für einen Moment blieb Léo der Mund offen stehen. Was immer er auch erwartet hatte, dies hier war es nicht gewesen. Das Licht der Kerze wurde von goldenen Wänden zurückgeworfen. Die ganze Kammer war mit dem sündhaft teuren Metall ausgekleidet. Léo wähnte sich in einer Schatzkammer aus 1001 Nacht. Doch noch seltsamer als die Wände des Raums war das, was er darin fand. Die Kerze in seiner Hand zitterte und das Licht ließ die Schatten wild über die Wände tanzen. Léo hatte nach den Worten des Todeshändlers zwar einen mechanischen Menschen erwartet. Vielleicht nicht so grob wie die eisernen Fernands. Doch der Körper, der leblos vor ihm an der Wand lehnte, war absolut makellos und bis ins letzte Detail einem Menschen nachempfunden. Noch nie hatte Léo eine so feine Arbeit gesehen. Fast schien es, als hätte Fernando einem Mann die Haut mit einem dünnen Film aus Eisen überzogen. Nein, korrigierte sich Léo. Das war Silber. Alles an der Figur war perfekt. Nur eine Sache fehlte. Der Kopf.

Ein Tisch, der die Spuren vieler Stunden Arbeit zeigte, Werkzeug, das fein säuberlich sortiert war. Léo sah sich nach dem Kopf um, doch nirgendwo konnte er ihn entdecken.

Warum hatte Fernando ihn noch nicht gebaut? Es war üblich, beim Bau eines mechanischen Menschen mit dem Kopf zu beginnen, denn er war es, der ihm sein Wesen gab. Jedes Lebewesen aus Metall hatte einen eigenen Kopf, so viel hatte Léo bereits gelernt. Tauschte man sie untereinander aus, so wurde aus einem Tänzer ein Kämpfer oder aus einem Akrobaten ein Schneider. Doch diese armen Geschöpfe funktionierten nicht lange. Der Kopf erinnerte sich an das Herz und das Herz an den Kopf. Passten sie nicht zusammen, stießen sie sich genauso entschieden ab wie heißes Öl und Wasser. Hatte Fernando also noch nicht entschieden, was dieses Wesen einmal sein sollte?

Léo fuhr mit den Fingern über das feine Netz der Adern, das von der eisernen Hand den Arm hinauflief. Warum wollte die Hexe diesen mechanischen Mann? Ein Geheimnis führte zum nächsten.

Léo wusste nicht, wie lange er Fernandos Arbeit bewunderte. Die Kerze war halb abgebrannt, als er endlich die Werkstatt verließ und die Tür verschloss. Der Aufräumer folgte ihm stumm. Léo bedeutete seinem künstlichen Gefährten, das Kistchen zurück auf die Theke zu legen. »Es war doch am richtigen Platz«, flüsterte er. Ehe er die Treppe hinaufstieg, wandte er sich noch einmal zu der Tür um. Beinahe glaubte er, die Anwesenheit des Kopflosen hinter ihr zu spüren.

In dieser Nacht konnte Léo einfach nicht schlafen. Er wälzte sich unruhig im Bett seines Vaters umher. Wenn er einmal einnickte, schreckten ihn dunkle Bilder wieder auf. Die Nacht gebar sie und ließ sie zu furchtbarer Größe heranwachsen. Der Fernands mit dem Schwert. Der tote Soldat. Der Todeshändler. Und immer wieder der Kopflose. Als Léo es nicht mehr aushielt, erhob er sich und öffnete das Fenster über dem Bett. Er legte beide Hände auf den Fensterrahmen und stemmte sich in die Höhe. Im Zimmer schnarchte David leise. Vorsichtig schob sich Léo die oberste Kante des Dachs entlang, bis es nicht mehr weiterging. Dann blickte er auf Briançon. Diesmal hatte er eine Decke mitgenommen und schlang sie sich um den Leib. In seinem Herzen rangen die Gefühle miteinander. Hier füllte sich sein Herz mit Frieden. Er war zufrieden. Und gleichzeitig fürchtete er sich. Diese Welt war voller Gefahren. Es gab so viel Tod in ihr. Léo wollte einerseits bleiben und sie erkunden. Und gleichzeitig wollte er zurück zu seiner Mutter, die er vermisste. Um die er sich sorgte. Wollte zurück zu seinen Freunden. In seine Welt. Oder war dies hier seine Welt? Er wusste es nicht mehr. Nur eines war ihm klar: Der Kopflose war wichtig. Er hatte mit Léos Vater zu tun. Ganz sicher. Sollte er Fernando nach ihm fragen? Nein, entschied Léo. Wenn der alte Spielzeugmacher ihm von seiner Schöpfung hätte erzählen wollen, so hätte er sie Léo längst gezeigt. Und sicher wäre Fernando entsetzt, wenn Léo ihm offenbarte, dass er hinter die Tür gelangt war. Er musste erst mehr herausfinden. Musste verstehen, was Fernando da eigentlich gebaut hatte. Léo blickte über das verschneite Briançon hinüber zu den beiden Türmen, als könnte er durch sie bis in seine Welt sehen. Und er flüsterte ein Versprechen in die Nacht. »Ich werde dein Geheimnis lüften, Kopfloser. Und herausfinden, was dich und meinen Vater miteinander verbindet. So wahr ich ein Herzenmacher bin.«

GEJAGT

Vier Tage. Vier Fernands. Und drei Nächte, in denen Léo vor
dem mechanischen Mann stand und über seinen Zweck grü-
belte. Und an seine Mutter dachte. Bei der vielen Arbeit und
dieser ganzen Welt, die sich Léo wie ein dunkles Märchen erzählte, vergaß er sie tagsüber oft. Doch in den Nächten sah er
ihr Bild vor Augen. Machte sie sich Sorgen? Natürlich, Léo,
antwortete er sich dann stets. Sie wird vermutlich fast verrückt.
Erst verliert sie deinen Vater und nun dich. Doch was sollte er
tun?

In den beiden zurückliegenden Nächten war er aus seinen
Gedanken an sie herausgerissen worden. David war aufgestan-
den und die Treppe ins Erdgeschoss hinabgestiegen. Léo hatte
so lange wach gelegen, bis David zurückgekommen war. Selbst
in der nachtschwarzen Dunkelheit hatte er die Enttäuschung
des anderen Lehrlings erkannt. Davids Scheitern beim Öffnen
der Tür hatte Léo insgeheim gefreut, doch obwohl er selbst den
Schlüssel besaß, war er der Lösung des Rätsels um das, was Fernando dahinter konstruierte, keinen Schritt näher als David.
Léo kannte weder den Grund, weshalb die Hexe von Fernandos geheimen Eisernen – nein, korrigierte sich Léo, von seinem
geheimen *Silbernen* – wusste, noch warum sein Meister ihn
überhaupt gebaut hatte. War er vielleicht ein einzigartiger Attentäter, der Isaak töten sollte? Oder hatte er eine ganz andere
Aufgabe? Léo war in etwas hineingeraten, das er nicht verstand.
Aber es war zu spät, sich dem Geheimnis zu entziehen. Längst

war er von einer nie gekannten Abenteuerlust angesteckt worden.

Am Morgen des vierten Tages war ein Bote gekommen und hatte Fernando einen Umschlag überreicht. Der Alte war so aufgeregt gewesen, dass der Bote die vielen Kupfermünzen, die Fernando ihm in Hand gezählt hatte, kaum hatte halten können.

Für Léo war dies wie ein Aufruf, etwas zu tun. Vielleicht stand die Nachricht in einem Zusammenhang mit dem, was hinter der Tür zu finden war. Du solltest Fernando von dem Todeshändler erzählen, Léo, sagte er sich. Ja, wenn er herausgefunden hatte, was genau hier vor sich ging. In dieser Nacht, wenn David, wie er hoffte, im Bett bleiben würde, wollte Léo etwas ausprobieren.

Sein Herz schlug den ganzen Tag so heftig, wenn er an der Tür vorbeiging, dass er fürchtete, Fernando oder David würden seine Aufregung bemerken. Die drei bauten ihren täglichen Fernands. Wie üblich, wenn sie einen mechanischen Mann fertigstellten, ritzte der Herzenmacher den Anfangsbuchstaben seines Namens in den Nacken des Eisernen. Es war eine Tradition unter den Spielzeugmachern, wie die Signatur eines Malers. Dieser Soldat aus Metall trug ein L, denn in seiner eisernen Brust schlug ein Herz, das Léo gefertigt hatte.

Nach der Arbeit ging Léo hinaus in den Abend, um David den erfolglosen Versuch zu ermöglichen, Fernandos Geheimnis zu lüften. Er lief so lange durch Briançons Straßen, bis er glaubte, dass David genug Zeit gehabt hatte, sein Glück vergebens an der Tür zu versuchen. Durchgefroren kehrte er schließlich in die stille Werkstatt zurück. Das einzige Wesen, das sich dort noch bewegte, war der defekte Aufräumer, der an den Regalen im Verkaufsraum entlangging und nach etwas zu suchen schien, das am falschen Platz lag. Die sieben Fernands der vergangenen Woche, die morgen abgeholt würden, standen leblos in einer Ecke des Raums.

Es war eine bitterkalte Nacht, und Léo war so durchgefroren, dass er nicht einmal seinen Mantel auszog. Als der Aufräumer Léo bemerkte, trabte er langsam auf ihn zu wie in den anderen Nächten, in denen Léo Fernandos geheimen Silbernen betrachtet hatte. Léo hatte sich angewöhnt, ihn mit sich zu nehmen, damit Davids Geschöpf keinen Lärm machte. Léo hatte schon daran gedacht, ihn zu reparieren, doch er kam tagsüber einfach nicht dazu und nachts hatte er anderes zu tun. Der Kopf des Aufräumers zuckte unruhig hin und her, als ob sich eine Schraube bei ihm gelockert hätte. Irgendetwas war wirklich kaputt an ihm. Léo beachtete ihn nicht weiter. Leise schlich er nach oben, lauschte an der Tür des Lehrlingszimmers und als er sicher war, dass David schlief, kehrte er ebenso geräuschlos wieder nach unten zurück. Nachdem er sich vergewissert hatte, dass auch Fernando schlief, ging er zurück in die Werkstatt. Erwartungsvoll sah Léo auf die Tür. Neben ihm stand der Aufräumer mit hängenden Schultern, scheinbar traurig darüber, dass er nichts zu tun fand. Der Schlüssel glitt in das Schloss und die Tür schwang auf. Léo warf einen Blick zur Treppe, doch nichts regte sich und nur die Schatten starrten zurück.

Im Schein der Kerze, die Léo auf die Werkbank im Schuppen stellte, glänzte die Haut des Kopflosen vor den goldenen Wänden wie frisch polierter Marmor. In sich zusammengesunken wie eine Marionette stand der mechanische Mann vor ihm. Metallringe um seine Brust und seine Beine hielten ihn aufrecht. Léos Hände strichen über das blanke Metall, bis seine Finger die feine Kerbe über seinem Herzen entdeckten. Er öffnete die kleine Herzenkammer mit einem winzigen Schraubenzieher und sah hinein. Sein Plan stand und fiel damit, was er dort finden würde. Gepresst atmete er die Luft aus, als er das

Herz erkannte, das dort in der Brust lag, leblos und nur ein Stück Metall. Das Herz, das Léos Vater gebaut hatte. Er erkannte es sofort wieder. Doch etwas war verändert. Es war nun von einem Muster durchzogen, das Léo an arabische Buchstaben erinnerte, die wie gemalt aussahen. Fernando hatte Léo während der Arbeit einmal erzählt, dass die besten Spielzeugmacher den Herzen Worte auf die eiserne Haut schrieben, um ihren Trägern bestimmte Eigenschaften zu schenken. Offenbar hatte Fernando Worte auf das Herz geschrieben. Léo begriff, dass allein dies den Kopflosen zu etwas Besonderem machte. Er zog einen dünnen Metallstift aus der Tasche. Für einen Moment zögerte er. Tausend Dinge konnten nun geschehen. Doch wenn du es nicht versuchst, bleibt das Geheimnis ein Geheimnis, Léo, sagte er sich.

Er atmete tief durch.

Und dann stieß er das Herz an.

Von einer Sekunde zur anderen erwachte das Geschöpf vor ihm zum Leben. Der Körper zitterte wie ein Ast im Wind, dann richtete sich der Kopflose auf. Léo konnte die Kraft, die plötzlich in ihm war, beinahe spüren. Wenigstens rennt er nicht einfach davon oder greift dich an, dachte Léo erleichtert. Wie hätte er das auch Fernando erklären sollen? Er ging einen Schritt zurück und stieß gegen den Aufräumer, der hinter ihm war. Der Silberne aber stand still vor ihm und wartete. Er hat keine Aufgabe, dachte Léo. Solange ihm der Kopf fehlt, weiß er nicht, was er zu tun hat. Doch er hat ein Herz. Noch dazu eines, das von Worten verziert ist. Und das Herz weiß mehr als der Kopf. Es weiß, was es kann. Und was sein Träger kann.

Aus seiner Tasche zog Léo Papier und zwei Bleistifte. Es war nur ein Versuch, doch Léo hatte keine Ahnung, was er sonst tun konnte, um dem Kopflosen sein Geheimnis zu entlocken. Die Idee war ihm gekommen, als er die Hände des Kopflosen betrachtet hatte. Sie waren den Händen eines Schreibers so ähnlich. Léo hatte Fernando vor Wochen einen Schreiber bauen sehen. Sie waren wohl die kompliziertesten Geschöpfe außer den Fernands. Das Schwierige an ihnen waren nach Fernandos Worten die Herzen, denn Schreiber sahen die Worte, die sie schrieben, mit den Fingern.

Léo drückte dem Kopflosen einen der beiden Stifte in die rechte Hand und legte das Papier auf die Werkbank.

Weißt du, wo du bist? Léo schrieb mit dem anderen Stift die Worte und führte die linke Hand des Kopflosen zu den Buchstaben.

Die Finger des mechanischen Mannes blieben reglos auf dem Papier liegen. Léo starrte ihn so eindringlich an, als könne allein sein Blick ihn dazu bringen, eine Antwort zu schreiben. Mit jeder Sekunde, die verstrich, wuchs die Enttäuschung in Léo. Es klappte nicht. Was immer der Kopflose auch war, Fernando schien ihm nicht die Fähigkeit zum Schreiben auf das Herz gemalt zu haben. Schon wollte Léo ihm den Stift wieder aus der Hand nehmen, da begannen die Finger des mechanischen Mannes über das Papier zu fahren, bis sie die hauchdünnen Grafitlinien fanden und ihnen folgten. Dann verharrte der Silberne und rührte sich nicht mehr. Ein, zwei Herzschläge geschah wieder nichts, dann drückte er den Stift aufs Papier. *In der Werkstatt,* schrieb der Kopflose und Léo hätte fast vor Freude aufgeschrien. Er hatte richtig gelegen. Fernando hatte ein Geschöpf gebaut, das schreiben konnte. Aber war das sein einziges Talent? Die besten mechanischen Männer, von denen es jedoch nur wenige gab, da sich nicht viele Menschen derart teure Spielzeuge leisten konnten, vermochten viele Dinge zu tun, wie Fernando Léo erklärt hatte. Fernando hatte ihm also das Schreiben mitgegeben. Wozu? Vielleicht musste der Kopflose etwas lesen? Oder selbst etwas schreiben?

Der Stift des Silbernen setzte sich wieder in Bewegung. *Bist du mein Erbauer?*

Léo bewunderte die feine Schrift. Sie ähnelte dem Muster auf dem Herzen. Er ignorierte die Frage des mechanischen Mannes. Er wollte Antworten. *Und warum bist du gebaut worden?* Léo argwöhnte, dass der Kopflose diese Frage nicht beantworten konnte, solange ihm der Kopf fehlte, doch einen Versuch war es wert.

Die Finger fuhren über die Worte und der silberne Mann schrieb erneut. *Bist du mein Erbauer?*

Léo runzelte die Stirn. Für einen Moment spielte er mit dem Gedanken, *Ja* zu schreiben. Seinem Erbauer würde der Kopflose jede Frage beantworten. Doch wer weiß, was geschehen würde, wenn Fernando ihn fertigstellen und sich ihm als sein Erbauer vorstellen würde. Würde ihm der Silberne dann erzählen, dass der ihn bereits getroffen hatte? Die Spur zu Léo wäre zu offensichtlich. *Er ist nicht hier*, schrieb er und hoffte, dass der Kopflose nicht weiter nachfragen würde. *Warum bist du gebaut worden?*, fragte Léo noch einmal.

Die Finger des Kopflosen lasen die Frage, doch es kam keine Antwort.

Léo kniff die Lippen zusammen und überlegte. Dann schrieb er eine weitere Frage. *Was bist du?*

Wieder keine Antwort.

Das Herz weiß, was es kann. Nicht, was es ist, dachte Léo bei sich. Er schrieb eine weitere Frage. *Was kannst du?*

Die Finger lasen die Frage und der Stift setzte sich in Bewegung. Er antwortet, dachte Léo erleichtert. Der Kopflose malte Linie um Linie die Antwort. Léo drehte den Kopf, um die Antwort besser lesen zu können. Er war der Lösung des Geheimnisses um Fernandos seltsamen Silbernen näher als je zuvor.

Ich kann schreiben.

Léo sah den Kopflosen ärgerlich an. »Was du nicht sagst«, brummte er. Er seufzte, dann schrieb er selbst eine neue Frage. *Und was kannst du noch?*

Die Finger des Silbernen fuhren über die feinen Linien, die der Bleistift auf dem Papier hinterlassen hatte. Als der mechanische Mann die Antwort schrieb, hielt Léo die Luft an. Welches Geheimnis verbirgst du?, fragte er sich. Es musste etwas Außergewöhnliches sein. Etwas, das Fernando vor neugierigen Augen verbergen wollte. Ob er töten konnte? Aber das vermochten die Fernands auch. Nein, es musste etwas anderes sein.

Der Stift schwang den letzten Bogen und Léo las die Antwort. Sein Mund klappte auf. Er las den Satz noch einmal, nur um sicherzugehen, dass seine Augen ihm keinen Streich spielten. Nein, da stand sie noch immer. Die Antwort, die Léo nicht erwartet hatte.

Ich kann sprechen.

Léo starrte den Kopflosen fassungslos an. Ein Sprecher? Noch nie hatte Léo von mechanischen Menschen gehört, die reden konnten. Sie waren nur … Spielzeuge, ganz gleich, wie menschenähnlich sie auch sein mochten. Aber ein Sprecher? Er lügt, Léo. Ja, so musste es sein. Der Kopflose wollte Léo täuschen. Oder? Nein, dachte Léo. Warum sollte er das tun? Es gab keinen Grund für den Kopflosen, ihn mit einer falschen Antwort in die Irre zu führen. Wenn der Kopflose sagte, dass er ein Sprecher war, dann war es vermutlich auch. Denk an die Hexe, Léo. Sie will ihn unbedingt haben. Er musste also etwas Besonderes sein.

Léo wollte raus aus der verfluchten Werkstatt und über all das hier nachdenken. Er sammelte das Papier, die Kerze und die Stifte ein, da bemerkte er eine Bewegung in der Tür. Und erstarrte erneut. Vor ihm stand der Aufräumer, dessen Kopf hin und her zuckte. Und neben ihm hatte sich David aufgebaut.

»Du schläfst doch. Wieso bist du …?« Mitten im Satz brach Léo ab. Wieder fiel sein Blick auf den nervösen Aufräumer. Und dann begriff er, was geschehen war. Hatte er denn keine Augen? Der Aufräumer zuckte so heftig, als hätte er Schmerzen. Kopf und Herz passten nicht zusammen. Das Herz eines Aufräumers. Aber nicht der passende Kopf. Jetzt endlich bemerkte es Léo. Der Kopf war einfach falsch.

»Ein Schnüffler«, beantwortete David die unausgesprochene Frage, die Léo im Gesicht zu stehen schien. Er lächelte freudlos. »Eine gute Idee, oder? Ich hatte eigentlich gehofft herauszufinden, wo der alte Zausel seinen Schlüssel versteckt. Doch das hier ist besser. Es war nett, dass du mir geholfen hast, das mechanische Männchen hier zum Leben zu erwecken. Und danke, dass du die Tür für mich geöffnet hast. Ich habe keine Ahnung, wie du das geschafft hast. Aber das ist auch nicht wichtig.«

Léo kniff wütend die Augen zusammen. Worüber sollte er sich mehr ärgern? Dass er David in die geheime Werkstatt gelassen hatte? Dass er dem Spion das Herz eingesetzt hatte, der ihn Nacht für Nacht beobachtet hatte? Oder dass er nicht bemerkt hatte, was mit dem mechanischen Männchen nicht stimmte. Warst du blind, Léo?

Kopf und Herz stoßen sich ab, wenn sie nicht zueinander passen. Wie zur Bestätigung fing der Spion auf einmal an, gegen die Wand zu laufen. Immer wieder stieß er dagegen.

»Sag es dem Todeshändler nicht«, flüsterte Léo. »Er ist gefährlich.«

David zog zur Antwort eine Karte aus der Tasche seiner Jacke und warf sie Léo vor die Füße. Eine Krähe starrte Léo von der Vorderseite aus an. Er hob die Karte auf. Auf der Rückseite hatte jemand etwas hastig geschrieben. *Ich habe ihn gefunden.*
»Nein«, keuchte Léo. »Was hast du getan, verdammt?« Wie lan-

ge würde der Todeshändler brauchen, ehe er hier war? Minuten, Stunden? Léo musste hier raus. Und der Kopflose auch. Léo hatte keine Ahnung, was dann werden sollte, doch der Todeshändler durfte den Kopflosen auf keinen Fall in die Finger bekommen.

Ehe David begriff, was Léo tat, schrieb dieser hastig einige Worte auf und hielt dem Silbernen das Blatt hin. *Gefahr! Ein Todeshändler will dich holen.*

»Was tust du?«, rief David ärgerlich, doch es war zu spät. Der Kopflose ertastete die Worte mit den Fingern und reagierte. Léo hat keine Ahnung, ob er wusste, wer oder was der Todeshändler war, doch er schien die Gefahr zu begreifen.

Die Metallringe, die ihn hielten, rissen wie Wollfäden und der Kopflose stolperte nach vorne. David sprang gerade noch zur Seite, doch der Schnüffler stand dem Kopflosen im Weg. Der Silberne stieß Davids Geschöpf mühelos in den Verkaufsraum und prallte dann selbst gegen eine Werkbank. Der Lärm musste noch auf der Straße zu hören sein und er weckte Fernando. Léos Meister stolperte nur wenige Augenblicke später in seinem Nachthemd in die Werkstatt, die Brille schief auf der Nase, und sein Gesicht nahm die Farbe des Schnees an, der draußen auf der Straße lag, als er den Kopflosen durch den Verkaufsraum irren sah.

»Was ist hier los?«, brüllte er, während der Werkzeugreicher durch die offen stehende Tür schlüpfte und sie schloss. Offenbar hatte er mitbekommen, dass etwas im Gange war. Fernando wollte auf den Kopflosen zulaufen, doch Davids Schnüffler, dessen Kopf nach dem Zusammenstoß mit dem Silbernen schief auf dem Hals saß, kam ihm in die Quere. David rappelte sich wieder auf, und Fernando starrte sie an wie Geister.

»Er kommt«, schrie Léo, ehe sein Meister auch nur ein Wort herausbekam. »Ein Todeshändler.«

Er war nicht alleine. Sie kamen zu dritt durch das Fenster, gerade in dem Moment, in dem Léo den Namen genannt hatte. Sie brachten eine Kälte mit, die Léo bis ins Herz fühlte. Fernando reagierte als Erster. Er packte Davids Schnüffler und stieß ihn einem der Todeshändler entgegen. Dann stürzte er sich auf den zweiten. Seinen künstlichen Arm führte er dabei wie ein Schwert und stieß dem Geschöpf der Hexe die Spitzen seiner metallenen Finger ins Fleisch. Ein Schrei legte sich über das Chaos, in dessen Mitte der Kopflose umherirrte und auf seinem Weg Regale und Werkbänke umstieß.

Léo stand wie angewurzelt da. Was sollte er auch tun? Er hatte kein Schwert. Er blickte hinab, als jemand an seinem Hosenbein zog. Der Werkzeugreicher. Er deutete aufgeregt auf die fertiggestellten Fernands. Was wollte er? Oh natürlich, dachte Léo und schlug sich mit der Hand gegen die Stirn. Das mechanische Männchen hatte ihm den Gedanken offenbar von der Stirn abgelesen. Léo brauchte kein eigenes Schwert. Er hatte mehr als eines, das für ihn geschwungen werden würde.

Die sieben Fernands erwachten zum Leben, kaum dass er sie berührte. Léo deutete mit zitterndem Finger auf die Todeshändler. »Sie wollen den König töten.« Mehr brauchte er nicht zu sagen. Léo sah nicht hin, als scharfes Eisen durch Fleisch schnitt. Was immer die Todeshändler auch waren, sie hatten Körper und ihre Schreie bewiesen, dass sie Schmerz fühlten.

In all dem Durcheinander packte Léo den Kopflosen am Arm und zog ihn zur Tür. Er wusste nicht, ob das Geschöpf begriff, wer ihn da führte, doch er wehrte sich nicht. Léo musste die Werkstatttür nicht öffnen. Der Silberne brach so mühelos durch das Holz, als ginge er durch eine Wand aus Papier. Auch die Eingangstür in Fernandos Haus hielt dem mechanischen Mann nicht stand. Sie ließen die Schreie und den Lärm hinter sich und die kalte Nacht hüllte sie ein. Léo zog den Kopflosen mit sich. Sie rannten eine verlassene Straße entlang, dann bogen sie in eine andere. Ziellos folgten sie ihr, bis Léo eine Hand auf der Schulter spürte. Er schrie auf.

»Lauf weiter«, zischte Fernando. Léos Meister trug noch immer sein Nachthemd. Die grauen Haare standen wirr wie Ranken in die Nachtluft. »Oder willst du auf die Todeshändler warten?«

Ihr Name ließ Léo weiterlaufen, während sein Meister die Führung übernahm.

»Woher kamen sie?«, fragte Fernando, während er sie in eine kleine Gasse führte.

»David«, sagte Léo.

Fernando zischte ärgerlich. »Verdammter Narr. Ich hatte befürchtet, dass sie mir über kurz oder lang auf die Schliche kommen würden.«

»Woher wussten sie überhaupt von ihm?«

»Haluk«, antwortete Fernando gepresst. »Wer weiß, was er der Hexe erzählt hat, nachdem ihm ein verdammtes Federkleid gewachsen ist. Und dank meines verräterischen Lehrlings haben sie auch herausgefunden, wo er ist.« Fernando sah den Kopflosen gerührt an wie ein Vater den Sohn und griff nach seiner Hand, während sie durch die Nacht flohen.

Verflucht, Léo, du hättest Fernando warnen sollen. Ja, er hatte sich falsch entschieden. Aber nun würde er alles tun, was er konnte, um diesen Fehler wiedergutzumachen.

»Was ist er überhaupt?«, fragte Léo und deutete auf den Kopflosen, der sich von Fernando führen ließ.

»Du weißt schon zu viel«, erwiderte sein Meister knapp. »Hast hinter die Tür geschaut. Du hättest es nicht tun sollen.«

»Warum?«, rief Léo. Mit einem Mal verlor er seine Angst und eine ungeheure Wut stieg in ihm auf. Zu viel war geschehen, um ruhig zu bleiben. Er wollte endlich wissen, über welches Geheimnis er gestolpert war. Warum diese Welt plötzlich kopfstand. Er wagte nicht daran zu denken, was geschah, wenn die Hexe erfuhr, dass ihre Todeshändler angegriffen worden waren. »In seiner Brust schlägt das Herz, das mein Vater gebaut hat. Ich habe ein Recht darauf, mehr zu erfahren.«

Fernando blieb so abrupt stehen, dass Léo gegen ihn lief. Léo konnte ihm den Widerspruch schon vom Gesicht ablesen, als er schließlich doch noch nickte. »Glaub mir, ich will dich schützen«, sagte Fernando. »Mir fehlt die Zeit für lange Erklärungen. Nur so viel kann ich dir hier sagen: Dieser mechanische Mann ist aus reinem Silber. In seinen Bau ist nicht nur mehr Silber geflossen, als in dieser Welt je an einem Ort zu finden gewesen ist, sondern auch Blut. Haluk ist nur einer der vielen Toten, die es zu beklagen gilt.« Fernando legte ihm die Hand auf die Schulter. »Wir müssen weg«, sagte er drängend. »Die Hexe hat noch andere Diener. Solche mit Flügeln, wie du weißt. Wenn sie bemerkt, dass ihre Todeshändler versagt haben, wird sie sie auf uns loslassen. Und nebenbei bemerkt, mir ist kalt.«

Léo konnte nicht verhindern, dass sich ein Lächeln auf sein Gesicht stahl, als er Fernandos blaue Zehen unter dem Nachthemd hervorragen sah. Er nickte widerwillig und der alte Mann lief wieder los. Tiefer und tiefer führte er sie in das Gewirr der Gassen Briançons. Irgendwann kamen sie an ein offen stehendes, schmiedeeisernes Tor. Dahinter lag ein dunkler Hof und Fernando schubste Léo und den Kopflosen hinein. Er hielt auf ein einsames Haus am Ende des steinernen Weges zu und versuchte seinen Schlüsselfinger in das Schloss der Tür zu stecken. Doch seine Hand zitterte zu sehr. Léo half ihm schließlich und die Tür schwang quietschend auf. Das Haus schien leer zu sein.

»Das hier ist eines unserer Verstecke. Ich habe heute Morgen die Nachricht erhalten, dass der Bote, der den letzten Teil meines Meisterstücks bringt, hier auf mich warten wird.«

Es war totenstill. Als Fernando jedoch seinen Fuß in den Hausflur setzen wollte, hörten sie das Krächzen. Es war zu spät, um sich zu verstecken. Die Hexenkrähen hatten sie gefunden.

»Verflucht«, zischte Fernando. »Dann hat ihnen Haluk auch die Lage der Häuser verraten. Ein Glück, dass sie mich erst jetzt aufgespürt haben.«

Es waren nur drei, doch sie machten Léo ebenso viel Angst wie der Schwarm jener Nacht, in der er mit Haluk geflohen war. Lauernd hockten sie auf einem Tischchen im Flur.

Fernando stellte sich schützend vor Léo. »Lasst den Jungen in Ruhe!«, sagte er, als würde er einem Hund einen Befehl geben.

Die Krähen bedachten sie mit neugierigen Blicken.

Fernando streckte die Arme vor und zeigte den Vögeln seine Handfläche. Langsam ging er auf sie zu. »Ich weiß, was eure Herrin will. Wenn sie ihn haben möchte, dann werde ich ihn ihr bringen. Der Junge aber kommt frei. Das ist meine einzige Bedingung.«

Noch ein Schritt. Die Krähen starrten Fernando gebannt an. Hätte Fernando mit normalen Vögeln geredet, so hätte Léo ihn für verrückt erklärt. Doch er zweifelte keinen Augenblick daran, dass die Hexenkrähen jedes Wort verstanden. Noch ein Schritt.

»Wie wollt ihr eurer Herrin meine Erfindung auch bringen? Durch die Luft tragen?« Noch ein Schritt. »Es ist das beste …« Noch im Satz griff Fernando an. Fünf metallene Finger bohrten sich in die linke Krähe. Die rechte aber flatterte kreischend in die Luft, noch ehe ihre Gefährtin verging. Ihr Schnabel stieß in seinen Hals und Fernando sackte zu Boden, als hätte der Biss ihm ein Gift in den Körper gespült, das ihm alle Kraft nahm.

Léo hörte sich schreien und plötzlich fühlte er einen der verschneiten Steine, auf denen sie standen, in seiner Hand. Er sprang auf den Vogel zu und schlug nach ihm. Blutige Federn schwebten durch die Luft und Léo hämmerte den Stein selbst dann noch nach dem Tier, als es sich längst aufgelöst hatte. Die letzte Krähe starrte Léo an. Augen so dunkel wie die von Haluk. Sie krächzte ihm eine Verwünschung entgegen. Léo versuchte sie ebenfalls mit dem Stein zu erwischen, doch sie flog hoch und dann flatterte sie durch die Tür hinaus.

Fernando aber war noch da. Er war nicht zu einer von ihnen geworden. Doch trotz der Nacht, die alles verschleiern konnte, erkannte Léo, dass sein Meister eine Verletzung erlitten hatte, die nicht zu heilen war.

»Ich hatte wohl doch nicht so viel Glück«, keuchte er. Sein Blut färbte sein Nachthemd rot und sein Gesicht wurde weiß wie der Boden. Er setzte sich mühsam auf.

»Es tut mir leid.« Tränen schossen in Léos Augen. Wie hatte er auch nur einen Moment an Fernando zweifeln können? Wie hatte er ihm gegenüber Misstrauen empfinden können? Léo schämte sich furchtbar. »Ich …«

»Du hast nichts falsch gemacht.« Fernando lächelte mühevoll. Er zeigte auf den mechanischen Mann, der reglos vor der Tür stand. »Der Bote ist noch nicht da und der Silberne kann hier nicht bleiben.« Er zerrte Léo zu sich. »Nun tut es mir leid, Junge. Aber ich halse dir die Aufgabe auf. Es hängt ab jetzt alles von dir ab. Du musst auf ihn aufpassen. Ich bitte dich. Und du musst den Boten finden. Er ist auf dem Weg, denn der Tag, auf den wir alle so lange gewartet haben, ist schon bald da. Und du musst ihn«, er deutete auf den Mann aus Silber, »fertigstellen.«

Léo schüttelte verwirrt den Kopf. Er verstand nichts mehr, außer dass Fernando starb. »Warum ist er so wichtig?«, fragte Léo und konnte nicht verhindern, dass seine Stimme zitterte.

Aber Fernando schien die Frage gar nicht gehört zu haben. Er wurde von einem Hustenanfall geschüttelt, dann war seine

Stimme kaum noch zu verstehen. »Er ist einzigartig. Er hat eine eigene Stimme. Und damit einen eigenen Willen.«

Léo schmeckte seine Tränen auf der Zunge. »Ich kann das nicht. Ich kann ihn nicht fertigstellen.«

»Du bist geschickt.« Fernando spuckte Blut. »Du bist ein Herzenmacher, Léo Mellino.«

Dann sagte er nichts mehr. Er war tot und Léo kniete alleine in der Eingangshalle.

Ich verspreche es. Seinen stummen Schwur hörte nur er selbst.

DER KOPF DES KOPFLOSEN

Weg. Sie mussten weg. Als Léo begriff, dass er schon viel zu lange vor Fernando gekniet hatte, begann sein Herz vor Panik zu rasen. Er stolperte so hastig von seinem Meister fort, dass er sich wieder schämte. Er konnte ihn doch nicht einfach da liegen lassen. Und doch musste er es. Fernando hatte ihm eine letzte Aufgabe gegeben. Und Léo würde ihn nicht enttäuschen.

Den Kopflosen zog er mit sich und wandte sich nicht mehr um. Es schnitt ihm ins Herz, den alten Spielzeugmacher dort zu lassen. Aber es würde ihn nicht wieder lebendig machen, wenn Léo seinen toten Körper bewachte. Zuletzt würde er nur zur Beute der Hexenkrähen werden und der Kopflose der Hexe in die Finger fallen.

Sie ließen den Hof hinter sich und liefen die Straße entlang. Léo hatte keine Ahnung, wo sie waren, noch wusste er, wo er hin sollte. In Fernandos Geschäft, das einzige Zuhause, das er in diesem Briançon kannte, würde er nicht zurückkehren können. Nie mehr. Als ihm das bewusst wurde, fühlte sich Léo mit einem Mal heimatlos wie nie zuvor. Wohin dann? Léo fiel nichts ein. Er wusste nicht, wo Kafir oder Emanuel wohnten. Zum Uhrenturm? Zurück auf die andere Seite flüchten? Aber auf der Turmspitze warteten noch die Hexenkrähen. Verflucht! Léo war ratlos wie noch nie in seinem Leben.

Sie irrten durch die Straßen und Gassen und immer wieder glaubte Léo, die Krähen über sich zu hören, bis er endlich eine

Idee hatte. Die Backstube der Zwerge. Vielleicht würden die Bäcker Kafir holen, wenn er sie darum bat.

Und wenn sie dich an die Hexe verraten, Léo? Er musste es wagen. Léo nahm die Hand des Kopflosen.

»Ich weiß endlich, wo wir hingehen werden«, sagte er, als würde der mechanische Mann die Worte verstehen, die kein Stift, sondern alleine seine Stimme malte. »Wir müssen nur noch den Weg finden.«

»Das freut mich«, hörte er eine heisere Stimme vor sich. Er erkannte den harten Akzent. Der Todeshändler trat aus der Nacht, als hätte sie eine unsichtbare Tür für ihn geöffnet. Der Mann schlug seinen dunklen Mantel auf.

Léo wartete keinen Herzschlag lang. Er rannte los und zog den Kopflosen mit sich. Der Todeshändler wollte nach Léo greifen, doch der Silberne rannte ihn um. Wütende Schreie des Todeshändlers folgten ihnen und dann hörte Léo Schritte hinter sich. Angst füllte seine Gedanken bis in den letzten Winkel aus. Er hatte keine Zeit, den richtigen Weg zu suchen. Sie mussten fliehen. Einfach nur fliehen. Die verdammte Stadt war für Léos panikerfüllten Kopf wie ein Labyrinth und es zog ihn und den mechanischen Mann immer weiter in sich hinein.

Léo war zwar sportlich, doch seine Lunge brannte bald und kalter Schweiß tränkte seine Kleider. Die Schritte des Silbernen hallten so entsetzlich laut auf dem Kopfsteinpflaster, dass ihnen selbst ein Schwerhöriger ohne Probleme hätte folgen können. Nicht weit entfernt erhob sich die Stadtmauer. Die Karren der Händler, die wohl gerade in Briançon angekommen waren, sah Léo zu spät. Er wollte noch anhalten, doch er rutschte weg und prallte gegen ein Mädchen, das versuchte, ein scheuendes Pferd zu beruhigen.

Der Kopflose blieb stehen, als er Léos Hand verlor. Léo strengte sich an, auf die Füße zu kommen. Sein Kopf schmerzte so entsetzlich, dass er glaubte, er würde gleich in tausendundeinen Teil zerspringen. Und dann spürte er den Todeshändler hinter sich, noch ehe er seine Schritte hörte.

Verloren. Er hatte es nicht geschafft. Keine zehn Minuten hatte er sein Versprechen halten können.

Léo war schwindlig und er sah alles wie durch einen Nebel. Er wollte dem Mädchen zurufen, dass es fliehen sollte. Doch als er sich zu ihr umwandte, erkannte er nur undeutlich den silbernen Dolch im Schnee. War er ihr aus der Hand gefallen, als sie nach dem Zaumzeug des Pferdes gegriffen hatte? Léo schloss wie von selbst die Hand um die Waffe und richtete sich schwankend auf.

Der Todeshändler kam langsam auf ihn zu. »Ich biete dir einen Handel an, Junge.« Aus der Tasche seines aufgeschlagenen Mantels zog er eine goldene Uhr. »Ich lasse dir eine Stunde als Mensch und erspare dir ein Leben als Gefangener im Turm meiner Herrin. Was sagst du? Der Preis sind nur die Jahre, die dir ohnehin nicht mehr schmecken werden.«

Léo dachte an Haluk und Fernando und eine ungeheure Wut stieg in ihm auf. Er wollte mit der Klinge zustoßen, doch er war wie gelähmt. Der Todeshändler strich Léos Haare aus der Stirn.

Er will dein Mal lesen, dachte Léo bei sich. Er sah die grauen Augen des Todeshändlers, die seine Stirn musterten, als würden sie dort Worte erkennen.

»Du musst dich nicht sofort entscheiden. Ich will erst mal sehen, wie viel du wert bist«, sagte der Diener der Hexe. Dann keuchte er auf. »Dein Mal ist seltsam. Du warst auf der anderen Seite!«

Der Todeshändler war einen Moment abgelenkt, und Léo konnte sich wieder rühren. Seine Beine gaben nach und er sackte in den Schnee. Noch im Fallen schwang er den silbernen Dolch und stach ihn dem Todeshändler in den linken Fuß. Er hörte den Schrei, während der Schwindel immer stärker wurde. Er konnte sich kaum noch bei Bewusstsein halten.

Die Kreatur fluchte in einer Sprache, die Léo nicht verstand, und das Blut, das auf den Schnee tropfte, war ebenso schwarz wie die Nacht. »Das wirst du büßen, du Narr!«, zischte der Todeshändler und griff nach dem Kopflosen. Als seine Finger die silberne Haut berührten, schrie er wieder auf. Rauch stieg von seiner Hand auf, als hätte er sie mitten in ein loderndes Feuer gehalten.

Der Kopflose aber erzitterte. Er schlug die Hand weg und lief los. Das Mädchen versuchte sich ihm in den Weg zu stellen, doch der Kopflose stieß sie einfach in den Schnee. Blind und ohne Führung stürmte er die Straße entlang und der Todeshändler folgte ihm humpelnd. Er schrie noch immer vor Schmerzen, doch da waren auch Worte in seiner fremden Sprache, die kalt und hart klang. Es schien fast, als würde er jemanden rufen.

Der Silberne war schneller, doch er stieß gegen eine Hauswand und dann hatte ihn der Diener der Hexe, der sich den noch immer rauchenden Arm hielt, eingeholt.

Neben Léo erhob sich das Mädchen vom Boden und zog ihm den Dolch aus den Fingern. Léo bekam alles wie durch Nebel mit. Sein Kopf schien zu explodieren. Er hörte, wie der Todeshändler etwas zu dem Kopflosen sagte.

Wie dumm, dachte Léo, der versuchte, seine Augen zu zwingen, ihm ein klares Bild zu zeigen. Der Kopflose hatte doch keine Ohren, um zu hören.

Der mechanische Mann aber schien die Gegenwart des Anderen zu spüren. Und schlug zu. Léo sah undeutlich Rauch vom Gesicht des Todeshändlers aufsteigen, als der Mann in sich zusammensackte. In diesem Moment gebar die Nacht fünf weitere Todeshändler. Das Mädchen lief auf sie zu, den Dolch in der Hand. Doch die Todeshändler umringten den Kopflosen bereits. Zu Léos Erstaunen trugen sie goldene Handschuhe. Sie überwältigten ihn. Léo musste hilflos mit ansehen, wie sie mit ihm zusammen in der Nacht verschwanden.

Es tut mir leid, Fernando, dachte er noch. Dann wurde es schwarz vor seinen Augen.

Das Schaukeln eines Wagens weckte Léo. Er öffnete die Augen. Über sich sah er den dunklen Nachthimmel. Das Mädchen legte ihm gerade einen Beutel auf den Kopf und der Duft frischer Kräuter betäubte den Schmerz hinter seiner Stirn. Léo setzte sich mühsam auf und blickte sich um. Trotz des Schwindels erkannte er noch ein paar weitere Wagen hinter sich und eine Handvoll Männer, die auf Pferden ritten. Offenbar eine kleine Händlerkarawane. Léo hatte in seiner Zeit in Briançon schon eine oder zwei von ihnen gesehen.

Die Wagen folgten einer Straße an der Mauer entlang, die sie fort von den Häusern der Stadt brachte. Fernando hatte Léo einmal erzählt, dass dort einige Karawanenhöfe lagen, in denen die Händler abstiegen.

Die Gebäude, die sich bald vor ihnen erhoben, schienen zu einem dieser Höfe zu gehören. Die meisten Gebäude waren dunkel, doch in einem von ihnen brannte Licht. Eine hohe Mauer umschloss den Hof und das Tor, vor dem ein einsamer Mann Wache hielt, war geschlossen. Doch als einer der Begleiter des Mädchens der Wache etwas Goldenes in die Hand drückte, öffneten sich die Flügel geräuschlos und der misstrauische Blick des Soldaten wich befriedigter Gier.

In dem Moment, in dem Léos Wagen hinter die Mauer rollte, kam ihm der Gedanke aufzuspringen und zu fliehen. Doch wohin? Er war nun alleine. Ehe er eine Entscheidung treffen konnte, schloss sich das Tor auch schon wieder und die Wagen rumpelten in einen weitläufigen Innenhof. Léo sah die Händler ihre Pferde in den Stall bringen und ihre Waren verstauen. Was hatten sie mit ihm vor? Sie waren offenbar keine Diener der Hexe, oder? Léo wusste nicht, ob er sich fürchten sollte oder nicht. Aber es gab keine unmittelbare Gefahr und für eine Flucht schmerzte sein Kopf noch immer viel zu sehr. Vermutlich waren nur Minuten vergangen, seit die Todeshändler den Kopflosen mit sich genommen hatten.

Als einer der Männer, ein Alter mit weißem Haar, Léo mit einer Geste aufforderte, ihn zu begleiten, blickte er sich noch einmal um. Es gab keine Möglichkeit, den Hof zu verlassen, nun da das Tor wieder geschlossen war. Léo seufzte und folgte dem Mann. Ein herbeigerufener Diener führte ihn, Léo und das Mädchen in eines der Häuser, die den Hof säumten. Er öffnete zwei Zimmer und hielt seine Hand so lange geöffnet, bis der Alte ihm widerstrebend eine Münze hineinzählte.

Léo sagte nichts. Auch nicht, als das Mädchen und ihr Begleiter ihn in eines der Zimmer schoben. Der Alte konnte noch schwerer als das Mädchen verbergen, woher er kam. Seine braune Haut glich vertrocknetem Leder, doch die braunen Augen waren lebendig und musterten Léo aufmerksam.

»Wie geht es deinem Kopf?«, fragte das Mädchen, als der Alte die Tür hinter sich zugezogen und die beiden alleingelassen hatte.

Das Zimmer hatte einen Kamin, in dem feuchtes Holz brannte und Funken spuckte. Das Mädchen sprach leise, als hätten die Wände Ohren. Léo setzte sich auf einen Stuhl in der Ecke neben ein einfaches Bett. Sein Kopf brauchte etwas länger als der Rest seines Körpers, bis er sich an die neue Position gewöhnt hatte.

»Es geht«, murmelte er. Nicht einmal der Mond drang durch die Ritzen der Fensterläden und das Gesicht des Mädchens blieb im Feuerschein vor ihm verborgen. Als sie jedoch eine Lampe entzündete und in ihrem Licht die Wunde an seinem Kopf untersuchte, klappte sein Mund auf. Noch nie hatte Léo ein Mädchen wie sie gesehen. Sie war wohl etwa so alt wie er selbst. Und wunderschön. Léo starrte sie an, bis ihre dunklen Augen seinen Blick fanden und er hastig wegsah. Sie nahm ein Tuch ab, das sie vielleicht der Kälte wegen über dem Kopf trug, und darunter kam nachtschwarzes Haar zum Vorschein, das sie zu einem dicken Zopf gebunden hatte. Ihr schmales Gesicht war so ebenmäßig, als wäre es gemalt worden. Sie legte einen Sack ab, in dem etwas Schweres sein musste.

»Und jetzt«, sagte sie und griff an ihren Gürtel, »sagst du mir, wie du heißt und was da gerade passiert ist. Wieso haben die Todeshändler Silbermund gejagt?« Das Mädchen hielt mit einem Mal einen Dolch in den schmalen Händen. Die Waffe, mit der Léo den Todeshändler verletzt hatte.

Léo wollte instinktiv aufspringen, doch der Schmerz, der sich sofort darauf in seinem Kopf ausbreitete, ließ ihn wieder auf dem Stuhl zusammensinken. »Silbermund?« Einen Moment später begriff er. »Du meinst den Kopflosen, nicht? Ich … das ist alles eine lange Geschichte.«

Das Mädchen sah ihn nachdenklich an, ohne die Waffe sinken zu lassen. Ihr Blick schwamm in Misstrauen. »Ich habe heute wenig vor«, sagte sie nicht gerade freundlich. »Und ich würde wetten, du auch nicht. Am besten fängst du mit deinem Namen an.«

»Léo.« Er atmete tief durch. Die vergangenen Stunden kamen ihm wie ein Albtraum vor. Er wusste nicht, was er fühlen sollte. Furcht? Trauer? Verzweiflung? Oder die Freude darüber, nicht wie Fernando gestorben zu sein? Der Gedanke an seinen

Meister brachte noch ein Gefühl auf: Schuld. Er fühlte sie wie ein Gewicht auf den Schultern. Du hast die Todeshändler nicht gerufen, Léo, sagte er sich. Nein, aber er hätte Fernando früher von ihnen erzählen sollen.

Das Mädchen schien ihm etwas von dem, was er im Herzen fühlte, vom Gesicht ablesen zu können. Und bestimmt erkannte sie die Angst auf seinem Gesicht.

»Ich heiße Hasina«, sagte sie. Das Misstrauen schwand ein wenig, während sie ihn betrachtete. Sie griff in eine Tasche ihrer einfachen Jacke. Das Schokoladenstück, das sie hervorzog und ihm reichte, erschien Léo so fremd in dieser Welt, dass er sie nur überrascht anstarrte.

Er schob es sich vorsichtig in den Mund. Der Geschmack gehörte nicht hierher. »Woher hast du …?« Er starrte Hasina an, als hätte sie sich gerade in einen Todeshändler verwandelt. »Du kommst von der anderen Seite.« Diesmal ignorierte er die Schmerzen, als er schwer atmend aufsprang.

Hasina blickte ihn entgeistert an. »Woher weißt du von der anderen Seite?« Sie war so verblüfft, dass sie nicht einmal den Dolch hob.

»Weil ich auch von dort komme«, rief er und verschluckte sich fast an der Schokolade. Dann setzte er sich wieder. »Kann ich dir vertrauen?«, fragte er sie. Sie hält eine Waffe in der Hand, Léo, sagte er sich. Vertrau ihr besser nicht zu sehr.

Hasina runzelte die Stirn. Dann steckte sie die Waffe weg, als hätte sie seine Gedanken gelesen. »Ja«, sagte sie. »Wenn du mir erklärst, wer du bist. Und versprichst, dass du nicht *ihr* dienst.«

Léo musste nicht fragen, wen Hasina meinte. »Ich habe nichts mit der Hexe zu schaffen.« Léo fuhr sich über das Gesicht. Er fühlte sich verloren in einer Welt, die ihm ihre ganze Grausamkeit gezeigt hatte. Und das einzig Gute, das er heute bekommen hatte, war ein Stück Schokolade. Auch wenn er nicht wusste, wie Hasina in all das hier passte, fühlte es sich richtig an, ihr zu vertrauen. Wem auch sonst?

»Ich werde dir alles erzählen. Aber wie bist du eigentlich auf diese Seite gekommen?«, fragte er, nachdem er das Schokoladenstück hinuntergeschluckt hatte. »Ich bin durch den Uhrenturm gekommen«, fügte er hinzu.

Hasina zögerte einen Moment, ihm zu antworten. »Es gibt noch andere Durchgänge als den im Turm. Aber nicht hier, sondern weit entfernt.« Ehe er etwas sagen konnte, sprach sie bereits weiter. »Ich muss wissen, was hier geschehen ist. Alles könnte wichtig sein.«

Léo nickte. Er erzählte ihr von allem, was seit jener Nacht geschehen war, in der er Kafir in Briançon, in seinem Briançon, verfolgt hatte.

Léo wusste nicht, wann sie sich gesetzt hatte. Oder wann sie so blass geworden war wie einer der Todeshändler. Doch als er endete, saß sie so stumm und reglos da wie eine der mechanischen Figuren, denen Léo mit einem eisernen Herzen Leben schenken konnte.

»Also ist er tot.« Sie flüsterte die Worte nur, als hoffte sie, dass sie nicht zur Wahrheit würden, wenn sie sie nur leise genug sagte. »Wir waren schon in Sorge um ihn, weil er sich so lange nicht mehr gemeldet hat. Ich hatte befürchtet, dass ihm etwas zugestoßen ist.« Ehe Léo fragen konnte, wen sie meinte, stand Hasina auf, trat mit einigen schnellen Schritten ans Fenster, öffnete es und atmete tief die kalte Nachtluft ein.

»Fernando?«, fragte Léo.

»Nein.« Sie wandte sich nicht um. Und Léo musste ihr nicht ins Gesicht sehen, um zu wissen, dass sie weinte. Ihre Stimme zitterte nicht nur vor Kälte. »Haluk.« Sie brachte den Namen kaum über die Lippen. Und in diesem Moment begriff Léo, wie sie in all das hier passte. Haluk und Hasina kamen wie er von der anderen Seite. Und so, wie sie aussah mit ihren dunklen Haaren und der Haut, die selbst im Winter die Erinnerung an die Sonne in sich trug, war es zu vermuten, dass die beiden irgendwie zusammengehörten.

»Er ist mein Bruder.« Sie schluckte kurz. »Er war es.«

Léo wollte etwas sagen, das ihr Trost spenden konnte. Doch alle Worte, die ihm in den Sinn kamen, klangen in seinem Kopf falsch und unpassend.

Und Hasina sprach schon wieder weiter. »Wie genau ist er gestorben?«

Léo wusste, worauf sie hinauswollte. Er hatte beobachtet, wie Haluks toter Körper in jener Nacht verschwunden war. Léo zögerte. Aber er musste nichts sagen.

Hasina nickte, als würde sie alles, was sie wissen wollte, aus seinem Schweigen hören. Dann endlich wandte sie sich um. Die Tränen schimmerten wie Glassplitter auf ihrer Haut. »Wir holen uns Silbermund zurück. Du ...«

»Warum ist er so wichtig?«, fiel Léo ihr ins Wort.

Sie zögerte, ehe sie antwortete. »Wenn ich mich nicht täusche, sollte es bald die Gelegenheit geben, dass du zurück durch den Uhrenturm gehen kannst. Und wenn ich mich täusche, gibt es noch den Übergang, durch den ich gekommen bin. Er ist ziemlich weit von hier entfernt. Du kannst also zurückgehen und ...«

»Nein!«, unterbrach sie Léo erneut. Er war selbst überrascht, wie barsch er klang. Er war wütend. So wütend, dass ihm nicht einmal wichtig erschien, woher genau das Mädchen von der anderen Seite kam. So wütend, dass er nicht einmal im Traum daran dachte, das Angebot, von hier fortzugehen, anzunehmen. Er hatte eine Aufgabe erhalten. Und er würde seinen Meister nicht enttäuschen. »Ich entscheide selbst, wann ich wohin gehe. Seit ich hier bin, stoße ich auf den Tod. Erst stirbt ... dein Bruder, dann sehe ich einen Soldaten das Leben verlieren. Und seinen Mörder habe ich selbst mitgebaut.« Léo sprach so schnell, dass er sich an den Worten beinahe verschluckte. »Und nun Fernando. Ich will nicht mehr dabei zusehen, wie Menschen um mich herum sterben. Fernando hat gewollt, dass ich diesen Silbermund beschütze. Und das werde ich tun.«

Für einen Moment glaubte er, das Mädchen würde ihn auslachen. Doch er sah keine Belustigung in ihrem Blick, sondern etwas anderes. Achtung.

»Du weißt nicht, worauf du dich einlässt«, sagte sie dennoch.

»Ich habe die Hexe gesehen.« Selbst die kalte Nachtluft konnte Léos Zorn nicht abkühlen. »Und ihre Todeshändler. Ich habe gesehen, wie sie die Menschen um ihre Lebenszeit betrügen. Und wie die Hexenkrähen …« Er brachte die nächsten Worte nicht heraus.

»Wie die Hexenkrähen einen Menschen zu ihresgleichen machen.« Hasina atmete tief durch, dann nickte sie stumm.

»Also komme ich mit?«, wollte er wissen. »Wir retten Silbermund gemeinsam?« Bist du verrückt, Léo?, fragte er sich in Gedanken. Du könntest wie Fernando sterben. Und das wäre noch das bessere Ende. Haluks Schicksal zu teilen wäre wohl ungleich grausamer. Aber er würde Fernandos Wunsch erfüllen und das Werk seines Vaters beenden. Immerhin hatte der das Herz für Silbermund gebaut. Und er hatte es sicher nicht gefertigt, damit der mechanische Mann in die Finger der Hexe geriet. »Warum ist er so wichtig?«, wiederholte er seine zuvor gestellte Frage.

Jetzt musste Hasina doch lachen. Es war nur ein leises Lachen, so kurzlebig wie die Schneeflocken, die mit dem Wind in das warme Zimmer schwebten. Doch es vertrieb die Schatten dieser Nacht wie ein Sonnenstrahl. »Du bist hartnäckig. Ich hatte dir die Frage eben nicht beantwortet.« Sie seufzte. »Du willst Silbermund befreien und weißt nicht einmal, warum er gebaut wurde? Du bist entweder sehr dumm. Oder sehr mutig.«

Léo beschloss diese Bemerkung zu überhören und sagte nichts.

Hasina sah hinaus in die Nacht, während hinter ihr das Feuer im Kamin unverdrossen gegen die Kälte ankämpfte, die von außen hineindrang. »Er wurde nur aus einem Grund gebaut. Weil er der Einzige ist, der fertigbringen kann, woran so viele vor ihm gescheitert sind. Viele Jahre lang wurde an ihm in aller Heimlichkeit gearbeitet. In beiden Welten. Silber und Hexengold wurden in ihm vereint. Er ist einmalig. Und der Einzige, den die Hexe und ihre Diener fürchten.«

»Warum?« Léo wisperte die Frage nur.

»Weil nur er die Hexe töten kann.«

Léo wusste nicht, wann er endlich zur Ruhe kam. Hasina war irgendwann gegangen, und er alleine zurückgeblieben. Den Sack hatte sie wieder mitgenommen. Léo hatte sich in die löchrige Decke gedreht, die auf dem einfachen Bett lag. Die Bilder der Nacht hatten ihn noch lange verfolgt. Krähen. Todeshändler. Der sterbende Fernando. Und Silbermund. Wie seltsam der Name für einen Kopflosen klang. Mit diesem Gedanken fiel er in einen traumlosen Schlaf.

Am nächsten Morgen weckten ihn laute Stimmen aus dem Innenhof. Léo stolperte aus seinem Zimmer in den Flur. Das Morgenlicht fiel durch ein paar dreckige Fenster auf fleckige Mauern. Nach einigem Suchen fand Léo die Tür hinaus. An zwei Seiten säumten Häuser den Hof. Die dritte nahm in ganzer Länge der Stall ein und die vierte wurde durch die Mauer begrenzt, in der das Tor lag. Zu dieser Stunde war es wieder geöffnet. Es herrschte bereits reges Treiben auf dem Hof. Händler waren damit beschäftigt, ihre Karren vor die Pferde zu spannen. Einige sahen so orientalisch aus wie Hasinas Begleiter. Vielleicht gehörten sie auch zu ihnen. Andere hätten problemlos aus China oder Japan stammen können. Die Worte, die er aufschnappte, verstand er alle nicht.

Léo zwängte sich an Menschen, Tieren und Wagen vorbei und fand Hasina nach kurzer Suche in der Nähe des Stalls. Einige ihrer Begleiter waren gerade dabei, die Wagen abfahrbereit zu machen. Es war ein klarer Tag, wolkenlos und kalt. Hasinas sonnengebräunte Begleiter schienen so fehl am Platz inmitten des ewigen Winters, der in diesem Briançon herrschte, wie Kafir auf der anderen Seite.

Die Männer warfen ihm misstrauische Blicke zu, während er an ihnen vorbeiging. Hasina sagte etwas zu ihnen, das er nicht verstand, und kam dann zu ihm. Sie hielt wieder den Sack in der Hand, den sie auch schon vergangene Nacht bei sich getragen hatte, und drückte ihm ein Stück Brot in die Finger. »Was macht der Kopf?«, fragte sie zur Begrüßung und sah ihn prüfend an.

»Er ist noch dran«, erwiderte Léo. Eigentlich fühlte er sich ganz gut. Die Schmerzen waren fast vergangen und schwindlig war ihm gar nicht mehr.

Seine Antwort entlockte Hasina ein kurzes Lächeln. »Dieser Ort hier gehört zu den wenigen, in denen wir keine Ohren fürchten müssen, die für die Hexe lauschen. Und sie hat hier auch keinen ihrer verfluchten Spiegel versteckt.« Hasina bedeutete ihm, ihr zu folgen, bis sie vor der Mauer standen, die den Innenhof säumte. Niemand war in ihrer Nähe.

»Warum …?« Er blickte zu ihren Begleitern und wusste nicht, wie er seine Frage so stellen konnte, dass Hasina nicht verärgert sein würde.

»Warum Wüstenleute?« Sie schien ihm die Frage vom Gesicht abgelesen zu haben. Und sie ihm nicht übel zu nehmen. »Die Hexen kommen auch aus der Wüste.« Ehe er weiterfragen konnte, sprach sie schon weiter. »Willst du immer noch mitkommen?«

»Unbedingt«, erwiderte er. Léo wunderte sich selbst darüber, dass er nicht einen Moment daran zweifelte, sich auf dieses gefährliche Abenteuer einzulassen. Vielleicht war das Herz, das in Silbermunds Brust steckte, schuld daran. »Mein Vater hat zu denen gehört, die Silbermund gebaut haben.« Der Name des mechanischen Mannes kam ihm so leicht über die Lippen, als hätte er ihn schon immer benutzt. »Mein Vater ist vor langer Zeit gestorben. Aber ich bin sicher, wäre er heute hier, so würde er nicht wollen, dass der mechanische Mann in den Händen der Hexe bleibt.«

»Dein Vater? Und du wusstest nicht, weshalb Silbermund gebaut wurde?« Hasina sah ihn misstrauisch an, doch sie schien ihm zu glauben. Für den Moment zumindest.

»Ich habe dir doch alles erzählt«, erwiderte Léo. »Ich habe erst hier erfahren, woher meine Familie stammt. Und diese Sache mit den Herzen und allem. Fernando hat gesagt, dass ich ihn fertigstellen soll. Und das werde ich. Ich werde einen Kopf für ihn machen und …«

Hasina legte ihm einen Finger auf die Lippen. Léo glaubte, einen kleinen elektrischen Schlag zu spüren, als sie ihn berührte. Er sah sie fragend an und zur Antwort öffnete sie den Sack so weit, dass Léo erkennen konnte, was sich im Inneren befand.

Er keuchte auf. Der Sack war mit Gold ausgekleidet und enthielt etwas, das Léo nicht erwartet hätte. Ganz und gar nicht. Die Augen, in die er blickte, schienen wie die eines Lebenden. Doch sie waren aus Silber, genau wie der ganze kahle Kopf, in dem sie steckten. Es war eine meisterhafte Arbeit. Fast hätte man meinen können, einem lebenden Menschen wäre das Gesicht mit Silber überzogen worden. Doch am meisten faszinierte Léo der Mund. Die Lippen wirkten nicht starr und hart, wie Silber es für gewöhnlich war. Er konnte nicht anders und griff in den Beutel. Als er das kalte Metall berührte, zitterten die Lippen, als wollte der Kopf Léo maßregeln. Erschrocken zog er die Hand zurück.

»Der Kopf für den Kopflosen. Die Mühe, einen eigenen zu fertigen, kannst du dir sparen«, bemerkte Hasina.

Léo nickte. Und konnte seinen Blick nicht von dem Kopf lassen. Er war wieder so leblos wie zuvor.

»Er muss Silbermund aufgesetzt werden«, sagte das Mädchen und sah sich um, als wollte sie sicherstellen, dass wirklich niemand in der Nähe war, der ihre Worte hörte. Dann schloss sie den Sack. »Fernando hätte dies tun sollen, doch …« Sie biss sich auf die Lippen.

Léo erinnerte sich an die Worte seines Meisters. *Du musst ihn fertigstellen.* »Ich kann das.« Der Blick, den Hasina ihm schenkte, gefiel Léo nicht. Er strotzte nur so vor Zweifel. »Ich kann das wirklich«, schob er energisch nach. »Wir haben auch schon Dutzende Fernands gebaut. Ich habe mehr als genug geübt.« Die Erinnerung an das tödliche Werk ließ seine Stimme so belegt klingen, als würde sie ihm wie eine Krankheit auf der Zunge liegen. Auf wie viele Eiserne hatte er schon ein M geritzt? Es waren zu viele gewesen.

Ehe Hasina etwas erwidern konnte, trat von hinten einer ihrer Begleiter zu ihnen. Es war der Alte mit der Lederhaut.

Das Mädchen und er wechselten ein paar hastige Worte in einer Sprache, die für Léo wie Arabisch klang. Dabei sahen die beiden immer wieder zu ihm hin. Auch wenn er die Worte nicht verstand, begriff Léo doch, dass die beiden miteinander stritten. Er konnte nicht sagen, wer sich durchsetzte. Schließlich sprach Hasina wieder so, dass er sie verstand. »Das hier war nicht der Plan. Silbermund hätte seinen Kopf erhalten sollen, kurz bevor er«, sie zögerte und es schien, als müsste sie die nächsten Worte mit Mühe über ihre Lippen drücken, »ihren Namen ausspricht.«

»Welchen Namen?«, fragte Léo und runzelte die Stirn.

»Den der Hexe«, erklärte Hasina und öffnete noch einmal den Sack. Sie strich über die Lippen, die wieder zitterten. Der Kopf starrte Léo mit seinen leblosen Augen an. »Keine Klinge vermag ihr das Leben aus dem Leib zu schneiden. Kein Gift kann es in ihrem Inneren ersticken. Nur eines tötet eine Hexe. Der Klang des eigenen Namens. Wenn sie ihn hört, bleibt ihr Herz stehen. Doch kein Mensch kann ihn aussprechen. Es gab den Versuch. Noch während der ersten Silbe sind die Mutigen, die es gewagt haben, erstickt. Das Einzige, was der Macht eines Hexennamens widerstehen kann, ist Silber. Die Diener der Hexe können es nicht ungeschützt berühren, ohne dass es ihnen die Haut vom Leib brennt.«

Léo erinnerte sich bei diesen Worten schaudernd an die Schreie des Todeshändlers, der Silbermund hatte fangen wollen.

»Nicht einmal die Hexe vermag es zu berühren«, fuhr Hasina fort.

»Die Todeshändler, die Silbermund entführt haben, trugen goldene Handschuhe«, sagte Léo.

Das Mädchen nickte. »Hexengold. Es schützt vor dem Silber. Die Hexe liebt es. Daher trägt es mittlerweile ihren Namen. Nur mit ihm können ihre Diener Silbermund berühren.« Sie seufzte. »Es hat viele tapfere Männer und Frauen gebraucht, um das alles herauszufinden. Ihr Name wurde in Erfahrung gebracht und unter größten Gefahren auf unsere Seite der Welt übermittelt. Dort wurde er aufgeschrieben und verborgen.« Auf Léos fragenden Blick fügte sie hinzu: »In Paris. Und zwar in unserem Paris. Nicht in der Glücksspielstadt der Zwerge. Haluk hat ihn hergebracht.«

»Das war also in seinem Beutel«, rief Léo so laut, dass ihn der Alte überrascht anblickte. Leiser fuhr er fort: »Ich hatte ihn ganz vergessen. Er war noch da, nachdem Haluks ...«, er sah zu Hasina, über deren Gesicht trotz der Morgensonne ein Schatten fiel.

»Körper verschwunden war?«, beendete sie den Satz leise. Sie nickte. »Der Name ist zu mächtig, um zu vergehen. Das ist auch der Grund, weshalb Silbermunds Körper von der Hexe oder ihren Dienern nicht vernichtet werden kann. Wenn Fernando den Namen bekommen hat, befindet er sich jetzt auf dem Herzen aus Silber, das in der Brust des mechanischen Mannes steckt. Es war töricht von Fernando, es schon jetzt zum Schlagen zu bringen. Er hätte warten sollen, bis er den Kopf hatte. Doch offenbar war er durch das Auftauchen der Todeshändler gezwungen, Silbermund früher zum Leben zu erwecken.«

Léo räusperte sich. Er hatte diesen Teil seiner Erzählung in der vergangenen Nacht etwas freier gehalten. »Eigentlich war ich es, der das Herz in Silbermunds Brust zum Schlagen gebracht hat.« Er straffte sich, als er Hasinas zweifelnden Blick bemerkte. »Ich bin ein Herzenmacher. Genau wie der Mann, der Silbermunds Herz gebaut hat.«

Der Zweifel in ihren Augen verblasste und machte Bewunderung Platz. »Dein Vater?« Sie schien ihn plötzlich mit neuen Augen zu sehen. »Du besitzt ebenfalls dieses Talent? Dann ist die Lage vielleicht doch nicht so verzweifelt.« Als hätten sie mitbekommen, dass etwas Wichtiges im Gange war, kamen Hasinas Begleiter und scharten sich um sie. Ein Mann, der Léo so sehr an Haluk erinnerte, dass er für einen Moment glaubte, er stünde ihm selbst gegenüber, fragte Hasina etwas in der Sprache, die Léo nicht verstand. Sie antwortete ihm mit knappen Worten, und bald waren sie alle in einen heftigen Disput verstrickt. Léo sah zu dem Alten, der scheinbar so etwas wie der Anführer der Gruppe war. Léo konnte ihm ansehen, dass ihm nicht gefiel, was er hörte, doch schließlich nickte der Mann.

»Gut, wir machen es so«, sagte Hasina und wandte sich Léo zu. »Wir wissen jetzt, wo Silbermund ist. Einer von uns hat es gestern Nacht gewagt, den Todeshändlern heimlich zu folgen. Sie haben Silbermund in den Hexenturm gebracht. Genau wie ich befürchtet habe.« Sie atmete tief durch. »Wir müssen dort hin. So schnell wie möglich. Und es gibt eine gute Gelegenheit. Morgen Nacht, wenn ihr Todestag endet, wird ein großes Fest im Hexenturm gefeiert. Wir versuchen in dem Durcheinander, das dann dort herrschen wird, hineinzugelangen. Du kannst seinen Kopf anbringen. Und dann werden wir Silbermund befreien.«

Léo sah sie an und suchte in ihrem Gesicht nach einem Hinweis darauf, dass sie ihn zum Narren hielt. Oder dass sie verrückt geworden war. Doch da waren nur Ernst und Entschlossenheit. Er sah zu dem Alten, der lediglich mit den Schultern zuckte. *Sie hat es sich in den Kopf gesetzt. Da kannst du nichts machen*, schien der Blick zu sagen.

»Kommst du mit? Oder fehlt dir der Mut?« Hasina blickte ihn herausfordernd an. Léo hatte das Gefühl, dass alle auf dem Hof in diesem Moment zu ihm hinübersahen. Hatte er eine Ahnung, worauf er sich einließ? Nein. Hatte er Angst? Ja. Aber würde er weglaufen? Was hätte sein Vater getan? Léo kannte ihn kaum. Doch nach dem Wenigen, was Fernando ihm über seinen Vater erzählt hatte, war er mutig gewesen. Stéfane Mellino hatte das Herz für Silbermund gebaut. Und in Léo wuchs der Verdacht, dass dies auch der Grund für den Tod seines Vaters gewesen war. Bring es zu Ende, sagte er sich. Für ihn.

»Ich bin dabei. Aber ich brauche Werkzeug.«

»Kein Problem«, erwiderte Hasina. »Wir sorgen dafür, dass du morgen alles hast, was du brauchst.«

»Ach«, entfuhr es Léo. »Habt ihr ein paar Spielzeugmacher unter euren Leuten?«

Sie lächelte ihn vielsagend an. »Nein, aber ein paar sehr geschickte Diebe.«

Sie hatten den Karawanenhof bereits eine halbe Stunde später verlassen. »Du kannst nicht gefunden werden, wenn keiner weiß, wo er nach dir suchen soll«, hatte Hasina zu Léo gesagt und ihm eine Jacke gegeben, die der ähnelte, die sie selbst am Leib trug. Ein farbloser Leinenstoff, der erstaunlich warm hielt. Mit dem Mantel darüber glaubte Léo zum ersten Mal, draußen nicht zu frieren, seit er diese Welt betreten hatte. Auf die Frage, wohin sie nun fuhren, hatte das Mädchen geheimnisvoll geantwortet: »Der beste Ort, um nicht gesehen zu werden, ist direkt vor den Augen deiner Feinde.«

Sie waren mitten in die Stadt gefahren, bis sie einen Marktplatz erreicht hatten. Unterwegs hatte sich Léo stets misstrauisch nach Dienern der Hexe umgesehen. Zu seiner Erleichterung war der Himmel frei von Krähen gewesen und in den Straßen war ihm nicht ein einziger Todeshändler aufgefallen. Doch unter den Menschen, die am Todestag der Hexe noch die letzten Einkäufe unternahmen, um zu Hause in Ruhe feiern zu können, hatte Léo immer wieder Fernands erspäht. Es war ein furchtbares Gefühl, sie zu sehen. Auch wenn einige von ihnen Léos Flucht aus der Werkstatt seines Meisters ermöglicht hatten. Sie waren Werkzeuge, die geschaffen worden waren, um zu töten. Auch auf dem Markt waren sie.

Hasina führte Léo zu einem Stand, an dem einige Wüstenleute Gewürze aus großen Säcken verkauften. Es überraschte Léo nicht, dass sie ebenfalls mit dem Mädchen bekannt waren.

Während Hasina und er sich einen Platz hinter den Säcken suchten, brachten die anderen Wüstenleute weitere Ware herbei. Einige der Marktbesucher blieben wie verzaubert stehen, als sich eine wilde Mischung betörender Düfte in der kalten Winterluft ausbreitete. Doch dann blitzte etwas Metallenes in der Menge auf und sie gingen rasch weiter. Der Fernands, der einen Augenblick später den Stand der Wüstenleute passierte, entlockte Hasina ein angewidertes Keuchen.

»Das sind sie also«, zischte sie, während sie dem Eisernen nachsah, der mit stumpfer Miene über den Markt patrouillierte. »Scheußlich. Schrecklich.«

»Manche Leute lieben sie«, meinte Léo bitter.

»Aber andere fürchten sie«, entgegnete Hasina leise. »Einige blicken sie an, als wüssten sie, dass diese Wesen nur den Tod bringen. Sie fürchten sie, wie sie die Hexe fürchten.«

Das mochte sein. »Ich frage mich, weshalb sie hier herumlaufen«, murmelte Léo nachdenklich.

»Das ist nicht schwer zu erraten«, erwiderte Hasina düster und schlang sich den Mantel, den sie sich über ihre Jacke gezogen hatte, enger um den Leib. »Die Hexe hat nicht nur Freunde in der Stadt. Es gibt genug, die sie fortwünschen. Und es werden mehr. Wenn wir die Hexe stürzen können, werden wir sie auf unserer Seite haben.«

»Und der König?«, fragte Léo.

»Immer ein Problem nach dem nächsten. Das hier ist kein Märchen. Hier lebt keiner glücklich bis ans Ende seiner Tage. Hier geht es ums Überleben.« Hasina verstummte, als eine junge Frau an ihre Auslagen trat und begutachtete, was die kleine Karawane zu bieten hatte. Hasina erklärte ihr, was sie alles in den Säcken finden konnte, und Léo folgte den faszinierten Blicken der Käuferin. Immer wieder beugte sie sich über die Säcke und sog tief die Luft ein. Léo tat es ihr gleich. Der Duft war atemberaubend. Es roch nach Kreuzkümmel, Zimt, Anis und Kardamom. Léo glaubte irgendwann, seine Nase würde anfangen zu streiken.

Nachdem sich die Frau mit genug Gewürzen für sicher ein ganzes Jahr eingedeckt hatte, musste Hasina noch fünf weitere Marktbesucher bedienen, ehe Léo die Gelegenheit fand, das Gespräch wieder fortzusetzen. »Ist es nicht gefährlich, mit dem Kopf hier herumzufahren?«, fragte er Hasina. Das Mädchen hatte sich neben einen Feuerkorb gestellt, in dem ein paar dürre Holzscheite brannten. Sie hielt ihre Hände über die Flammen und wärmte sie.

Léo trat neben sie und streckte die eiskalten Finger aus. So nahe am Feuer wurde ihm schnell warm. Oder wurde ihm so schnell warm, weil er so nah neben ihr …? Reiß dich zusammen, Léo, sagte er sich. Ihr wollt Silbermund befreien. Keine Zeit für andere Gedanken. »Ich meine«, schob er schnell nach, »die Hexenkrähen können doch Silber spüren. In der Nacht meiner Ankunft haben sie auch meine silberne Kette gefühlt. Das hat zumindest …« *Haluk gesagt.* Er biss sich gerade noch rechtzeitig die Worte von der Zunge.

Hasina senkte die Stimme. »Es stimmt. Hexenkrähen und die anderen Diener der Hexe können Silber riechen. Doch wir haben eine Vorsichtsmaßnahme ergriffen. Nirgends ist der Kopf besser geschützt als dort.« Sie nickte zu einem der Säcke, aus denen das atemberaubende Aroma in die kalte Winterluft strömte. »Der kleinere Sack, in dem der Kopf steckt, ist mit Gold ausgekleidet. Gold mildert den Duft von Silber so stark ab, dass nicht einmal die Hexenkrähen es noch erschnüffeln können.«

Das Versteck war gut, mit Gold ausgekleidet wie Fernandos geheime Werkstatt. Das musste Léo zugeben. Er begann sich langsam sicherer zu fühlen inmitten der orientalischen Gewürzverkäufer, auch wenn sein Herz bei jedem dunkel gekleideten Mann, der an ihren Stand trat, vor Aufregung wild schlug. Doch es kam kein Todeshändler. Dafür bahnte sich irgendwann einer von Hasinas Begleitern einen Weg durch die Menge und griff mit sichtbarem Stolz in eine Tasche seines Mantels. Er holte ein kleines Ledertäschchen hervor und drückte es Hasina in die Hand. Dann verschwand er wieder in der Menge.

Hasina öffnete das Täschchen. »Was meinst du?«, fragte sie.

Das Werkzeug, das Léo hervorholte, erschien ihm mehr als brauchbar. Léo fragte besser nicht, woher es stammte. Verschiedene Schraubenzieher, ein kleiner Hammer, eine Zange, ein Metallstift. Werkzeuge, die Léo in den vergangenen Tagen so oft in Fernandos Werkstatt in die Hand genommen hatte, dass sie ihm schon so vertraut schienen, als hätte er sie sein Leben lang benutzt. Nein, nicht Tage, Léo, sagte er sich. Du musst die Zeit in Wochen zählen. Erst jetzt wurde ihm bewusst, wie lange er schon nicht mehr zu Hause gewesen war. Bei seiner Mutter. Léo verdrängte die Gedanken an sie und steckte das Werkzeug in eine Tasche der Jacke, die er unter seinem Mantel trug. »Und wann geht es los?«, fragte er leise. Ein paar Meter entfernt begutachtete gerade eine alte Frau, die sich in einen dicken Wollmantel geschlungen hatte, die getrockneten Kräuter.

Hasina aber antwortete nicht und sah an Léo vorbei zu den Leuten, die sich über den Markt schoben, als wartete sie auf jemanden.

»Nach wem hältst du Ausschau?«, fragte Léo, während die alte Frau ein paar Blätter Zitronenmelisse zwischen den schwieligen Händen zerrieb.

»Nach einem besonderen Kunden«, erwiderte sie leise, ohne den Blick von der Menge zu lösen. »Dem Chefkoch des Königs«, fügte sie hinzu. Als sie Léos fragendes Schweigen bemerkte, wandte sie sich von den Leuten ab. »Er kauft regelmäßig auf diesem Markt ein. Und wir sind ebenfalls immer hier und geben ihm unsere Waren zu einem Spottpreis ab.«

»Und warum tut ihr das?«, fragte Léo, der nicht verstand, was so wichtig an dem Mann sein sollte, dass Hasina offenbar ungeduldig auf ihn wartete.

»Damit er wiederkommt.« Sie griff in einen der Säcke und ließ ein paar Kardamomkapseln über ihre Finger rieseln. »Außerdem haben wir einiges im Angebot, das er sonst nirgends kaufen kann. Immer wenn er und seine Leute ein Festmahl kochen müssen, kommt er vorbei, um frische Gewürze zu kaufen. Und morgen muss er das wichtigste Essen des Jahres zubereiten. Im Hexenturm. Der König selbst wird mit den Würdenträgern und reichsten Händlern der Stadt dort im Festsaal sitzen und auf ein weiteres Lebensjahr der Hexe anstoßen. Und wir werden ebenfalls dort sein. Alles, was wir tun müssen, ist auf den Auftrag zu warten, den der fette Koch uns geben wird. Und dann wird einer unserer Wagen hinter die Mauer des Turms fahren, um dem Koch seine Ware zu bringen.«

Und damit kamen sie problemlos dorthin, wo Silbermund vermutlich eingesperrt war. Zumindest in seine Nähe. Kein schlechter Plan. »Aber was wäre, wenn er seine Gewürze woanders findet?«, warf Léo ein, während die Alte mit einer Tüte Safranfäden in den Händen verschwand.

»Das dürfte kaum möglich sein. Die, die er am meisten braucht und die seine Speisen so einzigartig machen, dass er zum Chefkoch wurde, kommen von der anderen Seite.« Sie sah auf, und Léo folgte ihrem Blick. »Oh, da ist er ja. Es geht los«, sagte sie und setzte ein falsches Lächeln auf.

Dem Mann, der sich zwischen den Leuten hindurchdrängte, war anzusehen, dass er nicht nur kochte, sondern auch gerne aß. Trotz der Kälte schwitzte er, als könnte er das eigene Gewicht kaum tragen. Er wäre Léo kaum als eine besonders wichtige Person aufgefallen, doch er trug seine Kochmütze stolz auf dem Kopf wie einen Soldatenhelm.

»Siehst du das Wappen darauf?«, fragte Hasina, als hätte sie Léo die Gedanken von der Stirn gelesen. »Es weist ihn als den Koch des Königs aus. Zwei gekreuzte Löffel über der Krone.«

Die Leute schienen es ebenfalls zu erkennen. Sie verbeugten sich vor ihm, und die Händler versuchten ihn an ihre Stände zu locken. Sicher war ein Auftrag des königlichen Chefkochs heiß begehrt auf dem Markt. Doch der Übergewichtige strebte auf direktem Weg zum Stand der Wüstenleute.

»Himmel«, ächzte er, kaum dass er sich vor den Auslagen aufgebaut hatte.

»Ich freue mich, Euch willkommen heißen zu dürfen. Ihr seht müde aus, Herr«, begrüßte ihn Hasina mit gespielter Freundlichkeit.

»Habe genug Ärger«, schnaufte der Koch. »Alles geht schief. Die verfluchten Zwerge haben die Torten noch immer nicht geliefert. Das kümmerliche Gemüse, das diese einfältigen Bauern gebracht haben, wäre selbst für die Suppe zu schade. Und nun wünscht sich Fistel... äh, der König auch noch einen weiteren Gang.« Der Koch zählte offenbar zu den Leuten, die davon ausgingen, dass alle wussten, was in seinem Leben vor sich ging. Das Festmahl der Hexe. Hasina hatte recht gehabt.

Der Koch sah sich prüfend um und setzte lauter hinzu: »Natürlich völlig zu Recht. Der König soll verlangen, was immer er will. Ich erfülle ihm jeden Wunsch.« Er setzte ein Lächeln auf, das noch falscher als das von Hasina war und auf seinem Gesicht aussah wie die Folge einer Krankheit.

»Ihr Ärmster«, meinte Hasina und griff in einen kleinen Beutel. Der Schokoladenball, den sie hervorzog, sah für Léos Augen sehr nach einer Köstlichkeit seiner Seite aus.

Der Chefkoch legte ihn sich schnaufend auf die Zunge und setzte einen wohligen Gesichtsausdruck auf. »Wunderbar. Als wäre er nicht von dieser Welt.«

Kunststück, dachte Léo.

»Wir werden Euch mit besonderen Gewürzen versorgen«, sagte Hasina. »Ihr werdet damit einen Geschmack kreieren, der selbst das fadeste Gemüse zu einem Festschmaus macht. Bedient Euch. Sucht aus, was immer Ihr braucht. Wir werden uns schon einig. Und wie immer«, sie setzte ein verführerisches Lächeln auf, das Léo überraschenderweise gar nicht gefiel, da es für den fetten Koch gedacht war, »liefern wir Euch wie jedes Jahr alles, was Ihr wollt.«

»Wunderbar«, grunzte der Koch, und ließ sich von Hasina eine zweite Schokoladenkugel reichen. »Ich muss zurück. Die Taugenichtse von Küchenjungen lasse ich eine Extraschicht einlegen, während ich … nun, meine Kräfte spare. Es ist ein besonderer Tag. Der Todestag der Hexe.«

»Ja«, wisperte Hasina. »Ihr Todestag.«

EINE TÜR AUS EIS

Nur Hasina, der Alte mit der Lederhaut und Léo saßen auf dem Wagen, der einige Stunden später durch die Dunkelheit schaukelte und einem kaum erkennbaren Weg zwischen den Tannen eines dichten Waldes folgte. Hinter ihnen, auf der Ladefläche unter einer Plane vom Schnee geschützt, standen die Gewürzsäcke. Der Chefkoch des Königs hatte eine wahre Großbestellung aufgegeben. Es schneite schon seit Anbruch der Nacht und der Gaul, der den Wagen zog, hatte erkennbare Mühe, seine Last vorwärts zu ziehen.

»Woher kommen eigentlich er und die anderen?«, fragte Léo und warf dem Alten, der die Zügel in der Hand hielt, einen Blick zu. Er hatte ihn schon vergeblich versucht anzusprechen. »Ich glaube, sie verstehen mich nicht.«

»Sie stammen aus der Wüste«, erwiderte Hasina. »Und sie sprechen eine Sprache, die es nur dort und nicht auf der anderen Seite gibt. Sie sind Teil meiner Familie. Mein Onkel hier, meine Tanten, Cousins und Cousinen. Wir stammen ursprünglich alle von dort. Wenn ich dich richtig verstanden habe, kommen deine Eltern auch von dieser Seite und sind hinübergegangen, um dort an Silbermund zu bauen. So war es auch bei meiner Familie. Sie haben die Seite gewechselt, um ihre Aufgabe zu erfüllen. Die ganze ... Verschwörung gegen die Hexe beruht darauf, dass wir auf beiden Seiten arbeiten. Und nur wenige kennen alle, die dazugehören. So soll verhindert werden, dass einer, der gefangen wird ...« Sie stockte.

»… der Hexe alles erzählt, wenn er zu ihrem Diener wird«, beendete Léo den Satz an ihrer Stelle.

»Die Arbeit an Silbermund hat Jahre gedauert«, fuhr Hasina fort, während ihr Atem den Worten ein weißes Kleid in der Nachtluft gab. »Die Teile mussten im Geheimen auf diese Seite gebracht werden. Von verschiedenen Punkten aus. Mein Bruder kam mit dem Namen. Und der Zwerg hat das Herz hinübergeschafft. Der Kopf war schon einige Zeit in unserem Besitz. Ich weiß nicht, ob es auch dein Vater war, der ihn gefertigt hatte.«

Léo sah unwillkürlich zu den Säcken. Er hatte sich gemerkt, in welchem der Kopf verborgen war. Plötzlich fühlte er sich seinem Vater so nahe wie noch nie. »Aber mein Vater ist schon lange tot. Warum wurde Silbermund erst jetzt zusammengesetzt?«

»Weil wir vorsichtig sein mussten. Die Diener der Hexe haben uns immer wieder beinahe entdeckt. Sie weiß schon seit langer Zeit von dem Widerstand gegen sie. Und sie hat ihre Augen und Ohren überall. Noch ist sie uns nicht auf die Schliche gekommen. Aber einige Male war es knapp. Sehr knapp. Die Arbeit an Silbermund hat daher viel Zeit in Anspruch genommen. Einige seiner Teile wurden in dieser Welt gefertigt und dann auf der anderen Seite versteckt. Andere sind erst dort entstanden. Und nie mehr als ein Teil auf einmal, ein Finger oder ein Gelenk, haben wir in Fernandos Werkstatt bringen können. Die Gefahr, entdeckt zu werden, war zu groß. Und wir mussten einen Zugang in den Hexenturm finden. Herausbekommen, wo die Hexe ihren Handel mit dem Tod abschließt. Es hat Zeit gebraucht, das Vertrauen des Kochs zu gewinnen und alles in Erfahrung zu bringen. Es gibt nur einen Augenblick im Jahr, an dem wir es wagen könnten, Silbermund den Namen der Hexe aussprechen zu lassen. Du siehst, es braucht viel Geduld, eine

Hexe zu töten. Doch nun müssen wir uns eilen, wenn nicht alles umsonst gewesen sein soll.«

»Und was war die Aufgabe von dir und deiner Familie?«, fragte Léo, dem der Gedanke, seine verschlossene Mutter wäre Teil einer Geheimverschwörung, noch immer absonderlich erschien.

»Wir haben den Namen bewacht, sind die Boten zwischen den Welten und hüten etwas.« Sie lächelte geheimnisvoll. »Aber jetzt müssen wir leise sein.« Sie zeigte in die Nacht. »Dort ist er. Siehst du ihn?«

Léo folgte ihrem Blick. Sie mussten den Waldrand erreicht haben. Die Bäume wichen langsam beiseite, und gaben den Weg auf eine weite Ebene frei. Und dort stand er. Der Turm der Hexe. Er ragte vor ihnen in den Nachthimmel. Und Léo sah nichts anderes mehr. In seiner Vorstellung war er schwarz und unheildrohend gewesen. Alt und brüchig und einfach finster. Doch der Turm, der sich da am Ende des Weges erhob, war strahlend hell. Er schien wie mit Marmor verkleidet und wurde von einer Mauer in demselben Ton eingefasst, deren Tor einladend offen stand. In der schneeerfüllten Nacht leuchtete der Turm, als würde er von Dutzenden Scheinwerfern angestrahlt. Seine steinerne Haut wurde von unzähligen, wunderschönen Gesichtern verziert. Sie hatten die Augen geschlossen, als schliefen sie. Dieser Turm war das atemberaubendste Gebäude, das Léo je gesehen hatte. Er konnte seinen Blick kaum von ihm losreißen.

»Es ist der Zauber der Hexe«, murmelte Hasina düster. »Er fängt jeden ein.« Sie warf ihm einen kurzen Blick zu. »Vor allem Männer.«

Léo erwiderte nichts darauf. Er hatte selbst erlebt, wie die Hexe auf andere wirkte. Doch nun spürte auch er ihren Zauber mit voller Kraft.

»Der Turm ragt noch einmal genauso tief in die Erde, wenn die Geschichten über ihn stimmen.« Hasina bedeutete Léo, ihr nach hinten zu folgen.

»Was ist?«, fragte er, während sie es sich mehr schlecht als recht zwischen den Säcken bequem machten und sich die Plane über den Kopf zogen.

»Sie sollen uns nicht sehen, denn wir werden im Turm bleiben, wenn mein Onkel wieder gefahren ist.«

»Wer soll uns nicht sehen?« Léo hatte noch immer keine Ahnung, wovon sie sprach.

»Warte. Du wirst es bemerken.«

Léo lugte unter der Plane hervor und blickte an Hasinas Onkel vorbei hinaus. Es dauerte wirklich nicht lange. Kaum hatten sie den Lichtschein erreicht, den der Turm und die Mauer in die Nacht warfen, stoben schwarze kleine Körper in die Höhe. Léo wusste nicht, wo sie gelauert hatten. Hinter den Gesichtern aus Stein? Vielleicht. Es waren Hexenkrähen. Dutzende. Vielleicht Hunderte. Das Geräusch ihrer Flügel klang, als zerschnitten unzählige Klingen die Nacht. Und ihr Kreischen klang wie ein heiserer Chor.

»Die Diener der Hexe«, beantwortete Hasina Léos Frage. »Es ist ihr Todestag. Und deshalb sind sie alle hier. Alle Hexenkrähen. Der Uhrenturm ist heute wahrscheinlich unbewacht. Dies wäre deine Gelegenheit zur Flucht gewesen.«

Léo glaubte, dass sein Herz vor Furcht aufhören würde zu schlagen. Selbst als ihn nur ein dünner Vorhang von Graf de la Mort getrennt hatte, war seine Angst nicht so mächtig gewesen. Die Hexenkrähen umflatterten den Turm nun so dicht, dass es schien, er würde in einen nachtschwarzen Kokon eingewoben.

»Es sind schon mutigere Menschen in Panik ausgebrochen, wenn sie zum ersten Mal zum Turm gekommen sind«, meinte Hasina und griff nach Léos Hand. Ihre Berührung brachte ihn wieder zur Vernunft. Ließ sein Herz, das vor Angst keineswegs zu schlagen aufgehört hatte, sondern hämmerte, als wäre er stundenlang gerannt, wieder ruhiger werden. Ich habe keine Angst, wollte er ihr entgegnen. Doch kein Wort kam über seine Lippen, und er nickte ihr nur dankbar zu.

Einige Meter vor der Mauer wich der Wald mit einem Mal ganz beiseite. Léo fühlte sich plötzlich ungeschützt. Durch das offen stehende Tor in der Mauer erkannte er, dass der Weg, dem sie folgten, in eine Straße überging, die aus Eis gemacht schien. Sie glänzte wie ein Spiegel und warf das Licht des Turms und der Mauer in die Nacht. Als sie das Tor passierten, musste sich Léo schütteln. Der Gaul aber trabte ungerührt weiter. Vor ihnen erhob sich ein gewaltiges Portal, dessen Flügel geschlossen waren. Der Wagen fuhr an dem Turm vorbei, und folgte der schimmernden Straße zu seiner Rückseite. Dort fand sich ein kleines Tor, das weitaus unscheinbarer schien. Es war unbewacht. Als der Wagen hielt, flatterte jedoch eine Krähe heran und zu Léos Erstaunen verwandelte sie sich, noch während sie zu Boden schwebte, in einen Mann. Für einen Moment schien er ein Mensch mit Flügeln statt Armen zu sein. Doch mit dem ersten Schritt in den Schnee war die Verwandlung abgeschlossen. Sein Gesicht war scharf wie das einer Krähe geschnitten. Die Haut zierten viele Narben und eines seiner Augen steckte matt wie ein Flusskiesel in der Höhle. Wortlos stellte er sich dem Wagen in den Weg. Eine Dunkelheit ging von ihm aus, die es mit der des Grafen ohne Mühe aufnehmen konnte.

Léo kauerte sich zwischen die Säcke und sah, dass Hasina es ihm gleichtat. Er blickte sie fragend an. Wieso konnten sich die Krähen verwandeln? Die Angst, dass der Mann unter die Plane blicken würde, lähmte Léo. Er wagte nicht mehr hervorzulugen.

»Was willst du?« Selbst die Stimme klang finster.

Die Antwort des Alten konnte Léo nicht verstehen, doch die Worte schienen dem Krähenmann keine Schwierigkeiten zu bereiten. Offenbar problemlos bediente er sich ihrer und Hasinas Onkel erwiderte etwas. Sein Tonfall zeigte keine Spur von Angst. Léo konnte die Verachtung jedoch, die der Alte für sein Gegenüber empfand, deutlich heraushören.

Der Krähendiener zischte ärgerlich, und Léo fürchtete schon, dass er nun nachschauen würde, was sich unter der Plane befand, als das kleine Tor offenbar geöffnet wurde und ein schnaufender Mensch zu hören war.

»Lass ihn.« Die Stimme des Kochs. »Ich habe keine Zeit für diesen Unsinn. Ich muss das beste Festmahl zubereiten, das Menschenhände machen können. Und deine heisere Stimme wird noch dafür sorgen, dass seine Gewürze jedes Aroma verlieren.«

Léo wagte nicht zu atmen. Er hörte einen Moment lang nichts. Dann wieder das Zischen des Hexendieners. »Ihr beiden werdet deine Gewürze alleine ausladen. Ihr habt fünf Minuten. Sonst …« Er stieß einen Krähenschrei aus, der Léo durch Mark und Bein ging. Einen Moment später setzte sich der Wagen wieder in Bewegung.

Léo konnte aller Furcht zum Trotz der Versuchung nicht widerstehen. Vorsichtig drückte er sich an das hintere Ende der Plane und schob den Schlitz dort ganz behutsam auseinander. Im Licht des Turms sah er eine Krähe in die Luft steigen. Und dort, wo der Hexendiener gestanden haben musste, waren keine Fußabdrücke zu erkennen. Dann rumpelte der Wagen durch das Tor in den Turm hinein.

Die Überraschung des Chefkochs währte nur kurz, als Hasina und Léo vom Wagen stiegen und ihre Mäntel ablegten. Die Angst, nicht rechtzeitig mit allem fertig zu werden, klebte ihm auf dem Gesicht, während er sie ansah. Offenbar war er glücklich über vier weitere helfende Hände. Verständlich. So musste er nicht selbst mit anpacken. »Ladet alles ab«, befahl er und deutete auf die Säcke. »Schnell. Ich gebe euch fünf ... nein, vier Minuten.« Er wischte sich den Schweiß von der Stirn. Er schwitzte nicht nur aus Angst vor der Hexenkrähe. Es war unnatürlich heiß hinter dem Tor. Der Grund dafür hing in zahllosen durchsichtigen Käfigen an der Decke. Feuermotten. Es waren mehr, als Léo zählen konnte. Noch regten sie sich nicht. Fasziniert betrachtete Léo die Motten, die noch allesamt verpuppt waren. Die Insekten trugen die leuchtenden Kokons wie schimmernde Kleider.

»Sie werden hier unten gezüchtet, in Bällen aus gesponnenem Glas«, wisperte Hasina. »Sobald die Feuermotten schlüpfen, werden sie einige Wochen in Briançons Laternen gehalten, ehe sie sterben.«

Léo riss seinen Blick nur mit Mühe los. Während sie zusammen mit Hasinas Onkel die duftenden Säcke abluden, sah er sich verstohlen um. Durch das Tor waren sie in eine Art Halle gelangt, von der aus einige Türen abgingen. Die Wände waren auch hier aus hellem, fast weißem Stein, der im Licht der Feuermottenlarven schimmerte.

In der Halle waren mehrere Kutschen samt Pferden untergebracht. Die ersten Gäste der Hexe waren schon da. Kein Wunder, dass der Koch nervös war. An den Wänden der Halle standen außerdem mehrere Fässer, Säcke und Kisten, um die Heerscharen von Bediensteten herumliefen wie Ameisen. Ein steter Strom von Menschen, die Dinge hinter eine der Türen brachten oder am Ende der Halle in einem Gang verschwanden. Nur Todeshändler, Hexenkrähen oder Wachen konnte Léo nicht ausmachen. Wenn sie Glück hatten, würde niemand bemerken, dass Léo und Hasina hierblieben.

Der Chefkoch scheuchte den Alten schon wieder auf den Wagen, kaum dass sie den letzten Sack abgeladen hatten. »Beeil dich, du Narr. Oder willst du, dass wir beide mit einem Federkleid enden? Deine Gehilfen schicke ich dir später in die Stadt. Bis dahin können sie sich hier nützlich machen. Jede Hand hilft. Wir können den Zeitplan kaum einhalten.«

Nun, das machte es unnötig, sich eine eigene Lüge auszudenken, um bleiben zu dürfen. Es gelang Hasina, einigermaßen entrüstet auszusehen, während ihr Onkel ein paar Worte in die Halle stieß, die Léo für Verwünschungen hielt.

Der Koch bedeutete ihnen, das Tor weiter zu öffnen, damit Hasinas Onkel rechtzeitig hinausfahren konnte. Hasina warf Léo einen warnenden Blick zu und hielt sich so hinter den nach innen zu öffnenden Torflügeln, dass niemand sie sehen konnte – egal ob die Augen im Kopf eines Menschen oder einer Krähe steckten. Léo tat es ihr gleich, aber er lugte trotzdem einmal kurz in die Nacht. Es war nichts zu erkennen. Indes glaubte er, einen Willen zu spüren, der über dem Wald und dem Turm lag. Ein unbändiger Wille, euphorisch, hart und finster. Dies war das Reich der Hexe. Und als Léo und Hasina die Torflügel schlossen, sank ihm auf einmal der Mut bis zu den kalten Zehen hinab. Dann aber dachte er an seinen Vater. Was hatte Fernando noch über Silbermund gesagt? *In seinen Bau ist nicht nur mehr Silber geflossen, als in dieser Welt je an einem Ort zu finden gewesen ist, sondern auch Blut. Dein Vater und Haluk sind nur zwei der Toten, die es zu beklagen gilt.* Léo spürte eine heiße Wut in sich aufsteigen. Er setzte dem dunklen Willen der Hexe seinen eigenen entgegen. Oh, er würde dafür sorgen, dass sein Vater und Hasinas Bruder nicht umsonst gestorben waren.

»Halt den Kopf unten!«, zischte Hasina ihm zu, als Léo und sie die Gewürzsäcke durch den Gang trugen. Der Koch trieb sie zur Eile an, während er auf seinen stämmigen Beinen voranschritt und jeden, den er für niedriger als sich selbst erachtete, anfuhr.

Die Küche lag nicht weit entfernt vom hinteren Tor des Turms. Ein großer Raum, erhellt von mehreren Feuern, über denen Töpfe hingen. Es war laut, chaotisch und so heiß, dass Léo augenblicklich in Schweiß ausbrach. Er zählte sechs junge Köche mit hohen Mützen, die je vor einem der Töpfe standen und mit langen Löffeln in ihnen rührten. Ein weiteres halbes Dutzend war damit beschäftigt, an einem ausladenden Tisch Obst, Gemüse und Fleisch zu schneiden.

»Stellt die Säcke dort ab«, wies der Chefkoch sie barsch an und deutete auf eine freie Ecke des Raumes. Noch während die beiden zurückgingen, um die nächsten Säcke zu holen, wies der Koch seine Gehilfen bereits an, die Speisen in den Töpfen zu würzen. »Beeilt euch, ihr Taugenichtse!«, brüllte er, während er großzügig Kreuzkümmel über gebratenes Fleisch verteilte. »Es braucht einige Zeit, bis die Aromen wirken.« Nun, der betörende Duft zumindest legte sich augenblicklich in den Raum. Vom Kochen schien der Mann etwas zu verstehen.

Léo und Hasina mussten noch drei Mal den Weg vom Tor zur Küche gehen, ehe sie alle Gewürze an Ort und Stelle gebracht hatten. Kaum hatten sie den letzten Sack abgeladen, hatte der Chefkoch sie scheinbar auch schon vergessen. Hasinas Hinweis, dass sie nun warten würden, bis sie jemand mit in die Stadt nahm, quittierte der Koch mit abwesendem Schweigen, während um sie herum das Chaos tobte. Die Köche waren alle in großer Eile. Keiner achtete auf sie. Beherzt griff Hasina in einen der großen Gewürzsäcke und zog einen weitaus kleineren heraus. Léos Herz schlug schneller. Der Kopf.

Kaum dass sie die Küche verlassen hatten und auf den Flur getreten waren, drückte Hasina ihm den Sack mit dem Kopf in die Hand und zog ihn in einen der Gänge.

»Wohin willst du?«, zischte er, während sie mit schnellem Schritt über den Steinboden ging. Im Licht der Feuermotten warfen die beiden zitternde Schatten an die Wände.

»Nach oben. Oder meinst du etwa, sie haben ihn im Keller versteckt?«, entgegnete Hasina, während sie vorsichtig um eine Ecke lugte. Als sie sicher zu sein schien, dass dort kein Hexendiener war, bedeutete sie Léo weiterzugehen.

Es war immer noch furchtbar heiß, auch wenn die Käfige der Feuermotten hier nicht mehr an der Decke hingen. Nur wenige Bedienstete kamen ihnen entgegen, und Léo bemühte sich, sie nicht direkt anzusehen. Sie bogen in einen ruhigen Flur ein.

»Wo würdest du etwas verbergen, das niemand finden darf?«, fragte sie. »Etwas, das zu wertvoll ist, um es aus den Augen zu lassen?«

Léo überlegte kurz, dann begriff er. »Dort, wo ich es immer sehen kann.«

Hasina schenkte ihm ein knappes Lächeln. »Gut. Du lernst schnell.« Noch während Léo überlegte, ob dieses Kompliment vielleicht herablassend war, fuhr sie bereits fort. »Wir müssen uns auf die Suche nach dem Gemach der Hexe begeben. Ich bin sicher, dass Silbermund dort ist.«

Léo starrte sie entgeistert an. Das Gemach einer Hexe. Er wusste nicht warum, aber er musste an ein Märchen denken, das er als kleines Kind oft vorgelesen bekommen hatte. *Hänsel und Gretel*. Er hatte sich vor der Hexe gefürchtet und einzig die Gewissheit, dass sie nur eine Figur in einer Geschichte war, hatte ihn damals beruhigt. Die beiden Kinder, die bereitwillig das Hexenhaus betreten hatten, waren ihm immer mehr als dumm erschienen. Und nun bist du selbst in eines gegangen, Léo, sagte er sich.

Ein weiterer Diener kam ihnen entgegen, dann war der Flur für einen Moment leer. Wenigstens etwas. Aber es würde sicher nicht so ruhig bleiben. Wenn sie weitergingen, würden sie vielleicht auf Hexenkrähen treffen. Oder auf etwas Schlimmeres. Léo sah zu Hasina. Das Mädchen zeigte keine Angst. Léo atmete tief durch. Nein, er würde das auch nicht tun. Auch wenn sie ihm wie Gift durch die Adern floss.

»Wenn wir Glück haben, bemerkt uns niemand«, raunte Hasina ihm zu. »Vermutlich sind alle damit beschäftigt, die Gäste der Hexe zu umschwirren. Und wenn wir noch mehr Glück haben, ist der König schon da. Dann werden alle Augen auf ihn gerichtet sein.«

Am Fuß einer Steintreppe endete der Flur. Die Stufen zogen sich wie eine lange Spirale in die Höhe. Neben dem Treppenaufgang war ein kleiner Lastenaufzug in die Wand eingelassen, der mit einer Kurbel bedient werden musste. Vermutlich gelangten die Gänge des Festmahls auf diesem Weg in den Saal.

Von oben hörte Léo zahlreiche Stimmen. Er warf Hasina einen Blick zu, die ihm zunickte und dann mit dem Aufstieg begann. Er fühlte sich kurz an den Moment im Turm zurückerinnert, als er Kafir gefolgt war. Was wäre wohl geschehen, wenn er in jener Nacht eine andere Entscheidung getroffen hätte? Würde Fernando dann noch leben? Und Haluk auch? Vielleicht, Léo. Aber vielleicht wären sie auch so gestorben. Sie haben sich mit einer Hexe angelegt. So wie du. Ja, und er würde fortführen, was sein Vater begonnen hatte. Dafür sorgen, dass die beiden, deren Tod er mit angesehen hatte, nicht umsonst gestorben waren.

Hasina und er stiegen die Treppe empor und hielten auf jeder Etage inne. Dabei pressten sie sich eng an den rauen Stein der Wände und lugten vorsichtig aus den Schatten, die sich über den Stufen sammelten. Im ersten Stockwerk drangen ihnen laute Stimmen entgegen. Auf dem Korridor vor ihnen herrschte ein heilloses Durcheinander. Diener liefen mit Tabletts beladen den Flur entlang auf die Stimmen zu. Léo hatte keinen Zweifel, dass auf dieser Etage der Festsaal der Hexe lag. Sie gingen rasch weiter. Die nächsten drei Stockwerke waren in Schatten getränkt und völlig still. Vielleicht waren die von weither angereisten Gäste hier untergebracht. Auch die fünfte und sechste Etage lagen in Stille und Dunkelheit vor ihnen. Überall war es angenehm warm. Vermutlich waren die Feuermotten so etwas wie eine natürliche Heizung für den Hexenturm. Die Besitzerin dieses Bauwerks und ihre Diener brauchten wohl keine Wärme. Für die menschlichen Besucher hingegen musste der Turm sicher beheizt werden.

Die siebte und letzte Etage wurde vom Schein einzelner Lampen erhellt. Keine Feuermotten. Das Licht hier war ebenso kalt wie die Luft. Und zwischen den Lampen ballten sich tiefe Schatten zusammen. Léo sah zu Hasina. Sie mussten am Ziel angekommen sein. Er las die eigene wilde Entschlossenheit in ihrem Blick. Die beiden schienen alleine zu sein. Doch kaum hatten sie einen Schritt in den verwaisten Flur gesetzt, löste sich nur ein paar Meter entfernt ein lautloser Schatten von der Decke. Hatte Léo kurz zuvor den Schlag eines Flügelpaares gehört? Doch die Gestalt, die ihnen in den Weg trat, war menschlich.

»Wohin wollt ihr denn?« Die Stimme klang alt und heiser wie das Krächzen eines Raben. Das Gesicht aber war schrecklich jung. Es gehörte einem Mann, der kaum fünf Jahre älter als Léo sein mochte. Sein Kopf zuckte so hastig umher wie der einer Saatkrähe. Dabei musterte er Hasina und Léo so intensiv, als wollte er ihnen ins Herz blicken. Der Schein der Lampe, die der Treppe am nächsten war, ließ die Haut ihres Gegenüber kreidebleich wirken, als wäre er tot.

Er ist ein verdammter Vogel, Léo. Natürlich ist er tot. In letzter Sekunde gelang es ihm, den Sack mit dem Kopf hinter seinem Rücken verschwinden zu lassen.

»Zur Hexe.« Hasina brachte das Kunststück fertig, ihre Stimme nicht vor Angst zittern zu lassen. Die Abscheu vor der Krähe aber vermochte sie nicht zu verbergen. Vielleicht wollte sie es auch nicht. »Wir bringen ihr eine Aufmerksamkeit des Küchenchefs.«

So? Léo hatte alle Mühe, sich die Überraschung nicht anmerken zu lassen. Sein Blick folgte ebenso wie der der Krähe Hasinas Hand, mit der sie etwas aus der Tasche ihrer Jacke zog. Die Schokoladenkugel wirkte so fremd an diesem Ort, wie die Hexenkrähen es auf der anderen Seite tun würden. Hänsel und Gretel, dachte er bei sich. Nur dass in dieser Version die Kinder die Hexe mit etwas Süßem täuschen wollen und nicht umgekehrt.

Die Augen des Krähenmanns leuchteten für einen Moment auf. Ob vor Abscheu oder Gier vermochte Léo nicht zu sagen. Er hielt unwillkürlich den Atem an, während der Diener der Hexe scharf die Luft einsog, als könnte er die Lüge, die Hasina ihm aufgetischt hatte, riechen.

Was sollten sie tun, wenn der Krähenmann sie durchschaute und beschloss, sie gefangen zu nehmen? Oder sie direkt hier zu seinesgleichen …

Der Hexendiener streckte einen Arm aus, als wollte er die Schokoladenkugel auf Hasinas Hand greifen. Doch dann zog er ihn hastig zurück, kaum dass seine Finger die Süßigkeit berührt hatten. Ein ärgerliches Krächzen entfuhr ihm. Léo wusste nicht, was ihn so offensichtlich zornig machte, doch er verzog das Gesicht, als hätte er den Verrat gegen seine Herrin in ihnen erkannt. Für einen Moment fürchtete Léo, dass dies ihr Ende sei, doch der Krähenmann wies zum Ende des Flurs. Die Schatten teilten sich wie von Geisterhand und Léo erblickte eine Tür aus Eis. Es war der einzige Durchgang in dem Flur. »Die Herrin ist noch nicht da. Legt ihr dieses ... Ding vor die Tür und dann geht.«

Fortgehen? Nein, sie mussten hinter die Tür. Es gab doch nur diese eine Gelegenheit. Léo konnte Hasina ansehen, dass sie seine Gedanken teilte. Und dass sie fieberhaft nach einer Lüge suchte, die ihnen half.

»Ich ... ich habe noch etwas vergessen«, sagte Léo rasch. Er bemerkte Hasinas fragenden Blick aus dem Augenwinkel. Die falsche Geschichte spann sich wie von selbst in seinem Kopf zusammen. »Graf de la Mort hat uns aufgetragen, Euch eine Botschaft zu bringen.« Léo brauchte alle Kraft, um sich die Lüge nicht ansehen oder gar anhören zu lassen. Eine Lüge, die sich schnell zu einem Todesurteil gegen sie wandeln könnte. Léo wusste nicht, weshalb er trotzdem so unerklärlich ruhig blieb. Vielleicht, weil er in diesem Moment an seinen Vater dachte. Er hatte verrückterweise das Gefühl, nicht alleine mit Hasina im Flur zum Gemach der Hexe zu stehen.

»Der Graf?« Der Krähenmann schmeckte den Titel, als wollte er ihn kosten.

»Er wünscht Euch bei sich zu sehen. Er hat Anweisungen für Euch. Sofort.« Mehr fiel Léo nicht ein. Er hoffte, dass es reichte. Für einen Moment wagte er kaum zu atmen. Der Graf war der erste Diener der Hexe, wie er selbst gesagt hatte. Einem Befehl von ihm würde sich wohl kaum eine der Hexenkrähen widersetzen. Aber was, wenn der Graf gar nicht hier im Turm war? Oder sein Gemach ganz in der Nähe war? Oder ...

»Wenn der Graf mich zu sehen wünscht, darf ich ihn nicht warten lassen.« Der Krähenmann blickte sich um, als suchte er den blassen Todeshändler in den Schatten. »Ich werde bald zurückkehren. Ihr solltet dann nicht mehr hier sein. Oder ich ... kümmere mich um euch.« Für einen winzig kurzen Moment wurde aus dem Menschengesicht das Antlitz eines Vogels, der nach Hasina und Léo schnappte. Dann blickten sie wieder leblose Menschenaugen an und der Diener der Hexe trat zwischen ihnen hindurch. Léo glaubte einen elektrischen Schlag zu spüren, als ihn die totenkalte Hand des Krähenmanns streifte. Sekunden später waren sie alleine.

»Ich musste ihn fortlocken«, sagte Léo leise. Es war nicht einfach, seine Stimme nicht ängstlich klingen zu lassen.

»Das war ... gut«, murmelte Hasina, während sie den Schokoladenball verschwinden ließ. Offenbar hatte auch sie das Geschöpf berührt. Ihre Lippen zitterten. Dann straffte sie sich und zog Léo mit sich. »Wir haben sicher nicht viel Zeit. Komm.«

Ihre Schritte hallten schrecklich laut von den Wänden wider. Der Sack, den Léo nun wieder offen vor sich trug, verströmte den intensiven Duft von Minze in dem kalten Gang. Ein Duft, der Léos Herz mit ein wenig Zuversicht füllte.

Die Tür aus Eis schien in die Höhe zu wachsen, während er und Hasina auf sie zugingen. Als wollte sie Léo und Hasina unmissverständlich mitteilen, dass sie für sie unüberwindbar sei. Léo sah sich unbehaglich um. Waren hier noch weitere Hexenkrähen? An diese Möglichkeit hatte er gar nicht gedacht. Doch es zeigte sich keine Wache und die beiden standen schließlich vor der Tür. Ohne nachzudenken griff Léo nach der Klinke. Und riss seine Hand mit einem Schrei wieder zurück. Die Berührung hatte geschmerzt, als würde die Tür in Flammen stehen.

»Schei... verdammt, ist das kalt«, fluchte er.

Hasina warf ihm einen kurzen Blick zu. »Kein Grund, übertrieben höflich zu sein. Das hier ist die Tür zu den Räumen einer Hexe. Glaubst du, sie öffnet sich von selbst für dich?«

179

Léo rieb sich die schmerzende Hand. »Wir haben keinen Schlüssel, oder?« Sie mussten sich beeilen. Die Krähe würde den Betrug bald erkennen und zurückkehren. Und diese Begegnung würde tödlich sein.

»Nein«, meinte Hasina nachdenklich. Offenbar hatte sie nicht damit gerechnet, dass sie vor einer verschlossenen Tür aus Eis stehen würden. Beunruhigt schien sie dennoch nicht. Ihr Blick hing wieder einen Moment auf Léo. Und senkte sich dann zu dem Sack in seiner Hand.

»Was soll das?«, fragte er, während sie hineingriff und den Kopf herausholte. Der Duft der Minze wurde schwerer.

»Er ist aus Silber«, erwiderte sie. Dann atmete sie tief durch. »Und nichts wirkt besser gegen Hexenzauber. Überhaupt ist es das einzige Mittel gegen ihn.« Sie sah Léo in die Augen. Und hielt den Kopf des Kopflosen direkt vor die Tür.

Léo ließ den Beutel zu Boden fallen und hielt den Atem an. Er wartete. Und wartete. Und … nichts geschah. Silbermunds blinde Augen sahen starr auf die Tür aus Eis.

Verdammt, denk an die Krähe, Léo, warnte er sich. »Wir müssen verschwinden«, zischte er und griff nach Hasinas Arm.

Doch sie riss sich los und trat einen Schritt näher an die Tür heran. »Das ist unsere einzige Chance«, erwiderte sie scharf und schüttelte energisch ihren Kopf.

»Und wenn schon«, meinte Léo drängend. »Willst du mit dem Silberkopf die Tür einschlagen?« Er blickte zum Flur. Noch lag er verlassen da. Aber es gab nur die eine Treppe, auf der sie wieder fortkamen. Wenn sie zu spät …

»Wenn es sein muss«, sagte Hasina aufgebracht. Und stieß den Kopf gegen das Eis.

Léo wusste nicht, ob sie wirklich glaubte, dass sie die Tür mit dem Kopf durchstoßen konnte. Oder ob sie in diesem Moment einfach nur verzweifelt war. Doch kaum hatte sie das silberne

180

Gesicht gegen die Tür gepresst, begannen die Augen in dem Kopf zu leuchten, und ihm entfuhr ein wütendes Stöhnen. Die Stirn gebar Falten, als wäre sie nicht mit Metall, sondern mit Haut überzogen.

Léo erschrak so sehr, als wäre die Krähe vor ihm erschienen. Dann aber dachte er, trotz aller Gefahren, dass dieser Kopf ein Meisterwerk war.

Das Stöhnen wurde immer lauter. Und darin hinein mischte sich ein Zischen, als das Eis sich aufzulösen begann. Léo konnte es kaum glauben. Es war, als wäre der Kopf heiß wie ein Tauchsieder. Silber gegen Hexenmagie. In diesem Moment zeigte sich, was mächtiger war.

Das Loch wurde rasend schnell größer. Sie … sie hatten es geschafft. Hasina schlüpfte als Erste hindurch. Léo blickte sich noch einmal um und sah mit wild klopfendem Herzen in den leeren Flur. Dann folgte er ihr.

IM SPIEGELKREIS DER HEXE

Der Kopf hatte aufgehört zu stöhnen. Er lag nun wieder völlig ruhig und unverdächtig in Hasinas Händen. Das Mädchen hielt ihn vor sich, als wollte sie ihm den seltsamen Ort zeigen, der sich hinter der Tür für sie offenbart hatte. Das Gemach einer Hexe. Hatte Léo es sich so vorgestellt? Nein. Sicher nicht. Es war kalt, als wollte dieser Raum Léo alle Lebenswärme rauben. Noch nie hatte er solch eine Kälte gespürt. Er schüttelte sich und blickte sich um.

Der Raum war riesig. Mit seinen runden Wänden umfasste er wohl den gesamten Turm. Und in ihm gab es nichts als Spiegel. Sie waren viel höher, als ein Mensch groß war. Überall standen sie auf ihren schmalen Kanten und wirkten wie gigantische Dominosteine. Auf ihren goldenen Rahmen trieben verschnörkelte Muster wie Ranken. Léo konnte sich nicht vorstellen, wie es möglich war, dass sie nicht umfielen. Doch, das kannst du, Léo. Sie sind verzaubert. Es sind Hexenspiegel. Unwillkürlich musste er an seinen ersten Morgen in Briançon denken. Der Weg mit Fernando und Kafir zum Turm. Die Spiegel, die er betrachtet hatte. Spiegel, die Menschen an fernen Orten zeigen konnten. Und auch der Hexe, die Kafirs Worten nach ebenfalls sehen konnte, was ihre Hexenspiegel denen zeigten, die sie unvorsichtigerweise nutzen.

Léo hatte in keinem der Exemplare in Briançons Straßen sein eigenes Bild sehen können. Und auch hier vermochte er das nicht. Er ging zum erstbesten und stellte sich genau vor die

Fläche. Das Glas zeigte ihm ein Zimmer, in dem ein Kamin entzündet war. Scheinbar ein wohlhabendes Haus, angesichts der luxuriösen Einrichtung. Léo schrak zurück, als er plötzlich jemanden das Zimmer betreten sah. Ein älterer Mann, der einen runden Bauch vor sich hertrug. Er ging auf direktem Weg auf den Spiegel zu. Konnte er Léo sehen? Nein, offenbar nicht. Er stellte sich so nahe vor das Spiegelglas, dass Léo jede Einzelheit seines Gesichts erkennen konnte. Jedes Haar, das ihm auf der runden Nase spross. Es hätte ihn nicht gewundert, wenn der Mann schnurstracks durch das Glas gegangen wäre.

»Pierre?« Er sprach laut, als fürchtete er, dass man ihn sonst nicht hören könnte. Im ersten Moment antwortete niemand, dann wandelte sich das Bild und zeigte einen jungen Mann mit blassem Gesicht, der offenbar an einem Tisch saß. Dies musste das Bild des Spiegels sein, der das Gegenstück zu dem des Wohlhabenden darstellte.

»Vater? Was gibt es?«, fragte der jüngere.

Léo trat einen Schritt fort von dem Spiegel. Es stimmte. Die Hexe konnte tatsächlich sehen und hören, was die Menschen dank ihrer Spiegel sagten und taten. Er blickte zu Hasina, die sich vor einen anderen Spiegel gestellt hatte. Das Glas war im ersten Moment milchig, dann aber zeigte es das Gesicht einer Frau, vielleicht sechzig Jahre alt, die mit einem Ausdruck tiefer Sehnsucht in das Glas blickte. »Wann kommt ihr endlich?«, fragte sie. »Ich vermisse meinen Enkel.«

Léo ließ seinen Blick über die Spiegel gleiten. Offenbarten sie alle die privaten und geheimen Gedanken derjenigen, die töricht genug waren, sich einen Hexenspiegel ins Haus zu holen? Vermutlich ja. Wie konnten sich die Menschen so sehr der Hexe ausliefern? Weil sie das wollten, was nur die Hexe ihnen geben konnte. Hexenspiegel. Geschenke. Genug Eisen für eine Armee unbesiegbarer Soldaten. Die Hexe machte das Leben der

Menschen so viel sicherer, bequemer und luxuriöser. An den Preis dachte niemand. Eine Welt, deren Lauf aus den Fugen geraten war. Geheimnisse, die offenbart wurden. Und Lebenszeit, die so bereitwillig gegeben wurde, als wäre sie endlos verfügbar.

Léo riss den Blick von dem Spiegel los und suchte nach Silbermund. Wenn Hasina richtiglag, musste er hier irgendwo sein. Wenn. Doch so sehr er sich auch anstrengte, er konnte ihn nirgends zwischen den Spiegeln entdecken. Verflucht, hatte die Hexe ihren mechanischen Mörder doch zerstören können? Oder ihn an einem anderen Ort als diesem verborgen? Wenn Silbermund nicht hier war, mussten sie fliehen. Es war nur eine Frage der Zeit, bis die Krähe zurückkam. Eine Frage von wenig Zeit.

»Er ist hier.« Es schien, als hätte Hasina ihm die Gedanken von der Stirn gelesen. »Ganz sicher.« Sie ging zwischen den Spiegeln entlang und blickte sich dabei um.

Léo tat es ihr gleich, doch er ließ die Tür aus Eis dabei nicht aus den Augen. Er fühlte sich wie in einem Spiegellabyrinth. Einen Weg zwischen den Spiegeln hindurch vermochte er nicht zu erkennen. Sie standen kreuz und quer im Raum. Und mehr gab es hier nicht. Keine Tür, die in einen weiteren Raum führte. Besaß die Hexe keinen Raum, in dem sie schlief oder aß? Meinst du, sie hat hier irgendwo ein Himmelbett mit einer rosa Decke, Léo? Sie ist eine Hexe. Sicher braucht sie weder Schlaf noch Nahrung. Nur Jahre.

Hasinas und seine Schritte klangen hell auf dem glatten Steinboden. Es gab in dem Raum keine Lampen. Alles Licht stammte von den Spiegeln und den Orten, die sie zeigten. Die Bilder offenbarten sich, wenn man in die Spiegel hineinsah. Aus den meisten flackerten Kaminfeuer und Fackellicht. Und der Schein von Feuerkäferlampen. Nur wenige Flächen blieben dunkel. Vielleicht standen ihre Gegenstücke in Zimmern, in denen das Licht gelöscht worden war.

Léo ging immer weiter zwischen die Spiegel. So weit, dass er die Tür aus Eis nicht mehr sehen konnte. Kein gutes Gefühl. »Hast du etwas gefunden?«, wisperte er. Hasina sah er auch nicht mehr.

»Nein«, kam die Antwort. »Aber ich glaube, die Spiegel stehen im Kreis.«

Im Kreis? Léo blieb stehen und starrte die Spiegel an. Er brauchte einen Moment, doch dann erkannte er vage das Muster, das sie bildeten. Eine kreisförmige Anordnung. Tatsächlich. Ein Spiegelkreis der Hexe. Die Spiegel waren so hoch, dass er es nicht sofort erkannt hatte. Zu seiner Linken schienen die Kreise enger zu werden. Zu seiner Rechten weiter. Wohin sollte er sich wenden? Nach links, gab er sich in Gedanken die Antwort. In den Mittelpunkt des Kreises. Vielleicht war Silbermund dort verborgen.

Die Bilder auf den Spiegeln interessierten Léo nun nicht mehr, während er mit klopfendem Herzen achtlos an ihnen vorbeiging. Er hatte nur noch Augen für die Reihen der Spiegel. Immer enger wurden sie. Plötzlich fuhr ein eisiger Windzug über Léo hinweg. Es war eine so bittere Kälte, dass er glaubte, die Luft würde ihm in der Lunge gefrieren. Ein gutes Zeichen? Hoffentlich.

»Komm.« Das eine Wort bereitete Léo lächerlich viel Mühe. Er schlang sich die Arme um den Leib und spürte, wie er zu zittern begann. »Ich glaube, wir müssen zum Mittelpunkt.« Das Atmen fiel ihm zunehmend schwer. »Es ist so kalt hier.«

»Das ist der Zauber der Hexe«, wisperte Hasina aufgeregt hinter einigen Spiegeln zu ihm.

»Ist sie hier?« Léo trat an weiteren goldenen Rahmen vorbei. Er sah nun auf den Mittelpunkt des Spiegelkreises. Doch dort, woher die Kälte kommen musste, war es dunkel wie in der tiefsten Nacht. Er konnte nichts erkennen.

»Sie oder etwas, das sie verbergen will.« Hasina trat nur wenige Meter von Léo entfernt zwischen zwei Spiegeln hervor und legte den silbernen Kopf auf dem Boden ab. »Es scheint, als würde sie ihre Macht auf einen Punkt vor uns konzentrieren.«

»Aber wir kommen nicht weiter. Ich habe das Gefühl, ich verbrenne vor Kälte, wenn ich auch nur noch einen Schritt mache.«

Hasina runzelte die Stirn. Sie versuchte weiterzugehen und zog ihr Bein sofort wieder zurück. »Verdammt«, fluchte sie. »Ihr Zauber ist zu stark.«

»Was ist mit ihm?« Léo deutete auf den Kopf. »Er hat doch auch die Tür geöffnet.« Ohne eine Antwort des Mädchens abzuwarten, ging er zu ihr hin, griff nach dem Kopf und hielt ihn vor sich. Der Kopf fühlte sich irgendwie lebendig an. Es war, als würde er ganz leicht zittern. Vor Kälte? Oder reagierte er auf den Hexenzauber?

»Jetzt zeig mal, was du kannst«, murmelte Léo. Es fühlte sich gar nicht seltsam an, mit einem Kopf zu sprechen. Nicht nach all dem Unglaublichen, das Léo bereits widerfahren war.

Vorsichtig machte er einen Schritt auf die Wand aus Kälte zu. Und die Augen im Kopf sprangen so plötzlich auf, dass Léo ihn vor Schreck beinahe hätte fallen lassen, und begannen zu leuchten.

»Er reagiert!«, rief Hasina.

Léo nickte. Der Kopf wurde warm. Es war eine Wärme, die in seinem Inneren mit der Kälte rang. Und sie besiegte. »Bleib bei mir«, wisperte er Hasina zu. Erst als er das Mädchen an seiner Seite wusste, machte er den nächsten Schritt. Der Kopf schützte sie weiter vor dem eisigen Hexenzauber. Léo sah die Überraschung auf ihrem Gesicht. Und die Zuversicht, dass sie auf dem richtigen Weg waren. Würden sie Silbermund tatsächlich im Mittelpunkt des Spiegelkreises finden? Oder die Hexe? Léo wusste nicht, ob er sich fürchten sollte oder nicht. Doch er ging weiter. Noch einen Schritt hinein in das Innere des Spiegelkreises.

Es wurde still. Hier gab es keine Geräusche mehr. Léo hörte nicht einmal mehr seine eigenen Schritte. Und es war dunkel. So dunkel, als hätte noch nie ein Funken Licht den Weg zwischen die Spiegel gefunden. Nur die Augen des Kopfes in seinen Händen leuchteten. Es war ein silbernes Licht, das Léo an den Schein der Sterne und des Mondes erinnerte.

Noch ein Schritt. Und noch einer. Das Licht verdrängte die Finsternis und offenbarte, was die Hexe zu verbergen versucht hatte.

Léo blieb abrupt stehen. Sie hatten den Mittelpunkt des Spiegelkreises erreicht. Doch weder Silbermund noch die Hexe waren hier. Das Einzige, was sie gefunden hatten, war nur ein weiterer Spiegel. Er stand ganz alleine da. Dunkel und tot. Und sonst war hier nichts.

»Ich habe mich geirrt.« Jedes seiner Worte klang seltsam tonlos. Sie mussten zurück. Sofort. Die Krähe würde vermutlich gleich hier auftauchen.

»Nein«, erwiderte Hasina. »Ich glaube, du hattest recht. Das hier ist der Mittelpunkt. Die Hexe hat bestimmt etwas versteckt.« Sie legte die Hände ebenfalls um Silbermunds Kopf. »Komm«, sagte sie an Léo gewandt. Und machte den letzten Schritt.

Er ließ sich von ihr mitziehen. Dann standen sie direkt vor der glatten Fläche des einsamen Spiegels. Sie zeigte nichts. Nur Dunkelheit.

Léo und Hasina wechselten einen Blick. Sie verstanden einander in diesem Moment auch ohne Worte.

Und drückten den Kopf gemeinsam gegen den Spiegel.

Gab es stillen Krach? Lärm ohne Geräusche? Léo konnte nicht beschreiben, was um sie herum geschah. Die anderen Spiegel schienen zu zerbersten. Ohne auch nur den geringsten Ton von sich zu geben. Und doch fühlte es sich an, als würde ein ungeheurer Lärm den Raum erfüllen. Es war, als wären die Spiegel aus Eis gemacht, das in tausendundeinen Splitter zerbrach. Sie erfüllten die Luft wie Glasstaub. Hasina und Léo zogen den Kopf zurück. Und der Spiegel vor ihnen hellte sich auf wie der Himmel, wenn die Nacht endete. Nur er war unversehrt geblieben. Léo hielt den Blick starr auf das Glas gerichtet. Es zeigte kein Zimmer und keinen Menschen. Nur eine Gestalt war in dem Spiegel zu sehen. Eine Gestalt ohne Kopf. Silbermund. Léo konnte es kaum glauben. Sie hatten ihn gefunden. Er riss den Blick von Silbermund los und sah zu Hasina.

Sie lächelte ihn erleichtert an. »Siehst du?«, sagte sie leise. »Du hast recht gehabt.«

Léo fühlte sich unsagbar stolz in diesem Moment. Doch wie um alles in der Welt sollten sie den Körper aus dem Spiegel bekommen?

»Komm, wir drücken den Kopf noch einmal gegen das Glas«, raunte Hasina heiser vor Aufregung.

»Das würde ich lieber lassen, meine kleinen Krähen«, hörten sie eine in Wut ertränkte Stimme sagen. »Oder die Herrin wird euch das Federkleid abziehen, das ich euch nun anlegen werde.«

Léo fuhr so abrupt herum, dass ihm Silbermunds Kopf fast aus den Händen gefallen wäre. Der Krähenmann stand inmitten der Glassplitter, die den Boden bedeckten, genau am Rand des Lichtkegels, den der letzte intakte Spiegel in den Raum warf. Als der Blick des Hexendieners auf den Kopf in ihren Händen fiel, veränderte sich der Ausdruck auf dem vogelhaften

Gesicht. In die Wut, die es entstellte, mischte sich ein wenig Furcht.

»Setz ihn wieder zusammen«, sagte Hasina entschlossen. Sie hielt plötzlich ihren silbernen Dolch in der Hand. Erst jetzt fiel Léo auf, wie sehr die Waffe der von Haluk ähnelte. »Ich verlasse mich auf dich.«

Mit diesen Worten sprang sie auf den Krähenmann zu. Léo starrte ihr einen Moment lang ungläubig nach. Scheinbar ohne Angst griff sie den Diener der Hexe an. Sie stach nach ihm, und das Geschöpf sprang zurück in die Schatten, die den Raum nun füllten, da fast alle Spiegel zerstört waren. Noch ehe er wieder auf den Beinen landete, wuchsen ihm Federn aus den Armen. Einen Moment später war auch Hasina in den Schatten verschwunden.

Léos Herz schlug wie verrückt vor Angst. Er fürchtete den Hexendiener. Noch mehr aber fürchtete er, dass Hasina das Schicksal ihres Bruders teilen und er sie das nächste Mal als Krähe wiedersehen würde. Wenn er sie überhaupt wiedersah.

Er wirbelte dennoch zum Spiegel herum. Wenn er sie retten wollte, musste er Silbermund holen. Der Körper hinter dem Glas stand reglos da. Léo wusste nicht, ob das Bild, das der Spiegel zeigte, nur eine Täuschung war oder ob der Ort, an dem der Kopflose verborgen war, wirklich existierte. Er trat auf die Glasfläche zu. Und presste entschlossen den silbernen Kopf dagegen. Léo wartete einen Augenblick. Dann noch einen. Und nichts geschah.

Er brauchte einen Moment, bis er begriff, dass die Kraft des Silbers wohl nicht ausreichte, um das Hexengefängnis zu öffnen. Noch einmal drückte er vergeblich den silbernen Kopf dagegen. Hinter sich hörte er das Schlagen von Flügeln. Und das Zischen einer Klinge, die Luft zerschnitt. Beeil dich, Léo. Oder Hasina trägt bald ein Kleid aus Federn.

Nein, das würde er nicht zulassen. Léo machte ein paar Schritte zurück. Er würde verhindern, dass nach Haluk auch Hasina von einer Hexenkrähe ermordet wurde. Aus den Schatten drang wieder das Geräusch schlagender Flügel an sein Ohr. Léo atmete tief durch. Und stürmte auf den Spiegel zu.

Er würde ihn ebenso zerstören wie die übrigen. Sich mit dem Kopf dagegen werfen. Vielleicht befreite das ja Silbermund. Léo schloss die Augen, als er sprang, den Kopf wie einen Rammbock vor sich haltend.

Doch zu seiner Überraschung traf er nicht auf Widerstand. Er hörte auch kein zersplitterndes Glas. Stattdessen landete er unsanft auf dem Boden. Léo konnte gerade noch verhindern, dass er den Kopf aus den Händen verlor. Er öffnete die Augen, während er sich mühsam aufrappelte. Und erstarrte.

Er wusste nicht, wo der Ort war, an dem er sich plötzlich befand. Doch er war nicht mehr im zerstörten Spiegelkreis. Dies hier war ein Raum ohne Wände. Und vor ihm stand Silbermund. Dutzendfach. Hunderte Male. Tausende Kopien. Spiegelbilder? Es waren zu viele Silbermünder, um sie zu zählen. Sie sahen alle völlig gleich aus. Wo um alles in der Welt war er hier nur hineingeraten?, fragte sich Léo. In das Innere des Spiegels, gab er sich selbst die Antwort. Doch weshalb vor ihm so viele Kopien von Silbermund standen, wusste er nicht zu sagen. Vielleicht eine weitere Sicherheitsmaßnahme der Hexe, um zu verhindern, dass ihr mechanischer Mörder befreit würde. Nur einer konnte echt sein. Nun, Léo hatte den Kopf und das Werkzeug bei sich. Doch auf welchen Körper sollte er das silberne Haupt setzen? Was wäre, wenn er den falschen erwischte? Er wollte es lieber nicht darauf ankommen lassen.

Léo warf einen Blick über die Schulter. Dort stand ein Spiegel. Er sah genau aus wie der, durch den Léo gesprungen war. Die andere Seite, vermutete er. Würde er auch auf diesem Weg wieder in den Turm der Hexe gelangen? Einen Schritt nach dem anderen, Léo, sagte er sich. Er trat auf den nächsten Kopflosen zu und streckte die Hand aus, um ihn zu berühren. Vielleicht konnte er mit den Fingern ertasten, welcher der Echte war. Doch kaum hatte er ihn angefasst, sprang der Kopflose plötzlich zurück und stieß einige der Leiber hinter sich an. Wie eine Schockwelle breitete sich die Bewegung zwischen den silbernen Körpern aus. Der erste fing an zu laufen, dann ein paar weitere. Und ehe sich's Léo versah, liefen alle Kopflosen wie wild umher. Er glaubte Ameisen zu beobachten, die er unter einem Stein entdeckt hatte.

Für einen Augenblick war Léo zu verblüfft, um zu reagieren. Doch dann wurde ihm wieder bewusst, dass auf der anderen Seite des Spiegels Hasina um ihr Leben kämpfte, damit er die Zeit bekam, Silbermund zu holen. Hastig lief er los. Er musste den richtigen finden. Und ihn aufhalten.

Die Silbermünder verursachten ein so lautes Getrampel, dass Léo sich am liebsten die Hände auf die Ohren gepresst hätte. Doch er musste den Kopf festhalten und hängte sich dem erstbesten Kopflosen an die Fersen. Ehe er ihn zu fassen bekam, kreuzte ein anderer seinen Weg, der viel leichter erreichbar schien, und Léo änderte die Richtung. Dieser Silberne aber schlug einen Haken wie ein Hase auf der Flucht und entwischte Léo so leichtfüßig, als würde er jeden Tag gejagt. Léo hielt nur einen Moment ratlos inne, schon lief der nächste Kopflose an ihm vorbei und er rannte nun hinter diesem her. Léo wusste nicht, wie vielen er verzweifelt folgte, bis ihm bewusst wurde, dass er keinen von ihnen wohl erreichen würde. Sie waren zu schnell. Zu wendig. Und schienen auch ohne Kopf immer einen Weg an ihm und aneinander vorbei zu finden.

Léo hielt schwer atmend an und blickte sich verzweifelt um. Hasina verließ sich auf ihn. Er konnte sie nicht enttäuschen.

Aber verflucht, er hatte immer noch den silbernen Kopf. Vielleicht war die Berührung mit ihm so schmerzhaft für die Hexenkrähe, dass sie von Hasina abließ. Ja, vielleicht war die Berührung sogar tödlich. Léo sah sich nach dem Spiegel um. Er war nicht weit entfernt. Mit schnellen Schritten lief er auf das Glas zu. Die Kopflosen machten ihm dabei bereitwillig Platz. Léo wollte gerade Anlauf für den Sprung zurück nehmen, als er etwas bemerkte, das nicht richtig schien. Er hielt in der Bewegung inne und runzelte die Stirn. Dann begriff er, was so falsch aussah. Einer der Kopflosen regte sich nicht.

Mit einem Mal schien dieser eine Kopflose der Mittelpunkt des ganzen Chaos zu sein. Als liefen die anderen um ihn herum, damit Léo von ihm abgelenkt wurde. Er ging zu ihm, stets darauf achtend, keinem der Umherlaufenden in den Weg zu geraten. Die letzten Schritte machte er ganz behutsam aus Angst, er könnte den Kopflosen aufschrecken wie die anderen. Doch das Geschöpf rührte sich nicht. Das war der echte Silbermund. Er musste es sein.

Léo platzierte den Kopf auf dem Torso. Er passte haargenau in eine Manschette, in die der Hals mündete. Ohne den Blick von Silbermund zu lassen, fuhr Léos Hand in die Tasche seiner Jacke, in die er das Werkzeug gesteckt hatte. Er zog den Schraubenzieher aus dem Ledertäschchen. Die silbernen Augen blickten starr geradeaus, während Léo die Schrauben vorsichtig festzog, die aus der Manschette herauslugten. Er blickte das vollendete Wesen an. Silbermund war … perfekt. Wunderbar. Einzigartig. Und er rührte sich nicht. Verflucht! Wieso bewegte er sich nicht?

»Hallo?«, fragte Léo. »Hörst du mich?« Er erwartete jeden Moment, dass sich das silberne Gesicht regte. Sich die Lippen bewegen würden. Doch weder Kopf noch Körper machten Anstalten sich zu rühren. War es doch der falsche Körper gewesen? Léo spielte schon mit dem Gedanken, den Kopf wieder abzumontieren, als ihm bewusst wurde, dass sich etwas verändert hatte. Es war so still auf einmal. Kein Getrampel mehr. Er wandte sich um. Und sah eine Armee aus Kopflosen vor sich stehen. Abwartend. Drohend. Léo schluckte. Im nächsten Augenblick machten sie alle zur gleichen Zeit einen Schritt. Dann noch einen. Die Flut aus Leibern schob sich unerbittlich auf ihn zu.

»Himmel«, zischte Léo und trat unwillkürlich zurück.

Die Kopflosen gingen immer weiter. Was wollten sie? Dich aufhalten, Léo, gab er sich selbst die Antwort. Die Vorstellung, dass sie ihn ohne Kopf sehen konnten, war völlig verrückt. Ungefähr so verrückt wie die ganze Sache hier, fügte er in Gedanken hinzu. Vielleicht würden sie von ihm ablassen, wenn er nicht mehr versuchte, Silbermund ins Leben zu holen. Vielleicht. Der Gedanke … beschämte ihn. Fernando und Haluk waren tot. Léo hatte das Gefühl, er würde eine Mitschuld an ihrem Tod übernehmen, wenn er nun aufgab. Hastig drehte er sich zu Silbermund und rüttelte an ihm. »Aufwachen«, wisperte er. Und als sich der metallene Leib nicht rührte, schrie er die Aufforderung. Noch immer keine Reaktion.

Léo kamen Fernandos letzte Worte in den Sinn, während er Silbermund einen für ihn selbst schmerzhaften und vergeblichen Tritt gegen das linke Schienbein versetzte.

Du bist ein Herzenmacher, Léo Mellino.

Die Kopflosen rückten immer näher. Was würden sie mit ihm anstellen? Denk nicht daran, Léo.

Ein Herzenmacher.

Verflucht. Er hatte Silbermunds Herz doch bereits angestoßen. Was war nur los mit dem mechanischen Mann? Er war ja wirklich ein schöner Herzenmacher, dachte Léo, wenn er es nicht einmal schaffte, den mechanischen Mann … Plötzlich kam ihm ein Verdacht. Hatte die Hexe etwas mit seinem Herzen angestellt? Léo riss die Klappe über Silbermunds Brust so kraftvoll auf, dass er einen Moment fürchtete, sie würde abreißen. Da war das Herz, das sein Vater gebaut hatte. Wunderschön. Einzigartig. Doch es schlug nicht. Die Hexe hatte es angehalten. Wie nur hatte sie das geschafft? Reichte es, wenn man einem mechanischen Mann in die Brust griff und es stoppte? Einige ihrer Diener trugen goldene Handschuhe. Vielleicht hatte es einer von ihnen gewagt. Fernando hatte Léo nie erklärt, wie man es anstellte. Wozu auch?

Die Schritte der Kopflosen wurden immer bedrohlicher, je näher sie kamen. Schneller, Léo!, trieb er sich an. Seine Finger zitterten so sehr vor Aufregung, dass er den dünnen Stab, der zu dem Werkzeug gehörte, fallen ließ. Als er sich auf die Knie warf, um ihn aufzuheben, erkannte er die Kopflosen so nahe vor sich, dass er nur den Arm hätte ausstrecken müssen, um den ersten von ihnen zu berühren.

Léo rappelte sich wieder hoch und hob den kleinen Stab.

Eine Metallhand legte sich auf seine Schulter. Die Angst in Léo drückte ihm die Kehle zu.

Dann noch eine.

Mach weiter, Léo!, spornte er sich an.

Eine dritte packte seinen Arm.

Und im letzten Moment, ehe er zurückgerissen wurde, tippte Léo Silbermunds Herz an und schlug die Klappe über seiner Brust zu.

Die Kopflosen drückten ihm fast die Luft zum Atmen aus der Lunge. Verzweifelt hielt Léo seinen Blick auf Silbermund, der noch immer reglos da stand. Warum nur rührte er sich nicht?

Vielleicht hat ein Hexenzauber das Herz angehalten, Léo, sagte er sich, während die mechanischen Männer ihn fortschleiften und weitere Kopien von Silbermund sich in sein Blickfeld schoben. Den echten konnte er schon nicht mehr erkennen. Vielleicht war die Hexe tatsächlich stark genug, um einen Mörder aus Silber zu verzaubern. Das Werkzeug fiel Léo aus den Händen. Auf einmal fühlte er sich kraftlos und geschlagen. Was sollte er gegen einen Feind tun, der so mächtig war? Und was würde nun aus Hasina und ihm? Verließen sie den Turm als Hexenkrähen? Oder würden sie hier …?

Ein Scheppern unterbrach seine Gedanken. Es klang wie an jenem Tag, als die Metallplatten in Fernandos Lager umgefallen waren.

Die Kopflosen schleiften Léo nun eiliger fort. Und das Scheppern wurde lauter. Was war das? Egal, Léo, rief er sich in Gedanken zu. Wehr dich endlich, verdammt noch mal! Er versuchte sich aus dem Griff der Kopflosen zu befreien. Riss an den Armen, die ihn wie Ketten banden. Das Scheppern wurde immer lauter. Léo sah metallene Körper in die Luft fliegen. Einen Moment später wurden die Kopflosen vor ihm weggerissen.

Und Silbermund stand vor ihm. Seine Augen leuchteten hell.

Léo hatte nicht für möglich gehalten, dass das Gesicht des mechanischen Mannes in der Lage wäre, eine Regung zu zeigen. In diesem Moment aber offenbarte es … Wut. Eine ungeheure und heiß brennende Wut. Für einen Moment trafen sich Léos und Silbermunds strahlender Blick.

Die letzten Kopflosen flogen fort von Léo und ließen ihn dabei los. Sie alle lagen auf dem Boden wie erschlagene Fliegen. Nur noch einer hielt ihn fest.

»Ich bitte höflichst darum, diesen Menschen freizugeben.«

Léos Mund klappte auf. Das war Silbermunds Stimme gewesen. Er konnte wirklich sprechen. Die Stimme klang melodiös wie ein Gesang. Sanft und kraftvoll.

Léo wusste nicht, ob der Kopflose die Worte verstehen konnte. Silbermunds Aufforderung zumindest folgte er nicht. Er zog seinen Griff sogar noch fester, sodass Léo unwillkürlich aufschrie vor Schmerz. Eine Hand legte sich plötzlich von hinten an seinen Hals. Die Drohung war unmissverständlich. *Geh oder ich drücke zu.*

Silbermund legte den Kopf schief.

Und sprang im nächsten Moment über Léo und den letzten Kopflosen hinweg. Léo konnte nicht sehen, was hinter ihm geschah. Ein Schlag war zu hören. Dann noch einer. Und plötzlich war der Griff nicht mehr zu spüren. Die Hand hatte sich von Léos Hals gelöst. Er fuhr herum und rieb sich die Haut dort, wo die metallenen Finger ihn berührt hatten. Der letzte Kopflose lag zu seinen Füßen. Sie alle regten sich nicht mehr. Weshalb nur? Vielleicht weil es keine echten mechanischen Männer sind, sondern nur Spiegelbilder, Léo, versuchte er sich an einer Antwort. Sicher wusste er nur eines: Vor ihm stand Silbermund.

»Wer bist du?«, fragte das mechanische Geschöpf.

Léos Mund klappte auf. »Ich bin Léo«, stammelte er. Und dann erinnerte er sich an den Moment in der Werkstatt. Ihr erstes Gespräch. »Ich bin dein Erbauer.« Zumindest einer von ihnen, fügte er in Gedanken hinzu, als er an die Montage des Kopfs und an das Herz dachte. Es war eine Lüge. Beinahe. Irgendwie. Aber sie musste sein. Hier waren gerade weder der Ort noch die Zeit für die ganze Wahrheit.

Léo deutete auf den Spiegel, der wie eine offene Tür inmitten der verstreut liegenden Kopflosen stand. »Wir müssen hier raus. Du musst die Hexe vernichten.«

»Die Hexe.« Silbermund blickte von dem Spiegel zu Léo. Er sah aus, als erinnerte er sich an etwas. Hatte er nicht den Auftrag, die Hexe zu töten, ins Herz geschrieben bekommen?

Léo wollte noch etwas sagen, doch da ging schon ein Ruck durch Silbermund. Der mechanische Mann machte kehrt und lief mit so schnellen Schritten auf den Spiegel zu, dass Léo sich anstrengen musste, hinterherzukommen. Er holte ihn erst ein, als Silbermund mit den Fingern über das Spiegelglas strich.

»Kannst du uns zurückbringen?«, fragte Léo. Der Spiegel warf kein Bild zurück, sondern zeigte nur einen undurchdringlichen Nebel.

Zur Antwort reichte ihm Silbermund eine Hand. Kaum hatte Léo sie gegriffen, zog der mechanische Mann ihn mit sich. Direkt durch den Spiegel.

Léo erwartete wieder jeden Moment das Splittern von Glas zu hören. Unwillkürlich schloss er die Augen. Einen Moment später riss Léo sie auf. Und fand sich im Spiegelkreis der Hexe wieder. Hasina. Er konnte plötzlich an nichts anderes mehr denken. Wo war sie? War sie etwa … Nein, er hörte ihre Stimme. Und die des Krähenmanns. »Sie ist in Gefahr«, stieß er hervor und deutete in die Schatten jenseits des Lichtkegels, den der Spiegel auf dieser Seite warf.

Silbermund fragte nicht, von wem Léo sprach. Er ging mit schnellen Schritten auf die Stimmen zu. Und die Schatten wichen vor ihm zurück. Es war, als hätte die Dunkelheit Angst vor dem Mann aus Silber. Als würde er ein Licht mit sich bringen. Seine Augen zumindest leuchteten hell. Hasina und der Krähenmann wurden wie Scherenschnitte sichtbar. Sie stand gegen eine Wand gepresst, der Hexendiener mit dem Rücken zu Léo vor ihr. Dort schimmerte etwas im Licht, das Silbermund in die Dunkelheit trug. Ihr Dolch. Léo konnte die Angst auf Hasinas Gesicht deutlich erkennen. Und die Überraschung, als sie ihn und Silbermund erkannte. Aus der Angst wurde Hoffnung.

»Lass sie, wenn ich darum bitten dürfte.« Die Stimme des mechanischen Mannes klang beinahe freundlich. Sanftmütig. Und unpassend höflich.

Der Krähenmann fuhr herum. Auf dem totenbleichen Gesicht trug er eine Härte, die einem Menschen das Herz hätte anhalten können. Doch dann sah er, wer da gesprochen hatte. Und eine ungeheure Wut verzerrte ihm das Antlitz. »Wieso bist du frei? Du ... du ...« Er verschluckte sich fast vor Hass.

Silbermund trat auf ihn zu. Und der Krähenmann warf sich ihm entgegen. Noch im Flug wurde er wieder zum Vogel. Die Federn sprossen ihm wie dunkle Blüten auf der Haut und seine Lippen verzogen sich zu einem Schnabel. Das Krächzen, das er dem mechanischen Mann entgegenschrie, klang wie eine Herausforderung. Er hackte mit dem Schnabel nach ihm, doch mehr als eine Delle vermochte er ihm nicht beizubringen. Und dort, wo sein Schnabel Silbermund berührt hatte, stieg ein feiner Rauch auf. Dann hatte Silbermund ihn mitten im Flug gepackt. Die Krähe wand sich kreischend im Griff der metallenen Finger, die ihr offenbar Schmerzen bereiteten.

Léo stolperte zu Hasina. Sie trug eine Schramme auf der Stirn, doch mehr als das hatte ihr der Krähenmann nicht zugefügt. Léo war so glücklich, sie lebend zu sehen, ohne Federkleid, dass er ihr Gesicht in seine Hände nahm. Sofort riss er sie wieder von Hasina, als hätte er sich an ihrer wunderbar weichen Haut verbrannt. Was tust du denn da, Léo?, schalt er sich. Am Ende denkt sie noch, du magst sie. Nun, das tat er. Aber er musste es ja nicht gleich so offensichtlich zeigen.

Hasina sah ihn überrascht an, und einen quälend langen Moment sagte keiner etwas. »Du hast ihn repariert«, bemerkte Hasina schließlich.

»Ja.« Léos Stimme klang so rau, als hätte er sie seit einer Ewigkeit nicht mehr benutzt.

»Und er funktioniert«, meinte Hasina.

Als Léo sich umwandte, hatte sich die Krähe wieder zu einem Menschen gewandelt. Silbermund hatte ihn losgelassen. Der Blick des Krähenmanns schwamm in Abscheu. »Der Winter wird ewig währen.« Seine Stimme verriet, dass er große Schmerzen haben musste. Léo bemerkte, dass die bleiche Haut dort, wo Silbermund sie wohl berührt hatte, rot war, als hätte sich der Krähenmann verbrannt.

»Das muss dich nicht mehr kümmern, wenn ich darauf hinweisen dürfte«, erwiderte Silbermund. »Ich erlöse dich, sofern du nichts dagegen hast.« Und damit umarmte er den Hexendiener, als wollte er ihn trösten. Der Krähenmann schrie und tobte, die Federn wuchsen ihm plötzlich wie wildes Gestrüpp auf der Haut. Doch dann fielen sie ihm ab, vertrocknet und welk. Seine Haut war wieder glatt. Und der hasserfüllte Ausdruck auf seinem Gesicht wich einem erleichterten Lächeln.

Léo konnte nicht glauben, was er gesehen hatte. Auf einmal erinnerte er sich an etwas, das Haluk vor seinem Ende gesagt hatte. Todeshändler konnten nicht erlöst werden, weil sie freiwillig zu Dienern der Hexe geworden waren. Aber die Krähen wurden es gegen ihren Willen. Vielleicht konnten sie daher erlöst werden.

»Der Winter wird enden, gnädige Hexenkrähe«, sagte Silbermund und ließ ihn los. Das Lächeln blieb auf dem Gesicht des Krähenmanns auch dann noch, als er mit einem Mal durchscheinend wurde und verblasste wie eine Erinnerung, die vergessen wurde. Nur ein paar Federn zwischen Glassplittern blieben von ihm.

Es knirschte, als Hasina auf Silbermund zutrat. Sie starrte ihn an wie einen Geist. »Er ist endlich fertig.« Sie streckte die

Hand aus, als müsste sie ihn fühlen, um ihn zu begreifen. »Und so höflich.«

»Ja, ich weiß auch nicht«, meinte Léo. »Vielleicht ist er irgendwie kaputt?«

»Ich darf doch sehr bitten«, entfuhr es dem mechanischen Mann. »Höflichkeit ist Klugheit, folglich ist Unhöflichkeit Dummheit. Übrigens: Wie heiße ich?«

Léo und Hasina starrten ihn verständnislos an. »Du heißt Silbermund«, meinte er und zuckte mit den Schultern.

»Silbermund.« Das Geschöpf kostete den Namen und Léo wurde bewusst, dass der mechanische Mann ihn bisher noch nicht gehört hatte. Er schmeckte auch Hasinas Namen, als sie ihn ihm nannten. »Hasina klingt schön«, sagte er in seiner melodischen Stimme. »Schön genug, um die Dunkelheit heller werden zu lassen, die in diesem Turm haust.«

»Höflich und lyrisch. Was hat sich Fernando dabei nur gedacht?«, brummte Léo.

»Ich darf noch einmal sehr bitten«, entfuhr es dem mechanischen Mann, der Léo beleidigt ansah.

»Ja, ja, schon gut«, meinte dieser und sah dabei zu der Tür aus Eis. »Wenn die Krähe wieder zurück war, hat sie sicher mit dem Grafen gesprochen. Es würde mich nicht wundern, wenn er oder einige seiner gefiederten Freunde hier bald auftauchen würden. Zeit zu verschwinden.« Er hatte schon ein paar Schritte auf die Tür zu gemacht, als er merkte, dass Hasina und der mechanische Mann stehen blieben.

»Er muss ihren Namen aussprechen.« Hasina hatte Silbermunds Hand gegriffen und lächelte ihn an. »Heute Nacht endet ihr Todestag. Und heute Nacht wird auch der Winter enden.«

»Heute Nacht?« Léo war froh, dass sie es überhaupt geschafft hatten, Silbermund zu befreien. Sollten sie tatsächlich noch weiter gehen und versuchen, die Hexe zu töten? Warum nicht,

Léo?, fragte er sich. Noch einmal kommt Silbermund womöglich nicht an sie heran. Ja, gab er sich selbst die Antwort. Aber es war sicher lebensgefährlich, sich der Hexe zu stellen. Und wenn er ehrlich war, hatte er Angst, auch wenn er sie sorgsam verbarg.

Hasina sah ihn eindringlich mit ihren dunklen Augen an. »Es muss heute geschehen. Denn heute wird sie einen Moment lang geschwächt sein.«

In Hasinas Gesicht las Léo die Entschlossenheit, dass sie es versuchen wollte. Hier und jetzt. »Ich finde, wir sollten erst noch herausfinden, wo und wann sie alleine sein wird«, sagte er und hoffte, dass er nicht zu zögerlich wirkte.

»Der Handel findet jedes Jahr auf der Spitze des Hexenturms statt«, entgegnete Hasina.

»Nun«, versuchte es Léo anders, »wir sollten vor allem aber unsere Flucht planen. Ihre Diener werden sicher nicht glücklich darüber sein, wenn ihre Herrin tot ist. Wir sollten dann schnell verschwinden.« Vorausgesetzt, Silbermund schafft es tatsächlich, sie zu töten, schob er in Gedanken nach.

»Deine Weisheit ist groß, erhabener Erbauer«, sagte Silbermund. »Wir werden … verschwinden. Wenn ich die Hexe getötet habe, sofern du erlaubst. Und der Winter endet.«

Ehe Léo sich's versah, war Silbermund schon auf die Tür zu getreten. Das Loch in ihr war zu klein für ihn. Er überlegte einen Moment, dann presste er seine Hände gegen das Eis. Es schmolz, als würden seine Finger glühen. Nach wenigen Augenblicken war die Öffnung groß genug für ihn und er trat auf den Flur hinaus.

»Weisheit? Erbauer?« Hasina sah Léo fragend an, während sie Silbermund folgten.

»Ist so 'ne Art Missverständnis«, murmelte Léo, der den zerstörten Spiegelkreis als Letzter verließ.

Im Flur regte sich nichts und erst als sie die Treppe erreichten, hörte Léo Stimmen. Doch sie waren leise und fern. Léo runzelte die Stirn und sah hinauf. Über ihnen lag eine steinerne Decke. Sie spannte sich sicher einige Meter über ihnen. Auf der anderen Seite war vermutlich das Turmdach. »Und sie ist wirklich da oben auf der Spitze ihres Turms?«, meinte Léo. »Wie ein Wetterhahn?«

Silbermund sah ihn irritiert an. »Ein Wetterhahn? Nein, sie ist eine Hexe, werter Erbauer.«

Léo wollte etwas erwidern, doch dann schloss er den Mund wieder. Mit Ironie schien der mechanische Mann nicht zurechtzukommen.

»Du scheinst ein wenig verwirrt zu sein, erhabener Erbauer. Vielleicht hast du dich gerade zu sehr gefürchtet?«

Aus dem Augenwinkel sah Léo, wie Hasina nur mit Mühe ein Lachen unterdrücken konnte.

Silbermund trat an eine der Wände des Turms und suchte sie mit den Augen ab. Dann ging er in die Knie.

»Ich glaube, er funktioniert doch nicht richtig«, meinte Léo, der sich ein wenig beleidigt fühlte.

»Doch, er ist perfekt«, erwiderte Hasina mit glänzenden Augen. »Er ist die Hoffnung.«

Silbermund strich nun mit den Fingern durch die Luft, als könnte er etwas ertasten, das die Augen nicht zu sehen vermochten. Dann holte er Luft und blies sie durch seine gespitzten Lippen in Höhe von Léos Knöcheln wieder aus.

»Vielleicht sollte ich …«

Weiter kam er nicht. Mitten aus dem Nichts erschien in Silbermunds Atem eine Treppenstufe. Sie schimmerte wie Eis. Als würde sie in diesem Moment dort gefrieren.

»Nicht alles ist, wie es scheint«, sagte Silbermund. »Und manche Dinge können nur Augen aus Metall sehen.« Er trat auf die Stufe. »Vertraut mir.« Der mechanische Mann hielt Hasina seine Hand entgegen und führte sie auf die erste Stufe. Dann macht er einen Schritt ins Nichts. Zu Léos Verblüffung fanden seine Füße auch in der Luft Halt. Hasina folgte ihm vorsichtig. Und ihrem Mund entfuhr ein helles Lachen, als sie einen Moment später ebenfalls mitten in der Luft stand.

»Vielleicht will der erhabene Erbauer lieber warten, bis wir die Hexe getötet haben?«, fragte Silbermund.

Léo glaubte zunächst, dass sich der mechanische Mann über ihn lustig machen wollte. Doch da war kein Spott in der melodischen Stimme. Er straffte sich. Du hast schon den Uhrenturm bestiegen, Léo. Da wirst du doch hier keine Angst haben. Ja, vor allem, weil sich Hasina offenbar nicht fürchtete.

»Ich begleite euch lieber«, sagte Léo und hoffte, dass er dabei entschlossen klang. »Könnte gefährlich werden.« Und zwar hier für mich, fügte er in Gedanken hinzu. Die erste Stufe war noch zu sehen. Léo stellte sich auf sie. »Also los«, sagte er. »Töten wir die Hexe.«

HERZLOS

Es war ein seltsamer Aufstieg. Die Stufen, die sie nahmen, waren allesamt nicht zu erkennen. Einzig Silbermund hatte eine Ahnung, wo sie hintreten mussten.

Ihr unsichtbarer Weg wand sich im Kreis an der Mauer entlang nach oben. Silbermund ging voran, dann folgte Hasina. Léo bildete die Nachhut ihrer kleinen Gruppe. Bei jedem Schritt schlug Léos Herz bis zu seinem Hals. Auch wenn es unter ihm dunkel war, wusste er, dass da ein Abgrund gähnte. Wie das Maul eines Tieres, das nur darauf wartete, dass es ihm in den Schlund fiel. Er horchte, während er Stufe um Stufe erklomm, ob ihnen jemand folgte. Doch die einzigen Geräusche, die er hörte, waren das Schlagen von Flügeln jenseits der Mauer. Sicher umflatterten die Hexenkrähen den Turm und hielten nach Feinden ihrer Herrin Ausschau. Oder witterten sie Silbermunds Körper durch den Stein hindurch?

Da war noch etwas: Wieder die Stimmen. Wenn er sich anstrengte, konnte er sie hören. Sie kamen nicht von oben und auch nicht von unten. Wie das Schlagen der Flügel schienen sie auf der anderen Seite des Mauerwerks zu erklingen. Aber das ist unmöglich, Léo, sagte er sich. Die Krähen reden nicht. Und wer soll sonst dort in der Luft sein? Er wusste es nicht. Und trotzdem hörte er sie. Kalte, harte Stimmen. Er verstand nicht, was sie sagten. Nur Wortfetzen drangen an sein Ohr.

Er hatte sie noch im Ohr, als sie endlich die Spitze des Turms erreichten. Léo war sicher, dass sie mit dem Kopf gegen die waagerechte Decke stoßen würden, da drückte Silbermund eine Tür im Dach auf, die für Menschenaugen nicht zu sehen war. Er steckte den Kopf hindurch und sah sich offenbar eine Weile um, dann stieg er durch die Tür und bedeutete ihnen, ihm zu folgen. Hasina und Léo sahen sich verwundert an. Sie standen alleine in der Spitze des Hexenturms. Auf unsichtbaren Stufen. Und die Tür, die Silbermund geöffnet hatte, war verschwunden, kaum dass er hindurchgestiegen war.

»Er kommt sicher wieder«, wisperte Léo, um sich und Hasina Mut zu machen.

»Sicher, erhabener Erbauer.« Die melodische Stimme war über ihnen erklungen. Von Silbermund war indes nicht mehr als seine Hand zu sehen. Sie ragte aus der Tür, die nun wieder im Turmdach zu erkennen war. Hasina nahm sie zuerst. Dann wurde sie hochgezogen, und die Tür verschwand abermals. Einen Moment lang harrte Léo alleine auf den Stufen aus. Wieder hörte er die Stimmen. Doch nun konnte er verstehen, was sie sagten.

»Er kommt.«

Er? Meinten die Stimmen Silbermund? Verdammt, wenn sie entdeckt worden waren, mussten sie fliehen. In diesem Moment erschien wieder die Tür in der Decke, und Silbermunds Hand streckte sich ihm entgegen.

»Wir sind in Gefahr«, wisperte Léo. Er traute sich nicht, lauter zu sprechen. Wenn er Stimmen hören konnte, vermochten andere wohl auch seine zu vernehmen.

Silbermund antwortete ihm nicht. Die Hand blieb unbewegt an Ort und Stelle und schließlich griff Léo nach ihr und ließ sich durch die Tür ziehen. Wie schon beim Spiegelkreis der Hexe hatte er auch hier eine andere Vorstellung von dem, was ihn erwarten würde. Er hatte mit einer Art Raum gerechnet. Einem magischen Zimmer vielleicht, auch wenn er nicht wusste, ob es solche Dinge wirklich gab. Doch sie standen im Grunde genau dort, wo sie auch sein mussten. Auf dem Dach des Turms. Über ihnen der Nachthimmel. Und um sie nichts als kalte Winterluft. Wie hoch waren sie wohl? Hoffentlich zu hoch für Hexenkrähen. Der Schlag ihrer Flügel drang nur wie aus einiger Entfernung an Léos Ohr. Er atmete tief durch, erleichtert darüber, dass sie der schrecklichen Treppe entronnen waren, und sah sich um.

Der Boden war mit Bildern verziert, die Léo an Tierkreiszeichen erinnerten. Einige erkannte er. Da waren die Zwillinge oder der Löwe. Andere aber waren ihm neu und erinnerten ihn an einen einäugigen Riesen oder einen Drachen. Aus der Ebene, auf die sie die Treppe geführt hatte, wuchsen sieben Säulen viele Meter empor. Und vom Fuß jeder dieser Säulen strebte eine Linie aus einem gelblichen Stein in die Mitte des Turmdachs. Dort, wo sich die Linien trafen, stand ein Thron aus Eis. Der Hexenthron, schoss es Léo durch den Kopf. Er war ebenso verwaist wie das ganze Turmdach. Der Mond über ihnen stach wie ein Auge aus der Finsternis, und der Himmel war mit Sternen übersät, als würden sie auf ihm wachsen wie Blüten auf dunklem Gras. Um den Turm herum fielen die Schneeflocken, glitzernd, als wären sie selbst Sterne, die vom Himmel regnen würden.

Staunend sah sich Léo um. Er hatte das Gefühl, dass er von der Spitze dieses Turms tiefer in den Sternenhimmel blicken konnte als jemals zuvor. Dass er auf einmal so winzig war, dass er verloren gehen konnte, wenn er einen unbedachten Schritt machte.

Auch Hasina schien wie verzaubert. Die Tür war direkt neben einer der Säulen in den Boden eingelassen, und sie strich mit der Hand über den Stein, der in die Höhe ragte. Ein Muster zog sich über die Säule wie die Ranke einer Pflanze. Silbermund stand da mit einem Gesicht, aus dem Léo nicht lesen konnte.

»Er kommt.«

Die Stimmen rissen Léo aus seinen Gedanken. Hier draußen waren sie ganz deutlich zu hören. Doch es waren keine Gestalten zu erkennen, von denen sie stammten. Sie kamen mit dem Wind. »Wir sind entdeckt worden«, wisperte er Silbermund zu.

Der mechanische Mann runzelte die Stirn und legte einen Finger an die Lippen. Er drehte den Kopf in den Nachtwind und schien mit der Nase einer Spur zu folgen, die Léo nicht ausmachen konnte. Plötzlich packte er zuerst Léo, dann Hasina und zog sie mit sich zur nächsten Säule. Sie war gerade breit genug, damit die drei hinter ihr Platz fanden. Ehe Léo fragen konnte, was das sollte, hörte er Schritte. Fest und selbstbewusst. Und ein zweites Paar. Kaum zu hören. Sie klangen, als würde jemand auf knackendem Schnee gehen. Léo konnte nicht anders. Er lugte hinter der Säule hervor und … hielt den Atem an.

Da war sie. Die Hexe. Sie ging wie eine Königin auf den Thron zu. Jeder ihrer Schritte ließ den blankpolierten Stein zu ihren Füßen gefrieren. An ihrer Seite folgte der Graf. Sein Gesicht war in diesem Moment noch bleicher. In seiner künstlichen Hand hielt er die goldene Uhr, die Léo schon in dem Haus des Alten gesehen hatte. Die beiden waren zwar etwas entfernt, doch las Léo da etwa Angst in den Zügen des Grafen? Woher waren sie wohl gekommen? Léo konnte keine weitere Tür erkennen. Und selbst die, durch die Silbermund sie gezogen hatte, war im Muster des Bodens verschwunden.

»Ich fühle mich unwohl«, hörte Léo den Grafen sagen. »Als würden die Sterne einen Silberschein auf uns richten. Aber vermutlich nehme ich nur den Gestank wahr, den der kopflose Attentäter im Turm hinterlassen hat.«

»Ihr seid schon immer so empfindlich gewesen, Graf, wenn es um Silber geht. Selbst ich habe nicht solch eine Angst davor, obwohl es mich so sehr schwächt.« Elegant ließ sich die Hexe auf ihrem Thron nieder.

»Angst?« Der Graf klang abfällig. »Mein Herz hat verlernt, so zu fühlen. Aber es stimmt. Seit ich damals für Euch auf der anderen Seite war, kann ich es stärker spüren.«

»Es war eine mutige Tat«, sagte die Hexe.

»Für die ich einen Preis bezahlt habe«, erwiderte der Graf düster.

Der Graf war auf der anderen Seite gewesen? Léo kam nicht dazu, darüber nachzudenken. Eine Krähe landete in diesem Moment auf der Lehne des Throns und stieß ein Krächzen in die Nacht.

»Ja, ich weiß«, erwiderte der Todeshändler. »Zwei Kinder streunen durch den Turm. Sie gehören wohl zu den Helfern des Festes. Man kümmert sich bereits um sie.«

Von wegen, dachte Léo.

Der Graf blickte in den Himmel und auf einmal erhoben sich wieder die Stimmen. Sie klangen aufgeregt.

»Er kommt.«

Léo warf einen Blick auf Silbermund, der ebenso wie Hasina nun auch hinter der Säule hervorlugte. Er schien nicht beunruhigt.

Die Hexe erhob ebenfalls ihren Blick. Der Thron stand so, dass Léo sie von der Seite sah. Auch sie schien nicht im Mindesten alarmiert.

Plötzlich stoben die Stimmen durcheinander wie Schneeflocken in einer Windböe. Und dann änderten sich die Worte.

»Er ist da.«

Léo sah sich unwillkürlich um. Der Graf hatte einen Platz neben dem Thron eingenommen. Diesmal war sich Léo sicher,

Angst auf dem bleichen Gesicht zu erkennen. Auf ein Schnippen der Hexe hin glitzerten die Schneeflocken plötzlich heller. Als wollten sie das Dach des Turms erhellen. Und dann kam eine Finsternis auf, die mit dem Licht rang. Sie war dunkler als die sternloseste Nacht. Und kälter als der tiefste Winter. Sie wurde so dicht, dass Léo für einen Moment glaubte, erblindet zu sein. Dann blinzelte er, und das Bild vor seinen Augen wurde wieder klarer. Ein Mann war vor dem Thron erschienen. Die Haare so grau wie das Gefieder einer Gans. Er trug einen dunklen, eleganten Anzug, der ebenso in diese wie auch in Léos Welt passte. In einer Hand hielt er ein rotes Samttuch, in das etwas eingeschlagen sein musste. Etwas, das zuckte. Als er sich zur Seite wandte, blickte Léo auf das freundliche Gesicht eines älteren Herrn. Der Mann stand so, dass Léo ihn genau mustern konnte. Er sah aus, als gäbe es nichts auf der Welt, das ihn auch nur im Entferntesten beunruhigen konnte. Keine Hexe. Keine Todeshändler. Keine Krähen. Als Léo in die Augen des Mannes sah, glaubte er, in zwei endlose Brunnenlöcher zu blicken.

»Er ist da«, wisperten die körperlosen Stimmen. »Der Tod ist da.«

Léo fühlte sich einen Moment wie versteinert. Der Tod? Wer immer auch hinter den Stimmen steckte, sie mussten sich irren. Sicher trug der Mann dort diesen Namen, weil er … Léo fiel kein triftiger Grund ein, weshalb sich jemand so nennen sollte. Aber es handelte sich auf jeden Fall um einen Spitznamen. Ja, Léo?, fragte er sich selbst. Es ist der Todestag der Hexe und heute handelt sie mit dem Tod ein weiteres Jahr aus. Wer sonst sollte der Mann dort sein? Er sah zu Hasina, die gebannt auf die Hexe, den Grafen und den Besucher starrte.

Langsam wandte sie ihm den Kopf zu, als fühlte sie seinen Blick. »In dieser Welt kann der Tod eine Gestalt annehmen.« Ihr Flüstern ging im Wind fast unter, der ihnen hier oben um die Ohren pfiff.

»Der Tod will die Herrin. Oder Jahre.« Wie im Chor sprachen die Stimmen.

Der Mann lächelte. Die Schneeflocken, die vom Himmel fielen, schienen es nicht zu wagen, sich auf seinem Anzug niederzulassen. Er streckte die freie Hand aus, und eine landete auf seinem Finger. Zögernd fast, als traute sie sich nicht, sich auf ihm niederzulassen. Zu Léos Erstaunen schmolz sie nicht, sondern blieb auf ihm liegen. »Viele Jahre.« Der Tod klang wie ein betagter Lehrer, der mit mildem Tadel einen Schüler zurechtwies. »Sehr viele.«

»Die Herrin wird dir geben, was du verlangst. Sie hat keine Angst.« Der Graf klang beinahe schrill. Keine Spur mehr der kalten Härte, die er im Haus des armen Alten in der Stimme getragen hatte.

»Angst?« Der Tod schien verwundert. »Warum fürchten mich alle? Was ist selbst der schönste Tag ohne die Nacht, in der man sich von all den erlebten Freuden ausruhen kann? Um neue Kraft zu schöpfen für den nächsten?«

»Du bist das Ende«, entgegnete ihm der Graf. Er riss sich offenbar zusammen, denn seine Stimme war nun um einiges beherrschter.

Der Tod entließ die Schneeflocke wieder von seinem Finger und pustete sie zurück in die Luft. »Das Ende? Ja, das bin ich. Das Ende, das den Anfang markiert. Die Ruhe nach dem Sturm des Lebens. Erst durch mich wird es besonders. Denn was endlos ist, besitzt keinen Wert, wird nur zur Qual. Und nur was ein Ende findet, kann genossen werden. Pflanzen, Tiere, Menschen. Selbst die Sterne werden einmal sterben. Und das Universum, in dem sie sich umeinander drehen wie Tänzer in einem nachtdunklen Ballsaal. Es endet, damit ein neues geboren werden kann. Vergiss das nicht, Hexe. Selbst ich werde dann sterben. Und neu entstehen. Erst ich mache das Leben schön. Doch man soll mich nicht suchen, denn ich komme zu jedem, wenn dessen Zeit erreicht ist.« Er blickte über den Rand des Turms. »Die Menschen sind wie Kinder, die sich fürchten einzuschlafen, weil sie Angst vor der Nacht haben. So wie der Winter Angst vor dem Sommer hat.« Er richtete seinen Blick auf die Hexe.

»Die Herrin hat keine Angst«, wiederholte der Graf. »Sie ...«

Ein Wink des Tods schnitt ihm die Worte von der Zunge. Der Graf griff sich an den Hals, als wollte er eine unsichtbare Hand fortschieben.

»Sie hat Angst.« Der Tod trat einen Schritt auf den Grafen zu. »Doch nicht so viel wie du, Todeshändler. Du läufst vor mir davon. Vergeblich, denn eines Tages werde ich auch dich in meiner Welt willkommen heißen. Du fürchtest mich mehr als die Lebenden und trägst dennoch meinen Namen im Titel. Einen Namen, der dir nicht zusteht. Lebensdieb. So müsstest du heißen. Kein wohlklingender Titel, das gebe ich zu. Doch du bestiehlst die Menschen. Es gibt nichts Wertvolleres als das Leben selbst. Du überredest sie, dir etwas davon zu geben, damit der Winter ein weiteres Jahr währen kann. Plunder, Tand, mehr hast du nicht zu bieten. Dabei ist das Leben unersetzbar. Und nicht in Gold aufzuwiegen. Die Menschen täten gut daran zu begreifen, dass sie mit ihrer Zeit kostbar umgehen müssen. Sie nutzen. Damit sie, wenn ich wie die Nacht komme, zufrieden sein können mit dem Tag, der hinter ihnen liegt. Der Tod ist doch nichts anderes als das Leben. Er hat nur eine andere Farbe. Du und deinesgleichen, ihr bringt die Dinge durcheinander. Spielt mit der Lebenszeit. Verlängert die Jahreszeit. Ändert die Abläufe. Und die Menschen lassen euch gewähren, damit sie für ihre eigene Zeit mehr Bequemlichkeit erfahren.«

»Sie werden nicht gezwungen.« Es waren die ersten Worte der Hexe. Sie klang ganz ruhig. Als wäre der Tod nichts anderes als ein Besucher, der auf ihre Bitte hin zum Turm gekommen war. Nur als sie auf das rote Samttuch in dessen Hand blickte, zitterten ihre Lippen. Léo konnte es deutlich erkennen.

»Sie lassen sich verführen und hören nicht auf ihr Gewissen, das ihnen sagt, wie falsch das alles ist«, erwiderte der Tod. »Aber nicht jeder ist so leichtgläubig. Du erinnerst dich doch noch an das, was ich dir einst gesagt habe?« Ein schmales Lächeln umspielte die Lippen des Todes. »Ein Herzenmacher schenkt der Herzlosen ihr Herz.«

Der Herzlosen? Was sollte das bedeuten? Léo glaubte, dass der Tod bei diesen Worten für den Bruchteil einer Sekunde zu ihm sah. »Und erst im Tod findet sie die Liebe, die nur das Leben geben kann.«

»Worte.« Die Hexe zischte wie eine Schlange. »Niemand wagt sich mir entgegenzustellen. Ein paar Aufständische versuchen meine Pläne zu stören. Meine Diener jagen sie. Ihr silberner Mörder ist in meiner Spiegelwelt gefangen, edler Tod. Ich hatte Glück, rechtzeitig von dem Komplott zu erfahren.« Die Krähe auf der Lehne des Throns stieß ein Krächzen in die Nacht. »Wir werden also noch lange miteinander handeln.« Die Hexe schnippte mit dem Finger, und der verstummte Graf reichte dem Tod seine Uhr.

»Die Herrin bezahlt den Preis«, riefen die Stimmen.

»Das reicht gerade so«, kommentierte der Tod, nachdem er auf das Zifferblatt gesehen hatte.

»Es stehen vierhundert Jahre auf der Uhr!«, riefen die Stimmen im Chor.

»Im nächsten Jahr verlange ich mehr. Du herrscht schon zu lange, Winterhexe. Die Welt zahlt einen hohen Preis, damit du weiterhin hier bist. Und du musst ihn ebenfalls bezahlen. Der Preis wird fünfhundert Jahre betragen.«

Die Hexe sah den Tod einen Moment lang wortlos an. »Ich werde zahlen. Die Menschen wollen nicht mehr auf mich verzichten. Sie lieben mich.«

Der Tod schüttelte den Kopf. »Du weißt nicht, was Liebe ist. Noch nicht. Das wissen nur die, die ein Herz in der Brust tragen.« Er sah kurz auf das rote Samttuch. »Denke daran, Hexe. Fünfhundert Jahre. Oder du stirbst und deine Schwester kehrt unweigerlich zurück.«

Die Hexe erhob sich von ihrem Thron, und die Krähe hinter ihr schlug wild mit den Flügeln. »Da wir gerade von meiner Schwester sprechen«, meinte sie so beiläufig, als plauderte sie mit einem alten Freund über das Wetter. »Wo ist sie? Weißt du es?« Selbst auf die Entfernung hin konnte Léo deutlich erkennen, wie genau sie den Tod musterte. Wie eine Katze, der nichts entging.

Der Tod steckte die Uhr ein und fing sich eine neue Schneeflocke aus der Luft. »Ich weiß es. Denn niemand kann sich vor mir verbergen.« Wieder glaubte Léo, den Blick des Todes für einen Lidschlag auf der Haut zu spüren. Der Tod hauchte die Schneeflocke an, die sich daraufhin golden färbte, während die Uhr aufleuchtete. Dann zog er seinen Finger fort, und die Schneeflocke stand unbewegt in der Luft wie ein goldener Ball, der nicht zu Boden fallen wollte. »Ich werde das hier wieder mitnehmen.« Er sah auf das rote Tuch, unter dem es wild zuckte. »In einem Jahr komme ich wieder.«

Bei diesen Worten fegte ein Windstoß über den Turm, der den Schnee in der Luft aufwirbeln ließ. Léo musste den Blick abwenden und als er ihn auf den Thron richtete, war der Tod fort. Die Hexe trat einige Schritte vor, bis sie vor der goldenen Schneeflocke stand.

»Ich werde bereit sein, Tod«, hauchte sie in die Nacht. Dann wandte sie sich zu dem Grafen um. »Du und die anderen, ihr habt eure Aufgabe erfüllt. Und du hast seine Worte gehört. Fünfhundert Jahre. Du musst den Menschen noch mehr versprechen. Geh auch zu den Kindern. Sie sind leichter zu verführen. Und sie haben so viel Zeit. Wenn sie alle ein paar Wochen geben, werden wir die geforderte Summe leicht zusammentragen.« Sie strich ihm über den Hals, und der Graf taumelte zurück, als hätte ihn ein Unsichtbarer losgelassen.

»Wie Ihr befehlt, Herrin.« Er ging zu einer der Säulen, kniete sich neben sie und öffnete eine verborgene Tür, durch die er im Boden verschwand.

Die Hexe aber stand vor der Schneeflocke und sah in den Nachthimmel. »In dieser Welt herrsche ich, Tod. Und ich werde sie nicht verlassen.« Sie legte einen Finger unter die Schneeflocke und führte sie zu ihrem Mund.

»Jetzt«, zischte Hasina neben Léo und sah zu Silbermund. »Sie nimmt das Leben in sich auf. Nur jetzt ist sie geschwächt und angreifbar.«

Der mechanische Mann nickte und trat an der Säule vorbei auf den freien Platz.

»Verrat!«, riefen die Stimmen aufgebracht im Chor. »Er ist da. Der Mörder ist da.«

Im ersten Augenblick fürchtete Léo, die Hexe würde sie einfach mit einem Wink ihrer Hand in Eisfiguren verwandeln. Oder ihnen die Herzen anhalten. Doch sie bewegte sich plötzlich so kraftlos, als wäre sie einhundert Jahre alt.

Silbermund ging mit schnellen Schritten auf sie zu, während die Stimmen ihn für alle Zeit verwünschten.

»Solange sie das Leben der Menschen noch nicht ganz und gar in sich aufgenommen hat, ist sie einen Moment so alt, wie sie wirklich ist«, sagte Hasina heiser vor Aufregung. »Eine Greisin, die auf den Tod wartet.«

Sie hatte recht. Das Haar der Hexe hatte alle Farbe verloren. War es zuvor noch so schwarz wie die Nacht gewesen, fiel es ihr nun weiß wie Schnee auf die Schultern. Sie war auf die Knie gesunken und hob ihren Kopf, um Silbermund anzusehen. Ihr Gesicht war eine uralte Maske aus Hass und Verachtung. Aber nicht aus Furcht. Léo wunderte sich darüber, während die Stimmen nach den Hexenkrähen riefen.

»Hab keine Angst«, meinte Hasina neben ihm. »Wenn die Hexe stirbt, sterben auch ihre Diener.«

Die Krähe, die auf dem Thron saß, erhob sich, kaum dass Silbermund eine Armlänge von der Hexe entfernt war, und krächzte ihm einige heisere Verwünschungen entgegen. Doch sie griff ihn nicht an, sondern stieg in die Nacht, und ihr Ruf wurde von dort dutzendfach erwidert.

Dann stand Silbermund direkt vor der Hexe. Sie kam wankend auf die Beine. Ihr Haar färbte sich langsam wieder schwarz, als würde die Nacht Strähnen darin treiben.

»Nun wirst du büßen!«, schrie Hasina in diesem Moment. Sie war hinter der Säule hervorgetreten, die Hände so fest zu Fäusten geballt, dass ihre Knöchel weiß hervortraten. »Für Haluk.«

»Und für Fernando«, rief Léo, der ebenfalls sein Versteck verlassen hatte. Erst jetzt merkte er, was für eine ungeheure Wut er in sich für die Hexe spürte. Eine Wut, die ihn erschreckte.

Vermutlich hörte die Hexe sie nicht über das Kreischen der Stimmen hinweg, die noch immer nach den Hexenkrähen riefen. Ihre Aufmerksamkeit galt allein Silbermund. »Also bist du gekommen«, sagte sie an ihn gewandt. Auf einmal erstarben die Stimmen und nur noch das Krächzen der Vögel war im Rauschen des Windes zu hören. »Bist aus meinem Gefängnis ausgebrochen. Nicht alleine, denke ich. Und dein Herz schlägt wieder. Sicher nicht von alleine. Und dein Kopf hat sich vermutlich ebenfalls nicht von selbst auf deinen Hals gesetzt. Du hattest Helfer. Ich vermute, die herumstreunenden Kinder.« Ihr Blick fuhr über das Dach des Turms zu Hasina und Léo. »Das wird eine interessante Geschichte«, meinte sie und sah dann wieder Silbermund an.

»Du wirst sie nicht mehr hören, verfluchte Hexe, wenn ich so frei sein darf, dies zu sagen«, erwiderte er. Seine Stimme klang selbst jetzt noch, als läge eine Melodie in ihr. »Nur noch deinen Namen. Er ist das Letzte, was du hören wirst.«

Die Hexe straffte mühsam die Gestalt, als wollte sie dem Tod mit aller Würde begegnen. Und noch immer zeigte sie keine Angst. Ein ungutes Gefühl stieg in Léo auf wie Wasser in einem Brunnen. Er sah sich um, ob der Mann in dem dunklen Anzug schon da war. Doch er war nirgends zu sehen.

Die Nacht hielt den Atem an.

Und dann bewegten sich Silbermunds Lippen.

Er sprach den Namen der Hexe aus. Leise, ganz leise.

Léo hörte ihn nicht. Und doch spürte er ihn. Der Name malte Léo das Bild von Eis und Schnee in den Kopf. Überzog ihm die Haut mit Frost. Und dann bewegten sich die Lippen nicht mehr. Die anderen Stimmen erstarben. Es war totenstill.

Jetzt würde die Hexe sterben. Jetzt.

Oder?

Sie stand noch immer da und wiegte sich, als würde sie im Nachhall ihres eigenen Namens tanzen. Dann öffnete sie die Augen. Und lachte schallend. »Ihr Narren.« Die Stimme der

Hexe klang schrill. »Das war also der ganze Plan? Mir meinen Namen sagen, damit mir sein Klang das Herz anhält?« Sie lachte wieder, und die Nacht gebar einen Schwarm ihrer Krähen. Sie stürzten vom Himmel und umflogen die Hexe, als wollten sie ihre Herrin vor Silbermund schützen. »Nicht dumm. Aber auch nicht klug. Er hätte funktioniert, Mann aus Silber.«

Auf einen Wink von ihr hin flogen vier der Krähen auf Hasina und Léo zu. Die beiden waren wie angewurzelt. Noch im Flug wandelten sich die Krähen zu den Menschen, die sie einst gewesen waren. Und weder Léo noch Hasina wehrten sich, als die vier Diener sie je zu beiden Seiten packten und zu der Hexe führten. Léo wusste nicht, was hier schiefgelaufen war. Er wusste nur eines: Sie waren gescheitert.

»Gescheitert«, griffen die körperlosen Stimmen seinen Gedanken auf, als könnten sie ihn in Léos Kopf lesen. »Der Angriff auf die Herrin ist gescheitert. Und sie wird ewig leben.«

»Holt den Grafen«, wies sie einen der Krähenmänner an. Langsam wandte sie sich Léo zu. »Dein Gesicht habe ich schon einmal gesehen, Junge«, sagte die Hexe, als sie Léo eingehend betrachtete. Dann blickte sie Hasina an. »Deines jedoch noch nicht, auch wenn ich die Farbe deiner Haut kenne. Eine Aufständische. Eine Anhängerin meiner Schwester.«

Wieder diese Schwester. Was war mit ihr?, fragte sich Léo.

»Wenn ihr gleich ein Kleid aus Federn anlegt, werde ich in euren Erinnerungen nach den Hinweisen suchen, die mir noch fehlen, um die ganze Verschwörung gegen mich zu begreifen. Glaubt mir, ihr seid zu schwach, um euer Wissen zurückzuhalten. Wie er.« Sie streckte einen Arm aus, und eine der Hexenkrähen landete auf ihm.

Léo ahnte, wen sie meinte. Und in Hasinas Blick erkannte er, dass auch sie denselben Namen im Kopf hatte wie er, als sie die Krähe ansah. Haluk. Ihr Gesicht wurde in diesem Moment ebenso bleich wie das des Grafen.

»Einer der Spielzeugmacher.« Wie aufs Stichwort erschien der Graf mit zwei Todeshändlern plötzlich wieder auf dem Turm. Seine Begleiter trugen goldene Handschuhe. Die Tür im Boden, durch die er hinaufgekommen war, stand noch offen. Seine Begleiter schritten sofort auf Silbermund zu und packten ihn zu beiden Seiten. Der Graf aber kam neben der Hexe zu stehen. Sein wässriger Blick blieb zunächst an Silbermund hängen. Dann fiel er auf Hasina. Und zuletzt auf Léo. »Wenn ich vorschlagen darf, Herrin«, sagte er mit kalter Stimme, »dann lasst uns einen der Spiegel nutzen, um ihre Mitverschwörer zu entlarven. Als Krähen werden sie uns vielleicht nicht mehr alles sagen können.« Offenbar hatte er gehört, was sie zuvor gesagt hatte.

»Wieso hat es nicht funktioniert?«, sagte Hasina.

Léo wusste nicht, ob sie die Frage an sich selbst oder an die Hexe gerichtet hatte. Die Antwort aber kam wie von selbst über seine Lippen. »Weil sie herzlos ist«, wisperte er. »Es stimmt, nicht?«

»Sehr schlau«, bemerkte der Graf. »Es stimmt. Die Herrin ist herzlos. Und damit unbesiegbar. Denn ihr Herz kann nur angehalten werden, wenn es den Namen hört.« Er verzog den Mund zu einem boshaften Lächeln. »Doch es ist nicht hier. Der Tod führt es als Pfand bei sich. Eingeschlagen in ein rotes Tuch. Ihr wart nahe dran. Nur ein paar Augenblicke zu spät. Und nun ist eure Chance vertan. Für immer.«

ABSCHIED

Die Hexe ließ sich nicht anmerken, was sie dachte, als sich ihr zerstörter Spiegelkreis vor ihr auftat. Die Scherben bedeckten den Boden wie Kristallblüten. Nur der eine Spiegel, der als Silbermunds Gefängnis gedient hatte, war unbeschädigt geblieben. Die Tür aus Eis, in der der mechanische Mann eben noch das Loch vergrößert hatte, war auf einen Wink der Hexe hin wie von selbst aufgeschwungen. Nun schritt sie langsam über das Glas, das bei jedem ihrer Schritte knirschte, als liefe sie über Eissplitter. Sie taumelte. Offenbar war sie noch immer geschwächt. In ihr Haar mischte sich das Grau einer Greisin. Hinter ihr ging der Graf, der seinen Ärger über das Bild der Zerstörung offen sichtbar auf dem leichenblassen Gesicht trug. Er hielt Hasinas silbernen Dolch in der goldenen Hand. Noch auf dem Turmdach hatte er ihn ihr abgenommen, nachdem Léo und sie nach Waffen durchsucht worden waren. Dahinter trieben die anderen beiden Todeshändler Silbermund durch den Raum. Die Hexenkrähe aber, die Léo so sehr an Haluk erinnert hatte, war fort.

»Der Junge soll hineinsehen«, befahl der Graf, als sie den Spiegel erreicht hatten.

Die beiden Krähenmänner, die Léo hielten, zogen ihn ruppig vor den Spiegel. Der eine war ein grobschlächtiger Mann, der strohblondes Haar auf dem Kopf trug. Der andere war hager wie ein Straßenkater und so klein, dass er Léo kaum bis zur Brust reichte. Doch ihre Gesichter trugen beide denselben Ton. Weiß wie Schnee.

Hasina und Silbermund wurden neben den Spiegel geführt. Das Mädchen eskortierten wie Léo zwei Krähenmänner. Die blassen Diener trugen Waffen in den Händen, deren Schneiden durchsichtig wie Eis waren.

Silbermund blickte leblos drein, als hätte sein mechanisches Herz aufgehört zu schlagen. Hasina aber schien so voller Wut, dass Léo sich nicht gewundert hätte, wenn sie jeden Moment versuchen würde, sich loszureißen.

»Sieh hinein«, zischte der Hagere. Er klang heiser, als hätte er sich noch nicht ganz zurückverwandelt. Léo wollte den Blick vom Spiegel abwenden, doch der Grobschlächtige drückte ihm den Kopf mit Gewalt nach oben. Als Léo die Augen schloss, fühlte er plötzlich eine bittere Kälte, die sich wie Eiswasser in ihm ausbreitete.

»Sieh hinein.« Die Stimme der Hexe drang ihm durch Mark und Bein. Sie wand sich wie eine Schlange um seinen Willen und ließ Léo die Kontrolle über seinen Körper verlieren. Unwillkürlich öffnete er die Augen. Im ersten Moment sah er nichts als dunkles Glas. Doch dann hellte es sich auf, als wäre hinter Léo ein Licht entzündet worden.

»Wer hat dir geholfen?«, fragte die Hexe. Sie war ihm so nahe, dass Léo glaubte, Frost auf der Haut zu spüren.

Denk nicht an Kafir, schoss es ihm durch den Kopf. Das Gesicht des Zwergs erschien nur einen Augenblick später auf dem Glas. Er schien in einer Art Bergwerk zu sein. In einem Stollen unter der Erde, der erfüllt war von einem hellen Glanz.

»Zwerge, die Gold schürfen.« Graf de la Mort klang angewidert. »Lästig, aber erwartbar. Wir wissen ja seit einiger Zeit, dass sie der Verschwörung gegen euch angehören.«

»Sie haben aber nicht das Silber gefördert.« Die Hexe klang nachdenklich. »Denn es stammt nicht von hier. Wer hat dir noch geholfen, Junge?«

Der Spiegel zeigte nacheinander Hasina, Fernando, dann Haluk. Léo konnte nichts dagegen tun. Konnte die Erinnerungen nicht zurückhalten. Der Wille der Hexe war zu stark. Und schließlich zeigte der Spiegel Frederick. Warum ihn? Weil er Léo auf die offene Kirchentür hingewiesen hatte und ihn damit unwissend auf den Weg nach Briançon geschickt hatte? Vielleicht.

»Er ist hübsch. Doch er stammt nicht von hier.« Die Hexe beugte sich so nahe an das Glas des Spiegels, dass sie beinahe in ihm versank. Sie betrachtete Frederick wie eine Katze einen Vogel. Eine Katze, die nicht sicher ist, ob sie den Vogel fressen oder mit ihm spielen will. »Ein Fremder, der nicht von dieser Seite stammt. Und zu viel von einem Silber, das es hier nicht gibt. Doch in einer anderen Welt findet man es dafür umso leichter, wenn man weiß, wo man suchen muss.« Sie trat auf Silbermund zu und strich ihm mit dem Finger über das Gesicht. Dort, wo ihre Haut die seine berührte, stieg Rauch auf und für den Bruchteil einer Sekunde zeigte sich Schmerz auf ihrem Antlitz. Sie presste den Finger auf das Glas, und das Bild wandelte sich. Statt Frederick zeigte es nun wieder einen Stollen. Doch dieser war anders als der, in dem Kafir gestanden hatte. Warnschilder, die aus Léos Welt stammten. Elektrische Lampen, die sich an den Wänden entlangzogen. Und dazwischen wie ein Muster Silber, das den Stein durchzog. Dies waren keine Erinnerungen mehr von Léo. Der Spiegel zeigte einen Ort, der der Hexe nicht unbekannt war.

»Das ist unmöglich.« Das Gesicht des Grafen war vor lauter Wut verzerrt. »Ich selbst habe dafür gesorgt, dass die Mine nicht betreten werden kann, nachdem ich genug von diesem besonderen Silber besorgt habe, um Eure Schwester zu binden. Nachdem es mir meine Hand vom Arm gefressen hat. Und nur dieses Silber kann Eurer Magie trotzen.«

»Nichts kann meiner Magie trotzen.« Die Hexe klang fast so bedrohlich wie der Tod, und Léo glaubte zu erkennen, dass Graf de la Mort noch ein wenig bleicher wurde. Er öffnete den Mund, um etwas zu erwidern, doch dann schloss er ihn wieder.

»Ich habe das alles vorhergesehen«, sagte sie an Hasina gewandt. »Erst waren es nur Gerüchte über den Mann aus Silber. Die Hinweise auf euch Verschwörer. Schließlich das, was mir der berichtet hat, der als Letzter ein Federkleid geschenkt bekommen hat.« Ihre Stimme zitterte. Offenbar erfüllten die Jahre, die sie sich hatte stehlen lassen, ihren Leib noch nicht vollständig. »Und mit jedem Mosaikstein ist mir klarer geworden, dass ich euch in eurem sinnlosen Bestreben, mich zu töten, gewähren lassen muss, um endgültig unsterblich zu werden. Nicht der Tod ist derjenige, den ich besiegen muss. Ihr seid es. Denn eines habe ich in all den Jahren nicht erfahren, seit meine Schwester schläft. Wo sie ist.« Sie lächelte auf eine Weise, die Léo an ein Raubtier erinnerte. »Ich bin davon ausgegangen, dass ich nach euch suchen muss. Den Silbermann auf Hinweise untersuchen muss, um die ans Licht zu ziehen, die ihn in den Schatten zusammengebaut haben. Doch ihr seid freiwillig zu mir gekommen. Sehr … freundlich.«

»Selbst der Tod muss einmal sterben.« Léo wusste nicht, weshalb ihm diese Worte auf die Zunge gesprungen waren. Aber er merkte, dass sie die Hexe mitten in die herzlose Brust trafen. Ihre Miene verfinsterte sich. Doch schon einen Augenblick später blickte sie ihn wieder überlegen an.

»Du wirst sein Ende nicht miterleben. Und um meinen Tod musst du dir keine Sorgen machen. Ich verspreche dir, du wirst schon bald alles tun, um ihn zu verhindern.« Auf einen Wink von ihr hin wurde die Scheibe des Spiegels wieder dunkel wie zuvor.

Der Spiegel, der einer Hexe zeigte, was sie sehen wollte. Ein Herz, das nicht in der Brust steckte. Und der Tod, der persönlich kam, um über das Leben zu entscheiden. Léo hatte mehr denn je das Gefühl, mitten in ein Märchen geraten zu sein.

»Er hat recht«, schrie Hasina. Offenbar hatte sie die Wut nicht mehr zurückhalten können. »Du wirst sterben. Wenn nicht heute, dann morgen. Aber der Winter wird enden.« Unvermittelt riss sie sich aus dem Griff der Krähenmänner los. So überrascht waren die Diener der Hexe, dass sie einen Augenblick wie erstarrt waren. Noch ehe sie sich rühren konnten, war Hasina bei Léo. »Er hält dich für seinen Erbauer. Befiehl ihm, uns zu retten.« Sie funkelte Léo wütend an, als er nicht sofort reagierte. »Los!«

Die beiden Krähenmänner versuchten Hasina wieder zu packen, doch sie wich ihnen geschickt aus. Und Léo öffnete den Mund.

Die Hexe warf ihm einen Blick zu, der ihn zittern ließ. Die Worte brachte er dennoch hervor. »Rette uns.« Nicht sehr ausgefallen, aber es reichte.

Silbermund schien wie aus einem langen Schlaf zu erwachen. Er wehrte sich plötzlich gegen den Griff der Todeshändler. Chaos brach los. Die Hexe stieß einen eiskalten Fluch in den zerstörten Spiegelkreis, und der Graf machte unwillkürlich einen Schritt auf sie zu. Silbermund rang mit den beiden Todeshändlern und stieß dabei gegen einen der Krähendiener, die Léo hielten. Mit einem Kreischen taumelte das Wesen fort von Léo. Es hatte offenbar Schmerzen. Federn wuchsen ihm dort, wo ihn der silberne Leib gestreift hatte, als wollte es so seine verletzte Menschenhaut schützen. Und der Griff des anderen Geschöpfs lockerte sich für einen Moment.

Léo überlegte nicht lange. Er riss sich los und stürzte auf den Grafen zu. Mit beiden Händen griff er nach dem Arm, an dessen Ende goldene Finger einen silbernen Dolch umklammerten. Wie kalt der Arm war. Selbst durch den Stoff des Anzugs konnte Léo den Tod spüren, der den Leib des Grafen erfüllte. Léos Finger wollten sich schon lösen, doch er zwang sie weiter um den Arm. Denk an deinen Vater, rief er sich in Gedanken zu. Und an Fernando. Die Wut, die ihn daraufhin erfüllte, weckte eine Kraft in ihm, die er noch nie gespürt hatte. Und tatsächlich konnte er dem Grafen einige Augenblicke lang Paroli bieten. Léo würde ihm den Dolch aus der goldenen Hand schlagen und …

Mit einem verächtlichen Lachen packte der Graf mit seiner zweiten Hand nach Léos Arm und drückte ihn langsam von sich, während Léo Hände auf dem Leib fühlte. Einer der Krähendiener. »Törichter Bengel«, zischte der Graf. »Hast du geglaubt, du wärst stark genug, es mit mir aufzunehmen?«

Léo kämpfte mit aller Verzweiflung und mit aller Wut, die er in sich finden konnte, gegen den Grafen an, doch es reichte nicht. Er würde verlieren.

»Du bist alleine«, wisperte der Graf drohend, »und du …«

»Er ist nicht alleine.« Aus dem Augenwinkel sah Léo, wie Hasina plötzlich neben den Grafen stand und ihm mit einer ruckartigen Bewegung den Arm so verdrehte, dass die silberne Klinge im Griff seiner goldenen Finger über den anderen Arm ritzte. Vermutlich hinterließ sie dabei nicht einmal einen Striemen, doch die Berührung mit dem verhassten Silber reichte aus, um dem Grafen einen Schrei zu entlocken und die Krähe mit einem angewiderten Kreischen von Léo fortstolpern zu lassen. Mit aller Kraft gelang es Léo, den Griff um seinen Arm zu lösen.

Die Waffe fiel auf den Boden, einen Moment später hatte Hasina sie in Händen. Die Krähen, die versucht hatten, sie einzufangen, wichen zurück.

»Wer sagt denn heute noch Bengel?«, sagte sie, während sie Léo zu sich zog und offenbar versuchte, keinen der zahlreichen Gegner aus den Augen zu lassen.

Léo legte ohne nachzudenken seine Hand auf die ihre, in der sie die Waffe hielt, und zielte. In einer fließenden Bewegung stießen sie gemeinsam den Dolch einem der beiden Todeshändler, die mit Silbermund rangen, in die Schulter. Der Mann schrie wild auf und ließ den mechanischen Mann los. Silbermund nutzte die Gelegenheit und stieß dem anderen die Faust ins Gesicht. Ein weiterer Schmerzensschrei hallte durch den Spiegelkreis. Der Diener der Hexe, den Silbermund geschlagen hatte, sah aus, als hätte ihm jemand glühendes Eisen zwischen die Augen getrieben. Dampf stieg von seiner wachsweißen Haut auf, die sogleich anfing, Blasen zu werfen.

Die vier Krähenmänner schienen einen Moment lang unschlüssig, ob sie es wagen sollten, Silbermund anzugreifen, trotz der Klingen, die sie in Händen hielten.

»Worauf wartet ihr?«, brüllte der Graf. Seine Stimme überschlug sich fast vor Angst. »Greift ihn an.«

Sofort erhob sich ein wütendes Gekreische, das Léo an den Lärm eines aufgebrachten Vogelschwarms erinnerte. Sich selbst brachte der Graf schnell aus der Reichweite des mechanischen Mannes, indem er sich erneut so neben der Hexe postierte, dass es fast schien, er wollte sie beschützen. Fast. In Wahrheit suchte er wohl nur die Sicherheit ihres Hexenzaubers. Wenn die Hexe in diesem Augenblick nicht noch geschwächt gewesen wäre, hätte dies wohl das Ende für Léo und die anderen bedeutet. So aber hatte sie offenbar entschieden, sich zu schützen und ihre Diener alleine kämpfen zu lassen. Eine Wand aus Eis und Glas wuchs aus den Splittern, die den Boden bedeckten. Eine Mauer, die alles Silber von der Hexe und dem Grafen fernhielt.

Silbermund wich einigen Hieben in letzter Sekunde aus und war mit zwei schnellen Schritten bei Hasina und Léo. Das Mädchen steckte eilig den Dolch weg, dann hatte der mechanische Mann sie beide auch schon an den Händen gepackt, noch ehe einer der Diener ihn hatte treffen können.

Silbermund wirbelte zur Tür und rannte los. Aus dem Augenwinkel sah Léo, wie die Hexe eine Hand hob. Die Tür aus Eis fiel zu, und das Loch, das in ihr klaffte, schloss sich zu Léos Entsetzen wie von selbst.

»Dieser Weg ist euch versperrt«, rief sie über den Lärm hinweg.

Silbermund hielt nur kurz inne und sah sich hastig um. Léo folgte seinem Blick. Die Tür war der einzige Eingang. Und der einzige Ausgang. Ansonsten gab es nichts als Wände. Und den Spiegel. Doch der würde sie … Noch ehe Léo den Gedanken beenden konnte, war Silbermund bereits losgelaufen. Er hielt genau auf den Spiegel zu.

»Nein!«, rief Léo. Er wollte sich gegen Silbermunds Griff stemmen, doch die metallenen Finger hielten ihn zu fest. Unerbittlich zog er Léo und Hasina mit sich.

Die Klingen der Krähenmänner trafen ihn beinahe, als Silbermund an ihnen vorbeirannte. Genau auf den Spiegel zu. Verdammt, schoss es Léo durch den Kopf. Sie rannten in ein Gefängnis.

Das Lachen der Hexe ertönte über den Krach hinweg.

Jeden Moment würden sie durch das Glas laufen.

»Nein«, schrie Léo noch einmal.

Und im letzten Moment änderte Silbermund die Richtung und zog die beiden auf die nächste Wand zu. Während sie auf die Barriere aus Stein zurannten, warf Léo einen raschen Blick zurück. Zwei der Krähen konnten nicht mehr ausweichen und stolperten durch das Glas. Die anderen Diener aber wichen aus und blieben ihnen weiter auf der Spur. Verflucht, wohin wollte Silbermund?

Er rannte weiter mit ihnen auf die Mauer zu. Glaubte er, ihre Verfolger würden gegen sie prallen, wenn er rechtzeitig einen Haken schlug? Derselbe Trick würde nicht zweimal funktionieren.

Die Wand kam immer näher.

Und dann ließ Silbermund die beiden los.

Er sprang aus vollem Lauf. Stein brach, Schnee mischte sich in Trümmerstücke, kalte Luft drang in den Raum. Und zwei silberne Hände krallten sich an die Bruchkante des Lochs, das Silbermund in die Wand gerissen hatte. Er stand nun in dem Loch, vor ihm der Abgrund.

»Schnell, wenn ich bitten darf.« Seine Stimme klang selbst jetzt noch ein wenig, als würde er singen. »Klettert auf meinen Rücken.«

Hasina wurde kein bisschen langsamer. Sie sprang und krallte sich an Silbermund fest. Léo aber zögerte einen Moment. Er sah zurück. Die Hexendiener rannten, die bleichen Gesichter wutverzerrt, auf ihn zu. Sie waren wie ein Rudel Wölfe. Der Graf trieb sie irgendwo aus den Schatten an. Doch von der Hexe war nichts zu hören. Spring, Léo, sagte er sich. Oder dir wachsen Flügel. Er hätte in diesem Moment gerne welche gehabt. Doch es gab nur Silbermund.

Léo atmete tief durch.

Und sprang.

Beinahe wäre Léo abgerutscht. Er prallte gegen Hasina und bekam nur mit Mühe Silbermunds Hals zu fassen. Mit aller Kraft klammerte er sich an ihn. Dann drehte sich Silbermund geschickt, und ließ sich ein wenig fallen. Sie hingen für einen Moment an der Turmwand unter dem Loch in der Wand.

Über ihnen stoben die Hexenkrähen in ihrer Vogelgestalt wütend in die Luft. Der Turm schien sie regelrecht auszuspucken. Ihre Federn glänzten schwarz im Licht des Turms. Andere Krähen schlossen sich ihnen aus der Luft an. Doch das war nicht das, was Léo am meisten erschreckte. Die Gesichter in der Turmwand hatten die Augen geöffnet. Und sahen sie an.

»Die Gefangenen fliehen!« Sie riefen durcheinander und warfen ihnen wütende Blicke zu.

Die Stimmen. In diesem Moment begriff Léo, woher sie gekommen waren.

»Haltet euch fest, wenn ich darum bitten dürfte«, rief Silbermund und unterbrach Léos Gedanken. Und dann begann er hinabzuklettern.

Er hangelte sich so schnell an den Gesichtern vorbei in die Tiefe, dass Léo fast schlecht wurde. Neben ihnen versuchten die Gesichter, mit ihren Mündern nach Léo und Hasina zu schnappen, wenn sie den steinernen Lippen zu nahe kamen. Die Luft war ebenso vom Schnappen ihrer Kiefer erfüllt wie vom Kreischen der Hexenkrähen. Einige versuchten nach den Fliehenden zu picken, doch Silbermund hieb nach ihnen, während er an einer Hand zwischen zwei hasserfüllten Frauengesichtern hing, und schlug sie fort. Federn verbrannten und zwei Vogelkörper fielen wie abgeschossen in die Tiefe. Von diesem Moment an ließen die Krähen sie zwar in Ruhe, doch sie folgten ihnen weiter und umschwirrten sie wie Motten eine Lampe. Den letzten Meter sprang Silbermund kurzerhand in die Tiefe. Schnee spritzte neben ihm auf, und Léo und Hasina glitten vom Rücken des mechanischen Mannes.

Über ihnen riefen die Gesichter im Turm nach Verstärkung, während die Hexenkrähen in einiger Entfernung landeten und ihre Federn abwarfen. Sie wurden zu Menschen und sahen sie mit wilden Augen an. Sie mochten tot sein, doch Léo erkannte ein Jagdfieber in ihrem Blick, das so heiß wie das der Lebenden schien.

»Wir sind zu viele, Silbermann«, sagte einer von ihnen. Sein Auftreten erinnerte Léo an das des Grafen. Es hätte ihn nicht gewundert, wenn dieser Mann dort einmal zum Adel Briançons gehört hätte. »Selbst wenn du es schaffst, die Hälfte von uns zu besiegen, verlierst du. Die anderen werden die Menschen zu welchen von uns machen.« Er deutete mit seinen bleichen Fingern auf Léo und Hasina. »Und dann gibt es niemanden mehr, der dir Befehle gibt. Was ist eine Maschine ohne einen Herrn?«

»Was sind Tiere ohne eine Herrin?« Hasina war wütend vor Silbermund und Léo getreten. »Wir werden kämpfen. Wir geben nicht auf. Niemals.«

Silbermund warf Léo einen bedeutungsvollen Blick zu, so als wartete er auf etwas. Auf deinen nächsten Befehl, Léo. Nur welchen? Kämpfen? Nein, denn die Hexe war unbesiegbar. Aber was sollten sie sonst tun? Wie seltsam, dass er sich gar nicht mehr fürchtete. Vielleicht hatte die Aufregung der Flucht alle Furcht in seinem Herzen verbrannt. *Du bist ein Herzenmacher, Léo Mellino.* Er wusste nicht, weshalb ihm Fernandos Worte mit einem Mal im Ohr klangen. Vielleicht weil er gerade an sein eigenes Herz gedacht hatte. Er versuchte sie zu ignorieren, während sich die Krähenmänner langsam zusammenrotteten und sich auf sie zuschoben. Es war nur eine Frage der Zeit, bis der erste von ihnen einen Angriff wagen würde. *Ein Herzenmacher.* Er konnte die Worte einfach nicht abstellen. Und plötzlich war da eine Idee, die in Léos Kopf Gestalt annahm. Sie war verrückt. Verrückt genug für diese Welt. Er wusste nicht, ob er sie in die Tat umsetzen konnte Doch es war ein Plan. Und er war besser, als einen sinnlosen Kampf auszufechten.

»Silbermund«, wisperte er, so leise er konnte, während die ersten Krähenmänner nun kaum ein paar Armlängen von ihnen entfernt waren. »Ich weiß, wie wir die Hexe doch noch töten können. Aber dazu müssen wir hier weg. Nimm uns. Und flüchte mit uns, so schnell du kannst.« Er atmete tief durch. »Jetzt.«

Der mechanische Mann packte sie nicht sofort, sondern warf sich zunächst den Hexendienern entgegen, die ihm am nächsten waren. In Menschenhaut konnten sie ihm offenbar mehr entgegensetzen als in ihrem Federkleid. Dennoch fürchteten sie seine Berührung. Diejenigen, die zu langsam waren, kreischten vor Schmerzen auf. Die anderen aber stoben auseinander. Über ihnen schrien die Gesichter im Turm Verwünschungen in die Nacht, während die Krähenmänner die Gestalt wechselten. Als Vögel brachten sie sich aus der Reichweite ihres Feindes.

Silbermund machte auf dem Absatz kehrt, und die drei rannten los zum nahen Wald.

Léo wandte nur einmal den Kopf um. Was er sah, war zu schaurig. Die Gesichter im Turm hatten sich verändert. Sie zeigten nun alle das Antlitz der Hexe. Dutzendfach in Stein gemeißelt.

»Tötet sie.« Der Befehl der Hexe als schauriger Chor. Er schien den Krähen neuen Mut einzuflößen. Oder sie mit einer noch größeren Angst zu erfüllen als die, die Silbermund in ihnen auslöste. Die Hexenkrähen nahmen die Verfolgung auf. Würden sie sich noch einmal in die Flucht schlagen lassen? Léo wollte es nicht darauf ankommen lassen. Und er hatte die Worte ihres vermeintlichen Anführers nicht vergessen. *Die anderen werden die Menschen zu welchen von uns machen.*

»Wir sollten kämpfen«, schrie Hasina schwer atmend, während sie durch den Schnee rannten.

»Wir können jetzt nicht gewinnen«, entgegnete Léo keuchend. Bald schon würden sie es zwischen die Bäume schaffen. Dort würden die Vögel langsamer werden. Oder die Gestalt wechseln müssen. »Aber ich weiß, wie wir es später können.« Er spürte die fragenden Blicke auf der Haut, doch in diesem Moment war nicht die Zeit für Antworten. Die hatten sie später. Wenn sie überlebten.

Es hatte aufgehört zu schneien, als wollte der Winter es den Krähen einfacher machen, auf die Jagd zu gehen. Der Schnee lag wie ein Mantel auf den Fichten, die sich am Saum des Waldes so eng zusammenrotteten, als wollten sie sich gegenseitig wärmen. Léo und die beiden anderen hatten die Bäume gerade erreicht, als zwei Krähen vor ihnen landeten. Noch ehe ihre Füße den Boden berührt hatten, waren sie halb zu Menschen geworden. Dem einen klebten noch ein paar Federn auf der Haut, als er sich Silbermund stellte. Und der andere besaß noch einen Schnabel, während er Hasina packte.

»Nein«, hörte sich Léo schreien. Und zu seiner eigenen Verwunderung warf er sich dem Krähenmann entgegen. Womit wollte er ihn denn besiegen? Mit den bloßen Händen? Er wusste es nicht. Er wusste nur, dass er Hasina helfen musste.

Der Hexendiener war so kalt wie die Winterluft. Er versuchte Hasina seinen Schnabel in die Haut zu stoßen, doch es gelang Léo, ihn wegzustoßen. »Lauf«, keuchte er Hasina zu. Dann war der Krähenmann wieder bei ihm. Léo konnte ihm die Wildheit vom Gesicht ablesen. Der Hexendiener griff nach ihm, während hinter ihnen das Schlagen von Flügeln lauter wurde. Dann war ein Surren zu hören. Der Hexendiener runzelte verblüfft die Stirn und wandte sich um. Ein Pfeil aus Silber steckte ihm im Rücken. Das Geschöpf machte noch einen Schritt, dann verging es plötzlich, als wäre es aus Nebel gemacht gewesen. Und auf einmal war nichts anderes mehr zu hören als das Geräusch fliegender Pfeile. Léo konnte nicht erkennen, woher genau sie kamen, doch sie trafen sicher. Die Krähen wurden wie reife Früchte aus der Nacht gepflückt.

»Was zum …?« Léos Frage ging in den Schreien der getroffenen Hexenkrähen unter.

Von den Bäumen her rannte eine Gestalt auf sie zu. Sie trug eine Mütze mit einem scheußlichen Muster, das Léo nur allzu bekannt vorkam. »Kafir?«, schrie er ungläubig. Wo nur um alles in der Welt kam er her?

Der Zwerg trug eine Armbrust in den Händen. Auf Léos Seite der Welt hätte sie vermutlich in einem Museum gestanden. Hier aber war sie voll funktionsfähig und Kafir konnte offenbar mit ihr umgehen. Noch im Lauf lud er einen silbernen Pfeil nach und schoss. Einmal mehr erfüllte das Surren die Nacht und eine Hexenkrähe, die sich gerade verwandelte, wurde getroffen, noch ehe sie ihr Federkleid ganz abgestreift hatte.

»Schnell unter die Bäume zu den anderen«, rief der Zwerg.

Silbermund kam Hasina zu Hilfe, die von gleich zwei Krähenmännern bedrängt wurde.

»Zu welchen anderen?«, rief sie und schlüpfte unter dem Griff eines der Hexendiener hindurch. Wenn sie verwundert über das Erscheinen des Zwergs war, so zeigte sie es nicht.

»Zu deinen Wüstenleuten«, erwiderte der Zwerg und spannte die Armbrust. Noch ein Pfeil traf.

Léo deutete auf Silbermund. »Ich gehe nicht ohne ihn.«

»Keiner geht ohne ihn«, erwiderte Kafir, lud erneut nach und schoss auf eine der Hexenkrähen, die mit Silbermund kämpften. »Du hast ihn gut hinbekommen«, rief der Zwerg. »Die Wüstenleute haben mir erzählt, dass ihr ihm seinen Kopf gebracht habt. Und offenbar hast du ihn auch befestigt.« Er zwinkerte Léo über alle Kämpfe hinweg anerkennend zu. »Ich habe mir furchtbare Sorgen gemacht, als ich gehört habe, dass

Hasina und du gemeinsam in den Turm marschiert. Also habe ich beschlossen, dass wir ihn im Auge behalten für den Fall, dass ihr ein wenig Hilfe braucht.«

Hinter Silbermund erhob sich drohend der Hexenturm und von dort stieg eine Wolke in die Nacht. Léo musste nicht lange überlegen, was das zu bedeuten hatte. Das Kreischen der Hexenkrähen war nur wenige Augenblicke später deutlich zu hören.

»Zeit zu verschwinden, Silberjunge«, raunte Kafir.

Silbermund sah ihn irritiert an, nachdem er den nächsten Angreifer in die Flucht geschlagen hatte. Kafir zog an seinem Arm und dirigierte ihn, Hasina und Léo zwischen die Bäume, während ein Hagel Pfeile die Krähenwolke fernhielt.

»Sie werden uns nicht gehen lassen«, rief Léo, als sie endlich unter das Dach aus Ästen und Zweigen schlüpften. »Spätestens, wenn wir den Wald verlassen und zurück auf einer der Straßen sind, werden sie uns finden.«

»Straßen?« Kafir warf ihm einen mitleidigen Blick zu. »Da, wo wir hingehen, brauchen wir keine Straßen.« Kafir hielt auf einen Baumstumpf zu, der sich etwas abseits des Weges zwischen zwei hohen Kiefern befand. Auf einen Pfiff von ihm lösten sich mehrere Gestalten aus den Bäumen. Einige gehörten zu Hasinas Begleitern. Andere waren kaum größer als Kinder. Ziemlich bärtige Kinder mit grimmigen Gesichtern und Armbrüsten in den Händen. Einer aus Kafirs Sippe zog an einem unscheinbaren Ast, und zu Léos Verblüffung öffnete sich daraufhin eine schmale Tür in dem Baumstumpf. Léo hätte schwören können, dass sie zuvor nicht da gewesen war.

Für den Moment schützten die Kiefern sie vor den Blicken der Hexenkrähen, doch der Schwarm kam deutlich hörbar näher. Flügel zerschnitten scharf die Luft. »Los, rein da!«, drängte Kafir.

Nacheinander verschwanden die Wüstenleute und Zwerge. Dann schob Kafir Hasina in die Öffnung und schließlich verschwand Silbermund in dem Dunkel. Léo und Kafir traten kurz nacheinander hindurch.

Der Flügelschlag ihrer Verfolger klang wie der Vorbote eines drohenden Gewitters. Dann schloss Kafir die Tür und es wurde dunkel.

»Wo sind wir?« Léos Stimme klang seltsam gedämpft. Der Gang schien sehr niedrig und sehr eng zu sein. Er fühlte eine Hand auf der Schulter, die ihn nach vorne schob. Léo hatte Angst zu stolpern und zu fallen, doch dann wurde irgendwo vor ihm eine Lampe entzündet. Léo blinzelte. Der Gang, in dem sie sich befanden, war wirklich so eng und niedrig, wie er befürchtet hatte. Er sah nackten Fels mit rauen Vorsprüngen. Sie liefen alle hintereinander her. Silbermund war direkt vor Léo und folgte wiederum Hasina. Der mechanische Mann musste sich bücken und stieß doch mehrmals mit dem Kopf gegen die Decke. Von den Hexenkrähen war längst nichts mehr zu hören und das Einzige, was Léo vernahm, waren ihre eigenen Schritte.

»Kafir«, begann Léo, doch der Zwerg machte ein zischendes Geräusch.

»Nicht jetzt. Und nicht hier. Wir sind noch nicht in Sicherheit.« Er sprach so leise, dass Léo ihn fast nicht verstand. »Gleich ist Zeit zu reden.«

Léos Aufregung nach ihrem Entkommen aus dem Turm kühlte sich allmählich ab. Er wusste nicht, wie lange sie schon unter der Erde waren, als vor ihnen ein heller Schein in den Gang flutete und er sich schließlich in einer großen Höhle wiederfand.

Das Licht brach sich in glänzenden Linien, die den Stein maserten. Wie ein Muster zogen sie sich über die Wände der Höhle, die auf der ihnen abgelegenen Seite in einen weiteren Gang mündete. Etwa ein Dutzend grimmig dreinblickender Zwerge sahen ihnen entgegen, die auf niedrigen Stühlen aus Stein saßen.

»Alles Onkel und Tanten?«, erkundigte sich Léo mit gedämpfter Stimme.

Kafir warf ihm einen vielsagenden Blick zu, legte seine Waffe weg und wies dann auf einen Zwerg mit besonders buschigen Augenbrauen. »Nein, aber die meisten. Das dort aber ist meine Schwester Kofir.«

In die Mienen der Zwerge mischte sich Ehrfurcht, als sie Silbermund erblickten. Kafir scheuchte zwei Zwerge von ihren Stühlen und wies Léo und Hasina an, sich zu setzen.

»Wo sind wir hier?«, fragte Léo und sah sich staunend um, während er auf dem niedrigen Stuhl versuchte, seine Beine zu sortieren.

»Eine Zwergenmine«, meinte Kafir. »Gerade so tief unter der Erde, damit die Hexe uns nicht findet. Wir hatten ursprünglich den Plan verfolgt, uns bis zu ihrem Turm durchzugraben. Dann hätte Silbermund einfach zu ihr spazieren können. Aber die Hexe ist uns in den vergangenen Monaten auf die Schliche gekommen und wir mussten die Arbeiten ruhen lassen. Dabei hätten wir vielleicht nur noch ein paar Wochen gebraucht. Nun, die Dinge sind alle ein wenig anders gelaufen, als geplant.« Er sah Léo mit auf einmal glänzenden Augen an. »Sag, ist sie …?«

»… tot?«, beendete Léo den Satz. Oh, wie müde er sich fühlte. Die zuvor gefühlte Aufregung forderte ihren Tribut. »Nein. Silbermund hat ihren Namen ausgesprochen, doch sie lebt noch immer.«

Kafir sah für einen Moment erschüttert aus. »Dann haben wir uns geirrt.« Jedes Wort schien ihn Kraft kosten. »Der Klang ihres Namens hat ihr Herz nicht angehalten.«

»Das hätte er aber«, fuhr Hasina dazwischen.

Léo sah von ihr zu Kafir. Worin bestand die Verbindung zwischen den Zwergen und den Wüstenleuten? Weshalb bildeten ausgerechnet sie die Allianz gegen die Hexe?

»Ich kann dir deine Fragen vom Gesicht ablesen«, meinte Kafir mit hörbarer Resignation und seine Stimme gebar in der Höhle einige dröhnende Echos. »Aber es ist ganz einfach nicht die Zeit, um dich in alles einzuweihen. Für den Augenblick muss es reichen, dass wir hier auf derselben Seite stehen. Hasina, diese wunderschöne Wüstenblume hier, kenne ich, seit sie ein Kind war. So lange schon kämpfen wir alle für das eine Ziel: Die Hexe zu töten.« Er seufzte. »Aber es gibt gerade Wichtigeres als Erinnerungen. Wir müssen wissen, was im Turm geschehen ist. Was ist schiefgegangen?« Er konnte seine Enttäuschung kaum verbergen, doch Léo hörte auch trotzige Hoffnung in seinen Worten. Die Hoffnung darauf, dass es vielleicht eine andere Möglichkeit gab, die Hexe zu töten.

Léo nickte, auch wenn er unsagbar neugierig war.

Einen Moment darauf begann Hasina zu erzählen, was geschehen war, seit Léo und sie beschlossen hatten, sich in den Turm der Hexe zu schmuggeln. Die Zwerge und Wüstenleute drängten sich um sie und lauschten stumm.

»Und nun?«, fragte einer der Zwerge, als sie geendet hatte. Léo fragte sich unwillkürlich, welches Geschlecht er wohl haben könnte.

»Mein Erbauer hat einen Plan«, sagte Silbermund in seiner besonderen Stimme. Alle Augen richteten sich zunächst auf ihn, denn dies waren seine ersten Worte in der Höhle. Dann aber sahen alle auf Léo.

»Ich habe eine Idee«, murmelte er. Ihm war die plötzliche Aufmerksamkeit nicht sonderlich recht. Außerdem kam ihm seine Idee auf einmal selbst für diese Welt zu verrückt vor.

»Erzähl!« Hasina rückte auf ihrem Stuhl etwas näher an ihn, und Léo musste sich anstrengen, um sich auf das zu konzentrieren, was er zu sagen hatte.

»Ich baue der Hexe ein neues Herz.« Oh ja, die Idee war wirklich verrückt. Und sie klang wie ein Witz, als er sie laut aussprach. Einige der Umstehenden machten keinen Hehl daraus, dass sie seinen Einfall offenbar für Unsinn hielten.

»Das wäre wohl eine Aufgabe für den großen Fernando gewesen«, meinte Kafirs Schwester Kofir scharf. »Aber wir haben ihn verloren und sonst gibt es niemanden, der ...«

»Nein!« Léo war aufgesprungen. In diesem Moment entlud sich die ganze Anspannung, die sich im Turm angesammelt hatte. Alle sahen ihn verwundert an. »Ich kann das. Ich bin ein Herzenmacher. Und ich war Fernandos Schüler. Er hat mir alles beigebracht, was er wusste.« Das stimmte natürlich nicht, aber Léo hatte sich längst in Rage geredet. »Er hat ...« Léo schluckte, »... mir aufgetragen, ihn fertigzustellen. Er hat mir vertraut. Und ich werde ihn nicht enttäuschen.« Insgeheim wusste er nicht, ob er es konnte. Ob er der Hexe ein neues Herz bauen konnte. Aber er musste es versuchen.

Einen Moment lang herrschte Stille. Kafir sah Léo mit seltsamer Miene an. Mit Achtung. »Andere Vorschläge?«, fragte der Zwerg. Seine Stimme klang ziemlich belegt, und Léo erkannte eine Träne in seinen Augen. Die Erinnerung an den Tod seines Freundes lag wie ein Schatten auf seinem Gesicht. Er sah in die Runde betretener Mienen. »Fernando, der alte Schraubendreher, hat uns mit dem Schlamassel alleingelassen. Nun gut. Wir wissen nun, dass die Hexe dem Tod ihr Herz als Pfand gegeben hat. Ich denke, wir sind uns alle darüber im Klaren, dass wir es ihm nicht wegnehmen können. Léos Plan erscheint mir als der beste. Ist ja auch unser einziger. Also, was brauchst du?«

Ja, was? Léo wusste es selbst nicht genau. »Vermutlich ihren Namen. Und dann muss ich jemanden, der sich mit dem Herzenmachen noch besser auskennt als ich, überreden, mir zu helfen.« Er sah zu Silbermund. »Ich weiß, wer mir all meine Fragen beantworten könnte. Und deshalb muss ich zurück auf die andere Seite. Und dich muss ich mitnehmen. Ich habe gehört, dass es noch andere Übergänge als den im Uhrenturm gibt«, sagte er und warf Hasina dabei einen Blick zu. »Also wäre das hier eine gute Gelegenheit, mir einen davon zu zeigen. Oder wir versuchen es noch einmal in Briançon. Wenn an ihrem Todestag wirklich alle Krähen im Turm der Hexe sind, sollte der Weg frei sein.«

Unter den Zwergen und Wüstenleuten entbrannte augenblicklich ein heftiger Disput darüber, ob Léo und Silbermund es wirklich wagen sollten, auf die andere Seite zu gehen. Aber Kafir fuhr ihnen allen irgendwann über den Mund und erklärte die Sache für beschlossen, sofern nicht einer mit einer besseren Idee daherkäme. Es wurde wieder stiller in der Höhle.

»Wir nehmen den Weg durch den Uhrenturm. Alles andere würde zu viel Zeit kosten«, schloss er.

»Ich werde mitkommen«, erklärte Hasina entschlossen. »Egal wohin ihr geht, ihr werdet mich nicht los.«

Für Léo waren das die Worte, auf die er insgeheim gehofft hatte, auch wenn er es Hasina nicht sagte.

»Es ist gefährlich«, meinte Kafir. »Aber ich denke, das muss ich einer Wächterin nicht sagen, oder? Nun, vielleicht kann ich es wenigstens ein wenig weniger gefährlich machen. Es gibt einen Weg, der fast bis zum Uhrenturm des Handelshauses führt. Wir haben den Stollen in diese Richtung bereits fertiggestellt. Er führt zum …«

238

»Brunnen«, beendete Léo den Satz. Haluks Worte über einen versperrten Weg kamen ihm wieder in den Sinn. Hasinas Bruder hatte in der Nacht, in der Léo in dieser Welt angekommen war, bei diesen Worten zum Brunnen gesehen. Nun verstand er sie.

»Ja, das stimmt«, erwiderte Kafir überrascht. »Du bist schlau. Wann wollt ihr aufbrechen?«

Nach einer Nacht voller Schlaf und einem sehr guten Frühstück bei viel Sonnenschein, um all die Kälte loszuwerden, die sich während meines Aufenthalts in mein Inneres geschlichen hat, dachte Léo. Doch insgeheim wusste er, dass Zeit etwas war, von dem sie zu wenig besaßen. Und sie konnten sie sich nicht wie die Hexe zusammenstehlen. Er seufzte und straffte sich. »Sofort.«

»Na bestens«, meinte Kafir. Dann sah er zu dem mechanischen Mann. »Es geht heim, Silberjunge.«

Endlich schien der Weg nach Hause frei. Zumindest, wenn Hasina recht hatte und am Todestag alle Krähen bei der Hexe waren. Und wenn doch eine im Uhrenturm geblieben war?, fragte sich Léo. Nun, sie hatten Silbermund dabei. Selbst wenn sie kämpfen mussten, hatten sie eine Chance. Der Druck, den Léo wegen seiner Mutter, die sicher schon krank vor Sorge um ihn geworden war, auf den Schultern trug. Der ganze Widerwille, eiserne Soldaten bauen zu müssen, während er hin- und hergerissen zwischen den Wünschen gewesen war, die Welt seiner Eltern zu erkunden und ihr gleichzeitig zu entfliehen. Mit der Aussicht zurückzukehren schwand all das.

Sie hatten verblüffend wenig Zeit benötigt, um zu dem Turm zu gelangen. »Unter der Erde sind die Straßen gerade, mein Junge«, hatte Kafir erklärt. »Während sie dort oben ständig Bögen schlagen, machen sie hier keine Umwege.«

Es war ein ruhiger Marsch gewesen. Nur Silbermund, Léo und Hasina, angeführt von Kafir. Es hatte eine Weile gebraucht, den mechanischen Mann davon zu überzeugen, dass es zwei Seiten gab. Und dass er im Grunde von der anderen stammte.

Sie hatten unterwegs etwas zu trinken und zu essen bekommen. Zwergennahrung. Den Geschmack des Getränks konnte Léo nicht beschreiben. Nur, dass es ihm Zuversicht ins Herz spülte, konnte er darüber sagen. Das Stück verkohltes Brot, das er sich auf die Zunge geschoben hatte, entwickelte wie erwartet mehrere Geschmäcke, ehe es wunderbar süß geworden war.

Sie hatten im Gehen gegessen und waren gerade erst fertig mit ihrer Mahlzeit geworden, als sie das Ende des Tunnels erreichten. Ein paar eiserne Stufen waren in den Stein getrieben worden und führten einen Aufgang hinauf. Über ihnen versperrte eine Eisenplatte den Weg.

»Wenn dieser Brunnen jemals Wasser führen würde, hätten wir hier ein Problem mit dem Betreten unseres kleinen Geheimwegs«, meinte Kafir und kletterte behände die Stufen hinauf. »Aber dass die Münder dort Wasser spuckten, ist lange her.«

»Vor der Zeit der Hexe?«, fragte Léo und sah Kafir dabei zu, wie er die Platte verschob.

»Zur Zeit der anderen Hexe«, erwiderte Kafir vor Anstrengung schwer atmend und legte den Aufgang frei.

Léo verstand nicht, was er meinte, doch nun war nicht die Zeit für Fragen. Über ihnen spannte sich ein trügerisch friedlicher Sternenhimmel. Kafir steckte kurz den Kopf durch die Öffnung, dann kletterte er ganz nach oben und winkte sie herbei.

Sie waren im Becken aus der Erde gekommen. Der Ausgang war der Abfluss des Brunnens. Léo stellte erleichtert fest, dass er beim Verlassen des Brunnens nicht den Beinen des Gehenkten ausweichen musste. Offenbar hatte man ihn von dem Gestell losgemacht.

»Habt ihr überall solche Wege, werter Zwerg?«, fragte Silbermund, nachdem er und Hasina aus dem Loch im Boden gestiegen waren.

»Wir sind Zwerge, keine verfluchten Maulwürfe, Silberlocke«, meinte Kafir. Er ignorierte den pikierten Ausdruck auf Silbermunds Gesicht und lauschte.

»Eiserne Schritte«, wisperte Hasina. Der Mond färbte ihr ebenso wie Léo und Kafir die Haut so silbern wie die des mechanischen Mannes. Die beiden Türme auf dem Platz warfen in seinem Licht lange Schatten in den Schnee.

»Die Krähen sind bei ihrer Herrin«, sagte Kafir und bedeutete ihnen, ihm zu folgen. »Also setzt der König die Fernands ein, um nach den Feinden der Hexe Ausschau zu halten. Sicher war es ein Rat von ihr. Oder besser ein Befehl. Er ist letztlich auch nur ein Diener der Hexe. Selbst wenn er es nicht merkt.«

Ihre Schritte knirschten laut auf dem Schnee, während sie auf das Portal zusteuerten, das in den Uhrenturm an der linken Seite des Handelshauses führte.

»Was wirst du nun machen?«, fragte Hasina, die sich unbehaglich umsah. Doch nirgends war auch nur ein Mensch zu sehen. Geschweige denn einer aus Eisen.

»Verstecken«, gab Kafir zurück. »Bereit sein. Kräfte sammeln. Wenn euer Plan gelingt, müssen wir uns den Weg zur Hexe freikämpfen, damit sie ihr neues Herz bekommt. Darauf müssen wir vorbereitet sein. Wir haben wenig Zeit. Sie wird uns jagen.«

Das Portal war verschlossen, doch Zwerge schienen nicht nur im Graben von Gängen sehr geschickt zu sein, sondern auch im Knacken von Schlössern. Hinter der Tür war es stock-dunkel. Kein gutes Gefühl, da hineinzugehen. Léo sah noch einmal zurück über den Platz und auf die Fenster in den umstehenden Häusern, die auf den Brunnen blickten. Die Menschen dahinter waren so unwissend. Nahmen hin, was die Hexe ihnen heute schenkte, und dachten nicht daran, was morgen sein würde. Wollten sie überhaupt befreit werden?

»Es ist eine Art Zauber«, meinte Kafir, als hätte er ihm den Gedanken von der Stirn gelesen. »Gier und Gemütlichkeit. Die Menschen können kaum noch klar denken.« Er warf Léo einen kurzen Blick zu. »Wir Zwerge sind da weniger empfänglich. Doch selbst unter uns gibt es einige, die der Hexe ein paar Jahre geschenkt haben. Nur die Wünsche sind andere als bei den Menschen. Die meisten begehren Gold. Oder einen Weg, in die tiefsten Tiefen der Welt vorzustoßen, die selbst für uns unerreichbar sind.« Bei diesen Worten seufzte er sehnsüchtig. »Es muss enden. Selbst wenn die Gefangenen nicht wissen, dass sie in einem Gefängnis aus Wünschen stecken.«

Am anderen Ende des Platzes warfen Feuerkäfer in einer Laterne ihr Licht über die Häuser. Die Schatten, die sich darin aus einer nahen Gasse auf dem Pflaster des Platzes abzeichneten, kannte Léo nur zu gut. Fernands. Sie musste sich beeilen.

Kafir drückte ihm einen kleinen unscheinbaren Schlüssel in die Hand. »Der Durchgang ist noch verschlossen. Steck ihn dem Kerl da oben in die Nase. Das öffnet den Übergang. Dann musst du ihn auch nicht mit deinem Blut oder einem Haar davon überzeugen, dass er dich durchlässt.« Er seufzte. »Pass auf die beiden da auf«, meinte er zu dem mechanischen Mann. »Und auf dich. Wir brauchen dich noch, Silberjunge.«

»Wie unhöflich«, entfuhr es Silbermund. »Aber keine Angst, Herr Zwerg. Ich lasse sie nicht aus den Augen. Von hier oben wird mir das wohl leichter fallen als Euch dort unten.«

»Oh, sieh mal einer an. Unser höflicher Silberkater fährt die Krallen aus. Nicht schlecht. Du fängst an mir zu gefallen.« Kafir winkte ihnen noch einmal zu, während er das Portal schloss. Dann wurde es still.

Léo, Hasina und Silbermund stiegen in beinahe völliger Dunkelheit die Treppe zur Spitze des Turms hinauf. Nur Silbermunds Augen glommen in der Finsternis wie zwei Glühwürmchen. Léo horchte angestrengt. Wenigstens hörte er keinen Flügelschlag. Kein Gekrächze.

Der Aufstieg schien endlos zu dauern, doch schließlich erreichten sie das Ende des Weges. Die Spitze des Turms lag verlassen über ihnen. Léo blickte sich vorsichtig um, doch im kalten Licht des Mondes, das durch das rahmenlose Fenster fiel, konnte er keine Krähen ausmachen. Er erkannte an der Decke ein Planetenmodell. Das Planetarium, von dem Fernando so stolz erzählt hatte. Bei seiner Ankunft auf dieser Seite war es ihm nicht aufgefallen. Kein Wunder. Der Übergang hatte ihn ziemlich mitgenommen. Das Gesicht in der Wand erinnerte Léo an das auf seiner Seite. Nur dass dieses hier keinen Schnurrbart trug.

Léo hob den Schlüssel und wollte auf das Gesicht zugehen, als sich ein Schatten von oben löste.

Flügel, die im Fall zu Armen wurden. Federn, die wie ein Kleid abgeworfen wurden. Verflucht, ein Krähenmann. Léo starrte ihn an. Diesen Diener der Hexe kannte er. Doch Hasina kannte ihn besser.

»Haluk«, wisperte sie fassungslos und sah ihren Bruder an.

Léo konnte sich einen Moment lang nicht rühren. Er war es. Das scharfgeschnittene Gesicht. Die lange Nase. Die tiefbraunen Augen. Er sah genauso aus, wie Léo ihn in Erinnerung hatte. Nur die dunkle Haut hatte sich ein wenig grau gefärbt – und der Blick war ein anderer. Kalt und hart.

Haluk stand drohend vor ihnen und musterte sie einen nach dem anderen. Sein Antlitz zeigte keine Regung. »Euer Weg endet hier.« Wie heiser er klang. Als säße ihm die Krähenstimme noch im Hals.

Hasina wollte auf ihn zustürzen, doch Léo hielt sie zurück.

»Er ist nicht mehr dein Bruder«, sagte er und konnte nicht verhindern, dass seine Stimme dabei zitterte. Er fühlte mit einem Mal eine bleischwere Schuld im Herzen. Haluk war zu diesem Wesen geworden, weil er ihm geholfen hatte. Nein, Léo, wies er sich selbst zurecht. Er ist zu einer Krähe geworden, weil er sich gegen die Hexe gestellt hat.

»Du hast es ihr verraten, nicht?«, fragte Léo und hielt dabei noch immer Hasina, die ein Schluchzen kaum unterdrücken konnte. »Hast ihr von Silbermund und den Spielzeugmachern erzählt.« Ja, Léo, lenk ihn ab. Vielleicht findest du einen Weg an ihm vorbei, wenn du euch Zeit verschaffst.

Haluks kalter Blick fand den mechanischen Mann. Dann sah er Léo an.

Dieser musste sich anstrengen, um dem Blick standzuhalten. Er konnte nichts Menschliches mehr in seinem Gegenüber erkennen. Obwohl … Er schluckte. Täuschte er sich? Oder war da doch …

»Du bist ihr nur für kurze Zeit entkommen«, sagte Haluk, ohne auch nur einen Schritt zur Seite zu treten. »Sie wusste bereits vieles«, fuhr er fort. »Und was sie außerdem wissen wollte, fand sie in meinen Erinnerungen.« Die kalte Stimme zitterte leicht, als fröstelte sie bei den Worten.

»Alles?« Léo spürte Silbermunds Blick auf der Haut. Und auch Hasina sah ihn an. Fragend.

Haluks Mund öffnete sich, als wollte er antworten, doch dann schloss er sich wieder. »Ihr werdet uns begleiten«, sagte er stattdessen.

»Uns? Hast du andere wie dich gerufen?«, fragte Léo. Er spürte, dass die Antwort ihm zeigen würde, ob er richtig lag.

Es dauerte einen Moment, ehe sie kam. »Noch nicht.«

»Komm mit uns«, rief Hasina gequält. »Wir finden einen Weg, dich wieder ...«

»Kein Weg führt vom Tod zurück«, entgegnete Haluk.

Léo horchte in die Nacht. Nichts deutete darauf hin, dass Haluk gelogen hatte. Es waren keine Krähen zu hören. Irgendwo bellte ein Hund, und Léo vernahm ganz schwach eiserne Schritte auf schneebedecktem Boden. Die Fernands drehten ihren Runden.

»Du hast etwas vor ihr verborgen«, sagte Léo. Er wurde nun ruhiger. Tief in sich fühlte er eine unerwartete Sicherheit aufsteigen. Die Gewissheit, etwas begriffen zu haben, das die anderen nicht bemerkt hatten. »Diesen Übergang hier. Ihre Krähen wussten nicht, wo genau er war. Es war ein Zufall, dass sie ausgerechnet von hier aus den Platz beobachtet haben. Und noch etwas hat die Hexe nie erfahren. Den Namen des Spielzeugmachers. Fernandos Namen.« Er ließ die Worte einen Augenblick lang wirken. Haluk sagte nichts darauf. Aber er widersprach auch nicht. Sein Schweigen war Antwort genug. »Sie hat nie herausgefunden, welcher Spielzeugmacher ihren Mörder baut. Daher mussten ihre Diener auf die Suche gehen. Und Silbermund konnte trotz allem fertiggestellt werden.«

Haluk sah Léo an und doch blickte er weit fort. Da war plötzlich ein Funke in seinen Augen. »Es war ein Verrat. Der Andere hat verhindert, dass sie den Namen fand. Er hat gekämpft.«

»Der Andere?« Léo runzelte die Stirn. »Du meinst, dich selbst. Du hast etwas von dir vor der Hexe bewahrt.« Er ließ

Hasina los und trat einen Schritt auf Haluk zu. »Du hast gegen sie gekämpft, nicht? Ihr nicht alles verraten. Und auch jetzt wehrst du dich gegen sie. Du wusstest, dass wir kommen würden. Die Hexe aber ahnt von diesem Durchgang nichts. Sie weiß nur, dass ihre Feinde irgendwo in der Nähe des Turms waren. Nicht aber, dass ihre Krähen direkt auf der Türschwelle gehockt haben. Auch das hat ihr der Andere, wie du ihn nennst, nicht gesagt.« Léo hatte ein wenig das Gefühl, er würde sich einem Löwen entgegenstellen. Du bist verrückt, Léo. Na und?, gab er sich selbst die Antwort. Das alles hier war verrückt. »Du warst es, der auf der Spitze des Turms bei der Hexe gesessen hat, nicht? Und nun bist du allein gekommen.«

»Ihr werdet mit uns kommen.« Haluk klang noch immer kalt und hart, doch seine Stimme hatte etwas von ihrem Schrecken verloren.

»Kein Weg führt vom Tod zurück?« Léo atmete tief durch. Jetzt würde es sich zeigen, ob er richtiglag. »Aber du bist nicht richtig tot. Nur dem Tod versprochen, gefangen in einem Kleid aus Federn.« Er trat noch einen Schritt auf Haluk zu. »Du willst uns nicht aufhalten. Du willst dich verabschieden.«

Auf einmal verzerrte sich das Gesicht des dunkelhäutigen Mannes wie vor entsetzlichen Schmerzen. »Léo.« Die Stimme klang gepresst. Und warm.

»Haluk«, hörte Léo Hasina rufen.

»Du musst aufpassen.« Jedes Wort schien Haluk anzustrengen.

Léo kam näher.

»Ich ahne, was du vorhast. Wo du hinwillst. Da ist etwas, das du …« Haluk keuchte. »Es ist Zeit für mich. Ich …« Er krümmte sich. Dann erhob er sich wieder zur vollen Größe. Er stieß Léo fort und warf sich auf Silbermund. Haluk griff den mechanischen Mann an. Er war wie von Raserei gepackt und schien die Schmerzen, die ihm die Berührung der silbernen Haut bescheren musste, nicht zu spüren. Die beiden rangen am Fuß der Treppe miteinander. Und plötzlich hatte Silbermund seine Arme um Haluk geschlungen.

Léo erinnerte sich an den Kampf gegen den Krähenmann im Spiegelkreis der Hexe.

»Ich erlöse dich, wenn du erlaubst«, sagte Silbermund.

Haluk rührte sich nicht mehr. Und nickte erleichtert.

»Danke«, sagte Léo zu Haluk.

Ein Lächeln zeigte sich auf dem grauen Gesicht. Doch es galt nicht Léo, sondern alleine Hasina. »Denk daran, kleine Schwester, der Tod ist nur die Ruhe nach dem Sturm des Lebens. Mein Leben war ein Orkan. Lass deines ebenso wild sein.«

Und dann stöhnte er auf bei Silbermunds Umarmung und verging wie ein Traum, und Hasina fing an zu weinen. Léo nahm sie in die Arme und hielt sie, bis sie keine Tränen mehr in sich hatte. Dann ließ er sie los und steckte dem Gesicht den Schlüssel in die Nase. Die Sprossen wuchsen empor in die Schatten unter dem Dach. Nacheinander traten die drei an die Leiter und kletterten hinüber. Sie nahmen Abschied. Von einem Freund. Einem Bruder. Und dieser Welt.

Wenn auch nicht für immer.

AUF DEN SPUREN DES VATERS

Wie fremd sich die eigene Welt anfühlte. Sie schien Léo einen Moment lang nicht recht zu passen wie ein abgelegtes Kleidungsstück, das er nach längerer Zeit wieder anprobierte. Das Steingesicht mit dem Schnurrbart starrte ihn im kalten Licht des Mondes, der durch das schmale Fenster fiel, stumm an. Unter ihnen führte die Treppe hinab in die Kirche.

Léo war kurz schwindlig, obwohl er gewusst hatte, was beim Übergang auf ihn zukommen würde. Hasina dagegen schien durch den Wechsel zwischen den Welten nicht sonderlich mitgenommen. Vielleicht hatte sie ihn schon zu oft mitgemacht. Sie stiegen hinab, und die Kirche am Fuß der Treppe war so verlassen wie in der Nacht, als Léo in das andere Briançon gestolpert war. Er wollte schon die Tür hinaus öffnen, als ihn Hasina daran erinnerte, dass ein Mann aus Silber in beiden Welten mehr als auffällig war. Sie fanden in einem Nebenraum eine zerschlissene Priesterrobe, eine Soutane, und legten sie Silbermund um.

Die Nacht war noch heißer als die, in der Léo Kafir auf den Turm verfolgt hatte. Hasina und er zogen ihre Wintersachen rasch aus, dann verließen sie die Stiftskirche und machten sich auf den Weg.

Léo ertappte sich immer wieder dabei, wie er die Häuser musterte. Nach Ähnlichkeiten zu denen auf der anderen Seite suchte und sich fragte, welches Briançon wohl echter sei. Beide sind echt, Léo, sagte er sich. Ja, aber welches fühlte sich mehr wie seine Heimat an?

Das Haus seiner Mutter lag in völliger Stille da. Sein Haustürschlüssel war bei seinen Sachen in Fernandos Haus im Zimmer der Lehrlinge zurückgeblieben. Doch es gab einen Ersatzschlüssel, seit Léo dreimal nacheinander seine Mutter aus dem Bett hatte klingeln müssen, weil er seinen vergessen hatte. Er fand ihn unter einem Stein neben der Tür und steckte ihn ins Schloss.

In dem Haus war es dunkel. Kein Wunder um diese Zeit. Das Geräusch aber, das leise an sein Ohr drang, zeigte, dass jemand wach war. Jemand, der weinte.

»Hallo?«, rief er in das Haus und zögerte, auch nur einen Schritt hinein zu machen. Wie töricht. Er betrat sein Zuhause und fühlte sich wie ein Fremder.

»Léo?« Die Stimme zitterte. »Bist du das?«

Endlich wagte Léo in den Flur zu treten. Die Stimme war aus der Werkstatt gekommen. An der Tür zögerte er einen Moment. Er hatte seine Mutter vermisst und freute sich, sie wiederzusehen. Doch er wusste auch, dass er ihr vieles zu erklären hatte. Und an einiges wollte er sich nicht mehr erinnern. Er wandte sich zu Silbermund und Hasina um. Das Mädchen lächelte ihm aufmunternd zu. Léo nickte stumm und öffnete die Tür.

Léo fand seine Mutter an einer Werkbank stehen. Auf der vom Mond und einer Tischlampe beschienenen Arbeitsplatte lag eine Figur, an der sie offenbar gearbeitet hatte. Ein Aufräumer. Unwillkürlich musste er lächeln. Auf einmal fand er hier unverhofft etwas von der anderen Seite.

Seine Mutter trat auf ihn zu. Léo konnte nun auch sehen, dass sie geweint hatte. Sicher mehr als einmal. Sie fuhr ihm mit den Fingern über das Gesicht. »Verdammt, wo hast du gesteckt?«

Er konnte alles hören, was sie fühlte. Die Sorge. Die Wut. Das schlechte Gewissen. Léo zog sein Smartphone hervor. Er hatte es auf der anderen Seite irgendwann ausgeschaltet. Nun aktivierte er es wieder. Ein Bild sagt mehr als tausend Worte, dachte er und zeigte ihr die Aufnahme, die er von Kafir und seinem toten Meister gemacht hatte. »Ich war zu Hause«, erwiderte er. »Bei Fernando.«

Die Hand seiner Mutter fuhr zurück, als hätte sie sich an Léos Wange verbrannt. Entgeistert starrte sie auf das Bild. »Ich habe es befürchtet«, murmelte sie. »Frederick hat mir erzählt, dass du jemandem in die Kirche gefolgt bist. Ich musste ihm eine Lüge aufbinden, dass du die Kirche durch den Seitenausgang verlassen hast und ein paar Tage nach Paris gefahren bist. Er hat mir nicht geglaubt.« Sie seufzte. »Frederick hat Kafir gesehen, nicht wahr? Ich war am nächsten Tag oben im Turm, aber der Durchgang war verschlossen.« Wie müde sie aussah. Léo kam seine Mutter in diesem Moment gealtert vor. »Ich bin fast verrückt vor Angst geworden. Ich konnte nicht zu dir, obwohl ich es versucht habe.« Sie legte ihm ihre Hand wieder auf die Wange und diesmal zog sie ihre Finger nicht zurück. Wie gut die Berührung tat, dachte Léo. Er sah wieder zu dem Aufräumer, den sie gebaut hatte und der in dieser Welt so fehl am Platz wirkte. Seine Mutter folgte dem Blick. »Der Wunsch, ihn zusammenzusetzen, kam ganz von selbst«, sagte sie, als müsste sie sich für ihre Arbeit entschuldigen. »Ich habe nie vergessen, wie man sie anfertigt. Du weißt, was das ist, nicht?«

»Fernando hat mir beigebracht, wie man sie baut«, erwiderte Léo und steckte sein Smartphone weg. »Und noch einiges mehr.«

»Oh, dieser verfluchte alte Schraubendreher«, entfuhr es ihr. Sie war nicht nur wegen des Mondlichts blass. »Kafir und er werden ...«

»Er ist tot«, sagte Léo.

Seine Mutter verstummte im selben Moment, als hätte er ihr gerade alle Worte von den Lippen geschält. Er konnte ihr ansehen, dass es ihr schwerfiel zu verstehen, dass Léo auf der anderen Seite in ihrem Haus gewesen war. Doch dass Fernando tot war, schien sie kaum begreifen zu können. Nur mühsam fasste sie sich wieder. »Aber wieso? War er krank?«

»Die Hexe hat ihn auf dem Gewissen.« Wenn es überhaupt möglich war, wurde sie noch blasser. »Sie ist Fernando auf die Spur gekommen. Und wegen ihr konnte ich nicht eher zurück.«

»Oh nein«, murmelte Léos Mutter. »Dann haben sie auch …« Sie verstummte erneut, als Silbermund, gefolgt von Hasina, die Werkstatt betrat.

»Guten Abend, Gnädigste«, sagte der mechanische Mann mit seiner melodischen Stimme. »Er ist meinetwegen gestorben. Bitte verzeihen Sie, wenn ich Sie erschreckt habe.«

Léos Mutter schlug sich die Hand vor den Mund. Fassungslos ging sie auf Silbermund zu und berührte auch ihn, als könnte sie ihren Fingern mehr trauen als ihren Augen. »Ich hätte nie geglaubt, dass ich noch mal dieses Gesicht …« Ihre Stimme zitterte, als hätte sie nicht genug Kraft, um die Worte ihre Kehle hinaufzuzwängen. Dann sah sie Hasina an. »Du gehörst zu den Wächtern, nicht?« Sie lächelte traurig. »Ich hatte immer gehofft, all das von dir fernhalten zu können, Léo.« Sie blickte ihn nicht an, als schämte sie sich für die Lügen und Heimlichkeiten. »Um dich zu schützen. Damit ich dich nicht verliere wie Stéfane.« Sie schluckte und kämpfte erkennbar mit weiteren Tränen.

»Der Erbauer hat mich gerettet«, sagte Silbermund in die kurze Stille hinein. »Und nun werde ich alle retten.«

Léos Mutter runzelte die Stirn. »Ich denke, Fernando ist tot. Wer bitte ist dann dein Erbauer?«

Silbermund deutete mit einem Finger auf Léo. »Er.«

Léo blickte seine Mutter entschuldigend an. »Es ist eine lange Geschichte.«

»Ich bin gespannt«, erwiderte sie. »Sehr gespannt sogar.«
Und dann endlich fiel sie Léo um den Hals und drückte ihn
so fest an sich, dass er keine Luft mehr bekam. Jetzt, in diesem
Moment, spürte er, wo er zu Hause war. Hier. Ganz genau hier.

Während Léo erzählte, kam er sich vor, als wäre er zurück in Fernandos Werkstatt. Zurück in der besonderen Nacht, in der ein
Mann an die Tür zu Léos Haus geklopft hatte. Doch diesmal
hörte ihm seine Mutter zu und nicht ein verschrobener Spielzeugmacher und dessen Zwergenfreund. Sie nahm auf einem
Stuhl an der Werkbank Platz und verzog keine Miene, während
er davon berichtete, wie er sein eigentliches Zuhause, wie er *ihr*
Zuhause, kennengelernt hatte. Hasina und Léo hatten sich auf
ein Fensterbrett gesetzt, während Silbermund zwischen ihnen
stand. Seine Mutter hatte sie mit ein paar Broten und Tee ver-
sorgt. Gelegentlich blickte Léo zu ihr und musterte sie, doch
so sehr er sich auch anstrengte, es gelang ihm nicht, in ihrem
Gesicht zu lesen. Hasina war da einfacher zu entschlüsseln. Sie
kämpfte mit den Tränen, während Léo von Haluks Tod berichtete. Und sie presste grimmig die Lippen aufeinander, als er davon erzählte, wie Fernando ihm das Versprechen abgerungen
hatte, Silbermund fertigzustellen. Schließlich kam er zu der Begegnung mit dem Tod auf der Spitze des Hexenturms.

Und endlich bekam die Maske seiner Mutter einen Riss.
»Hat er dich angesehen?«, fragte sie besorgt. »Sag schon, hat
sein Blick dich gefunden?«

Léo schüttelte den Kopf. »Weiß nicht. Aber weshalb willst
du das wissen?«

»Weil es Unglück bringt«, antwortete seine Mutter. Sie
seufzte. »Und dann?«

Léo erzählte weiter. Von dem Herzen, das der Tod als Pfand besaß. Und dem gescheiterten Versuch, die Hexe zu töten. »Ich werde der Hexe ein neues Herz bauen«, schloss er. »Denn sie hat keines mehr, das wir anhalten können.«

Léos Mutter sah ihn an. Da war etwas in ihrem Blick, das er zunächst nicht richtig deuten konnte. »Du bist schuld«, murmelte sie und wandte sich Silbermund zu. »Wenn du nicht wärst, würden sie noch alle leben.«

»Ich habe nicht darum gebeten, erschaffen zu werden, wenn ich höflich darauf hinweisen dürfte«, entgegnete er ungerührt und deutete auf Léo. »Er hat mich zusammengebaut.«

»Hör mal«, meinte Léo und räusperte sich, »das mit dem Erbauer ist vielleicht etwas übertrieben. Ich meine …« Er stockte, als sich seine Mutter erhob. Sie trat auf Silbermund zu und strich ihm über die metallene Wange. »Du hast viele Erbauer. Deinen Kopf habe ich gefertigt. Es war der erste Teil von dir, den wir gebaut hatten.« Sie verzog die Lippen zu einem Lächeln. »Damals war die Hexe bereits seit Jahren da. Die Welt sträubte sich noch gegen den langen Winter. Und einige von uns ahnten bereits, was sie vorhatte. Die Zwerge waren die Ersten. Sie nehmen die Welt anders wahr, als wir Menschen es können. Sie sagen von sich, dass sie den Herzschlag der Erde hören. Wer weiß, vielleicht stimmt es sogar. Sie haben gespürt, dass etwas nicht stimmte, als die Todeshändler noch nicht mehr als Gerüchte in den Straßen der Stadt waren. Wir, Fernando, Stéfane und ich, beschlossen dann, dich zu bauen. Also fing ich an.«

Silbermund und Hasina hingen wie verzaubert an ihren Lippen. Und Léo tat das auch. Es war das erste Mal, dass seine Mutter von ihrem früheren Leben sprach. Plötzlich wurde ihm bewusst, dass sie kaum je etwas von der Zeit erzählt hatte, die vor seiner Geburt lag. Nur ein paar vage Andeutungen über eine Stadt wie Briançon, früh gestorbene Eltern und das harte

Leben als selbstständige Spielzeugmacher. Alles Lügen? Oder gerade so viel Wahrheit, dass Léo nicht ahnen konnte, woher er und seine Eltern wirklich stammten?

»Ich habe auf der anderen Seite begonnen. Das Silber brachte Stéfane aus diesem Briançon mit hinüber. Der Durchgang war eigentlich ein Geheimnis der Zwerge, doch sie lüfteten es, als wir sie in unseren Plan einweihten. Ich arbeitete an deinem Kopf und währenddessen wurden die Hexenkrähen auf uns aufmerksam. Stéfane war gerade auf dem Weg durch den Turm mit neuem Silber und wäre ihnen bei seiner Rückkehr beinahe zum Opfer gefallen. Da war zu viel Silber. Wir haben gelernt, dass es Spuren hinterlässt, wenn es zu lange an einem Ort ist, und so die Diener der Hexe anlockt. Also beschlossen wir, das Silber fortan nicht hinüberzuschaffen, sondern die Arbeit dort fortzuführen, wo das Silber herkommt. Es ist eine mühselige Arbeit, es zusammenzukratzen. Es muss eine besondere Sorte sein. Das Silber der einen Welt, durchzogen vom Hexengold der anderen Seite. Dort, wo beide Welten ganz eng beieinander liegen, vermischen sich die Metalle auf eine einzigartige Weise. In der Mine, die nicht weit entfernt von hier liegt, ist die einzige Ader dieses besonderen Silbers zu finden, von der wir wissen.« Sie fuhr sich über das Gesicht. »Es hat lange gedauert, bis der Kopf fertig war. Du, Léonce, warst gerade einmal ein Jahr alt, als wir unser Zuhause auf der anderen Seite verließen. Und als ich den Kopf fertiggestellt hatte, warst du schon acht.« Ihr Blick ging in die Ferne, als könnte sie an einen anderen Ort blicken. »Oh, dein Kopf war mein Meisterstück, Silbermund. Du kannst die Stirn runzeln. Deine Lippen bewegen wie ein Mensch. Sprechen wie einer. Kein mechanischer Mann konnte das je zuvor.« Sie lächelte ihn an, wie sie manchmal Léo anlächelte. Stolz wie eine Mutter. »Stéfane hatte dir in der Zeit ein Herz gemacht. Ein Jahr später starb er.«

Léos eigenes Herz schlug schneller. Seit einer Ewigkeit hatte sie schon nicht mehr von seinem Vater gesprochen. Er war so aufgeregt, dass er sich nicht mal daran störte, dass sie Hasina gegenüber seinen so furchtbar altmodischen Namen verwendete.

»Ich habe Kafir deinen Kopf gegeben, weil ich ihn nicht mehr sehen wollte. Und das Silber, das Stéfane für deinen Körper aus der Mine geholt hat, musste der Zwerg auch fortbringen. Ich wollte nicht, dass unser Leben von all dem noch mehr beschädigt wird. Aber das Herz wollte ich behalten. Ich konnte mich nicht davon trennen. Es war meine letzte Erinnerung an Stéfane und ich wollte es hierhaben bis zu dem Tag, an dem Kafir wiederkommen und es holen würde.« Ihre Stimme wurde leiser. »Ich war ebenso glücklich wie unglücklich deswegen. Es war Stéfanes ganzer Stolz gewesen. Aber es erinnerte mich jeden Tag daran, weshalb er gestorben war.«

»Kafir hat uns das Silber gebracht, zusammen mit dem Kopf«, sagte Hasina. Sie nippte an ihrem Tee und lächelte Léos Mutter verlegen an. »Und wir haben es auf die andere Seite geschmuggelt. Stück für Stück. Damit die Krähen es nicht bemerken. Fernando hat einen Weg gefunden, die Wirkung des Silbers abzudämpfen. Der Raum, in dem er an Silbermund gearbeitet hat, ist von so viel Hexengold durchzogen, dass er mehr wert ist als halb Briançon. Als letztes Teil wurde der Kopf hinübergebracht.«

»Du warst in Fernandos Werkstatt?«, fragte Léo verblüfft. Warum auch nicht?, meinte er daraufhin zu sich selbst. Wem sonst hat sie den Kopf bringen wollen?

»Ihr seid noch immer auf beiden Seiten zu Hause«, stellte Léos Mutter fest.

Hasina nickte. »Ja, auch wenn wir schon vor vielen Jahren nach Paris gegangen sind. Dorthin, wo …«

»Ja, natürlich«, meinte Léos Mutter schnell. »Ich weiß, was ihr dort bewacht. Nun, ich fürchte, aus dem ganzen Plan wird nichts. Die Hexe hat kein Herz und ein neues kann ihr keiner bauen. Alle sind umsonst gestorben. Alle.« Sie presste verbittert die Lippen aufeinander.

»Nein«, entfuhr es Léo. Er war es leid, dass er hier offenbar am wenigsten wusste. Von Silbermund einmal abgesehen. Er würde sich nicht so von seiner Mutter abspeisen lassen. Wann, wenn nicht in dieser Nacht, sollte er endlich Antworten auf seine vielen Fragen bekommen können? »Papas Tod hat unendlich wehgetan. Aber er war nicht sinnlos. Und auch die anderen sind nicht umsonst gestorben. Und erst recht nicht wegen Silbermund. Die Hexe hat sie auf dem Gewissen. Wenn sie überhaupt eines besitzt. Und ich werde ihr ein Herz bauen. Eines, das Silbermund anhalten kann. Ich bin hergekommen, um zu erfahren, woher das Silber für ihn gekommen ist. Und nun weiß ich es. Ich hole mir genug davon, um dieses Herz zu bauen. Ich kann es. Du wirst sehen.«

Seine Mutter erbleichte bei diesen Worten. »Das darfst du nicht.«

»Warum?« Noch nie hatte Léo seine Mutter so laut angefahren. Er war von dem Fensterbrett aufgesprungen und stand ihr nun genau gegenüber. Es war so still, als würde die ganze Welt den Atem anhalten.

Léos Mutter öffnete den Mund, doch kein Wort drang aus ihm heraus.

»Warum soll ich nicht gehen? Weil du nicht willst, dass ich gegen die Hexe kämpfe?« All die Wut eines Kindes, das seinen Vater verloren hatte, brach sich nun einen Weg aus seinem Inneren. Er sah, dass er seiner Mutter wehtat. Aber er war zu wütend, um aufzuhören. »So wie … Papa?« Oh, es fühlte sich seltsam an, über ihn zu sprechen. Es schien eine Ewigkeit her, dass

Léo und seine Mutter sich über ihn unterhalten hatten. Sie hatte es all die Jahre versucht zu verhindern.

»Du wirst sterben, wenn du in die Mine gehst.« Sie sah ihn an. »Genau wie Stéfane.«

Einen Moment lang wusste Léo nicht, was er sagen sollte. Sein Vater war in der Mine gestorben? »Wieso?«

Seine Mutter schluckte und konnte die Tränen nur mühsam zurückhalten. »Ich weiß es nicht. Er wollte einen neuen Stollen erkunden. In dem Teil der Mine, in dem er das Silber sonst abgebaut hatte, gab es nicht mehr genug davon. Er war durch Zufall auf eine Ader gestoßen, in der das Silber so viel Hexengold enthielt, dass es besonders geeignet sei. Wir hatten doch eigentlich schon genug, aber Stéfane ging in den neuen Stollen, um Silbermund noch stärker zu machen. Und kam nie wieder. Ich ...«, sie atmete tief durch, als müsste sie sich anstrengen weiterzusprechen. »Ich war dort. Doch ich habe ihn nicht gefunden. Der neue Stollen, er ...« Sie stockte. »Ich musste irgendwann kehrt machen.« Sie sprach nun leiser. »Da war etwas. Ich habe den Tod gespürt.« Sie schüttelte sich, als würde sie frösteln. »Ich wusste in diesem Moment, dass Stéfane verloren war. Gestorben.«

Léo packte seine Mutter an der Schulter, und sie sah ihn eindringlich an.

»Bitte geh nicht.«

In diesem einen Moment hatte er das Gefühl, seine Mutter ganz und gar zu verstehen. All die Jahre der Heimlichkeiten. Der verschwiegenen Antworten. Ja, er verstand sie. Sie hatte ihn beschützen wollen. Vor der Hexe. Vor dem, was sie in der Mine gefühlt hatte. Aber er konnte ihr den Wunsch zu bleiben nicht erfüllen.

»Ich muss gehen. Sonst wäre Papas Tod wirklich umsonst gewesen. Aber«, setzte er schnell hinzu, ehe sie etwas sagen konnte, »ich bin nicht allein. Ich habe Silbermund.«

»Ihr seid beide nicht allein.« Hasina lächelte ihn entschlossen an. »Ich komme mit euch.«

Léo sah sie an. Wie hatte seine Mutter Hasina genannt? Eine Wächterin. Ebenso wie Kafir zuvor. Was also bewachte sie? Er wollte fragen, aber er ahnte, dass sie ihm jetzt keine Antwort geben würde. Doch er würde sie fragen, wenn die Zeit gekommen war.

»Dann sollte ich auch ...«, setzte Léos Mutter an.

Es war Silbermund, der sie unterbrach. »Wenn ich darf, möchte ich Euch bitten, davon abzusehen. Selbst ich kann erkennen, wie schwer es Euch fallen würde, an den Ort zu gehen, an dem Euer Gatte gestorben ist.«

Der Schmerz breitete sich einer Krankheit gleich über ihr Gesicht aus.

»Es ist nur eine Höhle«, fuhr der mechanische Mann fort. »Und wir brauchen nicht mehr als ein wenig Silber. Es gibt keinen Grund für Euch, dorthin zu gehen. Was Ihr gefühlt habt, war sicher nur der Tod eines geliebten Menschen.«

Es war Léos Mutter deutlich anzusehen, wie sehr es sie erleichterte, den Platz, an dem sein Vater den Tod gefunden hatte, nicht betreten zu müssen. Und ebenso deutlich war es, wie ungern sie Léo gehen ließ. Sie seufzte. »Du hast recht, Silbermund. Ich wäre keine Hilfe. Ihr werdet schneller ohne eine törichte alte Spielzeugmacherin sein. Wenn ihr geht, versprecht mir, dass ihr gesund zurückkommt.«

»Mach dir keine Sorgen«, sagte Léo, so gelassen er konnte, und wunderte sich über den erschrockenen Gesichtsausdruck seiner Mutter.

»Genau das hat auch Stéfane damals zum Abschied gesagt«, erwiderte sie.

Die Nacht endete schon, als Léos Mutter Hasina das Gästezimmer in dem kleinen Haus fertig machte. Er hätte gerne mit

Hasina geredet. Doch unter den Augen seiner Mutter war es ihm unangenehm und Léo ging in sein Zimmer und legte sich auf sein Bett. Silbermund war in der Werkstatt geblieben. Sicher würde Léos Mutter, anstatt zu Bett zu gehen, stundenlang mit ihm reden. Immerhin war er ihr Meisterstück. Vielleicht würde es ihr helfen, die Jahre zu vergessen, die sie die andere Seite fortgeschoben hatte.

Irgendwann schlief Léo ein. Und erst, als die Sonne längst aufgegangen war, wachte er wieder auf. Jemand rüttelte an seiner Schulter. Es war Hasina.

»Wir haben ein Problem«, sagte sie, noch während sich Léo aus seinem Bett stemmte. Er hatte sich vor dem Zubettgehen nicht mal mehr umgezogen. Nun trug er noch immer die Sachen der anderen Seite. »Was denn?«, murmelte er schlaftrunken.

»Es heißt Frederick.«

Léo sprang auf. Er hörte seinen Freund schon, während er an den Anfang der Treppe trat. Auch seine Mutter redete. Er verstand die Worte nicht. Sie waren im Wohnzimmer. Léo musste sich zurückhalten, seinen Freund nicht freudig zu begrüßen. Er wusste nicht, was seine Mutter ihm genau über Léos Abwesenheit und seine angebliche Fahrt nach Paris erzählt hatte. Lieber wollte er erst lauschen, was sie sagte. Er sah den Treppenabgang hinab. Die Tür ins Wohnzimmer stand einen Spalt offen und er konnte von oben hineinlugen. Da war sein Freund. Und seine Mutter. Und Silbermund. Verflucht, wieso war er nicht in der Werkstatt?

Seine Mutter trat in den Flur. »Du musst nun gehen«, hörte er sie sagen.

»Aber was ist das da?«, fragte Frederick, während sie ihn aus dem Wohnzimmer Richtung Haustür dirigierte. Rasch trat Léo einen Schritt zurück.

»Ein neues Spielzeug«, meinte seine Mutter knapp. »Léo wird sich bei dir melden. Er ist wie eben gesagt spät aus Paris nach Hause gekommen. Mach's gut.« Wenig freundlich schlug sie Frederick die Tür vor der Nase zu. Dann lehnte sie sich mit dem Rücken dagegen.

»Wieso läuft Silbermund hier herum?«, fragte Léo, während er die Treppe hastig herunterstolperte.

»Ich habe deinem Freund die Tür geöffnet, mein Erbauer.«

»Du hast was?« Himmel, dachte Léo. Mechanische Menschen, die sich wie lebende bewegten, waren in dieser Welt aller Technik zum Trotz einzigartig. »Und nenn mich bitte Léo. Ich glaube, das ist passender.«

»Silbermund wollte helfen«, sagte seine Mutter. »Ich konnte wenigstens verhindern, dass er mit Frederick spricht. Ich fürchte allerdings, dass er mir nicht geglaubt hat, dies hier sei ein neuartiges Spielzeug.«

Nein, Léo hätte es ihr ebenfalls nicht geglaubt.

»Wir sollten sofort zur Mine.« Hasina ging langsam die Treppe hinunter. Die Morgensonne, die durch das Wohnzimmerfenster in den Flur schien, malte ihr ein helles Muster auf das dunkle Gesicht. Für einen Moment konnte Léo sie nur sprachlos anstarren. Sie war so atemberaubend, dass … Er bemerkte den Blick seiner Mutter aus den Augenwinkeln. Sie … lächelte, als könnte sie ihm den Gedanken von der Stirn lesen. Rasch zwang er sich fortzusehen. »Sie hat recht«, sagte er. »Wir können es uns nicht leisten, Aufmerksamkeit zu erregen. Wir brauchen das Silber aus der Mine für das Herz. Besser wir holen es sofort.«

Das Lächeln auf dem Gesicht seiner Mutter verblasste wie eine Erinnerung. Sie sah aus, als wollte sie etwas einwenden, doch dann seufzte sie und nickte. »Ich zeige euch den Weg.«

»Wir holen nur das Silber, das wir brauchen. Und mehr als das werden wir dort auch nicht finden.« Léo sagte es so leichthin, als gäbe es nichts, wovor man sich fürchten müsste.

Doch seine Mutter sah ihn mit Sorge an. »Stéfane hat auch nur das Silber gesucht«, sagte sie leise. »Und den Tod gefunden.«

Seine alten Kleider fühlten sich seltsam fremd auf Léos Haut an. Fast wie ein Kostüm. Hasina hatte von Léos Mutter einige Kleidungsstücke bekommen. Eine Jeans, eine Jacke, die sie über dem Arm trug, und feste Schuhe. Weder sie noch Léo fielen auf. Doch am Tag reichte das alte Priestergewand, das sie in der Nacht in der Kirche mitgenommen hatten, nicht aus, um Silbermund zu tarnen. Also mussten sie ihn auf andere Weise unbemerkt zur Mine bringen.

»Bitte sehr, es ist nicht komfortabel, aber darin wirst du nicht auffallen.« Léos Mutter deutete in den geöffneten Kofferraum ihres alten Wagens.

Silbermund sagte nichts, doch Léo glaubte dem mechanischen Mann den Widerwillen, sich in das enge Gefängnis zu quetschen, deutlich vom Gesicht ablesen zu können.

Der Weg zur Mine war von Schweigen erfüllt. Léo sah nachdenklich aus dem Fenster. Nun würde er seinem Vater plötzlich ganz nahe sein. Wie seltsam es sich anfühlte. Es gab einen Grabstein mit seinem Namen, auch wenn der Körper, der nie gefunden worden war, nicht unter ihm lag. Man hatte Stéfane Mellino nach einiger Zeit des Verschwundenseins für verschollen erklärt. Léo fragte sich, ob seine Mutter der Polizei je offenbart hatte, dass ihr Mann in die Mine hinabgestiegen war.

Die Silbermine nahe Briançon lag in den zerklüfteten Schluchten von Fournel. Wenn sich überhaupt ein Tourist in die Nähe verirrte, dann führte ihn sein Weg in das Silbermuseum, das in den Pferdeställen des Schlosses Saint-Jean untergebracht war. Von dort aus konnte man einige hundert Meter unter der Erde zurücklegen. Diese Stollen waren extra für die Besucher gesichert. Der Weg hingegen, dem Léo und die anderen folgen würden, war nach den Worten seiner Mutter vergessen und damit nicht gerade ungefährlich.

Eine schmale Straße führte hinauf zum Mineneingang. Sie wand sich eine Anhöhe hinauf und machte nach einiger Zeit einen Knick, hinter dem man weiter zum Silbermuseum gelangte. Der Wagen aber bog vorher in einen kleinen, unscheinbaren Seitenweg ab, der schon, seit Léo denken konnte, gesperrt war. Sie schaukelten über eine steinige Buckelpiste, bis sie vor einem einsamen Hügel hielten, der lange und verfilzte Efeuranken wie eine wilde Haarpracht trug.

Léos Mutter stieg wortlos aus, öffnete den Kofferraum und trat dann an die Efeuranken.

Léo folgte ihr und blickte sich dabei um. Das Gefühl, beobachtet zu werden, strich ihm wie ein eisiger Lufthauch über den Nacken. Der Hügel lag am Rand eines kleinen Kiefernwäldchens, das eine hervorragende Märchenfilmkulisse abgegeben hätte. Léo sah in den Himmel. Ein paar Krähen flogen dort und stießen ihre heiseren Schreie in den Tag. Für einen Augenblick war Léo wieder auf der anderen Seite, doch er verdrängte die Gedanken an Menschenhaut unter Federkleidern. Die Vögel waren hier nicht mehr als Vögel. Und es gab keinen Grund, sich verfolgt zu fühlen.

Léos Mutter zögerte, als sie nach den Efeuranken griff. Doch dann zog sie einige von ihnen mit einem schnellen Ruck zur Seite. Ein Durchgang wurde sichtbar. Ein Höhleneingang, der

Boden mit Brettern versehen, die wie Stufen hinabführten. Léos Mutter reichte Hasina und ihm zwei Taschenlampen und Minenwerkzeug. »Es ist kein weiter Weg. Aber er führt steil hinab und das Holz, das Stéfane für die Treppe benutzt hat, mag an einigen Stellen morsch sein.« Sie nahm Léos Gesicht in beide Hände. »Seid vorsichtig. Und kommt so schnell wie möglich zurück.« Ihre Stimme brach, als säße ihr die Sorge wie ein Splitter in der Kehle. An Hasina gewandt fügte sie hinzu: »Pass auf ihn auf, Wächterin. Und auf dich selbst auch.«

Léo verzog verärgert die Lippen. Er wollte nicht, dass Hasina den Eindruck bekam, man müsste auf ihn achtgeben.

Dann schließlich blickte seine Mutter Silbermund an. »Und du passt auf sie beide auf, hörst du? Oder ich baue dich Schraube für Schraube wieder auseinander.«

Léo sah seine Mutter beeindruckt an. Kein Hexenfluch hätte drohender klingen können.

Auch mit den Taschenlampen und dem Licht in Silbermunds Augen war es ein finsterer Weg. Die Sonne reichte keine fünf Schritte weit und die Schatten in dem engen Gang wichen nur widerwillig vor dem Schein des elektrischen Lichts zurück. Hasina hatte ihre Jacke angezogen. Es war kühl und der Weg war von einer Spannung erfüllt, die Léo zuvor noch nie gespürt hatte. Lag das alleine daran, dass er sich auf den Spuren des eigenen Vaters befand?

Der ovale Schacht, dem sie folgten, war so niedrig, dass Silbermund nur gebeugt in ihm gehen konnte. Und so eng, dass sie hintereinander herlaufen mussten. Léo glaubte schon nach den ersten Metern, dass ihm die Luft zum Atmen knapp würde. Sie roch alt. Als sei sie seit vielen Jahren nicht mehr geatmet worden. Der Widerwille, weiterzugehen, wuchs mit jedem Augenblick. Dann aber wies sich Léo selbst zurecht. Denk daran, wer vor dir hier entlanggegangen ist, sagte er sich. Er ist auch nicht umgekehrt. Léo zwang sich fortan bei jedem Schritt, bei jedem Stein, über den er stolperte, daran zu denken, dass Stéfanc Mellino ebenfalls hier entlanggegangen war.

Ihre Schritte klangen als Echo von den Steinwänden wider. Die Silberadern waren ein dünnes Muster, das sich durch den Felsen zog. Léos Mutter hatte erklärt, dass sie dem Gang für etwa eine Viertelstunde folgen mussten, ehe sie auf den ältesten Stollen treffen würden. Von dort aus ging es weiter bergab. Nach einer weiteren Viertelstunde würden sie in eine Höhle gelangen. Dem Ort, an dem sie die besondere Mischung aus Silber und Hexengold finden konnten. Sie würden nicht einmal allzu weit unter die Erde wandern müssen, um …

Ein überrrschtes Aufkeuchen ließ Léo in seinen Gedanken innehalten. Er wirbelte herum. Und fing Hasina gerade noch, die über einen der losen Steine gestolpert und beinahe zu Boden gestürzt war. Beide Lampen fielen zu Boden, und für einen Augenblick sahen sie sich stumm im Lichtschein zu ihren Füßen an. Léo fühlte ihren Atem an der Wange, und die Wärme ihrer Haut auf der eigenen. »Ich dachte, du solltest auf mich aufpassen«, brachte er heiser hervor. »Und nicht umgekehrt.«

Hasina erwiderte nichts. Für einen Moment vergaß Léo die Hexe, das Silber und ihr Herz. Er wünschte sich für diesen Augenblick mit Hasina an einem anderen Ort zu sein. Ohne die Bürde einer Aufgabe. Und er glaubte in ihrem Blick zu erkennen, dass sie ebenso dachte. Wortlos löste sie sich schließlich aus seinem Griff, hob eine der Lampen auf und ging weiter. Léo griff rasch nach der anderen Lampe und wollte ihr folgen, als Silbermund ihm eine Hand auf die Schulter legte.

»Die Schritte haben nicht geendet.«

Léo verstand nicht. Er nickte nur und machte sich dann daran, Hasinas Lichtschein zu folgen. Erst nach ein paar Metern begriff er, was der mechanische Mann gesagt hatte. Er wandte sich um, während er Hasina weiter folgte. »Was meinst du genau damit?«, fragte er.

»Keiner hat sich bewegt. Aber die Schritte waren noch da.«

»Ich habe nichts gehört«, meinte Léo. Er blieb stehen und lauschte. Hasina tat es ihm gleich, als sie merkte, dass die anderen nicht weitergingen, und in dem Gang war es nun so still wie in einem Grab.

Silbermund hatte den Kopf schief gelegt und schien sich auf etwas zu konzentrieren. Dann nickte er. »Jetzt haben sie aufgehört.«

»Ein Echo«, mutmaßte Léo.

»Ein sehr träges Echo, werter Erbauer«, meinte Silbermund.

Plötzlich erinnerte sich Léo an etwas, das der Graf auf dem Hexenturm gesagt hatte. *Seit ich damals für Euch auf der anderen Seite war, kann ich es stärker spüren.* Und hatte er nicht auch davon gesprochen, dass er dafür gesorgt hätte, dass die Mine nicht betreten werden konnte, nachdem er dort Silber besorgt hatte? Léo hatte keine Zeit gehabt, über diese Worte nachzudenken. Doch plötzlich konnte er an nichts anderes mehr denken. Der Todeshändler war hier gewesen. In dieser Welt. Und er hatte Silber besorgt. War ihnen der Graf etwa erneut auf den Fersen?

»Wir stoßen bald auf den Stollen«, wisperte Léo. »Und dann machen wir eine Pause.«

»Wie lange, wenn ich höflich fragen dürfte?«, fragte Silbermund, der nicht zu verstehen schien.

»So lange, bis das Echo weniger träge ist«, gab Léo zurück.

Die Zeit war in dem finsteren Gang wirklich schwer abzuschätzen.

Léo hatte Hasina eingeholt und ihr in knappen Worten von den fremden Schritten berichtet.

»Der Graf«, hatte sie daraufhin gewispert und den dunklen Gang hinaufgesehen. Offenbar erinnerte sie sich ebenfalls an dessen Worte. »Dann sind wir in Gefahr.«

»Wenn er es ist, müssen wir ihn stellen«, hatte Léo zurückgeflüstert und ihr dann in leisen Worten gesagt, was er vorhatte.

»Das ist Wahnsinn«, war Hasinas Antwort gewesen. Doch sie hatte keine bessere Idee gehabt und eingewilligt, es zu versuchen.

Sie erreichten bald den Stollen. Es war genau so, wie Léo es im Hexenspiegel gesehen hatte. Die Warnschilder. Die elektrischen Lampen an den Wänden. Und das Silbermuster. Die Lampen aber waren ausgeschaltet. Offenbar gehörte dieser Teil des Stollens nicht zur Besucherstrecke.

»Die Schritte folgen uns noch immer, wenn ich darauf hinweisen dürfte«, wisperte Silbermund.

»Zeit für die Falle«, erwiderte Léo mit klopfendem Herzen und sah zu Hasina, die entschlossen nickte.

Sie fanden eine geeignete Nische in der Nähe und drückten sich in die Schatten, die in ihr hausten. Atemlos lauschte Léo. Es dauerte eine Weile, bis er nicht mehr nur das eigene Atmen und sein Herz schlagen hörte. Da war nun auch ein vorsichtiges Tappen. So behutsam wie von jemandem, der nicht auffallen wollte. Und so hastig, als wollte dieser Jemand den Anschluss nicht verlieren. Léo sah Hasina ihren Dolch aus einer Tasche ihrer Jacke ziehen. Jetzt wurde es ernst.

»Wenn ich dich antippe, Silbermund, fängst du ihn«, wisperte sie. »Du kannst doch im Dunkeln sehen?«

»Nichts entgeht mir, hochverehrte Wächterin«, erwiderte der mechanische Mann.

266

»Hasina reicht«, erwiderte sie und schaltete ihre Lampe aus.
Léo tat es ihr gleich. Die Welt ertrank in Dunkelheit. Es
wurde indes nicht völlig finster. Silbermunds Augen glommen
wie zwei große Glühwürmchen. Ihr Schein war so schwach,
dass er ihrem Verfolger kaum auffallen dürfte, aber hell genug,
um Léo die Aufregung ein wenig zu nehmen, die er angesichts
der engen Nische unter der Erde empfand. Wer kam da? Der
Graf? Ein anderer Hexendiener? Oder hatte die Hexe sich selbst
auf ihre Spur gesetzt? Die Sorgen seiner Mutter, die er unbe-
schwert beiseite zu wischen versucht hatte, waren offenbar sehr
berechtigt gewesen. Was, wenn sie es nicht schafften, ihren Verfolger zu besiegen? Was, wenn … Denk nicht weiter, Léo, wies
er sich zurecht. Sie hatten Silbermund an ihrer Seite. Ja, sagte
er zu sich selbst. *Er* wird überleben. Aber du und Hasina könnt
trotzdem sterben.

Die Schritte wurden lauter und der Strahl einer Taschenlampe bewegte sich wie ein suchendes Tier über die Steinwand.

Jemand betrat den Stollen.

Eine Taschenlampe? Besaß die Hexe elektrisches Licht? Léo
wollte etwas sagen, doch er kam nicht mehr dazu.

Der Lichtschein durchschnitt die Finsternis nun genau vor
ihnen.

Und plötzlich sprang Silbermund an Léo vorbei.

Er stand da und wagte nicht zu atmen. Ein kurzer Kampf
war zu hören. Das Licht sprang wie ein Irrlicht durch den finsteren Stollen. Dann vernahm Léo eine Stimme, die ihm nur allzu bekannt vorkam.

»Lass mich los! Was soll das?«

Léo schaltete sofort seine Taschenlampe wieder ein. Den
warnenden Ruf von Hasina ignorierte er, als er sich an ihr vorbei in den Stollen drückte. »Frederick?« Er sah seinen Freund
im Griff von Silbermund.

»Léo? Mann, was ist hier los? Wo warst du? Und was ist das da?« Er versetzte Silbermund einen Tritt, der ihn einen unterdrückten Schmerzensschrei kostete. »Deine Mutter sagte …«, er stockte, als er Hasina erspähte, die ihre Waffe weggesteckt und nun ebenfalls ihre Lampe wieder eingeschaltet hatte. »Und wer ist sie?« Zu Léos Erstaunen gelang es Frederick, trotz seiner Lage Hasina einen interessierten Blick zuzuwerfen. Einen Blick, der ihm gar nicht gefiel.

»Wir kommen von der anderen Seite, werter Verfolger«, sagte Silbermund zu Léos Entsetzen. »Wir kämpfen gegen die Hexe und sind hier, um ihr ein Herz zu machen. Wir müssten sie töten, denn sonst endet der Winter nie.« Er blickte zu Léo. »Ich hoffe, ich habe nichts vergessen, Herr Léo?«

»Léo reicht«, murmelte er und sah von Silbermund zu Frederick und dann zu Hasina in der Hoffnung, sie hätte eine Idee, wie sie das alles hier erklären könnten.

Hasina aber zuckte nur mit den Schultern. »Soweit ich weiß, kann er nicht lügen«, sagte sie. »Nur wer ganz und gar ehrlich ist, kann die Hexe besiegen. Ich fürchte, das musst du jetzt klären.«

Léo seufzte. Als wäre nicht schon alles kompliziert genug.

SCHATTENZAUBER

Den Versuch, Frederick dazu zu bewegen, wieder nach oben zu gehen, wehrte Léos Freund brüsk ab. »Ich war schon misstrauisch, als mich deine Mutter vorhin fast aus dem Haus geworfen hat«, meinte er und sah dabei immer wieder verstohlen zu Silbermund. Wenigstens hatte er für den Moment Hasina vergessen, dachte Léo. Frederick gestikulierte wild mit seiner Taschenlampe, deren Strahl daraufhin wieder wie ein Irrlicht über die Steinwände tanzte. »Was glaubst du überhaupt? Erst verschwindest du in der Kirche, dann geht dieser dunkelhäutige Mann hinein und kommt ebenfalls nicht mehr heraus. Und dann blockt deine Mutter meine Versuche ab, mehr über all das zu erfahren. Außerdem habe ich sowieso nichts Besseres zu tun. Meine Eltern sind ein paar Tage weggefahren und ich passe alleine auf das Haus auf. Also, ich bin dir bestimmt nicht bis hierher gefolgt, um jetzt wieder einfach zu verschwinden.« Frederick verschränkte die Arme und sah Léo entschlossen an. »Außerdem weißt du doch, dass ich immer auf dich aufpassen muss.«

»Auf mich aufpassen? Was redest du denn da?«, meinte Léo rasch und blickte zu Hasina, die etwas entfernt von ihnen bei Silbermund stand. Nicht, dass sie Freds Gerede am Ende noch mitbekam.

»Und ihr kämpft gegen einen Zauberer?« Frederick klang hin und her gerissen zwischen dem Wunsch, das alles zu glauben, und einer gehörigen Portion Skepsis. »Wenn das wirklich stimmt, komme ich mit.« Er klang so aufgeregt wie ein Junge, der in ein Märchen gestolpert war.

»Es ist eine Hexe«, erwiderte Léo ernst.

»Das hier ist kein Abenteuer, sondern ein Kampf auf Leben und Tod.« Hasina war auf sie zugekommen.

»Genau das, was ich suche«, sagte Frederick und schenkte ihr sein charmantestes Lächeln.

Wenigstens erwiderte sie es nicht, dachte Léo bei sich. Es hatte zu seinem Leidwesen schon mehr als ein Mädchen gegeben, das Léo gefallen und das sich wiederum mehr für Frederick als für ihn interessiert hatte.

»Also nehmt ihr mich mit oder soll ich euch einfach weiter heimlich folgen?«

»Ich könnte ihn niederschlagen, wenn ich höflich darauf hinweisen dürfte«, bot sich Silbermund hilfsbereit und völlig ernst an.

Fredericks entsetzter Gesichtsausdruck ließ Léo grinsen. »Das sollten wir lieber lassen. Es reicht, wenn du die Diener der Hexe bekämpfst. Nein, ich kenne Frederick. Und ich weiß, dass er sehr hartnäckig sein kann.« Er klopfte seinem Freund auf die Schulter. »Ich könnte mir nichts Schöneres vorstellen, als meinen besten Freund bei all dem hier dabei zu haben. Aber Hasina hat recht. Das hier ist gefährlich. Ich würde dich nie darum bitten, auch wenn ich sehr dankbar dafür wäre, wenn du mitkommst.«

»Hasina?«, wiederholte Frederick. Den Rest hatte er offenbar nicht mitbekommen. »Was für ein schöner Name für ein schönes Mädchen.«

»Dein Charme funktioniert bei mir nicht«, gab sie knapp zurück, doch Léo glaubte im Schein der Lampen zu erkennen, dass sie leicht errötete. Er wusste nicht, worüber er sich mehr wundern sollte. Dass Frederick sogar in einer solchen Situation anfing zu flirten. Oder wie sehr ihn selbst das Kompliment ärgerte.

Den weiteren Weg über versuchte sich Léo an einem Bericht über das, was ihm seit der Nacht an der Kirche widerfahren war. Er sah keinen Grund, sich irgendeine Geschichte auszudenken, um Frederick alles zu erklären. Nur seine eigene Herkunft ließ Léo dabei im Dunkeln. Fred würde schon genug Unglaubliches glauben müssen. Der Gesichtsausdruck seines besten Freundes war anfangs so staunend, als hätte sich Léo vor seinen Augen in eine der Hexenkrähen verwandelt, von denen er erzählte. Doch immer wieder sah Fred zu Silbermund hinüber. Der Anblick des Mannes aus Metall schien all seine Zweifel zu zerstreuen. Ja, Frederick, dachte Léo bei sich. Glaub an ihn und alles, was ich dir erzähle. Wir stecken in einem Märchen und wissen nicht, wie es ausgehen wird.

»Das ist …«, Frederick schien nach den richtigen Worten zu suchen, »der absolute Wahnsinn.« Er lächelte so selig, als wäre ihm gerade eingefallen, dass heute sein Geburtstag war. »Mein ganzes Leben lang habe ich mir gewünscht, dass mir mal etwas Besonderes passiert. Und heute sind es gleich zwei unglaubliche Ereignisse.«

»Zwei?«, fragte Léo.

»Na die Hexensache. Und dass ich diese unglaublich schöne …«

»Wir sind da«, schnitt ihm Hasina die Worte von den Lippen.

Léo konnte ein Grinsen nicht unterdrücken, was ihm einen Stoß in die Rippen durch Frederick einbrachte. Es tat unerwartet gut, ihn an der Seite zu wissen. Die ganze Angst, die er eben noch vor einem möglichen Hexendiener gehabt hatte, erschien ihm mit einem Mal kindisch. In seiner Welt gab es nichts außer Schatten und verlassenen Gängen.

»Von hier stammt das Silber, aus dem der Hexenmörder gemacht wurde.« Hasina ließ den Schein ihrer Lampe umhertanzen.

Léo trat einen Schritt an ihr vorbei. Wie kalt es in der Höhle war. Den ganzen Weg über war es immer kühler geworden. Doch dieser Ort strahlte eine Kälte aus, die Léo nur einmal gespürt hatte. Im Spiegelkreis der Hexe. »War sie hier?«, fragte er und fühlte, wie die Angst nun doch ganz langsam zurückkam.

»Die Hexe? Ich glaube nicht, dass sie diesen Ort betreten kann«, erwiderte Hasina. Ihr Atem gebar im Lampenschein ein weißes Muster. »Zu viel Silber.«

»Aber der Graf war hier«, sagte Léo düster. Wie hatte er es bloß hierhergeschafft, fragte er sich insgeheim. Vielleicht weil er einmal ein Mensch gewesen war und womöglich daher solche Orte betreten konnte, die der Hexe verschlossen waren? Vielleicht.

»Dann hat er hier den Preis bezahlt, wie er auf dem Turm gesagt hat«, wisperte Hasina. »Sicher meinte er damit seine Hand, die er verloren hat. Die goldenen Finger trägt er wohl nicht aus freien Stücken.«

»Nein«, erwiderte Léo. Er konnte Fredericks fragende Blicke auf der Haut spüren, doch jetzt war nicht die Zeit für weitere Erklärungen.

»Wenn die Hexenmacht noch so deutlich zu spüren ist, dann muss noch immer etwas hier sein«, sagte Hasina. »Oder jemand.«

Jemand? Jemand, der Léos Vater getötet hatte? Was hatte seine Mutter noch gesagt? Hier hatte sie den Tod gespürt. Und damit war die Angst wieder vollends da. Ja, er fühlte es auch. Léo suchte mit dem Schein seiner Lampe die Höhle ab. Sie war so groß und voller Dunkelheit, dass ihre Wände kaum zu erkennen waren. Aber etwas anderes offenbarte sich. Ein Spiegel aus schwarzem Glas. Über den ebenso schwarzen Rahmen trieben Blüten aus Eisen. Alle Kälte schien von ihm auszugehen. Und daneben lag ein Beutel auf dem Boden. Jemand hatte ihn offenbar vergessen. »Was ist das?«, fragte Léo und sah zu dem dunklen Glas.

»Ein Schattenspiegel.« Die Angst in Hasinas Stimme ließ Léos Herz schneller schlagen.

»Ein Spiegel?«, meinte Frederick belustigt. Er gab sich mutig, auch wenn Léo ihm eine gewisse Nervosität anhören konnte. Sein Freund trat unbekümmert an ihnen vorbei auf den Spiegel zu.

»Nein!«, rief Hasina aufgebracht. »Geh nicht weiter. Tritt nicht über die Linie.«

»Was für eine Linie?«, fragte Frederick, ohne anzuhalten.

Léo erkannte sie erst auf den zweiten Blick. Ein dunkler Strich in all der Finsternis. Eine kreisförmige Grenze, die sich um den Spiegel zog.

Frederick ging weiter, als gäbe es hier nichts Gefährlicheres als Schatten. Er hatte die Linie schon fast erreicht.

Was würde geschehen, wenn er sie übertrat?

Léo wollte es lieber nicht herausfinden. Er lief los und bekam Frederick gerade noch zu packen, ehe er die Grenze verletzte. Hastig zog er ihn zurück.

Sein Freund taumelte.

Und stieß Léo so unglücklich an, dass dieser selbst über die Grenze stolperte.

»Nein!«, schrie Hasina wieder. Diesmal voller Angst.

Léo wartete einen Moment, doch nichts geschah. »Keine Panik!«, meinte er dann und sah sich um. Alles ruhig. »Es ist nichts passiert.«

»Ich befürchte doch, werter Herr Léo«, ließ sich Silbermund vernehmen. »Auf dem Glas zeigt sich ein Bild.«

»Du hast den Schattenzauber ausgelöst«, sagte Hasina mit hörbar unterdrückter Verzweiflung und zog ihren Dolch. »Jetzt geht es um Leben oder Tod.«

Léo musste zweimal hinsehen, um zu erkennen, was Silbermund gemeint hatte. Auf der dunklen Spiegelfläche zeichnete sich langsam eine Kontur ab. Ein Umriss wurde sichtbar, als würde jemand mit einem Stift einen Menschen nachzeichnen. Léo war mit einem Mal unfähig sich zu rühren. Er konnte nur tatenlos zusehen, wie die Person in dem Spiegel immer deutlicher auszumachen war. Jemand, der etwa seine Größe besaß. Mit jedem Augenblick wurde das Bild vollständiger. Die Haare. Das Gesicht. Der Blick. Es sah ihm erschreckend ähnlich. Wie ein dunkler Zwillingsbruder, Léo, sagte er sich entsetzt. Natürlich, er ist dein verdammtes Spiegelbild. Er hörte Hasina aufkeuchen.

Und Fredericks Stimme. »Dieser Spiegel zeigt ja dich, Mann. Aber irgendwie bist du das auch nicht. Wie schräg! Was ist das für ein Ding?«

»Ein Hexenspiegel«, antwortete Hasina. Sie wies mit dem Dolch auf das dunkle Glas. »Ein Schattenspiegel, um genau zu sein. Es gibt nur wenige von ihnen. Ich habe von ihnen gehört und wusste nicht, dass einer von ihnen auf dieser Seite steht.«

»Aber was macht dieses Ding?«, fragte Frederick. Seine Stimme klang rau vor Aufregung.

Hasina beantwortete die Frage nicht. »Schnell«, sagte sie an Léo gewandt. »Wir müssen gehen, ehe das Bild fertig ist.«

Léo wollte nicht wissen, was sonst geschehen würde. Er nickte und wollte zurück zu den anderen. Doch er konnte sich noch immer nicht rühren. So sehr er es auch versuchte, er kam nicht gegen die Kraft an, die ihn festhielt. Er bekam Panik. Versuchte es immer wieder. Vergeblich. Er hörte Hasina nach ihm rufen. Noch einmal versuchte er sich zu befreien. Noch einmal.

Und dann war das Bild im Spiegel fertig. Ein perfektes dunkles Abbild von Léo.

In diesem Moment gewann er die Kontrolle über seinen Körper zurück. Léo fiel fast hin, als die Kraft, die ihn gehalten hatte, plötzlich fort war. Er stolperte auf die Linie im Boden zu. Und prallte gegen eine unsichtbare Mauer. Er versuchte es noch einmal, doch wieder vermochte er die Linie nicht zu überschreiten.

Hasina zischte angespannt. Sie stand nun genau vor ihm auf der anderen Seite der Grenze. »Hör mir gut zu«, sagte sie, und Léo konnte ihr anhören, dass sie ihre Furcht mühsam unterdrückte. »Ich habe nur von diesem Zauber gehört, aber ihn nie gesehen. Das Abbild wird dir die Kraft stehlen, mit der es dich angreifen wird. Du musst es sofort besiegen. Jeden Moment, den es länger frei ist, schwächt es dich. Bis du …« Sie schluckte die letzten Worte hinunter.

»Und ich vermute, vorher wird diese unsichtbare Mauer nicht verschwinden«, sagte er leise.

Hasina schüttelte den Kopf. Sie streckte vorsichtig ihren Arm aus. Zu seiner Überraschung konnte sie die Waffe über die Grenze schieben. »Schnell«, sagte sie drängend und hielt ihm ihren Dolch hin. »Solange er noch im Glas ist.«

Léo griff nach der Waffe. Einen Moment lang blickten sich er und Hasina wortlos an. Er wollte noch etwas sagen, doch da verzerrte sich ihr Gesicht bereits.

»Pass auf!«, schrie sie. Und schon wurde Léo zurückgerissen.

Er schlug hart auf dem Boden der Höhle auf. Der Dolch fiel ihm aus den Fingern und landete irgendwo mit einem hellen Klirren. Es kostete ihn überraschend viel Kraft, sich wieder auf die Beine zu stemmen. Dann sah er seinen Gegner. Das finstere Spiegelbild hatte sich aus dem Glas gelöst. Der Andere sah aus wie eine schwarz gefärbte Version von ihm selbst. Alles war dunkel an ihm. Die Haare, die Haut, die Kleidung. Schattierungen der immer selben Farbe. Der Ausdruck auf dem ebenso vertrauten wie fremden Gesicht war überlegen. Der Andere zweifelte offenbar nicht daran, dass er die unausweichliche Auseinandersetzung gewinnen würde. Wortlos standen sie sich gegenüber. Warum griff er nicht an? Und weshalb zitterten Léos Knie so sehr? Weil er sich fürchtete? Dieses Schattenbild war nicht furchterregender als eine Hexenkrähe oder ein Todeshändler. Und doch reagierte Léo auf diesen Gegner anders. Nein, dein Körper reagiert anders, Léo, verbesserte er sich. Er fühlte sich, als würde ihm die Angst alle Kraft nehmen.

Der Dolch lag nur ein paar Meter entfernt. Léo ging auf ihn zu, ohne dass der Andere Anstalten machte, ihn aufzuhalten. Hinter ihm sah Léo, wie Silbermund versuchte die Barriere zu überschreiten. Doch selbst dem Mann aus Silber war dies nicht möglich. Diesen Kampf musste Léo alleine gewinnen. Er bückte sich und seine Finger schlossen sich um den Griff. Wie schwer die Waffe in seiner Hand wog. Als hielte er ein langes Schwert. Trotz der Todesgefahr, die der Andere ausstrahlte, kostete es Léo viel Überwindung, sie gegen jemanden zu führen. Die Waffe fuhr zischend durch die Luft, doch Léo traute sich nicht recht zuzustoßen. Die Vorstellung, einen Menschen mit einer Waffe anzugreifen, war furchtbar. Und der Hieb, dem sein dunkles Spiegelbild spielend leicht auswich, kostete ihn wieder mehr Kraft, als er erwartet hatte. Wieso? *Jeden Moment, den es länger frei ist, schwächt es dich.* Die Worte von Hasina kamen ihm in den Sinn. Verdammt, er musste sich beeilen, ehe er all seine Kraft verlor. Beim nächsten Hieb gab Léo alle Zurückhaltung auf. Er fühlte sich noch immer schrecklich dabei, einen Menschen anzugreifen. Nein, nur etwas, das wie ein Mensch aussah, verbesserte er sich. Und diesmal traf die Klinge. Sie schnitt in das dunkle Abbild. Doch zu Léos Entsetzen verursachte sie keinen Schaden. Die Waffe glitt durch den schattenhaften Körper hindurch, als sei er nur aus Nebel gemacht.

Léo hörte die verzweifelten Rufe seiner Freunde kaum. Es schien fast, als wäre er taub geworden. *Jeden Moment, den es länger frei ist, schwächt es dich.* Oh, er fühlte sich wie ein alter Mann. So müde und kraftlos. Er konnte sich kaum noch auf den Beinen halten. Und sein Gegner schien mit jeder Sekunde stärker. Léo blickte zu Hasina, die ihm etwas zuschrie, das er nicht verstand. Der Schatten tänzelte um Léo herum, als wollte er sich über ihn lustig machen. Léo stolperte ihm hinterher und hielt die Waffe vor sich. Sie zitterte in seiner Hand, die fast nicht mehr genug Kraft besaß, um die Klinge zu halten. Er versuchte sich an einem weiteren Hieb, dem sein Abbild indes so mühelos ausweichen konnte, als wäre Léo ein Greis, der um jeden Atemzug kämpfen musste. Offenbar brauchte ihn der Andere nicht anzugreifen, um ihn zu besiegen. Es reichte ihm abzuwarten. Léo all seine Kraft zu rauben.

Der Schwung seines Angriffs trieb Léo auf den Spiegel zu. Kraftlos fiel er vor dem schwarzen Glas auf die Knie und sah hinauf. Die Fläche war im ersten Moment ganz schwarz. Doch dann zeichnete sich das Bild eines Mannes darauf ab. Er trug Kleidung, die ihn als Bewohner der anderen Seite auswies. Dann wandelte sich das Bild in das einer Frau, die wie eine Königin gekleidet schien. Wie Scherenschnitte erschienen sie in dem Spiegel. Die Bilder von Menschen. Sie flossen jeweils in das nächste. Und zuletzt sah Léo seinen Vater. Ihm blieb vor Überraschung fast das Herz stehen. Stéfane Mellino. Als hätte das Bild, das Léo in seinem Kopf für alle Zeit abgelegt hatte, Gestalt angenommen. Léo konnte nichts sagen. Er hatte ohnehin zu wenig Kraft dazu. Wieso war das Bild seines Vaters in dem Spiegel? Léos Gedanken waren ebenso langsam wie sein Körper. Doch dann erinnerte er sich an den Beutel neben dem

Spiegel. Konnte das sein? Hatte ihn sein Vater …? Léo war offenbar nicht der erste Mellino, der in die Falle des Schattenzaubers getappt war. Sein Vater war hergekommen, um Silber zu holen. Und bei dem Versuch war er in die Falle der Hexe gelaufen. Der Schattenzauber hatte vermutlich dazu gedient, diese Ader des Silbers zu schützen, damit die Feinde der Hexe es nicht gegen sie verwenden konnten. Und Stéfane war ein Opfer des Schattenzaubers geworden.

Sein Vater nickte stumm, als hätte er Léo die Gedanken von der Stirn gelesen. Léo presste die Hand gegen das Glas. Und wie aus weiter Ferne glaubte er, die Stimme seines Vaters zu hören. An ihren Klang hatte er sich nicht erinnern können. Aber nun war sie so deutlich zu verstehen, als stünde er leibhaftig neben Léo. »Es ist nur ein Spiegel«, hörte er ihn sagen. »Nur ein Spiegel aus Glas.« Stéfane lächelte. Und Léo verstand. Es gab einen Weg, den Schattenzauber zu brechen. Doch wenn er ihm folgte, würde er auch das Bild seines Vaters verlieren.

»Beeile dich«, wisperte Stéfane Mellino. »Dir bleiben nur Sekunden. Und ich will nicht, dass du mir folgst.« Da war keine Traurigkeit in der Stimme. Nur Stolz, der Léo die Kraft gab, seinen Arm zu heben. Hinter ihm kreischte sein Spiegelbild so schrill, dass jedes normale Glas gesprungen wäre.

Der Dolch zitterte wild in Léos Hand.

Er stieß zu.

Und fügte dem Spiegel einen kleinen Riss zu.

Der Riss wuchs schnell und der Spiegel klaffte an mehreren Stellen auseinander. Das Bild von Stéfane Mellino brach wie die schwarze Fläche auf. Léo bemühte sich verzweifelt, sich das Gesicht seines Vaters und dessen Stimme einzuprägen. Dann sah er den Anderen neben sich. Das Geschöpf stieß Léo zur Seite und versuchte, den Spiegel zusammenzuhalten. Doch es gelang ihm nicht.

Und dann fegte ein Wind durch die Höhle, der den Schatten auseinanderriss. Nichts blieb von ihm. Der Spiegel aber schien zu zerbersten, und das Glas fiel wie feiner Staub zu Boden.

Léo stemmte sich mühsam auf die Beine. Und sank sofort wieder auf die Knie, kraftlos und halb betäubt. Dann war Hasina bei ihm. Ihr Gesicht war so nah an seinem, dass er ihren Atem auf der Haut spüren konnte. Alles in seinem Kopf drehte sich. Er fühlte bereits, dass er das Bewusstsein verlieren würde. Ohne nachzudenken griff er nach ihr und zog sie an sich. Der Kuss, den er ihr auf die Lippen drückte, war nur hastig und flüchtig. Er wollte noch etwas sagen, doch dann wurde alles schwarz um ihn. Und Léo fiel in einen Schlaf, der so tief war, dass er keine Träume darin fand.

Als Léo erwachte, fürchtete er einen Augenblick lang, er wäre noch immer so schwach wie ein Greis. Er lag in seinem Bett im Haus seiner Mutter. Doch als er sich aufrichtete, merkte er, dass er seine Kraft zurückgewonnen hatte. Er blinzelte die Müdigkeit fort und wollte aufstehen.

»Langsam«, hörte er jemanden sagen. Neben ihm saß Hasina auf einem Stuhl. Sie lächelte ihn an. Offenbar hatte sie darauf gewartet, dass er erwachte.

Der Kuss. Er konnte in diesem Moment an nichts anderes mehr denken. Nicht an seinen dunklen Schatten, gegen den er gekämpft hatte. Nicht an die Hexe. Nur an diesen einen flüchtigen Augenblick. Léo konnte in ihrem Blick erkennen, dass auch sie nicht vergessen hatte, was geschehen war. Er nahm Hasinas Hand und sie schlang ihre Finger eng um seine. »Der Spiegel hätte dir beinahe all deine Lebenszeit gestohlen«, sagte sie und sah ihn besorgt an, als suchte sie in seinem Gesicht nach einem Hinweis darauf, dass etwas von dem unheilvollen Zauber in ihm zurückgeblieben war. »Sie waren einmal die ersten Instrumente der Hexe, um den Menschen ihre Jahre zu stehlen. Kafir hat dir in der Zwergenhöhle gesagt, dass es nicht die Zeit für Erklärungen sei. Aber ich denke, nun sollten wir sie uns nehmen.« Sie atmete tief durch, als müsste sie Luft holen für die kommenden Worte.

Und Léo hörte nur stumm zu.

»Die Hexen stammen aus der Wüste der anderen Seite«, begann sie. »Dort wachen und schlafen sie. Eine Hexe für den Sommer, ihre Schwester für den Winter. Bis die Winterhexe vor vielen Jahren beschloss, dass sie nie wieder zur Ruhe gehen wollte. Die Schattenspiegel sollten ihr die Zeit bringen, die sie brauchte, um dem Tod zu entkommen. Denn jedes Einschlafen der Hexe ist wie ein Sterben für sie.«

Léo setzte sich auf. Die Sonne schien hell und fröhlich, doch die Erinnerung an den Schattenspiegel ließ ihn frösteln.

»Die Wüstenleute aber wehrten sich gegen die Hexe und ihre Spiegel und zerstörten viele von ihnen. Die Winterhexe floh und gelangte schließlich nach Briançon. Ich kann nicht sagen, ob es das Schicksal oder ihr Wille war, der sie an diesen Ort brachte. Sie fand hier das, was sie brauchte. Menschen, die so fern der Natur leben, dass sie vergessen hatten, wie die Dinge zusammengehören. Die Hexe ist die Botin des Winters. Sie bereitet ihm den Weg. Doch sie muss sterben, damit er enden kann, um nach dem Sommer wieder neu zu beginnen. Die Menschen in Briançon aber halfen der Hexe, dem Tod zu entgehen. Ließen sich täuschen von den Zauberdingen, die sie ihnen als Lohn anbot. Zauberdinge, die das Leben so viel besser machen. Wie Kinder, die sich mit ein paar Glasmurmeln kaufen lassen, waren die Leute. Und sind es noch immer.« Hasina stand auf und trat an ein Fenster. Sie öffnete es, und das Zwitschern von Vögeln drang leise zu ihnen in das Zimmer. »Doch das reichte nicht. Die Winterhexe muss nicht nur verhindern, dass sie stirbt. Sie muss auch verhindern, dass jemand je wieder erwacht.«

»Ihre Schwester.« Léos erste Worte nach dem Erwachen klangen so rau, als hätte er seine Stimme eine Ewigkeit nicht benutzt.

Hasina nickte. »Die Botin des Sommers. Auf dieser Seite hier wechseln die Jahreszeiten von selbst. Oder vielleicht gibt es ja auch hier Botinnen wie drüben. Botinnen, die sich nicht zeigen. Wer weiß? Doch auf der anderen Seite braucht es die Hexen. Und die Winterhexe möchte ihre Schwester für immer schlafen lassen.«

Léo schlug die Decke zurück und stand auf. Rasch schlüpfte er in eine Hose und zog sich ein T-Shirt über. »Weshalb fordert diese Hexe ihre Schwester nicht einfach heraus und nimmt wieder ihren Platz ein?«

»Die Schwestern können nie gemeinsam wach sein«, antwortete Hasina. »Das eine Herz muss aufhören zu schlagen, damit das andere wieder damit anfängt. Die Winterhexe wollte ihrer Schwester das Herz herausschneiden und so sicherstellen, dass sie selbst ewig leben würde. Denn wenn es nur eine Hexe gibt, könnte diese nie sterben. Es braucht immer eine Hexe, die lebt. Die Welt würde sonst in ihrem Lauf erstarren. Doch der Plan der Winterhexe ging fehl und seither ist sie gezwungen, einen Handel mit dem Tod zu schließen. Mehr als alles andere will sie ihre Schwester finden, um ihr das Herz zu nehmen und nie wieder mit dem Tod handeln zu müssen. Das darf nicht geschehen. Wir müssen mit Silbermund dafür sorgen, dass alles wieder in Ordnung kommt. Die Mitglieder meiner Familie haben schon immer die schlafende Hexe bewacht. Im Sommer die Winterhexe. Im Winter die Sommerhexe. Und auch ich habe diese Aufgabe übernommen.«

»Das also ist es«, rief Léo. »Ich hatte mich schon gefragt, weshalb meine Mutter dich eine Wächterin genannt hat.« Er trat neben sie ans Fenster und sah hinaus. Der Sommer würde sich bald dem Ende entgegenneigen. Dann kam der Herbst.

»Es ist das Erbe meiner Familie«, sagte Hasina so leise, als fürchtete sie, neugierige Ohren könnten sie hören. »Die Schwester der Winterhexe wurde auf deren Befehl hin mit Silber gebunden, sodass sie nicht erwachen konnte, als die Zeit dazu kam. Als meine Familie begriff, was sie vorhatte, haben die Wächter die Sommerhexe gerettet und ihr die Fesseln wieder abgenommen. Doch das reichte nicht, um sie zu wecken. Also brachten sie die schlafende Schwester fort. So weit, dass sie nicht gefunden werden konnte. Solange sie frei ist, besteht Hoffnung. Denn sie kann erwachen, wenn der Winter stirbt. Und dieser Albtraum wird dann enden.«

»Wenn die Winterhexe kein neues Herz bekommt, wird auch diese Hoffnung sterben«, erwiderte Léo. Ohne nachzudenken suchte er mit seinen Fingern die von Hasina, und sein Herz schlug mit einem Mal so fest in seiner Brust, dass er glaubte, sie könnte dessen Schlag vernehmen. Sie zog ihre Hand nicht zurück. Dann aber riss er seine Finger los und schlug sich gegen die Stirn. »Verdammt«, rief er.

»Was ist?«, fragte Hasina verwirrt.

»Das Silber«, meinte Léo. »Wir müssen noch einmal …«

»Wir haben genug«, erwiderte sie. »Da war ein Beutel neben dem Spiegel. Er war voll davon. Jemand muss vor uns dort gewesen sein.«

»Ja, mein Vater.« Er sah wieder aus dem Fenster. Es wies in Richtung der Berge, unter denen sich die Minenschächte durch die Erde wanden. Nie zuvor hatte sich Léo seinem Vater näher gefühlt. Dieser war also auch ein Opfer der Hexe geworden. Im ersten Moment fühlte Léo eine ungeheure Wut in sich aufsteigen. Dann aber verging sie ebenso schnell, wie sie gekommen war, und er dachte nur noch daran, dass er zu Ende bringen würde, was sein Vater begonnen hatte. Es war ein Gedanke, der ihm Kraft und Entschlossenheit gab. Er würde der Hexe aus dem Inhalt dieses Beutels ein neues Herz bauen. Und Silbermund würde es anhalten. Der Winter würde enden und der Sommer endlich wiederkehren.

»Dann ist er dort gestorben?« Sie drückte seine Hand fest und er wusste, dass sie wusste, was er fühlte.

»Wo ist sie?«, fragte Léo. »Die Schwester der Hexe, meine ich. Wo bewacht ihr sie?«

Hasina runzelte die Stirn. »Ich weiß nicht, ob ich es dir sagen kann.«

»Vertraust du mir nicht?«, fragte er.

Sie sah ihn ernst an. »Doch. Aber dieses Geheimnis ist eine Bürde. Wenn du sie tragen willst, musst du dir im Klaren darüber sein, dass du es nie jemandem preisgeben darfst, der es nicht hören darf. Das Schicksal der anderen Seite hängt davon ab. Aber ich hatte damit gerechnet, dass du es selbst errätst.« Sie lächelte. »Wir sind dort, wo sie ist. Um sie zu bewachen.«

»Aber deine Familie ist nach … Natürlich!«, rief er und schlug sich noch mal gegen die Stirn. Wie konnte er nur so begriffsstutzig sein? »Ihr bewacht etwas in Paris. Und dieses etwas ist kein Ding, sondern eine Frau. Eine schlafende Hexe.«

Hasina lachte. »Na endlich. Ich dachte schon, du kommst nie darauf. Du hast recht. Sie liegt in der Kathedrale von Notre-Dame.«

Léo starrte sie verblüfft an. Er war schon dort auf einem Schulausflug gewesen. Nie hätte er für möglich gehalten, dass dort in der berühmten Kirche … Nun, es war egal, wo sie lag. »Ich sorge dafür, dass der Winter geht und die Herrschaft der Hexe endet. Ich bringe zu Ende, was mein Vater begonnen hat.« Er wusste nicht, wem er das Versprechen gab. Sich selbst? Seinem Vater, dessen Bild im Spiegel er nie vergessen würde? Oder Hasina?

Sie blickte ihn entschlossen an. »Nein«, erwiderte sie. »Wir machen das zusammen.«

AUFGEFLOGEN

Léo lief Frederick fast um, als er mit Hasina aus seinem Zimmer kam. Offenbar hatte sein Freund direkt vor der Tür gestanden. »Und?«, fragte Frederick mit einem schiefen Grinsen, während er etwas Schwarzes in seiner Hosentasche verschwinden ließ. »Hast du dich genug ausgeruht? Geht es jetzt los? Dir scheint es ja wieder bestens zu gehen.«

»Was meinst damit?«, fragte Léo und versuchte nicht auszusehen, als hätte sein Freund ihn bei irgendetwas ertappt.

»Na, dass du offensichtlich eine ganz besondere Aufmerksamkeit erhältst.« Sein Blick fiel auf Léos und Hasinas Hände, die ineinander verschlungen waren.

»Ich wollte eher wissen, was nun losgehen soll«, gab sich Léo ahnungslos.

»Na, die Sache mit dem Herzen. Und ich komme mit«, entgegnete Frederick energisch und hob den Zeigefinger, als Léo zu einer Erwiderung ansetzte. »Und versucht bitte beide nicht, mir das auszureden. Dieses andere Briançon will ich mit eigenen Augen sehen. Diese Zauberwelt, in der der Tod herumläuft und die Hexe regiert.«

»Und wenn ich dich nicht mitnehme?«, fragte Léo. Sie schoben sich an Frederick vorbei und stiegen die knarrende Treppe hinab.

»Dann … dann erzähle ich allen, was hier los ist«, erwiderte sein Freund und folgte ihnen. »Also auf der anderen Seite. Also du weißt schon. Diese ganze Sache eben.«

Léo seufzte. Er bezweifelte, dass Frederick seine Drohung wahr werden lassen und ihm tatsächlich in den Rücken fallen würde. Sie kannten sich fast ihr halbes Leben lang, und es gab niemanden, der Léo ein besserer Freund war als Frederick. Abgesehen davon würde ihm sicher niemand glauben. Doch sein Freund hatte mit Silbermund etwas gesehen, das aus einer anderen Welt stammte. Der Wunsch, sie nun kennenzulernen, brannte erkennbar heiß in ihm. Und konnte Léo bei dem, was nun kam, nicht einen guten Freund gebrauchen? Er warf Hasina einen kurzen Blick zu, den sie mit einem Stirnrunzeln erwiderte. Sie hatte seine stumme Frage offenbar auch ohne Worte verstanden.

»Gut«, meinte er am Fuß der Treppe. »Du kommst mit. Aber du tust, was ich sage. Es ist gefährlich dort drüben.«

Frederick sah ihn belustigt an. »Gefährlich? Ich habe mir seit der Mine die Vorwürfe deiner Mutter anhören müssen. Sie meint, du seist wegen mir in Gefahr geraten. Wenn du also glaubst, irgendetwas könnte schlimmer sein als sie, bist du auf dem Holzweg. Und wenn du mir nicht glaubst«, sagte er und stieß die Tür zur Werkstatt auf, »dann überzeug dich doch bitte selbst.«

Léo wollte hineingehen, doch Hasina hielt ihn zurück. »Das ist nicht schlau«, wisperte sie ihm vorwurfsvoll zu.

»Nein«, erwidert er ebenso leise. »Aber er ist mein Freund. Und ich kann jeden Freund gebrauchen, der an meiner Seite steht.« Léo drückte ihre Hand und sah dann in den so vertrauten Raum hinein.

Seine Mutter beugte sich über eine Werkbank und arbeitete an etwas, das Léo nicht genau erkennen konnte. Silbermund stand hinter ihr und blickte ihr interessiert dabei zu. Der Aufräumer, den sie in Léos Abwesenheit gebaut hatte, war zum Leben erwacht. Er saß mit den Beinen über die Kante der Werkbank baumelnd zu ihrer Linken und hielt ein paar Werkzeuge in den metallenen Händen. Léos Mutter gab sich alle Mühe zu verbergen, dass sie wieder geweint hatte, doch ihre geröteten Augen verrieten sie, als sie aufblickte und ihn ansah.

»Und ich glaube, diese Sache musst du ganz alleine hinter dich bringen.« Frederick schob ihn durch die Tür, nachdem Léo Hasinas Hand losgelassen hatte, und schloss sie.

Léo war alleine mit seiner Mutter. All die Jahre hatte sie gekonnt verborgen, wer sie wirklich war. Und er hatte keine Zeit, es nun herauszufinden. Er hatte die Aufgabe übernommen, der Hexe ein Herz bauen. Hier, wo die Hexe und ihre Diener die drohende Gefahr nicht würden spüren können. Seine Ankündigung erschien ihm plötzlich allzu leichtfertig gegeben. Wie um alles in der Welt sollte er das fertigbringen? Es war etwas völlig anderes als die Fernands. Es gab keinen Bauplan für ein Hexenherz. Würde sie ihm wie erhofft mit Rat zur Seite stehen?

»Du musst das nicht alleine machen«, sagte seine Mutter, als hätte sie ihm die Gedanken von der Stirn gelesen. Sie trat von der Werkbank fort, ging auf ihn zu und musterte ihn sorgenvoll. Doch auch sie schien offenbar überzeugt, dass er nichts von dem Hexenzauber zurückbehalten hatte, und lächelte ihn erleichtert an. »Sie ist nett, nicht?«, meinte sie vielsagend, als sie zurück zur Werkbank ging.

»Wer?«, versuchte Léo das Thema zu umgehen. Wenn es jemanden gab, mit dem er nicht über Gefühle zu einem Mädchen reden wollte, war es seine Mutter.

»Sie hat fast genauso lange an deinem Bett gesessen wie ich«, meinte sie beiläufig und sah ihn an. Ihr Lächeln veränderte sich und gefiel Léo überhaupt nicht. Sie schien etwas zu viel zu wissen. Konnte sie ihm ins Herz blicken?

»So?«, meinte er betont ahnungslos.

287

Das Lächeln seiner Mutter wurde ein wenig breiter, und Léo hatte das Gefühl, dass sie irgendwie genau das gehört hatte, was sie hatte wissen wollen. Sie nahm dem Aufräumer einen winzigen Schraubenzieher aus den Händen und zog an dem kugelförmigen Gebilde, das sie baute, eine Schraube fest. »Ich habe bereits mit der Arbeit angefangen.« Sie drehte das runde Ding so, dass Léo es besser betrachten konnte.

»Du baust der Hexe ein Herz«, entfuhr es ihm. Er hatte sich von ihr Ratschläge erhofft, die ihm dabei helfen würden, das Herz zu bauen. Aber nicht, dass sie selbst zum Schraubenzieher griff. Nun, wie hatte Fernando sie noch genannt? Die brillanteste Herzenmacherin, der er je begegnet war.

»Nein«, sagte sie und gebrauchte dann dieselben Worte, die Hasina vor wenigen Minuten gesagt hatte. »Wir machen das zusammen.« Sie wies neben sich. »Komm, wir fangen an.«

Léo glaubte nicht, dass er seiner Mutter schon einmal näher gewesen war. Es schien, als würde er sie in den folgenden Tagen neu kennenlernen. Er hatte sie schon als eine begabte Spielzeugmacherin erlebt. Aber sie war nicht nur gut. Sie war in der Tat brillant. Léo wusste, dass er talentiert war. Die filigrane Arbeit seiner Mutter zu ergänzen aber stellte ihn vor eine besondere Herausforderung. Sie erklärte ihm, wann er sich auf sein Gefühl verlassen musste und wann auf ihre Erfahrung.

Die Arbeit an dem faustgroßen, runden Ding vor ihnen war schwer. Iza Mellino schüttelte oft den Kopf oder runzelte angestrengt die Stirn. Irgendwann endlich ließ sie auch die lange zurückgehaltenen Fragen über seinen Vater zu. Und beantwortete sie.

Vieles von dem, was Léos Vater beim Bau von Silbermunds Herz gelernt und Léos Mutter anvertraut hatte, erwies sich als hilfreich. Doch noch nie hatte jemand ihres Wissens nach versucht, einem lebenden Geschöpf ein eisernes Herz zu bauen. Auch wenn es Gerüchte gab. Während sie Silber erhitzten und bearbeiteten, feinste Schrauben und zarte Zahnrädchen zusammensetzten, erzählte Léos Mutter von jenem einzigen Spielzeugmacher, der sich der Legende nach im anderen Briançon vor langer Zeit selbst ein künstliches Herz gefertigt hatte. Im Moment des Todes war er jedoch von seinem Lehrling betrogen worden. Statt es wie versprochen in die leblose Brust des Meisters zu setzen, um diesem das ewige Leben zu schenken, hatte der Junge es versteckt und die Werkstatt lieber selbst als Nachfolger des toten Handwerkers übernommen. Es war eine Ironie des Schicksals gewesen, dass er später an einem gebrochenen Herzen starb.

Léo und seine Mutter verließen die Werkstatt nur selten. Hasina warf oft einen Blick hinein und sah Léo und seiner Mutter stumm dabei zu, wie sie das komplizierte Herz Stück für Stück entstehen ließen. Frederick hingegen war wieder nach Hause zurückgekehrt. Irgendwann drehten sie die letzte Schraube fest. Stéfane Mellino hatte für Silbermunds Herz bedeutend mehr Zeit gebraucht, wie Léos Mutter mit leiser Stimme bemerkte. Aber er war alleine gewesen. Und er hatte anders als Léo und seine Mutter erst vieles ausprobieren und lernen müssen.

Es war der Abend des achten Tages, seit sie mit der Arbeit begonnen hatten. Vor weniger als einer Stunde hatte Silbermund den Namen der Hexe auf das Metall graviert. So hofften sie, dass das Herz vom ersten Augenblick an eine untrennbare Verbindung zu derjenigen haben würde, für die es geschaffen worden war. Iza Mellino wollte nun gerade die letzte Schraube festziehen, als sie innehielt. Der Aufräumer, der neben ihr stand, wandte ihr fragend den Kopf zu, als wollte er wissen, weshalb sie die Arbeit nicht abschloss. »Hier«, sagte sie und reichte Léo den Schraubenzieher. »Derjenige, der das Herz beendet, ist sein wahrer Macher. Und dies, Léo, ist dein Herz. Dir gebührt die Ehre.«

Er sah seine Mutter überrascht an. Dann nahm er das Werkzeug und drehte die Schraube vorsichtig fest. Mit der letzten Umdrehung fing das Herz plötzlich an zu vibrieren. Ganz leicht nur, als würde es noch schlafen.

»Du hast es geschafft. Das hier ist ein wahres Meisterstück.« Léo hörte etwas in der Stimme seiner Mutter, das er dort noch nie gehört hatte. Stolz. All die Jahre war sie meist nur besorgt um ihn gewesen. Aber nun hatte sich etwas geändert.

»Nein«, sagte er, »wir beide haben das geschafft.«

Hasina schlief bereits im Gästezimmer, als Léo die Treppe hinaufstieg und sich in sein Bett legte. Morgen würden sie die Seite wechseln, um der Hexe ein Herz zu schenken. Er war so müde, dass ihn nicht einmal dieser Gedanke beunruhigen konnte.

Die Aufregung kam am nächsten Tag. Frederick war am frühen Morgen vorbeigekommen, als hätte er geahnt, dass es nun losging. »Und? Ist dieses Ding, das die Hexe töten kann, fertig?«, hatte er neugierig gefragt. Léo hatte genickt. Ja, sie hatten es geschafft. Aber der schwerste Teil ihrer Aufgabe wartete noch auf sie.

Der Weg zum linken Turm der Stiftskirche verlief in angespannter Stille. Léo spürte das Herz wie ein Bleigewicht in dem Rucksack, den er sich angezogen hatte. Er hatte wie auch Hasina wieder die Sachen angelegt, die auf der anderen Seite nicht auffallen würden. Er schwitzte in seiner Jacke, denn es war trotz der frühen Stunde schon sehr warm. Ihre Mäntel trugen Hasina und er unter dem Arm. Denn schon in ein paar Minuten würden sie sich im tiefsten Winter befinden. Einzig Fred, der sich noch schnell von zu Hause ein paar warme Sachen geholt hatte, würde fremd dort wirken. Aber sie hatten ohnehin nicht vor, mit ihm durch Briançons Straßen zu schlendern.

Ihr Plan bestand darin, mithilfe der Zwerge in den Hexenturm einzudringen und ihr das Herz in die Hände zu zwingen. Iza war sicher, dass es reichte, wenn sie es nur einen Augenblick berührte. Mechanische Herzen vermochten auch außerhalb ihrer Körper zu schlagen. Alleine die Berührung durch den herzlosen Träger reichte aus, um die untrennbare Verbindung zu knüpfen. Ob es so funktionieren würde, wusste keiner mit Bestimmtheit zu sagen. Die Idee war im Grunde ziemlich gefährlich. Aber das war ihr erster Einbruch in den Turm der Hexe auch gewesen. Sie setzten ihre ganze Hoffnung darauf, dass die Hexe nicht erwartete, dass sie es ein zweites Mal versuchen würden.

Léo und die anderen betraten die Kirche und außer einer alten Frau, die Kerzen entzündete, befand sich zu dieser frühen Stunde niemand in dem Gotteshaus. Die betagte Gläubige war so darin versunken, die Kerzen aufzustellen, dass sie nicht einmal bemerkte, dass jemand die Tür zum Turm öffnete. Die Schritte von Léo und den anderen fingen sich wie in dem engen Kirchturm wie Insekten in einem Spinnennetz. Léo ging voran, hinter ihm stieg Hasina die Stufen hinauf. Dann erst folgten Silbermund, der sich wieder das Priestergewand übergeworfen hatte, Frederick und zuletzt Léos Mutter. Für den Durchgang auf die andere Seite wollte sich Iza das spitze Ende einer ihrer Nadeln, mit denen sie sich ihre Haare hochgesteckt hatte, in den Finger stechen und ein wenig ihres Bluts opfern. Doch Léo zog den Schlüssel hervor, den Kafir ihm gegeben hatte, und steckte ihn dem Steingesicht in die Nase. Die beiden silbernen Zähne begannen sofort in die Höhe zu wachsen und stießen in die Dunkelheit über ihnen, während sich die Sprossen miteinander verbanden.

»Wenn alles klappt, sind wir bald wieder da«, sagte er zu seiner Mutter, während er noch einmal in die Tasche seiner Jacke griff. Der Beutel mit seinem Werkzeug lag schwer darin. Er wusste nicht, ob er es brauchte, doch der Gedanke so völlig … unbewaffnet zur Hexe zu gehen, hatte ihm gar nicht gefallen. Léo atmete tief durch, zog sich den Rucksack von den Schultern und schlüpfte in seinen Wintermantel. Dann streifte er sich den Rucksack mit dem Herzen wieder über. Er fürchtete, dass die Sorge wieder in das Gesicht seiner Mutter zurückkehren würde wie eine hartnäckige Krankheit. Der Blick aber, den sie ihm schenkte, war geradezu abenteuerlustig. Irgendwie irritierte er Léo. Und wieso trug sie warme Sachen?

»Du brauchst hier keine Angst um uns …«, setzte Léo an, aber der abenteuerlustige Blick seiner Mutter und Hasinas Hand auf seiner ließen ihn im Satz innehalten.

»Ich glaube«, sagte Hasina vorsichtig, während auch sie ihren Wintermantel anzog, »dass deine Mutter hier keine Angst haben wird. Allenfalls auf der anderen Seite.«

Léo brauchte einen Moment, ehe er begriff. Doch noch während er mit dem Versuch begann, seiner Mutter ihr Vorhaben auszureden, hatte sie bereits einen Fuß auf der Leiter.

»Meinst du, ich warte wieder hier wie ein Mauerblümchen, während mein Sohn der Hexe gegenübertritt, die mir meinen Mann genommen hat?«

Noch nie hatte Léo seine Mutter so reden gehört. Es waren nicht nur die Worte, sondern auch der Klang ihrer Stimme, der ihn für einen Moment sprachlos machte. Er sah ihr nach, wie sie in der Dunkelheit verschwand, gefolgt von Hasina und Silbermund. Dann machte Frederick Anstalten, ihnen zu folgen. »Versuch nicht mal, es mir noch im letzten Moment auszureden«, ermahnte er Léo, als sich dessen Lippen öffneten, und kletterte den anderen entschlossen hinterher. Zuletzt stand nur noch Léo vor der Leiter, den Rucksack über den Schultern, in dem das Herz der Hexe lag. Er würde zu Ende bringen, was sein Vater begonnen hatte. Und es fühlte sich ausgesprochen gut an, dass er dabei nicht alleine war.

Der Arm, der sich ihm nach seinem dritten Übergang um die Brust schlang, gehörte keinem seiner Begleiter. Er war zu kurz, zu dick und … zu behaart. Obwohl Léo auf den Moment des Weltenwechsels diesmal einigermaßen vorbereitet war, brauchte er dennoch einige Augenblicke, ehe er ganz genau wusste, wo oben und wo unten war. Er war die Leiter herunter und dann über den Turmboden gestolpert, ehe ihn jemand gepackt hatte.

»Ganz ruhig«, hörte er eine tiefe Stimme sagen.

»Bleibt schön weg von mir!« Das war Frederick.

»Wie denn?«, erwiderte die erste Stimme.

Ein Hinterhalt, schoss es Léo durch den Kopf. Er hatte Mühe, sich einen schnellen Überblick zu verschaffen. Zu viele Personen drängten sich auf dem kleinen Absatz unter dem Dach des Uhrenturms. Und nicht alle waren Menschen. Silbermund stand, das Priestergewand noch über dem metallenen Leib, sprachlos inmitten des Chaos. Frederick lag auf zwei kleinen schwarzbärtigen Gestalten, die böse Flüche ausstießen. Und daneben standen Hasina und seine Mutter und …

»Kafir«, entfuhr es ihm ebenso überrascht wie erleichtert. Also doch kein Hinterhalt.

»Verflucht, wir müssen leise sein«, sagte der Zwerg beschwörend. Außer ihm und den beiden Zwergen, auf denen Frederick lag, erkannte Léo noch einen weiteren, der hinter ihm stand und ihn festhielt.

»Ich wollte nur sichergehen, dass du nicht aus Versehen die Treppe hinunterfällst«, hörte er eine raue Stimme in Brusthöhe. Sein Blick fiel auf den Boden. Er stand direkt vor dem Treppenabgang. Rasch nickte er. Der Zwerg ließ ihn los, und Léo trat ein paar Schritte zurück. Dann beugte er sich zu seinem Freund hinab. »Keine Angst, Fred«, meinte er und half ihm auf die Beine.

»Angst? Ich?« Frederick klang ebenso beleidigt wie elend. Der Übergang hatte ihm offenbar ziemlich zugesetzt. Er schwankte wie ein Baum im Sturm und hatte erkennbare Mühe, seinen Blick auf Léo zu richten. Dann blickte er verblüfft auf die Gestalten zu seinen Füßen.

»Zwerge«, erklärte Hasina knapp. Ihr hatte der Übergang erwartungsgemäß nur wenig ausgemacht. Und auch Léos Mutter sah aus, als sei sie lediglich durch eine Tür getreten. Sie sog tief die Luft ein, als wollte sie alle Gerüche dieser Seite in sich aufnehmen. Sie sah irgendwie zufrieden aus.

»Iza!«, entfuhr es Kafir und er nahm ihre Hände in seine, um ihr einen Kuss aufzudrücken. »Ich hätte nie damit gerechnet, dass du …«

»Ich hatte vergessen, dass noch etwas auf dieser Seite erledigt werden muss«, gab sie so selbstverständlich zurück, als sei ihr letzter Besuch hier nur ein paar Tage her. »Aber mein Sohn hat mich daran erinnert. Er und seine Freunde.« Sie lächelte Léo und dann den Zwerg an.

»Wir werden es zu Ende bringen«, sagte Kafir und erwiderte das Lächeln, dann verblasste es auf seinen Lippen. »Doch wir müssen vorsichtig sein. Die Dinge haben sich in den vergangenen Tagen zum Schlechten gewandt.«

»Was, stehen sie nun noch schlechter? Was ist passiert?«, fragte Hasina. Sie stand mit dem Rücken zu dem schmalen Fenster, durch das der wolkenlose Himmel in den Turm lugte.

Ein kalter Wind drang hindurch, als wollte er Léo daran erinnern, weshalb sie hergekommen waren.

»Der Fistelmund, mögen ihm eiternde Warzen an seinem …« Kafir sah verlegen zu Hasina und Iza, »Verzeihung, er hat die Fernands auf die Suche nach den Verschwörern geschickt.«

»Damit sind wir gemeint«, fügte einer der schwarzbärtigen Zwerge hinzu, auf denen Frederick gelegen hatte. Vermutlich war er beim Übergang auf sie gefallen.

»Deine Tante?«, raunte Léo Kafir zu.

»Nicht schlecht«, erwiderte dieser. »Du bekommst langsam einen Blick für uns. Nun, es ist ziemlich klar, dass die Hexe dahintersteckt. Während sich nicht weit entfernt die Truppen von Briançons Feinden sammeln, patrouillieren die eisernen Soldaten des Fistelmunds durch die Straßen und gehen von Haus zu Haus, um diejenigen zu finden, die versucht haben, die Hexe anzugreifen. Und sie sind dabei nicht zimperlich. Die ganze Stadt ist ein Gefängnis. Ich glaube, langsam wird auch den Dümmsten in Briançon klar, wer der Kerkermeister ist. Sie begreifen, dass die Hexe herrscht. Und dass sie im Grunde schon immer ihre Gefangene waren. Die Stimmung fängt langsam an sich zu drehen. Ein neuer Wind kommt auf.«

»Dann wachen die Menschen endlich auf«, sagte Hasina und sah hinaus aus dem Fenster.

»Ja«, gab Kafir zurück. »Hoffentlich nicht zu spät.« Er seufzte. »Wir haben jeden Tag auf euch gewartet. Einer von uns ist immer hier. Von hier aus kann man die Krähen beobachten. Auch sie sind mit der Suche betraut. Der ganze Himmel ist voll von ihnen. Selbst am Tag.«

»Ich kann sie sehen«, sagte Hasina düster.

»Wir haben Glück gehabt, dass ihr gerade jetzt gekommen seid. Wir wollten die Aufpasser ablösen. Ich hoffe, ihr wart erfolgreich.« Er klopfte Léo auf den Rücken, dann warf er Frederick einen misstrauischen Blick zu. »Wer ist das da eigentlich?«

»Mein bester Freund«, erklärte Léo und ließ den Rucksack von den Schultern gleiten. Er griff hinein und zog das Herz hervor. »Wir waren tatsächlich erfolgreich und haben etwas mitgebracht.«

Die Augen aller Zwerge weiteten sich, als Léo das Herz in die Höhe hielt.

»Die Hexe muss es berühren, damit es ihr Herz wird«, erklärte Léos Mutter und nahm es Léo aus der Hand. Dann steckte sie es wieder in den Rucksack und zog ihn sich über die Schulter.

»Das ist unmöglich«, entfuhr es einem der Zwerge. »Die Hexe verlässt den Turm nicht mehr. Und der ist am Boden von einer Armee aus Fernands gesichert. Die Hexenkrähen umschwirren ihn Tag und Nacht in der Luft. Und die verfluchten Steingesichter starren jeden an, der sich auch nur in die Nähe des Turms wagt. Es gibt keinen Weg, das Herz hineinzubringen. Wenn wir vielleicht abwarten und …«

»Die Hexe wird uns früher oder später auf die Spur kommen«, sagte Hasina aufgebracht. »Eher früher. Sie vergisst nicht. Und sie stirbt nicht. Sie stiehlt sich die Zeit. Nein, wir müssen es jetzt beenden. Wir müssen einen Weg finden. Wir müssen.«

»Vielleicht müssen wir ja nicht ausgerechnet jetzt darüber debattieren«, meinte Kafir und lugte den Treppenabgang hinunter. »Wir sollten zusehen, dass wir euch irgendwie ungesehen …«

»Lockt sie heraus«, unterbrach Frederick ihn. Alle Augen richteten sich auf Léos besten Freund. Offenbar hatte er seine Verwirrung nach dem Übergang abgelegt. »Ich meine, wenn ihr nicht zu ihr hineinkönnt, dann muss sie eben rauskommen.«

»Rauslocken«, murmelte Kafir. »Gar nicht mal so dumm. Für einen Menschen sogar ziemlich schlau, du Riese. Bist du sicher, dass du keine Zwerge in der Familie hast?«

Es waren nur ein paar Meter vom Uhrenturm des Handelshauses bis zum Brunnen. Die Zwerge hatten ihn mit einem Holzgerüst und ein paar Stoffplanen umgeben. Zwei von ihnen arbeiteten mit Hämmern und Meißeln an ihm, und gaben vor, schartige Stellen an dem Stein auszubessern. Gar nicht mal so dumm, fand Léo.

Je ein Mensch und ein Zwerg gingen zusammen und betraten den geheimen Gang. Hasina und Kafir. Frederick und Kafirs Tante. Silbermund wurde von Léos Mutter und einem Zwerg mit Bart begleitet. Durch das Fenster im Turm, das auf den Platz wies, verfolgte Léo jedes Mal die wenigen Meter, die sie zurücklegten. Und jedes Mal schlug sein Herz so laut, dass er fürchtete, verborgene Ohren könnten es hören. Doch niemand nahm Notiz von den Leuten, die aus dem Turm kamen und über den Platz zum Brunnen gingen. Léo erkannte die Fernands bereits von oben. Sie schritten mit so tödlicher Präzision durch die Straßen, dass er fröstelte. Dann war er an der Reihe, stieg mit dem letzten Zwerg herab und trat ins Freie.

Im ersten Moment schien das Bild vor seinen Augen beinahe friedlich. Die Menschen, die über den Platz trotteten, ein Einspänner, dessen Fahrer sich fluchend einen Weg durch die Leute bahnte. Die eisernen Soldaten aber machten klar, dass diese Menschen nicht frei waren. Es waren sicher zehn oder noch mehr, die mit dem immer gleichen Ausdruck auf den metallenen Gesichtern patrouillierten. Zwei weitere standen vor einem nahen Haus, begleitet von einem Soldaten aus Fleisch und Blut, der mit dem Besitzer sprach. Dem Soldaten war anzusehen, dass er sich in der Gegenwart der Fernands nicht wohlfühlte. Doch der Mann in der Tür trug unverhohlen Angst und Abscheu auf dem Gesicht. *Die ganze Stadt ist ein Gefängnis.* In diesem Moment begriff Léo erst, was dieser Satz eigentlich bedeutete. Dann schlüpften er und der Zwerg hinter die Plane und verschwanden durch das Loch im Boden.

Die Zwerge verloren wenig Zeit. Sie trieben Léo und die anderen in raschem Tempo durch den geheimen Gang unter dem Platz. Dabei hörte Léo die Zwerge angespannt miteinander tuscheln. Die Worte verstand er nicht. Sie redeten in einer Sprache, die er nicht beherrschte. Dem Tonfall nach waren sie nicht einer Meinung. Sie wurden erst langsamer, als sie mehrmals abgebogen waren und in eine Höhle kamen, die im Schein mehrerer Lampen so silbern glänzte, dass Léo blinzeln musste.

»Wahnsinn«, hörte er Frederick rufen. Seinem Freund war die kindliche Freude daran, in ein Märchen gestolpert zu sein, nur allzu deutlich vom Gesicht abzulesen. Für ihn musste das alles hier wahnsinnig aufregend sein. Nun, die kleine Höhle, die sich vor ihnen erstreckte, beeindruckte auch Léo.

»Ich dachte immer, hier gäbe es kein Silber«, wisperte Hasina und strich wie verzaubert über die schimmernde Höhlenwand. Sie war ganz glatt und von einem Muster durchzogen, das sich wie die Ranken einer Pflanze über sie zog, Blüten trieb und Buchstaben malte, die Léo nicht entziffern konnte.

»Gibt es auch nicht«, sagte Léos Mutter und trat an einen rechteckigen Sarkophag, der in der Mitte des Raums stand. »Dieser Raum wurde nur für einen Zweck errichtet. Er soll der Hexe als Grab dienen. Ein Ort, den keiner ihrer Diener betreten kann. Fernando hatte die Furcht, dass einer ihrer Todeshändler versuchen könnte, sie wieder ins Leben zurückzuholen, wenn sie besiegt wäre. Hier aber wäre das nicht möglich. Dafür haben wir das Silber, das die Wände überzieht, hergebracht. Wir haben damit begonnen, noch ehe wir auch nur die erste Schraube an Silbermund festgezogen hatten. Er war ein Geheimnis. So tief unter der Erde verborgen, dass die Hexe und ihre Diener ihn nicht finden können. Fernando hatte beschlossen, dass nicht einmal die Wächter etwas von ihm erfahren sollten. Man wird ziemlich paranoid, wenn man überall glaubt, Spitzel der Hexe zu sehen. Ich hatte beinahe vergessen, dass es diesen Raum gibt.« Sie warf Kafir einen wissenden Blick zu. »Ich denke, ich weiß, welcher Gedanke in deinem Zwergenkopf herumschwirrt.«

»Ihr wollt sie hier stellen«, sagte Léo, noch ehe Kafir etwas erwidern konnte. »Dieser Raum ist nicht nur ihr Grab, sondern auch ihre Falle.«

»Du hast einen klugen Sohn, Iza«, meinte der Zwerg anerkennend. »Ihre Macht wird hier gebrochen. Wenn es uns gelingt, sie herzulocken, wird sie nicht mächtiger sein als eine normale Frau.«

»Also sehr mächtig«, bemerkte Léos Mutter trocken.

Silbermund, der sich bislang stumm im Hintergrund gehalten hatte, trat bei diesen Worten vor. Er hatte das Priestergewand abgelegt und war in der silbernen Höhle fast so unsichtbar geworden, als wäre er mit der Wand verschmolzen. Nun aber richteten sich alle Augen auf ihn. »Eine Falle braucht einen Köder, wenn ich darauf hinweisen dürfte.« Er sah sich um. »Was lockt die Hexe her, damit ich ihr den Tod bringen kann?«

Kafir hüstelte leise und sah zu Léos Mutter, die seinen Blick mit einem wissenden Gesichtsausdruck erwiderte. Die beiden verstanden sich offenbar auch ohne Worte.

»Deine Frage ist gut«, sagte sie. »Wirklich sehr, sehr gut.«
»Ja.« Kafir nickte. »Und die Antwort wird dir vermutlich wenig
gefallen, Silberjunge.«

Léo schlang sich die Arme um den Leib. Kafir, der wieder seine dunkle Brille aufgesetzt hatte, Frederick und er standen in
der offenen Tür, die in dem Baumstumpf im Wald der Hexe
verborgen war. Die beiden hohen Kiefern links und rechts des
Eingangs in den Zwergentunnel streckten sich weit empor und
die Bäume standen so dicht, dass vom Himmel nur blaue Flecken im dunklen Blätterdach zu erkennen waren.

Hasina und vor allem Léos Mutter hatten dagegen protes-
tiert, dass Léo und Frederick ohne sie mit Kafir und Silbermund diesen gefährlichen Weg gingen. Doch die beiden
Frauen hatten die Aufgabe erhalten, dafür zu sorgen, dass die
Hexe in jedem Fall ihr silbernes Herz berührte. Der Zwerg hatte zunächst vorgeschlagen, alleine mit Silbermund aufzubre-
chen. Doch Léo hatte sich nicht davon abbringen lassen, dabei
zu sein. Er war der Herzenmacher. Er hatte Silbermund zusammengebaut. Und er würde dabei sein, wenn die Hexe, die seinen Vater auf dem gewissenlosen Gewissen hatte, in die Falle
gelockt würde. Dass Frederick darauf bestanden hatte, ihn unter allen Umständen zu begleiten, hatte Léo etwas überrascht.
Fred schien sich überhaupt nicht zu fürchten. Aber er war nicht
von seinem Entschluss abzubringen. »Immerhin war es mein
Plan, oder?«, hatte er gesagt, als Léo einen letzten Versuch un-
ternommen hatte, ihn umzustimmen, und ihn schief angelä-
chelt. Nun, es fühlte sich gut an, seinen Freund an der Seite zu
wissen. Als Léo ihn ansah, konnte er ihm die Aufregung deutlich vom Gesicht ablesen. Kein Wunder, der ganze Wald um sie

schien Anspannung zu atmen. Als wüssten die Bäume, was die vier, die aus dem Baumstumpf kamen, vorhatten.

»Bereit?«, raunte Kafir ihnen zu.

Léo nickte, auch wenn er sich im Grunde nicht bereit fühlte. Aber er wusste, dass sie nicht mehr zurückkonnten.

»Fragt mich denn niemand?«, meinte Silbermund. »Immerhin muss ich doch den Köder spielen in diesem Zwergenspiel.«

Léo hätte fast meinen können, einen beleidigten Ausdruck auf seinem Gesicht zu erkennen. Und offenbar hatte Silbermund seine Höflichkeit für den Moment in der Höhle zurückgelassen.

»Sicher geht Kafir fest davon aus, dass dein Mut unerreicht ist«, sagte Léo beruhigend.

»Ja, Silberjunge. Du bist wirklich mutig. Aber nun muss du der Hexe deine Angst zeigen.«

»Angst?« Das Wort klang in Silbermunds melodischer Stimme wie ein schiefer Ton. »Da sieht man, dass ich kein Zwerg bin. Ich habe nämlich gar keine Angst im Herzen.«

Kafir sah Silbermund einen Moment lang verdutzt an, dann konnte er ein leises Lachen nicht unterdrücken. »Du gefällst mir. Ein wenig steif, aber das Herz am rechten Fleck.«

»Nein«, verbesserte ihn Silbermund. »Es ist genau in der Mitte meiner Brust.«

Kafir versetzte ihm einen kumpelhaften Stoß, den der mechanische Mann mit einem pikierten Gesichtsausdruck quittierte. »Nun gut«, meinte der Zwerg, »dann spiel es eben nur.«

Silbermund hielt sich die Arme über den Kopf, als wollte er sich vor etwas schützen, das vom Himmel fiel. Dabei verzog er sein Gesicht, als läge ihm etwas Bitteres auf der Zunge, und er brachte einen Laut zustande, der eher nach Ekel als nach Angst klang.

»Könnte schlimmer sein«, meinte Léo hoffnungsvoll.

»Aber auch viel, viel besser«, erwiderte Frederick. »Ich denke, wir sind geliefert.«

»Verzeihung, aber ich bin ein Wunder, keine Puppe«, sagte Silbermund eingeschnappt.

»Keine Angst, ich übernehme das schon mit der Angst«, sagte Kafir und zog Silbermund hinter sich her in den Wald vor ihnen. »Und da muss ich nicht mal besonders viel spielen, Silberjunge.«

Der mechanische Mann folgte Kafir und brachte es fertig, dass sogar sein Gang ein wenig eingeschnappt wirkte. Léo hatte Frederick erzählt, was sie erwarten würde. Der Plan bestand darin, dass sie beide und der Zwerg am Waldrand warteten, während Silbermund alleine den Weg einige Meter weiter gehen würde. Wenn die Berichte über die Wachen des Hexenturms nicht übertrieben waren, sollte es nicht allzu lange dauern, bis die Hexenkrähen auf ihn aufmerksam wurden. Was dann kam, hing von Silbermunds und Kafirs schauspielerischem Talent ab. Der Zwerg würde den mechanischen Mann zurückrufen und vor der vermeintlich übermächtigen Hexe warnen. Er sollte dabei den Eindruck erwecken, dass Silbermund eigenmächtig beschlossen hatte, sich der Hexe zu stellen. Der mechanische Mann musste so tun, als würde er die Ausweglosigkeit begreifen und fliehen. Dabei sollte er die Hexenkrähen und zuletzt ihre Herrin in den Gang unter dem Baumstumpf locken. Dass sie sich der Jagd anschloss, war ihre große Hoffnung. Aber sie schien ihnen nicht unbegründet. Falls die Hexe argwöhnte, dass ihre Feinde zerstritten und verzweifelt waren, würde sie hoffentlich die Chance wittern, Silbermund und alle Verschwörer ein für alle Mal zu besiegen und den Aufenthaltsort ihrer Schwester zu erfahren.

Ein Plan mit vielen Möglichkeiten zu scheitern.

Aber ihr einziger.

Vor ihnen wichen die Bäume langsam auseinander wie ein Bühnenvorhang. Und dahinter erhob sich der Turm der Hexe. Am Tag sah er nicht weniger angsteinflößend aus als in der Nacht. Doch selbst auf die Entfernung hin war deutlich zu erkennen, dass die Gesichter, die ihn zierten, die Augen geschlossen hielten. Schliefen sie? Nun, niemand war zu sehen. Weder eiserne Wächter, noch solche, die Federn und Flügel trugen.

»Das gefällt mir nicht«, raunte Kafir Léo mit vor Aufregung heiserer Stimme zu. »Die Hexe lässt sich doch so scharf bewachen.«

»Vielleicht glaubt sie, wir hätten aufgegeben«, erwiderte Léo wenig überzeugt. Er konnte die Anspannung, die er unter den Bäumen gefühlt hatte, hier noch deutlicher wahrnehmen. Fast glaubte er, nicht sie würden eine Falle stellen, sondern vielmehr in eine hineinlaufen.

»Ihr werdet sehen, sie wird kommen«, meinte Frederick, der zu ihnen getreten war, aufgeregt und blickte zum Turm hinüber.

Silbermund schritt unbekümmert an ihm zwischen den Bäumen vorbei. Nun wurde es ernst. Léo zog Frederick in den Schatten einer hohen Fichte und drückte sich gegen deren Stamm.

Unbehelligt legte Silbermund ein Dutzend Schritte zurück.

Das erste sichtbare Anzeichen dafür, dass etwas nicht stimmte, waren die Augen. Die Gesichter am Turm schlugen alle zur gleichen Zeit die Augen auf. Und der Ruf, den ihre Münder ausstießen, klang, als stammte er aus ein und derselben Kehle. Trotz der Entfernung waren die Stimmen gut zu verstehen. »Der Mörder!«

Das Wort, dutzendfach gerufen, donnerte auf Léo und die anderen zu. Und in den Klang hinein mischte sich das Grollen eines Sturms. Er kam plötzlich auf, als habe er nur darauf gewartet, losbrechen zu können. Er wirbelte den Schnee auf dem Boden und den Bäumen auf. Die Sonne, die gerade noch hell zu sehen gewesen war, vermochte kaum noch den Vorhang aus Schnee zu durchdringen. Einen Augenblick später wurde es endgültig finster. Léo konnte nicht sagen, woher die Krähen so plötzlich kamen. Sie fielen wie dunkle Regentropfen herab, entfalteten ihre Flügel und verdunkelten dann den Himmel. Es waren zu viele, um sie zu zählen. Ihr heiseres Krächzen ließ Léo beinahe das Atmen vergessen. Sie schwirrten wie wild umher, stießen auf Silbermund herab, der ungerührt von allem stehen geblieben war und sich umsah, als betrachtete er ein besonders reizvolles Schauspiel. Doch keines der Wesen wagte es, sich ihm auch nur auf Armlänge zu nähern.

»Fast könnte man meinen, die Hexe hat uns erwartet«, wisperte Kafir entsetzt.

»Erwartet? Das glaube ich nicht«, rief Léo.

»Aber es ist so. Ich spüre so etwas«, gab Kafir zurück. »Ich rufe Silbermund zurück.« Er wollte schon aus dem Schatten der Bäume springen, doch Léo packte ihn am Ärmel.

»Noch läuft alles nach Plan«, zischte er Kafir zu. Vermutlich hätte er sich keine Mühe geben müssen, leise zu sein. Der Sturm und das Kreischen der Vögel hätten selbst lautes Rufen übertönt.

»Du bist verrückt«, erwiderte der Zwerg.

»Nein, er hat recht.« Frederick deutete auf die Krähen. »Sie wagen nicht, ihn anzugreifen. Sie wollen ihn nur aufhalten. Bestimmt kommt gleich die Hexe.«

Wie seltsam er dieses letzte Wort aussprach. Nicht so voller Abscheu wie die anderen, sondern so aufgeregt, als könnte er es kaum erwarten, sie endlich zu sehen. Nun, er kannte sie auch nicht, sagte sich Léo. Vermutlich war es der Reiz dieser Welt, die ihm wie ein Märchen vorkommen musste.

Als Silbermund nun weitergehen wollte, griffen die Hexen-krähen ihn endlich an. Sie hackten nach ihm, doch er schlug nach ihnen wie nach ein paar lästigen Fliegen und die Berüh-rung mit seiner silbernen Haut ließ sie aufkreischen, als würde er ihnen die Federn vom Leib brennen. Die Wolke aus geflügel-ten Leibern platzte auseinander. Und aus dem Turm kam eine eiserne Armee. Fernands. Dutzende. Kafir hatte mit seinem Verdacht recht gehabt. Die Hexe hatte sie erwartet.

Unter den Eisernen war ein menschlicher Reiter. Er hatte sich einen roten Mantel umgeworfen und versuchte verzweifelt, sich trotz des Sturms halbwegs majestätisch auf dem Pferde-rücken zu halten.

»Isaak«, grollte Kafir. »Verflucht, die Hexe schickt uns ihren gekrönten Schoßhund. Ich rufe Silbermund jetzt zurück. Kei-ne Widerworte.« Der Zwerg stolperte zwischen den Bäumen hervor, gefolgt von Frederick und Léo.

In diesem Moment verdichteten sich die Krähen knapp über dem Boden vor Silbermund, als suchten sie beieinander Schutz. Dann stoben sie wieder auseinander. Und dort, wo noch eben ein Knäuel aus Federn gewesen war, stand auf einmal die Hexe.

Etwas hatte sich an ihr verändert. In Léos Augen sah sie plötzlich nicht mehr so unfassbar schön aus wie bei den vor-herigen Malen, obwohl alle Spuren des Alters, die er auf der Turmspitze an ihr gesehen hatte, wie fortgewischt schienen. Er glaubte ihre dunkle Seele, die in ihrer herzlosen Brust steckte, erkennen zu können.

Frederick aber starrte sie an, als würde er einen Engel anbli-cken. »Sie ist noch schöner.« Er wisperte die Worte, als fehlte ihm im Angesicht der Hexe die Kraft, um lauter zu sprechen.

Die Hexe bedeutete ihren Vögeln, Platz zu machen. Die ge-fiederten Leiber stiegen höher und verharrten über der Hexe, drohend und angsteinflößend. Sie schlugen nicht mit den Flügeln. Es schien fast, als würden sie in der Luft einen Halt finden, den ... Léo unterbrach seinen Gedanken. Was hatte Frederick gesagt? »Was meinst du mit *noch schöner*?« Er sah seinen Freund an, als blickte er einem Fremden in die Augen. »Du kennst sie doch nicht. Du bist ihr nie begegnet.«

Verzaubert und ohne den Blick von der Hexe zu lassen zog Frederick zur Antwort eine schwarze Glasscherbe aus der Tasche.

»Schattenglas«, zischte Kafir und schlug Frederick die Scherbe aus der Hand.

Léos Freund beachtete ihn nicht einmal. Er war noch immer verzaubert.

»Woher hast du das?«, fragte Léo verwirrt. Der Schnee färbte sich dort, wo das Glas gelandet war, grau, als sickerte daraus eine Krankheit in den Boden.

»Woher wohl?«, erwiderte Kafir düster, während die Fernands hinter der Hexe Stellung bezogen. »Aus der Silbermine. Das ist ein Rest des Hexenspiegels. Es würde mich nicht wundern, wenn er darin die Hexe erblickt und am Ende sogar noch mit ihr geredet hat. Vermutlich hat sie gespürt, dass ihr schattenhafter Wächter besiegt wurde. Der Narr hier ist ihr vermutlich sofort verfallen.«

»Und sie hat so von unserer Falle erfahren.« Léo biss sich auf die Lippe. Dann hatte Fred mit seiner Idee, die Hexe herauszulocken, wohl einzig das Ziel verfolgt, sie leibhaftig zu sehen. Verdammt, und Léo hatte es nicht gemerkt. »Silbermund«, schrie er. »Komm zurück!«

Doch der mechanische Mann reagierte nicht. Vielleicht konnte er Léo bei dem Sturm nicht hören. Die Hexe aber bemerkte sie. Ihr Blick fiel auf Léo und die anderen.

Sie schnippte mit dem Finger.

Und der Sturm ebbte ab.

Die Stille dröhnte in Léo Ohren.

»Sind das diese dreckigen Verschwörer?« Isaak lenkte sein Pferd missmutig neben die Hexe und warf ihnen einen Blick zu, als wären sie Wanzen, die er im königlichen Bettzeug entdeckt hatte. »Zwei Kinder und ein Zwerg. Ich dachte, sie wären eindrucksvoller.«

»Größe und Alter können täuschen.« Die Hexe ließ ihren Blick über sie fahren. Er blieb an Léo hängen. Sie schien in ihn hineinsehen zu können. Als würde sie in seinen Gedanken lesen. Dann sah sie zu Silbermund. »Was glaubst du, was du gegen mich ausrichten kannst, silberner Mörder? Ich habe es euch schon einmal gesagt: Mein Name kann mich nicht töten, solange der Tod mein Herz als Pfand bei sich trägt. Und er wird es euch kaum überlassen. Nicht, solange ich ihm stets meine Schulden im Voraus bezahle.« Sie stieß ein so kaltes Lachen aus, dass Léo glaubte, sein Herz würde erfrieren. »Ich habe euch auf eurem Weg begleitet. Mein neuer … Diener war immer bei euch.«

Sie sah Frederick an, und das Lächeln, das sich daraufhin auf seinem Gesicht ausbreitete, war ein Ausdruck vollkommenen Glücks.

»Du hast für sie spioniert«, sagte Léo fassungslos.

»Diese dreimalverfluchte Hexe hat ihn verzaubert«, brachte Kafir mit mühsam unterdrückter Wut hervor. »Ihr Arm ist wahrlich lang geworden, wenn er schon auf die andere Seite reicht.«

»Genug!«, rief die Hexe gebieterisch. »Der silberne Mörder bleibt bei mir, ihr anderen werdet ein Kleid aus Flügeln erhalten. Und dann will ich wissen, wo meine Schwester ist. Und sie endlich …«

»Ich weiß es«, sagte Frederick. Er klang ein wenig abwesend, als würde er mit offenen Augen träumen. »Ich habe Léo und

Hasina belauscht, als sie miteinander darüber gesprochen haben. Ich weiß es!«

»Was?« Léo konnte es nicht glauben. Er wollte es nicht glauben. Sein Freund – ein Diener der Hexe?

Frederick setzte sich in Bewegung, ehe Léo reagieren konnte. Für einen Moment wusste er nicht, was er tun sollte. Er hörte Kafir etwas rufen. Du musst Frederick retten, Léo, sagte er sich, während sein bester Freund der Hexe entgegenrannte. Und dann lief er los, so schnell er konnte.

Kafirs Rufe wurden lauter, doch Léo beachtete sie nicht. Was immer Frederick auch getan hatte, war unter dem Bann der Hexe geschehen. Er musste gerettet werden. Bevor er der Hexe verriet, wo ihre Schwester zu finden war. Léo holte schnell auf. Frederick mochte größer sein als er, doch der schnellere Läufer war schon immer Léo gewesen.

Sein hastiger Atem mischte sich in die knirschenden Schritte. Gleich war er auf Armlänge heran. Dann sprang er.

Er bekam Frederick gepackt, während er mit seiner Hüfte eines seiner Beine touchierte. Die Berührung reichte gerade aus, um sie beide zu Fall zu bringen. Glücklicherweise kam Léo oben zum Liegen. Er stemmte seine Arme auf Fredericks Brust und drückte seinen Freund, der ihn wütend anstarrte, gegen den Boden.

»Lass mich gehen.« Wie fremd Fredericks Stimme klang. Als gehörte sie einem anderen.

»Sie ist eine Hexe«, rief Léo. »Sie verzaubert Menschen. Willst du ihr Hündchen werden?«

Zur Antwort griff sein Freund nach einem faustgroßen Stein, der nur wenige Zentimeter neben ihm unter dem Schnee lag. »Ich schlage zu, Léo. Wenn du mich nicht gehen lässt.«

Er ist nicht er selbst, sagte sich Léo, ohne auf die Drohung einzugehen.

»Wie lange sollen wir uns dieses Theater denn noch ansehen?«, lamentierte Isaak hinter ihnen. Léo blickte in die Richtung, in der die Hexe und ihr Gefolge standen. Der König hatte offenbar wenig Lust darauf, die Feinde seiner Herrin gefangen zu nehmen. Vermutlich wünschte er sich in ein warmes Zimmer an einen gedeckten Tisch, um mit seinen manikürten Fingern ein opulentes Mittagessen einzunehmen.

Und in diesem Moment hatte Léo eine Idee. Eine Idee, wie sie vielleicht entkommen konnten. »Ich lasse dich gehen, wenn du mir den Stein gibst.« Er konnte Frederick ansehen, dass er misstrauisch war. Aber bei all dem Zauber, in den sein Freund gewoben war, hoffte er dennoch, dass da genug von Frederick übrig war, um ihm zu vertrauen. Einen Augenblick lang fürchtete Léo, sein Freund würde ihm den Stein doch gegen die Schläfe schlagen. Dann aber reichte er ihm ihn.

Léo ließ den Stein so rasch in eine Tasche seiner Jacke gleiten, dass nicht einmal Fred es bemerkte, dann stieg er von ihm hinunter. Fredrick zusehen zu müssen, wie er aufstand und die letzten Meter zur Hexe lief, war schwer zu ertragen. Léo folgte ihm und blieb neben Silbermund stehen.

»Ist das klug, werter Léo?«, fragte er. »Ihr hättet unter den Bäumen bleiben sollen. Jeder Sieg kostet Opfer.«

Léo musste trotz aller Gefahren lächeln. »Léo reicht. Und klug ist hier gar nichts. Opfer werden wir aber nicht bringen. Er ist mein Freund. Und ich lasse ihn nicht zurück. Koste es, was es wolle.«

»Oh, mir wird übel bei solchem Gerede«, murrte Isaak. Die königliche Geduld schien nun endgültig erschöpft.

Die Hexe legte ihm eine Hand auf den Arm, der die Zügel hielt, und sein blasses Gesicht hellte sich etwas auf. Dann ging sie einige Schritte auf Frederick zu, der schwer atmend vor ihr stand wie ein Kind, das von Glück überwältigt ist. Er schien wie betäubt vom Hexenzauber. Sie sah ihn nur flüchtig an, dann blickte sie zu Léo. »Immer wieder du.« Sie deutete mit einem Finger auf ihn, als wollte sie ihn verhexen. »Im Thronsaal. Auf meinem Turm. Und nun hier. Wer bist du?«

Léos Herz schlug so laut, dass er glaubte, man könnte es hören. Es schlug indes nicht vor Angst. Vielleicht war die Lage zu aussichtslos, als dass er noch mehr davon hätte fühlen können. Es schlug vor Aufregung so heftig. Er hatte einen Plan. Einen verzweifelten, aber immerhin einen Plan. »Mein Name ist Léo Mellino. Ich bin ein Spielzeugmacher.«

Der König stieß ein arrogantes Lachen aus. »Eure Verschwörer sind also in der Tat ein paar Blechstanzer, meine Teuerste. Wie wir vermutet haben. Sie wollen Euch wohl mit Spielzeugen angreifen.«

»Mein Vater hat Silbermund begonnen. Und ich habe ihn fertiggestellt.« Die Erinnerung an seinen Vater erfüllte Léos Herz mit Mut und Zuversicht. »Er ist der Einzige, der Euch töten kann, Winterhexe.« Übertreib es nicht, Léo. Mach sie nicht wütend.

Aber die Hexe wurde nicht wütend. Vermutlich fühlte sie sich bereits als Siegerin. »Also habe ich es hier mit einer ganzen Familie von Verschwörern zu tun«, sagte sie freundlich wie eine Schlange. »Und die Verschwörung erstreckt sich sogar auf die andere Seite. Ich kenne nur einen Übergang in den Bergen. Der Graf ist von dort hinübergewechselt, um mir das Silber für die Fesseln zu bringen, die meine Schwester gebunden haben, damit sie in ihren tiefen Schlaf fallen konnte. Seine Hand hat er dafür gegeben. Und er wurde mit goldenen Fingern belohnt. Meinen Schattenspiegel hat er dort zurückgelassen, damit man nicht am Ende das Silber dort gegen mich einsetzt. Doch wie es scheint, habt ihr noch weitere Adern dieses besonderen Silbers gefunden. Genug, um diese Abscheulichkeit dort zu fertigen.«

Léo sah zu Frederick. Aber sein Freund nahm nichts anderes mehr als die Hexe wahr. Verdammt, das würde nicht einfach werden. »Genug für Silbermund. Und noch etwas.« Zeit für den heikelsten Teil des Plans. Er deutete auf den Stein in seiner Tasche, der sich deutlich sichtbar unter dem Stoff abzeichnete. »Ich habe euch ein neues Herz gemacht. Eines, das angehalten werden kann.«

Silbermund runzelte verwirrt die Stirn, während in die Krähen, die die ganze Zeit reglos in der Luft gehangen hatten, Leben zurückkehrte. Sie stoben auseinander, wild kreischend, und Silbermund schlug nach denen, die Léo zu nahe kamen.

»Er lügt«, rief Isaak aufgebracht. Sein blasses Gesicht zeigte rote Spuren der Wut. Ein wenig Temperament schien doch in dem verweichlichten Monarchen zu stecken.

»Ist das klug, werter Léo?«, stellte Silbermund seine Frage noch einmal.

Léo antwortete nicht.

Die Hexe hatte sich das alles ungerührt angesehen. Nun wandte sie sich Frederick zu. »Es gibt einen einfachen Weg, das herauszufinden.«

Ein Lächeln erschien auf dem Gesicht von Léos Freund. Die Aufmerksamkeit der Hexe machte ihn offenbar glücklich.

»Hat er mir ein neues Herz gefertigt? Eines, das angehalten werden kann?«

Frederick lächelte weiter und antwortete. »Ja, das hat er, aber ...«

Die sorglose Miene der Hexe zersprang, als wäre sie aus Glas. Ihr Gesicht verzerrte sich so vor Wut und Hass, dass es kaum wiederzuerkennen war. Doch da war noch eine Regung, die sich bei ihr zeigte. Angst. »Wie ist das möglich?«, keifte sie, und ihre Stimme fachte den Sturm wieder an.

»Seine Mutter und er haben es gebaut«, sagte Frederick.

Verdammt, er war zu redselig. Je weniger die Hexe wusste, desto besser. »Lasst uns gehen«, rief Léo und presste die Finger auf den Stein in seiner Jacke, als wollte er das vermeintliche Herz mit der Hand anhalten. »Alle.«

Die Hexe duckte sich wie eine Katze vor dem Sprung. »Lasst sie …« Die Hexe stockte mitten im Satz. »Wieso drohst du mir? Wenn ihr meinen Tod wollt, so könntet ihr den Sensenmann jetzt herbeirufen. Mein Name würde reichen. Doch ihr zögert. Weshalb?« Die Hexe richtete sich drohend auf. Aus der Katze wurde eine Löwin.

Du bist aufgeflogen, Léo, sagte er sich. Denk dir schnell eine Lüge aus, sonst trägst du gleich ein Federkleid.

»Ich wollte den Moment genießen, alte Hexe«, rief er und hoffte, dass sie die Unwahrheit in seinen Worten nicht herausschmecken konnte. »Aber jetzt soll dein Ende kommen.« Er griff in seine Tasche, als wollte er den Stein herausziehen. Für einen Moment stieg die Angst in ihm empor, Fred könnte die Täuschung auffliegen lassen. Doch er merkte nichts und die Hexe kreischte so schrill, dass sich Léo am liebsten die Hände auf die Ohren gepresst hätte. Die Krähen schlossen sie ein in einen Kokon aus Federn und trugen sie im nächsten Moment fort.

Zurück blieb nur König Isaak mit seiner Armee aus Eisernen. »Worauf wartet ihr?«, herrschte er die Fernands an. »Tötet sie. Aber ein wenig plötzlich. Ich friere mich hier noch zu Tode.«

Ehe auch nur einer von ihnen sein Schwert gezogen hatte, war Silbermund vorgesprungen. Isaak stieß einen spitzen Schrei in die schneeerfüllte Luft, als der mechanische Mann so heftig an den Zügeln zog, dass sich das Ross, auf dem Briançons Herrscher wie ein nasser Sack saß, vor Schreck aufbäumte. Noch während Isaak fiel, wollte Léo zu Frederick laufen, doch sein Freund schüttelte den Kopf. »Nein, Léo. Ich bleibe. Du hast Hasina. Und ich habe sie.«

»Die Hexe hat dich verzaubert«, schrie Léo, als sich silberne Arme um seine Brust schlangen.

»Ich fürchte, wir müssen gehen.« Silbermund riss ihn zurück und rannte los. Im selben Moment nahmen die Fernands die Verfolgung auf. Der mechanische Mann wurde kaum langsamer, als er unterwegs Kafir griff und ihn wie Léo mit sich zerrte.

»Nein«, brüllte Léo verzweifelt. Sie konnten Frederick nicht zurücklassen. Insgeheim wusste Léo, dass sie ihn nicht retten konnten. Nicht in diesem Augenblick. Er schlug dennoch gegen den silbernen Leib seines Retters, als wäre er schuld daran, dass Léos bester Freund freiwillig zurückblieb. Nicht freiwillig, korrigierte sich Léo. Verzaubert.

Die Fernands waren schnell, doch Silbermund lief, als wäre der Tod persönlich hinter ihnen her. Die Flucht durch den Schnee, das Zufallen der Tür im Baumstumpf und den Weg in die Höhle, die sie der Hexe als Falle bereitet hatten, erlebte Léo wie in einem Traum. Kaum hatten sie die Höhle mit dem Sarkophag erreicht, eilte Kafir zu Iza. Der Zwerg sprach hastig mit Léos Mutter und den anderen Zwergen. Hasina aber war sofort bei ihm, und er hielt sie so fest, als würde er verloren gehen, wenn er sie losließ.

Warum hatte die Hexe Fred verzaubern können, aber ihn nicht? Als er Hasinas Wärme spürte, begriff er es. Der Kuss hatte ihn geschützt. Der Kuss, den ihm Hasina gegeben hatte.

»Also ist es entschieden«, hörte er Kafirs Stimme durch die Höhle dröhnen.

»Was habt ihr entschieden?«, fragte Léo. Er hatte sich so darauf konzentriert, nicht an Frederick denken zu müssen, dass er keines der Worte verstanden hatte.

»Wir müssen die Schwester der Hexe beschützen«, sagte Hasina düster, die dem Gespräch offenbar gefolgt war. »Nun da die Hexe von Frederick erfährt, wo ihre Schwester verborgen ist, wird sie alles daransetzen, sie in ihre Gewalt zu bringen. Und sicherstellen, dass der Sommer nie wieder erwacht.« Sie lächelte traurig. »Nun wird sie erfahren, dass der Zugang auf die andere Seite ausgerechnet in dem Turm zu finden ist, in dem sich ihre Krähen verborgen hatten. Sie wird sicher selbst kommen, um ihre Schwester zu holen. Diese Aufgabe ist zu wichtig, um sie ihren Dienern alleine zu überlassen. Also wird sie den Durchgang auf dem Turm nutzen und nach Paris reisen.«

»Dann können wir sie dort endlich töten«, sagte Léo mit verzweifelter Entschlossenheit. Er löste sich von Hasina und sah die anderen an. »Der Plan bleibt bestehen. Wir stellen die Falle nur auf der anderen Seite auf.«

»Und wenn sie nun Vorkehrungen trifft, um zu verhindern, dass du ihr das Herz gibst?«, fragte Léos Mutter und hielt es hoch. »Es war nicht schlau, ihr unseren Plan zu verraten.«

»Die Lage war todernst, werte Mutter des Erbauers«, kam Silbermund Léo zur Hilfe. »Und die Täuschung hat ihren Zweck erfüllt. Der Erbauer hat uns gerettet.«

»Aber was ist mit Frederick?«, fragte sie düster.

Ja, wie sollte er ihn nur retten? »Eines nach dem anderen«, sagte Léo. »Fred wird bei ihr sein. Sie braucht jemanden, der sie auf der anderen Seite führt. Und sie muss ihre Schwester erst einmal finden. Das ist unser Vorteil. Wir machen uns sofort auf den Weg. Rüber auf die andere Seite und dann ...« Er kam nicht weiter, denn Hasina legte ihm eine Hand auf den Mund.

»Wir können nicht in den Uhrenturm. Nicht mehr. Wahrscheinlich sind ihre Krähen schon auf dem Weg, um ihn erneut zu besetzen. Aber es gibt noch einen Durchgang, den wir nutzen können.«

»Und wo ist der?«, fragte Léo, nachdem sie ihre wunderbar warmen Finger von seinen Lippen genommen hatte.

»In Paris«, sagte sie.

»Aber wir brauchen doch ewig mit Kutschen und Pferden und bei all dem Schnee«, warf Léo aufgebracht ein.

Kafir schenkte ihm ein nachsichtiges Lächeln. »Junge, wir haben Gänge gegraben, die von hier bis unter die Stadt der Zwerge reichen. Und wir haben die Eisenbahn. Sie hält kaum eine Stunde von hier entfernt unter der Erde. Ultramodern. Pfeilschnell. Und auch noch komfortabel. Glaub mir, die Hexe könnte selbst dann nicht schneller sein, wenn sie sich von ihren Vögeln tragen lassen würde.«

DIE STADT DER ZWERGE

Kafir hatte maßlos übertrieben. Der Zug, zu dem er sie führte, ähnelte einem jener Exemplare, die Léo auf einem Schulausflug einmal in einem Eisenbahnmuseum gesehen hatte. Hier aber war es das Modernste, was die Kunstfertigkeit der Zwergeningenieure je hervorgebracht hatte. Eine Dampflokomotive und ein offener Wagen, dem man ansah, dass er üblicherweise gefördertes Metall transportierte. Die klappbaren Bänke an den Seiten wären vermutlich auch dann schrecklich unbequem gewesen, wenn sie für Menschen und nicht für Zwerge ausgelegt gewesen wären. So aber musste sich Léo mit den anderen in die zu engen Sitze quetschen, während nur wenige Meter vor ihnen die Lokomotive zu pfeifendem Leben erwachte. Der Einzige, der außer den Zwergen vermutlich nichts am fehlenden Komfort auszusetzen hatte, war Silbermund. Hasina hatte darauf bestanden, dass er wieder sein Priestergewand anzog. Wenn sie die Fahrt in dem antiken Zug überlebten, mussten sie sich ungesehen durch das Paris auf der anderen Seite bewegen.

Der mechanische Mann sah sich interessiert um, und Léo glaubte, so etwas wie eine grimmige Vorfreude auf dem silbernen Antlitz ausmachen zu können.

Der Zug setzte sich in Bewegung, und kaum hatten sie den kleinen Bahnhof verlassen, verschluckte sie auch schon die Dunkelheit.

»Verzeiht, dass wir hier keine Beleuchtung angebracht haben«, entschuldigte sich Kafir. »Wir Zwerge sehen halt auch dann noch gut, wenn ihr Menschen längst blind wie Maulwürfe seid.«

Neben Kafir, der hinten bei ihnen Platz genommen hatte, saßen noch vier weitere Zwerge, die jeder eine beeindruckende Grubenaxt bei sich trugen. Einer hatte auch Kafir mit einer ausgestattet. Die Lokomotive wurde von zwei weiteren Zwergen bedient. »Aber später kommen wir an eine Stelle, an der auch ihr sehen könnt«, meinte Kafir. Und dann fing er an, von der überlegenen technischen Konstruktion der Zwergenbahn zu schwärmen.

Noch legendärer als ihre Liebe zu Metall war der Stolz der Zwerge auf ihre Ingenieurskunst, raunte Léos Mutter ihm zu, während Kafir mit Inbrunst die herausragenden Leistungen seiner Sippschaft aufzählte: Die durchgehende Schienenstrecke von hier bis Paris, die selbst die tiefsten unterirdischen Abgründe überwand. Die ausgeklügelte Belüftung, die dafür sorgte, dass sich der Rauch nicht unter der Erde sammelte und die Reisenden erstickte. Und die einzigartige Geschwindigkeit, die schon so manchen Zwerg fast habe verrückt werden lassen.

»Sagst du uns Bescheid, wenn ihr so schnell fahrt?«, bat Hasina neben Léo. »Damit ich mich festhalten kann.«

Das Schweigen, das sich anschloss, war eisig wie der Wind der Hexe. »Wir fahren bereits im Höchsttempo, verflucht«, brummte Kafir einen Augenblick später, dann verstummte er, vermutlich schwer beleidigt.

Es wurde eine dunkle Fahrt, in der es nur die Schwärze und das Rattern des Zuges gab. Léos Kopf gebar in der sie umgebenden Finsternis zahlreiche Bilder, von denen er einige nur allzu gerne vergessen hätte. Es war, als würde er sein bisheriges Abenteuer wie in einem Film noch einmal sehen. Der Turm und Haluk. Fernando und Silbermund. Der Spiegelkreis der

Hexe und Hasina. Er griff nach ihrer Hand, und es tat gut, die Wärme ihrer Finger zu fühlen. Dann aber mischte sich ein blasses Licht in die Finsternis. Es schien golden und hatte seinen Ursprung irgendwo unter ihnen. Die Brüstung des offenen Wagens zeichnete sich in dem Lichtschein ab, und Léo beugte sich über sie, um zu sehen, woher der Schein kam.

Er blickte hinab. Und hatte das Gefühl, zum Mittelpunkt der Erde zu sehen. Soweit er erkennen konnte, fuhr der Zug über eine Brücke, die eine unermesslich tiefe Schlucht überspannte. Das Licht drang von unten herauf, und die filigranen Streben, die Hunderte Meter zu messen schienen, verloren sich in ihm.

»Jetzt seid ihr beeindruckt, oder?«, raunte Kafir, dem es offensichtlich Genugtuung bereitete, sie staunend zu sehen. Es waren seine ersten Worte seit Hasinas Frage zum Tempo der Bummelbahn.

»Was ist dort unten?«, fragte Léo, während sich vor ihm der Rauch der Lokomotive wie ein Schleier gegen das goldene Licht abzeichnete.

»Manche sagen, dort unten wäre eine verlorene Welt. Mit einem Meer und Tieren, die es auf der Welt dort oben schon lange nicht mehr gibt«, sagte Kafir. Auch der Zwerg hatte sich über die Brüstung gebeugt. Er musste sich dazu allerdings auf die Zehenspitzen stellen. »Andere glauben, das wäre eine Bibliothek, deren Bücher vom Lauf der Welt selbst erzählen. Und wieder andere denken, von dort dringe das Licht einer anderen Welt herauf, die durch ein Tor scheint, das wie die anderen Übergänge den Weg auf eine andere Seite markiert.«

»Und was denkst du?«, fragte Léos Mutter. Sie schien ebenso verzaubert von dem Anblick wie Léo selbst.

»Nun, ich denke, dort unten schlägt das Herz der Welt. Und es zeigt, welche Hexe derzeit über sie wachen sollte.« Er klang grimmig. »Als die Winterhexe kam, um zu bleiben, schien es silbern. So silbern wie ihre Kälte. Doch nun verlangt die Welt nach dem Wechsel. Und wir sind die Boten. Mehr als alles in der Welt würde ich dieses Herz gerne einmal sehen.«

Léo sah ihn überrascht an. So … reif und ernst hatte Kafir noch nie geklungen. Er hoffte, dass sein Freund einmal dorthin gelangen könnte.

»Außerdem«, fuhr er verträumt fort, »glaube ich, dass es aus einem besonderen Metall besteht. Ich würde es abbauen und mitnehmen und wäre der reichste Zwerg der Welt.«

Nun, dachte Léo, während sie das Licht verließen und wieder in die Finsternis fuhren, vielleicht musste es Kafir ja doch nicht unbedingt bis da unten runter schaffen.

Der Name, der an ihrem Ziel auf ein Metallschild graviert war, lautete *Gare de la profondeur*. »Bahnhof der Tiefe?«, las Léo verwundert.

»Dies hier ist Paris. Die modernste Stadt der Welt, zumindest, was ihr Transportsystem angeht«, erwiderte Kafir. »Es gibt noch andere Bahnhöfe dort oben. Den *Gare du nord* zum Beispiel. Aber dieser hier ist der schönste und größte.«

Das Schild prangte an einer Felswand, vor der mehrere Gleise in den Boden getrieben waren. Es gab ein prächtiges Bahnhofsgebäude und wenigstens ein Dutzend Metallbrücken, über die man die Bahnsteige verlassen konnte. Auf dem unterirdischen Bahnhof tummelten sich Dutzende Zwerge und auch einige Menschen. Vermutlich war für sie auch die stattliche Anzahl an Laternen aufgestellt worden. Sie wurden indes mit Gas beleuchtet und nicht mit Feuerkäfern, wie Kafir erklärte, während sie ausstiegen.

Die Lokomotive hatte an einem der hinteren Gleise Halt gemacht. Die Züge vor ihnen waren deutlich komfortabler, und nicht alle schienen einzig für Zwerge gemacht.

Die Zwerge, die mit ihnen hierhergefahren waren, begleiteten sie, während sie sich über den Bahnsteig drängten und eine Treppe bestiegen, die auf eine der Metallbrücken führte. Die Form und die Art, wie sie gebaut war, erinnerten Léo an irgendetwas, doch er kam nicht darauf woran. Léo blickte über das Geländer der Brücke. Unter ihnen standen die Züge nebeneinander, aus den Schornsteinen der Lokomotiven stieg der Dampf schmutzig in die Höhe und wurde irgendwo über ihnen an die Oberfläche abgeleitet. Wie eine Herde Wildtiere schienen sie, die ungeduldig auf ein Signal zum Loslaufen warteten. Ein seltsamer Anblick angesichts der Antiquiertheit dieser Lokomotiven.

»Wenn dich das schon so fasziniert, dann warte erst mal, bis du siehst, wie der Rest der Stadt aussieht«, raunte Kafir ihm zu, der Léos Blick ein wenig missverstanden hatte.

Die Bahnhofshalle wäre selbst für einen Menschenbahnhof gigantisch gewesen. Hohe Säulen, mosaikgeschmückte Wände und … ein Boden, der über mehrere Etagen hinabreichte. Léo hatte das Gefühl, er würde von oben in den Innenhof eines hohen Gebäudes blicken. Dieses Gebäude war gewissermaßen nach unten hin groß.

»Zwerge bauen in die Tiefe«, erklärte Kafir, der diesmal richtig in Léos Gesicht gelesen hatte. »Dies hier ist das Erdgeschoss und dann gibt es sagenhafte zehn Unteretagen.«

Es war verwirrend. Die Decke schien von dem Punkt, an dem Léo und die anderen den Bau betreten hatten, kaum einen Meter über ihren Köpfen. Unter ihnen wuselte es wie in einem Bienenschwarm, doch Kafir führte sie auf eine Treppe, die aus dem Gebäude hinaus an die Oberfläche führte. Sie war breit und streckte sich lang hinauf. Léo hatte Mühe, die anderen nicht aus den Augen zu verlieren, so voll wie es auf der Treppe war. Dann endlich hatten sie den unterirdischen Bahnhof verlassen und das Paris der Zwerge lag vor ihnen.

Es war offenbar schon Abend. Die Dämmerung mischte ein so schmutziges Grau in den Himmel, als würden Hunderte Lokomotiven ihren Rauch in die Luft stoßen. Im ersten Moment kam es Léo vor, als wäre er in der Stadt, die er schon einige Male zur Weihnachtszeit besucht hatte. Die Häuser sahen denen in seinem Paris äußerst ähnlich. Die Dächer waren weiß vor Schnee und auf der Straße war es wegen des Eises so rutschig, dass einige der Passanten erkennbare Mühe hatten, nicht auszurutschen. Allerdings erreichten nicht alle von ihnen Menschengröße. Hier gab es statt Autos Ponywagen und der Geruch von Pferdeäpfeln mischte sich in die eiskalte Luft. Das Wahrzeichen der Stadt aber reckte sich auch in diesem Paris stolz in die Höhe.

»Jetzt weiß ich, wieso mir die Brücke gerade so bekannt vorkam«, sagte er verblüfft, als er den Eiffelturm ansah. Diese Art der Metallstreben, aus denen das berühmteste Bauwerk Frankreichs bestand, hatte er auch unter der Erde gesehen. »Aber wieso haben die Zwerge den Eiffelturm …«

»In diesem Fall ist es andersherum«, erklärte Léos Mutter, die Silbermund von der Straße zurückzog, ehe dieser mit einem Zwergenwagen kollidiert wäre. »Oft existieren die Gebäude von selbst auf beiden Seiten. Es ist, als würde die Welt dafür sorgen, dass sie existieren. Doch der Eiffelturm und noch einige andere Bauwerke sind anders. Die Zwerge haben ihn hier zuerst errichtet. Und dann haben sie es eingefädelt, dass er auch auf der anderen Seite gebaut wurde.«

»Aber Gustave Eiffel hat doch …«, setzte Léo an.

Kafir unterbrach ihn mit einem mitleidigen Lächeln.

»Er war nur der Koch des berühmten Zwergeningenieurs Adciniv. Viele von uns schätzen Menschenköche für ihre Raffinesse in der Küche. Die wahren Baumeister aber sind wir Zwerge. Vor allem, wenn es um Stein und Metall geht. Adciniv hat die Pläne für unseren Turm angefertigt. Eiffel musste sie nur auf der anderen Seite als seine verkaufen. Auf diese Weise haben wir einen Zugang geschaffen. Eigentlich hatten die Zwergenoberen gehofft, eines Tages einen neuen Absatzmarkt für die Metalle dieser Welt zu eröffnen. Und natürlich für unsere Patisseriekünste. Alles durch den Einsatz von Strohmännern wie Adciniv gut getarnt. Aber«, er blickte auf einmal finster drein, »es hat nicht funktioniert. Unser Brot … die Leute sagten, es sei verkohlt.«

»Das haben sie …«, Léo kam nicht weiter, denn Kafir redete ohne Pause.

»Aber das ist doch gerade das Besondere an unserem Brot. Nun, wir haben unsere Expansionspläne vorerst auf Eis gelegt. Aber hübsch ist er schon geworden, unser kleiner Turm, nicht?«

Léo sah fasziniert auf den Eiffelturm, an dessen Spitze nun ein Licht entzündet worden war. Wie ein gigantisches Leuchtfeuer strahlte es über die Stadt mit den breiten Straßen, auf denen sich Menschen und Zwerge eng aneinander vorbei schoben. »Er ist in Wirklichkeit ein Zwergenturm«, wisperte Léo ungläubig.

»Wenn dich das umhaut, solltest du mal hören, was unsere Verwandten in der Wüste auf beiden Seiten gebaut haben. Wie heißt noch mal dieses Land bei euch, Hasina? Das mit den vielen dreieckigen Durchgängen. Es hat so einen lustigen Namen. Dort waren die Menschen sehr erfreut über unsere Metalle. Haben schöne Sachen daraus gemacht.«

»Ägypten«, sagte sie und griff nach Léos Hand. »Aber es wäre ein wenig viel, jetzt auch davon noch zu erzählen. Wir müssen zum Turm.«

Léo ließ sich widerstandslos von ihr mitziehen. Unter den Leuten, die ihnen entgegenkamen, herrschte eine ausgelassene Stimmung. Wie hatte Fernando dieses Paris hier noch genannt? *Die Zwergenstadt, in der um Geld gespielt wird.* Dies war offensichtlich ein Ort des Vergnügens. Und der drohende Krieg schien weit entfernt. Noch.

Die Nacht hielt Einzug in die Stadt, und sie kamen immer langsamer voran. Die Zahl der Leute in den Straßen, gleich ob menschengroß oder zwergenklein, nahm stetig zu und es war immer schwerer, sich in dem Getümmel einen Weg zu bahnen. Léo hatte das Gefühl, dass eine greifbare Anspannung in der Luft lag. Es war ein wenig, als würde sich ein Gewitter ankündigen.

Einer der Zwerge, die sie begleiteten, wisperte Kafir etwas zu. Ihr Freund winkte Léo und die anderen daraufhin zu sich. »Wir müssen aufpassen«, sagte er und sah sich um, als wollte er sicherstellen, dass keiner lauschte. »Die Lage hier soll recht … explosiv sein. Meine Tante war die vergangene Woche schon in der Stadt und sagt, dass der König einige Sondergesetze für Paris erlassen hat. Die Beziehung zwischen Paris und Briançon war schon immer etwas schwierig, aber jetzt herrscht hier eine offene Feindschaft. Offenbar hat der König …« Er kam nicht weiter. Die Gestalt, die mit schweren Schritten an ihnen vorbeiging und der er ausweichen musste, kannte Léo nur zu gut. Ein Fernands. Er biss sich gerade noch auf die Lippen, ehe ihm ein entsetztes Keuchen entfuhr. Der mechanische Mann ging so nahe an ihm vorbei, dass er nur die Hand hätte ausstrecken müssen, um ihn zu berühren.

Die Passanten um sie wichen vor dem Fernands angewidert zurück. Léo konnte niemanden ausmachen, der dem Eisernen freundliche Blicke zuwarf. Dies war eine Zwergenstadt. Und damit ein Ort, an dem es keine Liebe für die Hexe oder den Fistelmund gab. Verflucht, dachte Léo. Was machte der Fernands hier? Was wohl, Léo, gab er sich selbst die Antwort. Er sorgt in der Zwergenstadt für Ruhe und Ordnung. Die Hexe weiß, dass Kafirs Sippe in das Komplott gegen sie verstrickt ist.

»Es ist also wahr«, murmelte Kafir düster, als sich der mechanische Soldat entfernt hatte. »Ich hätte nicht gedacht, dass sie so schnell ist. Wir müssen vorsichtiger sein. In den Schatten laufen, damit uns keiner erkennt. Das Licht meiden und so ...«

Er kam nicht weiter. Über ihnen stieg plötzlich eine Rakete in den Winterhimmel und zerplatzte dort wie eine überreife Frucht. Im ersten Moment fürchtete Léo, dies sei eine Signalrakete, die zeigte, dass man sie entdeckt hatte und weitere Fernands herbeirufen wollte. Doch das Muster, das sie auf dunklen Himmel malte, ähnelte dem, das Léo von Feuerwerken kannte. Und doch war das hier ganz anders. Noch während die goldenen Funken zerstoben, schien es, als würde der Wind sie auseinanderschieben. Nur, um sie im nächsten Augenblick neu anzuordnen. Léos Mund klappte auf. Das waren Schriftzeichen.

»Mein Zwergisch ist ein wenig eingeschlafen«, hörte er seine Mutter sagen.

Léo riss den Blick nur mit Mühe vom Himmel los, an dem in diesem Moment eine weitere Rakete ein neues Muster, diesmal in Kaminrot, malte, das sich ebenfalls zu Worten wandelte. Zwergisch? Sie konnte Zwergisch?

»Ach verflucht«, grollte Kafir. »Ich hatte ganz vergessen, dass heute der erste Tag der neuen Saison ist. Hatte mich schon gewundert, warum es am Bahnhof so voll war.« Er sah Léo an. »Nachdem die Menschen den Tag der verdammten Hexe gefeiert haben, begehen wir den Tag der neuen Spielsaison. Die Casinos öffnen mit neuen Attraktionen. Neue Gelegenheiten für

Glücksritter, ihr Gold zu verlieren. Oder es zu vermehren. Es ist eine wohlgesetzte Provokation gegen die Hexe. Ein kleiner rebellischer Akt, wenn du so willst.«

»Und das da oben?«, fragte Léo.

»Ist … wie heißt das Wort bei euch, Iza?«, holte sich Kafir Rat bei Léos Mutter.

»Werbung«, sagte Hasina an ihrer Stelle.

Léo sah sie überrascht an.

»Hier gibt es kein Fernsehen«, erklärte Hasina. »Und die Zwerge sind sehr geschickt und erfindungsreich. Sie graben tief, um wertvolles Metall zu finden. Haben einen unerreichten Spaß daran, um die gefundenen Schätze zu spielen. Und verstehen einiges von Raketen. Denn wer Tunnel braucht, lernt viel über Schießpulver.«

»Habt ihr eigentlich auch Verwandte in Asien?«, fragte Léo, während sie sich quälend langsam auf den Eiffelturm zuschoben. Der Fernands war nicht mehr zu sehen. Vielleicht hatten sie Glück und liefen ihm nicht mehr über den Weg. Nicht auszudenken, wenn er Silbermund erkannte. »In China«, fügte er hinzu, als er Kafirs fragenden Blick bemerkte. »Ein riesiges Land mit einer langen Mauer.«

»Aber natürlich«, meinte der Zwerg. »Ja, so eine Mauer haben wir auch. Ist sehr schön. Und nützlich. In dem ganzen verdammten Land wimmelt es nur so von Riesen.«

Noch während sich Léo fragte, auf welcher Seite wohl das Feuerwerk zuerst entdeckt wurde, sprossen immer mehr Feuerblüten und Glitzermuster über den Nachthimmel. Die Leute um sie herum blieben nun endgültig stehen und starrten hinauf. Ein Chor aus *Ahs* und *Ohs* erhob sich, während sich zahllose Köpfe in den Himmel reckten. »Wir müssen weiter«, rief er Kafir zu. »Wir können nicht warten. Sie wird sonst noch vor uns ankommen.« Er wagte nicht deutlicher zu werden. Aber Kafir verstand ihn auch so. »Wir haben leider keine andere Wahl. Aber wenn wir Glück haben, ist es gleich vorbei«, erwiderte er.

Léo gab den Versuch auf, sich weiter durch die Menge zu zwängen und wollte gerade zum wiederholten Male die Entfernung zum Eiffelturm abschätzen, als die Menge irgendwo in Bewegung geriet und einer der umstehenden Zwerge strauchelte. Er stieß dabei so unglücklich gegen Silbermund, dass er ihm das Priestergewand vom Leib riss.

»Verflucht«, entfuhr es Kafir.

Der silberne Körper schimmerte im Licht der Raketen. Abrupt verstummten die Leute um sie herum und blickten ihn an, als sei er die Hexe persönlich. Was dachten sie über ihn? Dass er einer der Fernands war? Ein Hauptmann vielleicht?

Doch dann sprang ein Name von Mund zu Mund. *Binbal.*

Und dann waren nur noch das Knallen der Raketen und ein Murmeln zu hören. *Binbal.* Von Dutzenden und Aberdutzenden Mündern ausgesprochen. Das Wort schien über die Lippen der Zwergenmünder zu wandern.

Léo hob das Gewand auf und versuchte in den Gesichtern zu lesen. Alle um sie herum starrten Silbermund an. Waren sie feindselig?

»Keine Angst«, wisperte Kafir, als hätte er Léo die Sorge vom Gesicht abgelesen. »Dies ist eine Zwergenstadt. Du findest hier keine Freunde der Hexe.«

Nun, das musste aber nicht bedeuten, dass sie hier nur Freunde hatten, dachte Léo. »Was sagen sie?«, fragte er.

»Das Wort bedeutet *edler Mann*« erwiderte Hasina. »Es gibt unter den Zwergen eine Märchengestalt, die sie so nennen. Einen Menschen aus Silber, der sie zu besonders großem Reichtum führen wird.«

In den Augen der Zwerge leuchtete tatsächlich der Glaube an so ein Märchen. Wie Kinder sahen sie aus, die den Weihnachtsmann auf frischer Tat ertappt hatten. Sicher ging von den meisten hier keine Gefahr aus. Aber galt das wirklich für alle? Außerdem war da noch der Fernands, der durchaus aufmerksam auf sie werden konnte. »Wir sollten zusehen, dass wir verschwinden«, raunte Léo, dessen Sorge um Silbermund mit jedem Augenblick zunahm.

Der mechanische Mann selbst hatte bislang kein Wort gesagt. Doch nun trat er vor. »Ich bitte um eure Aufmerksamkeit.«

Sofort erstarb den Leuten um sie herum das Murmeln auf den Lippen.

»Meine Gefährten und ich haben vor, die Hexe zu töten.«

Léo starrte Silbermund entsetzt an und versuchte ihm die Hand auf die Lippen zu pressen, doch der mechanische Mann trat einfach zur Seite und plapperte weiter. »Ich kenne ihren Namen. Und ich kann ihn aussprechen. Doch wir müssen die Hexe in eine Falle locken. Und wir könnten eure Hilfe gebrauchen, um schnell und unbeschadet den Turm zu erreichen. Denn dort müssen wir hin.«

Lass dir etwas einfallen, Léo, sagte er sich. Doch er konnte Silbermunds Worte nicht rückgängig machen. Hilflos blickte er in die Menge. Gab es hier Anhänger der Hexe unter den Leuten?

Das Murmeln erhob sich wieder, als beratschlagten sich die Umstehenden. Léo versuchte abzuschätzen, wie ihre Chancen standen, sich im Notfall bis zum Eiffelturm mit Gewalt einen Weg zu bahnen.

Doch dann trat ein alter Zwerg zurück und drängte den hinter ihm Stehenden fort. »Die Hexe hat meinem Sohn so viele Jahre gestohlen, dass er vor mir ...« Er brach ab, als trauten sich die ungesagten Worte nicht aus seiner Kehle. »Wenn du sie wirklich töten kannst, dann geh mit meinen Glückwünschen, Binbal.«

Der Nächste, ein pockennarbiger Mann, machte Platz. Dann ein weiterer. Immer mehr traten zurück, und die Menge bildete einen Weg. Sie standen Spalier für Silbermund.

»Das glaube ich jetzt nicht«, murmelte Léo verblüfft, während über ihnen das Feuerwerk die angebrochene Nacht erleuchtete.

»Nun, ich dachte, mit ein paar offenen Worten kommt man meistens bestens zurecht«, sagte Silbermund gut gelaunt und nickte den Umstehenden zu. »Ich habe mir einfach dich und das, was du zur Hexe gesagt hast, zum Vorbild genommen, Herr Léo.«

»Léo reicht«, sagte er und winkte ab.

»Ja, aber wenn du das nächste Mal meinst, ungefähr jeden in unseren geheimen Plan einweihen zu müssen, gib mir bitte vorher Bescheid«, raunte Kafir Silbermund zu. »Dann schraube ich dir vorher deine Zunge aus dem vorlauten Mund.«

»Wie unhöflich«, entfuhr es Silbermund.

Es war ein seltsames Gefühl, durch das Spalier zu gehen. Hinter ihnen schloss es sich, und die Leute folgten ihnen wie eine Prozession. Nicht gerade unauffällig. Wenigstens konnte Léo keinen Fernands in der Menge ausmachen. Er hielt Hasinas Hand, während sich der Eiffelturm majestätisch über ihnen erhob. Die Feuerwerksraketen wurden von seiner Spitze aus abgeschossen. Gerade wollte Léo fragen, wo genau der Übergang war, als sich die Mienen der Passanten abermals veränderten. Waren sie zuvor noch ungläubig und ergriffen bei Silbermunds Anblick gewesen, mischte sich nun Abscheu in die Gesichter. Léo erkannte einen Moment später den Grund dafür. Sie hatten den Eiffelturm fast erreicht, als hinter einem der gewaltigen

Beine einige Gestalten hervortraten und schnell auf sie zukamen. Die meisten von ihnen trugen eine Haut aus Eisen. Léo zählte zehn Fernands. Verdammt. Sollten sie versuchen zu fliehen? Nein, dachte er. Sie waren entdeckt worden.

»Halt!«, donnerte der einzige Mensch unter den Entgegenkommenden, kaum dass sie in Rufweite waren. Der Blick des Soldaten fuhr langsam über die Prozession. Wohl war ihm offensichtlich nicht, einer stummen Menge gegenüberzustehen. Doch dann straffte er sich und betrachtete Léo und die anderen. Sein Blick blieb zuletzt an Silbermund hängen. »Das also ist dieses Ding, das uns in dem Telegramm des Königs beschrieben worden ist und nach dem im ganzen Land gesucht wird? Noch so ein Spielzeug?« Die Worte hatten seinen Mund gerade erst verlassen, als er einen hastigen Blick zu den Fernands warf, die hinter ihm standen.

»Du solltest aufpassen, was du sagst«, entgegnete Kafir. »Diese Spielzeuge sind das Einzige, was dich schützt.« Wie beiläufig strich er über seine Axt.

Das sah der Soldat offenbar auch so. »Im Namen von König Isaak von Briançon nehme ich euch fest. Die Männer an meiner Seite, Zeugnis der unerreichten Ingenieurskunst Briançons, werden euch nun in den Kerker bringen und diese Abscheulichkeit einschm…« Ehe er den Satz beenden konnte, hatte ihn eine Eiskugel am Kopf getroffen. Die Haut an seiner Stirn platzte auf und er presste sich die Hand auf die Wunde. Dabei sah er auf, um den auszumachen, der ihn angegriffen hatte. Doch einen Augenblick später trafen ihn drei weitere Kugeln. Der Soldat taumelte noch, dann sank er mit einem Seufzer auf den schneebedeckten Boden.

»Lasst sie durch«, rief der alte Zwerg, der zuvor als Erster Platz gemacht hatte. Offenbar war eine der Eiskugeln von ihm gekommen. Léo sah eine weitere in seiner Hand. Und auch einige der anderen umstehenden Zwerge pressten das Eis, das den Boden bedeckte, zu Kugeln.

Der Alte aber wandte sich Kafir zu. »Ich weiß nicht, wo ihr hinmüsst. Aber wir werden euch den Weg dorthin freimachen.« Dann sah er zu Silbermund. »Beende es. Töte die Hexe. Räche meinen Sohn.«

Silbermund legte den Kopf schief. »Rächen?« Er schien das Wort schmecken zu müssen. »Nein, darum darf es nie gehen. Ich erlöse die Hexe, mein Herr. Aber wenn es Euch glücklich macht, dann verspreche ich Euch, dass sie dabei sterben wird.«

Das schien dem Zwerg zu reichen. Mit einem Schrei auf den Lippen warf er die nächste Kugel. Und dann flogen weitere durch den vom Feuerwerk beschienenen Nachthimmel. Es klang, als würden Dutzende Steine auf eine Metallwand treffen. Die Fernands waren auf diese Weise sicher nicht zu besiegen, doch sie wurden von den Eiskugeln abgelenkt und zurückgeworfen. Noch während sie auf dem eisglatten Boden den Halt verloren, waren Léo und die anderen losgelaufen.

Kafir hatte die Führung übernommen. »Schnell!«, schrie er, während er auf den Eiffelturm zurannte.

Léo wandte sich nur kurz um. Die Menge geriet in Rage. Er sah einen Zwerg, der eine Axt aus einem Halter an seinem Rücken zog und sie einem der Fernands gegen die Seite schlug. Aber auch die Eisernen zogen ihre Waffen. Zumindest die, die schon wieder auf den Beinen waren. Léo war hin- und hergerissen zwischen dem Wunsch, auf die andere Seite zu wechseln, und dem Wunsch, den anderen zu helfen. Irgendwie.

»Dies ist nicht unser Kampf«, rief Kafir ihm zu, als hätte er ihm die Gedanken von der Stirn gelesen. »Sie halten die Fernands auf, wir die Hexe.«

Er hatte recht. Und sie mussten sich beeilen. Zwei der Fernands war es gelungen, dem Mob zu entkommen und die Verfolgung aufzunehmen. Léo sah in ihre ausdruckslosen Gesichter und auf ihre Schwerter, die sie drohend in den eisernen Händen hielten.

Der altmodische Aufzug, den der Zwerg ansteuerte, fuhr durch eines der vier Turmbeine. Ein paar Zwerge waren gerade damit beschäftigt, Kisten in ihn einzuladen.

»Nachschub für das Feuerwerk«, japste Kafir, der das schnelle Laufen offenbar nicht gewohnt war. Die Zwerge am Fahrstuhl sahen auf und erstarrten, als sie Silbermund auf sich zurennen sahen. Ehrfürchtig machten sie Platz, als Kafir auf den Aufzug deutete. *Binbal.* Der Name kam auch ihnen sofort über die Lippen.

»Eiserne. Verfolgt. Hilfe.« Mehr brachte er nicht hervor. Doch es brauchte auch nicht mehr als das. Die Zwerge sahen einige ihrer eigenen Art und eine Märchenfigur verfolgt von den offensichtlich verhassten mechanischen Soldaten des Königs. Noch ehe Léo und die anderen sich in die Kabine gequetscht hatten, zielte der erste Zwerg bereits mit einer der Feuerwerksraketen auf die beiden Fernands. Und als sich die Türen geschlossen hatten und der Aufzug, angetrieben durch eine komplizierte Konstruktion aus Zahnrädern und Eisenfedern, nach oben ruckelte, explodierte einer der mechanischen Soldaten in einem leuchtendroten Funkenregen. Noch während er rauchend zu Boden fiel, bildeten die Funken Worte.

»Dies ist die Nacht der Gewinner«, übersetzte Kafir das Zwergisch. »Sehr passend.«

Sie mussten bis zur Spitze des Turms fahren, wie Kafir unterwegs erklärte. Oben angekommen verließen sie den Aufzug hastig. Die Zwerge, die gerade dabei waren, das Feuerwerk über der Stadt zu entzünden, wichen verblüfft zur Seite, als sie die seltsame Gruppe um Silbermund bemerkten. Ohne ihnen besondere Aufmerksamkeit zu schenken, dirigierte Kafir Léo und die anderen zu einer der Ecken des Turms. Und dort war es. Ein Gesicht. Es lugte aus einer der Metallstreben hervor.

»Tritt hinüber, Einwohner aus Briançon«, sagte es, als Léo ihm den Schlüssel in die Nase steckte. Noch einmal blickte er über die Stadt, während eine Leiter in die Höhe wuchs, scheinbar mitten in den Himmel. Auf die schneebedeckten Straßen, vom Schein des Feuerwerks erhellt. Sie würden in eine andere Welt wechseln, um diese hier zu befreien. Léo drückte Hasinas Hand. Und dann stiegen sie die Treppe hinauf.

SCHLAFENDE SCHWESTER

Im ersten Moment glaubte Léo, etwas wäre schiefgelaufen. Sie waren die Leiter hinauf- und wieder hinabgestiegen und Léo hatte den Übergang diesmal ziemlich gut verkraftet. Doch die Welt, so schien es, war dieselbe geblieben. Ein leichter Schneefall hatte eingesetzt, und die Zwerge hatten es offenbar vorgezogen, den Turm zu verlassen. Doch dann erkannte Léo, dass das Licht, das die schneebedeckten Hausdächer beschien, von elektrischen Lampen und nicht von Feuerkäfern oder Gas stammte. Er war wieder im Paris der Menschen. Ja, nun sah er die Leuchtreklamen auf den Häusern und in einem der Pfeiler des Turms war die Tür zu einem modernen Fahrstuhl eingelassen. Was war hier los? Léo konnte Hasina, Kafir und seiner Mutter das eigene Misstrauen von den Gesichtern ablesen. Dies hier war ihre Seite. Und doch konnte sie es nicht sein. Hier müsste der Sommer herrschen, dachte Léo. Es hätte eine warme Nacht sein müssen, allenfalls erfüllt von einem kleinen Regenschauer. Doch Schnee?

Sie waren alleine auf der Aussichtsplattform. Léos Befürchtung, die Aufzüge würden um diese Zeit nicht mehr fahren und die Gruppe daher hier oben festsitzen, quittierte Hasina mit einem knappen Lächeln. Sie führte sie zu einer Treppe, die in einem der mächtigen Turmpfeiler untergebracht war. »Es sind genau 1665 Stufen hinab«, sagte sie.

»Ich kann Euch tragen, Herr Zwerg«, meinte Silbermund, als er Kafirs wenig erfreuten Gesichtsausdruck bemerkte. »Und die anderen Zwerge auch.«

Kafir warf ihm einen beleidigten Blick zu. »Warum, Silberjunge? Weil unsere Beine kurz sind? Mit ihnen können wir schneller laufen als du. Ich würde sagen, wir werden unten auf dich warten.«

Tatsächlich marschierten die Zwerge voraus, auch wenn sie bald so langsam wurden, dass Léo und die anderen mehr als einmal stehen bleiben mussten.

Als sie endlich unten angekommen waren, ging Hasina zu dem geschlossenen Kassenhäuschen, das wie die Treppe in dem Pfeiler steckte. Der Mann in der Uniform eines Wachdienstes, der daneben stand, schien sich nicht im Mindesten darüber zu wundern, dass eine so seltsame Gruppe den längst verlassenen Eiffelturm hinabgekommen war.

Der zweite Blick auf den Mann offenbarte dessen dunklere Haut und die schwarzen Locken, in die sich einige graue Strähnen wie Silberfäden mischten. Er lächelte sie an und zwinkerte Hasina verschwörerisch zu. Dann weiteten sich seine Augen, als er Silbermund bemerkte.

»Ridvan gehört zu den Wächtern«, stellte sie den Mann vor. »Er behält den Übergang im Auge.«

Ridvan nickte ihnen freundlich zu. Dann aber wurde er ernst und tauschte mit Hasina einige hastige Worte.

»Wie es scheint, ist die Hexe bereits hinübergetreten, werter Herr Léo«, bemerkte Silbermund so leichthin, als machte er eine Bemerkung über das für die Jahreszeit unübliche Wetter.

»Léo reicht«, murmelte er.

»Gut«, sagte Silbermund. »Léo.« Die metallenen Lippen gebaren ein Lächeln.

»Du bist wirklich ganz schön höflich für dieses raue Abenteuer«, bemerkte Léo.

»Es steckt in mir drin«, erwiderte Silbermund. »Und ich dachte, mit Freundlichkeit kommt man leichter durch all das hier. Aber ich scheine es nicht richtig zu machen. Ehrlich gesagt sind die Menschen ganz schön kompliziert.« Er warf einen Blick auf Kafir. »Und die Zwerge erst recht. Ich wünschte fast, ich wäre selbst ein Mensch. Ein echter. Ich fühle mich offen gesprochen, als gehörte ich nicht recht dazu. Ich habe ein Herz aus Silber. Es ist nicht wie das eines echten Menschen.«

Léo wusste einen Moment nicht, was er sagen sollte. Hatte Silbermund tatsächlich Gefühle, die verletzt werden konnten? Wundere dich nicht, Léo, sagte er sich. Es wäre nicht das Seltsamste an all dem hier. »Du hast mehr Herz als die meisten Menschen«, sagte er. »Ich denke, es hat nichts damit zu tun, ob du Metall oder Haut auf den Knochen trägst. Oder woraus dein Herz gemacht ist. Es geht darum, ob es mit Mitleid und Liebe erfüllt ist. Es geht um das, was du tust. Alleine das macht dich menschlich.«

»Und was mache ich so Menschliches?«, fragte Silbermund unüberhörbar zweifelnd.

»Du … du willst die Hexe und ihre Diener erlösen«, erwiderte Léo. »Du siehst diejenigen in ihnen, die gerettet werden müssen. Wir anderen aber wollen sie töten. Nur töten. Wer ist von uns da menschlicher? Oder zwergischer?«

Silbermund sah ihn an, ohne zu antworten, als müsste er erst über die Antwort nachdenken.

»Wir sollten los«, sagte Hasina, die ihre Aussprache mit Ridvan beendet hatte und nach Léos Hand griff. »Ridvan wird die anderen Wächter rufen. Sie werden zu unserem Treffpunkt kommen und uns helfen.«

»Auf dem Weg dorthin solltest du dich lieber nicht so sehen lassen«, meinte Léo zu Silbermund und reichte ihm das Priestergewand, dem nach dem Vorfall in der Zwergenstadt einige Knöpfe fehlten und das er mit hinübergebracht hatte. Dann machten sie sich auf den Weg.

Hasina übernahm wieder die Führung. Ein paar Kinder lieferten sich eine wilde Schneeballschlacht am Rand des Turms. Sie waren so verzaubert vom Winter, der den Sommer unerwartet abgelöst hatte, dass sie nicht einmal aufsahen, als Menschen, Zwerge und ein Priester mit silbernem Gesicht an ihnen vorbeiliefen. Hasina dirigierte sie durch einen verschlafenen Park, der sich an den Eiffelturm anschloss und der so ruhig unter seiner Schneedecke war, als lägen Pflanzen und Tiere im tiefsten Winterschlaf.

Die Zwerge blickten sich ständig um, während Hasina sie schließlich aus dem Park auf eine Straße dirigierte. Die Autoreifen hatten den Schnee schmutzig braun gefärbt, doch auf dem Bürgersteig war er so weiß, als wäre er gerade erst gefallen. Einige Male starrten die Zwerge mit funkelnden Augen in die Schaufenster. Offenbar waren sie außer Kafir zum ersten Mal auf der anderen Seite. Mit Staunen auf den bärtigen Gesichtern betrachteten sie die Wunder dieser Welt. Handys, Jeansjacken und elektrische Rasierapparate. Doch sie hatten es eilig und widerstanden der Versuchung, stehen zu bleiben, um sich diese Wunder genauer anzusehen. Ihr Weg endete schließlich vor einem kleinen, etwas heruntergekommenen Lebensmittelladen, aus dessen bunt erleuchtetem Schaufenster helles Licht auf den weißen Bürgersteig schien. Dies war der Treffpunkt?

»Keine Sorge«, zerstreute Hasina Léos Sorgen, die sie ihm offenbar vom Gesicht abgelesen hatte, betrat das Geschäft und nahm den arabisch aussehenden Besitzer in die Arme. Noch ein Wächter. Kein Wunder, dass er sich nicht über die Zwerge wunderte, die einen Augenblick später sein Geschäft betraten.

Während sie dem Mann, dessen Blicke immer wieder Silbermund streiften, in hastigen Worten berichtete, was geschehen war, sah Léo auf einen unter der Decke hängenden Fernseher. Der Nachrichtensprecher, der gerade von den offensichtlichen

Folgen der Klimakatastrophe sprach, berichtete von einem nie da gewesenen Wintereinbruch in Frankreich. Ein Phänomen, das seinen Ursprung unerklärlicherweise in einem kleinen Ort namens Briançon zu haben schien und in Windeseile überraschend Paris erreicht hatte.

»Die verfluchte Hexe«, entfuhr es Léo. Es war wirklich schnell gegangen. Léo hatte gehofft, sie hätten mehr Zeit, um die Falle vorzubereiten. Sie mussten sich noch mehr eilen. Wenn er richtig lag, war der liebeskranke Frederick an ihrer Seite als Führer in dieser ihr fremden Welt. Léos Herz schlug plötzlich schneller. Es ging nicht nur darum, sie zu besiegen, rief er sich in Erinnerung. Er musste auch seinen besten Freund befreien.

»Ridvan hat bereits bei den anderen angerufen«, sagte Hasina und lenkte damit Léos Gedanken ab. »Die übrigen Wächter sind schon auf dem Weg. Sie kommen alle, um gegen die Hexe zu kämpfen. Wir werden dennoch nicht viele sein. Vielleicht zwei Dutzend Männer und Frauen und wir.«

»Jeder Zwerg zählt für zehn Männer«, tönte einer aus Kafirs Sippe in Brusthöhe.

»Zwanzig«, erhöhte ein anderer.

War das nicht Kafirs Tante gewesen? Léo musterte sie.

Die Zwergin setzte ein grimmiges Gesicht auf und hob drohend die Faust. »Wir werden sie mit unseren Äxten …«

»Ich fürchte, zuletzt hängt es nur an einem Mann«, unterbrach Silbermund sie und alle verstummten. »An mir, werte Zwerge. Und es geht nicht um Rache oder Mord. Nur um Erlösung. Nicht einmal die Hexe tötet aus Hass. Sondern aus Gier. Aus der Gier nach Leben. Wenn ihr sie aber aus Rache vernichten wollt, verliert ihr eure Menschlich… Zwergigkeit.«

Die Zwerge sahen ihn wütend an. Ihr Hass auf die Hexe ließ sie für einen Moment sogar vergessen, dass vor ihnen Silbermund stand. Der mechanische Mann aber blickte sie beinahe streng an. Wie ein Lehrer einige laute Schüler, die nicht hören wollten.

»Verflucht, der Silberjunge hat recht«, grollte Kafir schließlich. »Ich würde ihr und ihren Dienern nur zu gerne den Kopf von den Schultern schlagen. Aber … nicht aus Rache. Auch wenn ich einigen Grund dafür hätte.« Er sah erst zu den anderen Zwergen und dann zu Silbermund. »Gut, wir machen es so, wie du sagst. Wir werden sie … erlösen.« Das Wort kam ihm schwer über die Lippen. »Und nur, wenn sie sich nicht erlösen lässt, also nur dann, schlage ich ihr den Kopf von den Schultern. Oder enthaupte einen ihrer Diener. Natürlich nur im Notfall. Und ich werde mich höflich dafür entschuldigen.«

Silbermund rollte mit den Augen. Die Zwerge aber fügten sich grummelnd, und der Ladenbesitzer verteilte einige Schokoladenriegel und Limonadenflaschen unter der seltsamen Gruppe. Die Mienen der Zwerge deuteten auf verblüfften Genuss hin, während sie von der Schokolade kosteten. Noch während Kafirs Tante versuchte, von ihrem Gastgeber das Rezept für die Süßigkeiten in Erfahrung zu bringen, kamen die ersten Wächter. Männer und Frauen beinahe jedes Alters. Léo sah zumeist dunkle Locken. Eine Hautfarbe, die eine Erinnerung an die Wüste trug. Und Blicke voller Ehrfurcht, als die Wächter Silbermund erkannten. Einige begrüßen Kafir und die Zwerge mit ernsten Mienen, und bald waren alle in leise Unterhaltungen miteinander vertieft. Der Besitzer des Ladens kam irgendwann mit einigen Taschenlampen aus dem Hinterzimmer seines Ladens, während sich der kleine Raum füllte. Und dann holte er eine Art Golfsack herbei, aus dem er einige Stangen zog.

»Kampfstäbe«, erklärte Hasina grimmig. »Für den Fall, dass wir auf Fernands treffen, die sich …«, sie sah zu Silbermund, »nicht erlösen lassen.«

Léo nickte, doch er nahm keinen der Stäbe. Er war ein Herzenmacher. Seine Waffen waren von anderer Art. Werkzeuge.

Es war ein besonderer Moment. Beinahe feierlich. Der Widerstand gegen die Hexe hatte sich hier in diesem kleinen Laden versammelt. Eine denkbar undenkbare Gruppe. Sie blickten einander an, als müssten sie sich stumm Mut zusprechen. Schließlich klatschte Hasina in die Hände und gab damit das Zeichen zum Aufbruch. Die Hexe war da. Und sie würden sich ihr nun stellen.

Hasina beschrieb Léo und seiner Mutter den Weg, den sie nehmen mussten. Und erzählte von den Gängen, die sie betreten würden, um zur Schwester der Winterhexe zu gelangen. Léo hatte von den Katakomben von Paris bislang nur gehört, sie aber nie betreten.

»Keiner weiß genau, wie weit sich die Wege unter der Stadt entlangziehen«, erklärte Hasina, während sie durch die verschneiten Straßen zu einem der Eingänge in das Labyrinth gingen. »Manche sagen, es seien wenigstens einhundert Kilometer, die man dort unten hinter sich bringen kann.« Sie deutete auf eine Metrostation an einer breiten, von schneebedeckten Bäumen gesäumten Allee, von der aus sie die Katakomben betreten konnten.

»La Tour-Maubourg«, las Léo den Namen von Schild, während sie die Treppen hinabstiegen. Allzu viele Passanten waren ihnen nicht über den Weg gelaufen. Doch die, denen sie begegnet waren, hatten ihnen verwunderte Blicke zugeworfen. Kein Wunder. Die Zwerge gingen nur schwerlich als Liliputaner durch und waren für sich genommen schon ein seltsamer

Anblick. Von den vielen Wüstenmenschen und dem vermeintlichen Priester mit dem Silbergesicht einmal ganz zu schweigen. Léo fürchtete schon, jemand, dem die Gruppe nicht geheuer war, könnte am Ende noch die Polizei herbeirufen. Doch sie erreichten unbehelligt die Metrostation.

Zu dieser späten Stunde lag sie verlassen da. Zwei der Wüstenleute gingen zu einem Fotoautomaten und machten sich in der Kabine an der Rückwand zu schaffen. Es klackte, dann schoben sie die Wand zur Seite. Dahinter lag ein Gang, der sachte hinabzuführen schien. Es war so dunkel in ihm, dass Léo kaum einige Meter weit hineinsehen konnte.

»Alle suchen sich am besten jemanden, der ein Licht trägt«, sagte Hasina an die Zwerge gewandt und schaltete eine der Taschenlampen ein.

»Mein Kind«, erwiderte einer der Zwerge mit mildem Spott in der Stimme, »ihr armen Menschen benötigt vielleicht diese kleinen Lichter, um euren Weg zu finden. Wir aber leben in der Dunkelheit und erkennen ihre ganze Schönheit. Vielleicht seht ihr besser zu, dass sich alle Menschen einen Zwerg suchen.«

Léo hielt sich lieber an Hasina. Seine Mutter folgte ihnen und neben ihr wiederum schritt Silbermund. Sie gingen voran, während hinter ihnen Menschen und Zwerge die Katakomben von Paris betraten.

Sofort hatte Léo das Gefühl, eine andere Welt zu betreten. Es war so ruhig in dem Gang, der hinabführte, als wäre noch nie ein Geräusch in ihm erklungen. Nur die Schritte und das Atmen ihrer Begleiter waren zu hören. Und das gelegentliche Wispern der Zwerge, die sich scheinbar darüber unterhielten, was sie im Dunkeln alles erkannten. Léo konnte nur ein paar Meter weit sehen, bis sich das Licht der Taschenlampen verlor. Silbermunds Augen warfen ein zusätzliches fahles Licht in die Finsternis.

Der erste Totenkopf, der so unvermittelt vor ihnen auftauchte, als hätte er ihnen aufgelauert, entlockte ihm daher ein überraschtes Keuchen. Der Kopf lag auf dem Boden und starrte sie mit leeren Augenhöhlen an. Der nächste Schritt den Weg entlang offenbarte Léo, dass der Schädel nicht alleine war. Die Wand aus übereinandergestapelten Totenschädeln, neben der er lag, war ein wahrhaft grausiges Bauwerk.

»Es sind Katakomben«, raunte Léos Mutter. »Ich habe sie schon einmal vor vielen Jahren besucht. Zuerst waren das hier noch Steinbrüche. Aber vor über zweihundert Jahren wurden die Gänge zu Ruhestätten für zahllose Tote. Die Verstorbenen brachte man von ihren Friedhöfen hierher, als es dort oben keinen Platz mehr für sie gab. Die Totengräber haben ihre Knochen und Schädel so schön aufgeschichtet, wie sie nur konnten. Besonders am Beinhaus kann man die kleinen Kunstwerke aus Knochen und Schädeln gut sehen.«

Eine makabre Arbeit. Léo fragte sich, ob der leibhaftige Tod, den er auf dem Turm der Hexe beobachtet hatte, seine Freude an diesem Ort haben würde.

Die Knochen der Toten säumten den gesamten Weg. Der Einfallsreichtum der Totengräber war tatsächlich einzigartig. Es gab Säulen aus Schädeln. Wände, denen zahllose Knochen ein Muster gaben. Türme aus Totenköpfen. Léo verlor bald das Gefühl für die Zeit, die sie unter der Erde waren. Und für die Zahl der Toten, die hier eine letzte Ruhestätte gefunden hatten.

»Etwas mehr als eine halbe Stunde müssen wir in der Tiefe wandern«, hatte Hasina ihm bei der ersten Schädelmauer zugeraunt. »Dieser Gang führt unter der Seine entlang und endet unter der Kathedrale Notre-Dame. Es ist zu dieser Stunde der einzige Weg, wenn man unbemerkt dorthinein möchte. Und in der Kathedrale liegt die Sommerhexe in ihrem Schlaf.«

Léo war froh, als der Weg irgendwann wieder anstieg. Die Totenschädel blieben zurück und gaben den nackten Stein der Wände frei. Der Gang verjüngte sich, bis Léo und die anderen vor einer abgenutzten Holztür standen. Hasina legte einen Finger an die Lippen, presste ein Ohr gegen das Portal und horchte. Erst nach einigen Augenblicken nickte sie und drückte die Tür sachte auf. Der Raum, in den sie die Gruppe führte, war ebenso finster wie die Katakomben, durch die sie gewandert waren. Die Luft aber roch anders. Metallischer. Das Licht der Taschenlampen riss einige eiserne Zylinder aus der Dunkelheit.

»Wo sind wir hier?«, fragte Léo. Seine Stimme hallte seltsam hohl in dem Raum.

»In einer Orgel«, erwiderte Hasina vor ihm. Sie ging so zielstrebig zwischen den Metallzylindern hindurch, als wäre sie schon öfter hier gewesen. »Und von hier gelangen wir in die Kirche.«

Léo klopfte gegen einen der Eisenkörper. Eine Orgelpfeife, begriff er. Hasina drückte eine weitere Tür auf. Dahinter fiel schwaches Licht in das Innere der Orgel.

Sie wollte schon hindurchgehen, doch Léo hielt sie zurück. Sie blickte ihn fragend an, und er wusste nicht, was er sagen sollte. Im Grunde kannte er die Worte. Sie würden sich der Hexe stellen. Es war möglich, dass sie mit einem Kleid aus Federn endeten. Dies war nicht der richtige Moment. Aber vielleicht gab es keinen anderen mehr, um sich zu …

Hasina lächelte, als hätte sie all das verstanden.

Léo zog sie an sich.

Und küsste sie.

Es schien eine Ewigkeit zu dauern, bis sich ihre Lippen voneinander lösten. Sie strich ihm über das Gesicht. »Ich erwarte eine Fortsetzung, wenn das hier vorbei ist«, wisperte sie, dann trat sie aus der Orgel und ließ Léo mit wild klopfendem Herzen zurück.

Während in Léos Rücken Menschen, Zwerge und ein mechanischer Mann, der sein Priestergewand abgelegt hatte, die Katakomben verließen, folgte er Hasina hinaus. Die Orgel war von außen mit dunklem Holz vertäfelt. Das Instrument war sicher drei oder vier Meter hoch und wenigstens zehn Meter breit.

»Man muss sehr sicher sein, dass sie nicht bespielt wird, wenn man den Weg hier nimmt«, erklärte Hasina, während sie sich umsah. Sie waren alleine. Keine Spur von der Hexe oder ihren Dienern. »Haluk ist einmal hier langgegangen, als der Organist mitten in der Nacht geübt hat. Mein armer Bruder konnte eine Woche lang nicht richtig hören.« Sie lächelte ein wenig traurig, dann schüttelte sie den Kopf, als wollte sie den Gedanken loswerden.

Léo blickte sich um. Notre-Dame war gewaltig und selbst im Schein weniger Lampen, die vermutlich die ganze Nacht zum Schutz gegen Einbrecher angeschaltet blieben, mehr als beeindruckend. Am Tag würde das Licht der Sonne durch zahllose bunte Fensterbilder in das Kirchenschiff scheinen. Zwischen zwei langen Säulenreihen standen die Stuhlreihen, die vielen hundert Menschen Platz boten. Wo aber war die schlafende Schwester?

»Ist es noch weit?«, fragte Léos Mutter und blickte sich suchend in dem in Stille ertränkten Kirchenschiff um.

»Nur ein paar Schritte«, erwiderte Hasina. Sie ging voran und führte die Gruppe fort von den Sitzreihen in den Teil der Kathedrale, der hinter dem Altar lag. Zwei gewaltige Steinfiguren erhoben sich vor ihnen.

»Das ist die Pieta-Skulptur«, wisperte Hasina. »Sie zeigt die Gottesmutter, die den toten Jesus im Arm hält. Und dahinter ist unser Ziel.« Sie führte die Gruppe weiter an mehreren

Nischen entlang zu der Rückseite der gewaltigen Steinskulptur. Jede Nische war mit hohen Fenstern versehen, die am Tag kunstvolle Bilder zeigten. Nun aber blickten sie dunkel hinaus in die Nacht. Genau auf der Rückseite der Steinfiguren erhob sich ein goldenes Kreuz, das sicher vier Meter maß. Und davor stand ein steinerner Sarg, dessen Deckel die liegende Steinfigur eines Mannes zierte. Soweit Léo wusste, beherbergten solche Sarkophage üblicherweise die Gebeine von Heiligen. Doch Hasinas Lächeln machte Léo klar, dass sie hier nicht die Überreste eines Verstorbenen finden würden. »Unglaublich! Wer hat sie hergebracht?«, fragte Léo. »Die Wüstenleute?«

»Natürlich«, meinte Kafir, der neben ihn trat. »Und ein Zwerg, wenn du es genau wissen willst. Ich war ebenfalls hier und habe den Sarg so verschlossen, dass keine Menschenhand ihn je würde öffnen können. Eine ganz ordentliche Arbeit, wie ich finde. Doch nun haben wir genug geplaudert. Nicht dass du noch auf die Idee kommst zu fragen, wo die Knochen des Alten sind, der vorher hier gelegen hat. Ich schätze, die verfluchte Hexe wird nicht mehr lange brauchen, bis sie hier ist.«

Léo wusste, was der Zwerg meinte. Die Luft im Kirchenschiff war bereits so kalt, dass es schmerzte, sie zu atmen. Und draußen hatte sich ein Sturm erhoben, der so heftig tobte, als wollte er den Sieg des Winters über den Sommer in die Welt schreien. Die Spannung wuchs mit jedem klirrend kalten Atemzug. Unbehaglich sah sich Léo um. Und was, wenn die Hexe doch bereits hier war? Nein, dachte er. Irgendeinen Hinweis auf ihre Gegenwart hätten sie finden müssen.

Silbermund und Léos Mutter standen vor der Nische, umringt von den Zwergen und Wächtern. Léo wollte sich gerade an seine Mutter wenden, als ein ohrenbetäubender Krach das Gotteshaus erfüllte. Es war, als hätte ein Riese gegen das Tor geschlagen. Mit klopfendem Herzen blickte Léo seinen Begleitern in die Gesichter. Es war so weit. Die Hexe kam.

Kafir war bereits auf dem Weg durch den Säulenwald in Richtung des Altars. Mit schnellen Schritten folgte ihm Léo, bis sie eine Stelle erreichten, von der aus sie halbwegs verborgen auf das Kirchportal blicken konnten, während die anderen zurückblieben. Die Flügel hingen schief in den Angeln. Wütend fegte der Sturm in die Kathedrale und bedeckte den Boden in wenigen Augenblicken mit Schnee. Und dann trat die Hexe in die Kirche. Wie eine von der Nacht geborene Königin schritt sie über die Schneeflocken. Die Luft wurde noch kälter. So schneidend kalt, dass Léo glaubte, jemand würde ihm eine Klinge über die Haut ziehen. Die Scheiben der Kirche überzogen sich mit Frost, als würden eisige Finger über sie streichen. Dann sprangen sie klirrend auseinander, und der Sturm drang nun an Dutzenden Stellen in das Kirchenschiff.

Hinter der Hexe marschierte eine kleine Armee eiserner Soldaten. Sie hatten sich offenbar keine Mühe gemacht, unentdeckt zu bleiben. Léo hörte die Sirenen von Polizeifahrzeugen undeutlich im Brüllen des Sturms.

Kafir und er drückten sich eng an eine der Säulen und lugten weiter heimlich hinter ihr hervor. Neben der Hexe erkannte Léo einen totenblassen Mann in dunklem Mantel und einen schlacksigen Blonden, der sich einen roten Samtumhang um den Leib drückte. Graf de la Mort und König Isaak. Und noch einer begleitete die Hexe. Léos Herz verkrampfte sich bei seinem Anblick. Fred ging mit einer glückseligen Miene ein paar Schritte hinter der Hexe, offensichtlich eingewoben in ihren Zauber.

Auf einen Wink der Hexe hin legte sich der Sturm, und die Sirenen von draußen waren deutlicher zu hören. Ein weiterer stummer Wink ließ vier Fernands die Kirche wieder verlassen.

Vermutlich sollten sie die Polizisten aufhalten, ehe sie der Hexe in die Quere kamen.

»So hässlich diese Welt auch ist, dieses Bauwerk hier ist einigermaßen hübsch«, hörte Léo den König sagen. »So etwas könnten wir auch gebrauchen. Sieht besser aus als diese armselige Burg, in der ich hausen muss.«

»Wenn die Eisernen die Aufrührer getötet haben, wird die Herrin Euch sicher auch so etwas bauen lassen«, sagte der Graf mit einer Stimme, die wenigstens ebenso kalt wie der Frost war.

Das knappe Lächeln der Hexe zauberte ein zufriedenes Grinsen auf Isaaks Gesicht und fachte eine nicht zu übersehende Eifersucht auf Freds Antlitz an.

»Und wohin nun, mein junger Diener?« Die Hexe wandte sich nicht einmal zu Frederick um, als sie ihn ansprach.

In Freds Eifersucht mischte sich wieder der glückliche Ausdruck, und nun war es der König, der eine beleidigte Miene aufsetzte, als wäre er ein Kind, das zu wenig Aufmerksamkeit erhalten hatte.

»Das habe ich nicht mithören können.« Frederick klang bedauernd, dass er hier nicht mehr weiterhelfen konnte.

»Eure verfluchte Schwester könnte an zahllosen Orten verborgen sein. Das Kind kann sich geirrt haben«, warf der Graf verächtlich ein.

»Nein«, sagte die Hexe mit einer Stimme, die so dunkel wie die Nacht war. »Ich fühle ihre Gegenwart. Sie ist hier irgendwo. Aber ich kann nicht sagen, wo genau sie schläft.«

»Dann sollten die Eisernen schnell anfangen, sie zu suchen«, lamentierte der Fistelmund. »Ich will diesen Ort so bald wie möglich wieder verlassen.«

Kafir zog Léo hinter die Säule. »Wir müssen sie voneinander trennen«, wisperte der Zwerg. »Und die Hexe von ihren Begleitern isolieren. Meine Leute und Wächter können die Fernands beschäftigen. Um die Hexe werde ich ...«

»Nein«, fiel ihm Léo flüsternd ins Wort. »Um die Hexe werde nur ich mich kümmern. Dies ist meine Welt. Und meine Aufgabe.«

»Das ist kein verdammtes Spiel, Léo.« Kafir sah ihn eindringlich an. »Sich ihr zu stellen ist lebensgefährlich. Hier geht es nicht um Heldenmut. Sondern nur darum zu überleben. Und die Herrschaft der Hexe zu brechen.«

»Und es geht darum, seine Freunde zu retten.« Léo war wild entschlossen. Er fühlte, dass er es sein musste, der die Aufgabe übernahm, ihre Feindin in die Falle zu locken. »Das dort ist mein Freund, den die Hexe verzaubert hat. Wenn einer ihr gegenübertritt, dann ich.« Er wusste nicht, woher der Mut plötzlich kam. Der Anblick der Hexe und ihrer eisernen Armee war Furcht einflößend. Vom Grafen einmal ganz zu schweigen. Vielleicht war es die Wut darüber, dass die Hexe Léos besten Freund in ihren Fingern hatte.

»Du hast viel von deinem Vater«, raunte Kafir und sah ihn seltsam gerührt an.

Ja, das war es. Léos eigener Vater hatte mutig gegen die Hexe gekämpft. Und das würde er selbst auch tun. »Sie will zu ihrer Schwester und ich werde sie hinführen. Diesem Köder kann sie nicht widerstehen. Sie wird die Falle sicher nicht bemerken.« Hoffentlich.

Kafir lächelte und nickte. »Ich sage den anderen, dass sie die Fernands in Kämpfe verwickeln und die Diener der Hexe von ihr trennen sollen. Ich hoffe, dass die Wächter so gut mit ihren Kampfstäben umgehen können wie wir mit unseren Äxten. Und du, sei vorsichtig. Ich will nicht noch einen Mellino verlieren.« Kafir nickte Léo knapp zu, dann eilte er zurück zu dem Kreuz.

Die Augenblicke dehnten sich zu Stunden, während Léo die Hexe und ihr Gefolge im Blick behielt. Sie gingen langsam an den leeren Stuhlreihen entlang, suchten an den Wänden und an jeder Säule nach Hinweisen auf die schlafende Schwester, und kamen Léo dabei immer näher. Ihm wurde schon mulmig zumute, als Kafir endlich wieder hinter ihm erschien. Er war nicht alleine gekommen. Die Wächter und Zwerge waren bei ihm. Léo blickte in entschlossene Gesichter. Hasina, Silbermund und seine Mutter aber waren nicht unter ihnen.

»Jetzt ist es an dir, Herzenmacher«, raunte Kafir in die eiskalte Luft. »Wir verteilen uns und kümmern uns um die Fernands. Und du, lock sie in die Falle und sorge dafür, dass die Hexe nicht zum Nachdenken kommt. Sie soll nur an ihre Schwester denken. Dann wird die Falle in der Nische zuschnappen.«

»Und dort wartet Silbermund mit ihrem Herzen.« Es war so kalt, dass jedes Wort auf Léos Lippen brannte.

Der Zwerg nickte. »Also los.«

Léo atmete tief durch. Er fühlte den Mut noch immer in sich, den der Gedanke an seinen Vater in ihm entfacht hatte. Ein Versprechen an die eigene Stärke. Mehr brauchte er nicht. Léo gab sich einen Ruck und trat an der Säule vorbei.

»Hallo, Fred.« Es war kindisch, dass er die Hexe und ihre Diener ignorierte. Den König nicht einmal ansah. Aber vielleicht würde es sie ein wenig wütend machen. Und wer wütend war, dachte weniger nach. Hoffentlich.

»Léo, da bist du ja.« Frederick schien ehrlich froh, ihn zu sehen. »Hör zu, die Hexe erfüllt einem Wünsche, wenn man ihr hilft. Sie will nur zu ihrer Schwester. Sie hat sie seit Jahren nicht gesehen. Nichts Schlimmes also. Wenn du weißt, wo sie hinmuss, dann sag es ihr.«

»Wünsche? Sie betrügt dich«, rief Léo, und seine Stimme gebar in der leeren Kathedrale zahllose Echos. »So wie sie alle betrügt.« Léo seufzte – so laut er konnte – und ließ die Schultern hängen. Langsam ging er zwischen den Stuhlreihen entlang auf die Hexe und ihr Gefolge zu. Die Fernands blickten ihn mit ausdruckslosen Gesichtern an. Der Graf aber musterte ihn, als würde er die Jahre zählen, die Léo für seine Herrin geben konnte. »Aber wenn du mir versprichst, Hexe, dass du Fred wieder freilässt, bringe ich dich zu ihr.«

Ein leises Lächeln umspielte ihre blassen Lippen.

»Weshalb ist der Bengel überhaupt hier?« Isaak sah Léo misstrauisch an.

Insgeheim musste Léo trotz der Gefahr ein Lächeln unterdrücken. Bengel. *Wer sagt denn heute noch Bengel?* Er musste an Hasinas Worte denken, nachdem sie zusammen gegen den Grafen gekämpft hatten. »Ein Tausch«, sagte Léo rasch, ehe sich der missmutige König am Ende noch zu genau in der Kathedrale umsah und den Hinterhalt entdeckte. »Fred gegen die andere Hexe. Ich will nur, dass mein Freund wieder freikommt. Ob der Winter in eurer Welt bis in alle Zeit andauert oder nicht, interessiert mich nicht.« Léo verschluckte sich fast an der Lüge. Die Vorstellung, dass eine Welt, seine Welt, für ewig im Griff der Hexe blieb, war für ihn unvorstellbar. Doch die Hexe und ihre Diener machten nicht den Eindruck, als hätten sie die Lüge aus seinen Worten herausgeschmeckt.

»Ich will bei ihr bleiben.« Frederick sah verunsichert von Léo zur Hexe, als wollte er ihre Erlaubnis erbitten.

»Ich gebe ihn frei und dann soll er selbst entscheiden, wohin er gehen will«, verkündete die Hexe. »Ich verspreche, dass ich ihn nicht hindern werde, wenn er sich für deine Welt entscheidet.« Sie sah sich um. »Ein seltsamer Ort. Ganz ohne Magie. Ohne Hexen, die den Lauf der Welt führen. Doch der Winter hört auch auf dieser Seite auf meine Stimme. So schwer zu wecken. Er hat sich schließlich erhoben aus seinem tiefen Schlaf.

Nun, ich werde diese Seite verlassen, sobald mich meine geliebte Schwester … begleiten kann.« Ihr Lächeln war so falsch wie die Unschuld, die sie als Verkleidung trug.

Léo musste sich angesichts der geglückten Lüge zwingen, weiterhin geschlagen zu wirken. »Ich führe euch. Kommt«, sagte er und wandte sich um.

Die Hexe schritt so selbstbewusst durch die Kathedrale, als wäre sie hier zu Hause. Sie selbst wurde von ihren Fernands umringt, der Graf und Isaak gingen neben ihr, und bei ihnen war Fred. Die Schritte der Eisernen klangen unheilvoll. Sie hörten sich nach Krieg und Tod an.

Mit laut klopfendem Herzen führte Léo die Hexe und ihr Gefolge zum rückwärtigen Teil der Kathedrale, vorbei an der Orgel und entlang der Nischen. Verstohlen sah er zu jeder Säule, stets in der Erwartung, dass ihre Falle nun gleich zuschnappen würde. Doch nichts geschah und als er nur noch wenige Meter von der Stelle entfernt war, an der sich die schlafende Schwester befand, fürchtete Léo schon, die anderen hätte der Mut verlassen. Dann aber gellte ein Ruf durch die Kathedrale, und hinter den letzten Fernands brach ein Tumult aus. Ein Zwerg, der sich verborgen gehalten hatte, war mit einem lauten Schrei auf den Lippen aus einer der Nischen gesprungen und hatte einem der mechanischen Soldaten einen Unterschenkel mit seiner Axt abgetrennt. Offenbar konnten die Eisernen, so stabil sie auch gebaut waren, einer Zwergenwaffe nichts entgegensetzen. Der angegriffene Fernands konnte zwar nicht mehr laufen, doch er zog sich bäuchlings hinter dem Zwerg her, während Isaak überraschend gedankenschnell fünf der Eisernen die Verfolgung des Zwergs aufnehmen ließ, der durch das

Kirchenschiff auf das offen stehende Hauptportal zurannte. Kaum waren die Fernands hinter ihm her, erschienen die übrigen Zwerge und auch die Wächter und verwickelten die Eisernen, die den Zwerg verfolgten, ebenso in erbitterte Kämpfe wie die, die bei der Hexe geblieben waren. Von einem zum anderen Moment herrschte Chaos in der Kathedrale.

»Ein Hinterhalt«, schrie Isaak überflüssigerweise. Er trat näher an die Hexe heran, als wollte er sie schützen. Doch vermutlich fühlte er sich an ihrer Seite lediglich sicherer. Bei ihr waren nun Fistelmund, der Graf … und Fred.

Léo wusste, dass er die Hexe tiefer in die Falle locken musste. Doch er musste auch seinen Freund retten. Und, Léo, was tust du nun? Noch während er unschlüssig dastand, taumelte einer der Eisernen gegen die Hexe und ihr Gefolge, und riss Fred und den Grafen zu Boden.

Ich mache einfach beides, dachte Léo und sprang einen Satz auf Frederick zu.

In dem Chaos gelang es Léo zunächst kaum, seinen Freund zu packen. Doch dann krallten sich seine Finger in seinen Kragen und Léo zog ihn mit aller Kraft hinter sich her. Frederick war mit dem Kopf auf den Boden geschlagen und schien benommen. Anderenfalls wäre es Léo wohl kaum gelungen, ihn so einfach fortzuziehen. Die Schreie des Fistelmunds und die Stimme der Hexe drangen zu ihm, doch er achtete nicht auf die Worte. Er drängte Fred in die Nische, in der die schlafende Schwester verborgen war. Léo sah Silbermund vor dem Steinsarkophag stehen, neben ihm Hasina, die ihren Dolch gezogen hatte, Léos Mutter und Kafir, der zurückgekommen war und seine Zwergenaxt in Händen hielt. Hinter sich hörte Léo Schritte. Er wandte sich um. Der Boden unter ihm trieb Blüten aus Eis.

Und dann war die Hexe da.

Die Luft wurde so kalt, dass sie kaum noch zu atmen war.

»Das ist alles?« Sie blickte höhnisch zu Léos Freunden, dann starrte sie auf den Sarkophag. Auf ein Schnippen ihrer Finger hin zuckte die Steinfigur, die den Deckel zierte, und reckte sich, als habe sie zu lange geschlafen.

Léo sah verblüfft zu, wie sie sich erhob und hinter den Sarkophag trat. Dann, wie auf einen stummen Befehl hin, schob sie den Deckel scheinbar mühelos beiseite. Krachend fiel er zu Boden und enthüllte die Gestalt, die in dem Sarg lag.

Léo glaubte sich wieder in einem Märchen, das er als Kind gehört hatte. *Schneewittchen.* Die Frau im Sarg war schön wie der erste Frühlingstag. Die Haut weiß wie Schnee, die Lippen rot wie Blut und die Haare schwarz wie Ebenholz. Ihre Augen waren geschlossen, als schliefe sie.

»Gehasste Schwester.« Für einen Moment zeichneten sich Abscheu und Furcht auf dem Gesicht der Hexe ab. »Ich werde dir dein Herz nehmen und dafür sorgen, dass dein Schlaf zum Tod wird und nie mehr endet. Ebenso wenig wie mein Leben. Ich werde nie wieder mit dem Tod handeln müssen.« Ihr Blick blieb noch für einen Moment auf ihrer Schwester hängen, dann sah sie zu Silbermund.

Der Lärm der Kämpfe wurde leiser. Vielleicht verlagerten sich die Auseinandersetzungen auf den Platz vor der Kathedrale. Der Graf blieb bei der Hexe, doch Isaak drückte sich eng an eine der Säulen, die in die Wände rings um die gewaltige Steinskulptur eingelassen waren. Er winkte jemanden zu sich, und einen Moment später marschierten zwei Fernands herbei. Verflucht, dachte Léo. Nicht alle Eisernen waren fortgelockt worden.

»Mein Mörder«, sagte die Hexe an Silbermund gewandt. Ihre Worte gebaren Eiskristalle in der Luft. »Hast du es noch nicht aufgegeben? Hast du das Herz für mich dabei? Das Herz, das ihr anhalten wollt? Wie einfallsreich ihr seid. Aber diesmal bin ich im Vorteil. Dank meines jungen Dieners weiß ich nun, dass ich das Herz berühren muss, damit es meines wird. Und diesen Wunsch werde ich euch leider nicht erfüllen. Nein, ihr habt verloren. Meine Schwester wird nie mehr erwachen. Und ich ewig leben. Das Herz, das ihr mir gebaut habt, aber werde ich dir in die Brust setzen, metallener Mörder. Es soll meinen Willen tragen. Du wirst der Hauptmann der Armee der Eisernen. Würde dir das gefallen?«

»Das würde es, wenn du dann besiegt wärst, elende Hexe.« Bei diesen Worten trat Silbermund vor die schlafende Schwester. »Du wirst an mir vorbeikommen müssen, wenn ich das sagen darf.«

Die Hexe schenkte ihm ein böses Lächeln. Und an den Grafen gewandt fügte sie hinzu: »Hier sind einige Jahre, die ich gerne selbst leben möchte. Der Tod wird immer gieriger. Wir sollten früh mit dem Sammeln beginnen. Für den letzten Handel mit ihm.«

Der Graf nickte und zog langsam seine Uhr unter dem Mantel hervor. Bedrohlich schwang sie an der Kette, die er mit den goldenen Fingern umschloss. »Ich habe bereits den Gegenwert eines Menschenlebens erhandelt. Heute werden viele weitere Jahre für Euch dazukommen, Herrin.«

Léo drückte den noch immer benommenen Fred gegen den Sarkophag, dann wandte er sich um. Der Graf hatte sich offenbar Léos Mutter als erstes Opfer ausgeguckt. Kafir hob drohend die Axt, als der Graf sie kalt anlächelte.

»Hilf ihm«, sagte die Hexe beiläufig an Isaak gewandt.

Der Fistelmund sah aus, als hätte er in eine Zitrone gebissen, doch er fügte sich. Auf einen Wink seiner beringten Hand hin trat einer der beiden Fernands vor und zog sein Schwert. Ohne auch nur einen Moment zu verlieren, schlug er zu. Kafirs Klinge parierte den Hieb, doch die Nische war zu eng, um richtig ausholen und angreifen zu können. Léos Mutter und Hasina hätten die Klinge zu spüren bekommen.

Ohne nachzudenken sprang Léo nach vorne. Und riss den Fernands dabei um. Ein helles Scheppern erfüllte die Nische, als sie beide auf dem Boden aufschlugen.

Léo hörte seine Mutter etwas schreien, doch er achtete nicht auf ihre Worte. So schnell er konnte, kam er wieder auf die Beine und stolperte fort von dem Fernands, der sich so geschmeidig erhob, als wäre er ein Akrobat. Léo bemerkte das Zeichen, das der Eiserne im Nacken trug. Ein geschwungenes M. M für Mellino. Du kämpfst gegen dein eigenes Geschöpf, Léo, sagte er sich, während nun auch der zweite Fernands in den Kampf eingriff. Aus den Augenwinkeln sah Léo, wie Kafir, der einen Schritt aus der Nische getreten war, und der Kämpfer ihre Klingen aufeinanderhieben. Kafir hielt sich gut gegen den Fernands, besser wohl als ein Mensch es gekonnt hätte. Sein geringer Wuchs war da sicher ein Vorteil. Der Eiserne war für menschliche Gegner konstruiert worden. Bei Zwergen musste er sich ständig ein wenig bücken und büßte dadurch einiges an Schnelligkeit ein.

»Bring sie mir«, zischte der Graf dem zweiten Fernands zu und deutete auf Léos Mutter.

Hasina hob ihren Dolch, als sich der Eiserne ihnen näherte. Eine lächerlich kleine Waffe gegen das Schwert, das der mechanische Kämpfer führte. Léo erkannte ein verspieltes F auf seinem Nacken. Fernandos Fluch.

Hasina war geschickt. Sie tauchte unter dem Hieb des mechanischen Soldaten hinweg, während sie selbst ihre Waffe gegen ihn einsetzte. Die Silberklinge mochte den Krähen ein Ende bereiten, doch das Eisen, aus dem die Haut der Fernands gemacht waren, durchdrang sie nicht. Hasinas Streich hinterließ nicht mehr als einen Kratzer. Doch ehe der Eiserne sie noch einmal mit seinem Schwert angreifen konnte, war Silbermund da. Er griff nach dem Schwertarm des mechanischen Mannes und hielt ihn fest.

Aus dem Augenwinkel erkannte Léo die Hexe, die nun, da der Weg frei war, auf ihre Schwester zuging. Sie genoss diesen Moment und schritt so langsam an den Kämpfenden vorbei, als wollte sie ihn ganz und gar auskosten.

Keine Zeit, sich um sie zu kümmern, dachte Léo. Sie mussten erst die Eisernen ausschalten. Hasina und Léos Mutter waren für den Augenblick außer Gefahr. Doch Kafir war ziemlich in Bedrängnis geraten. Er stand mit dem Rücken gegen eine Wand gedrängt und hatte alle Mühe, sich den mechanischen Kämpfer vom Leib zu halten. Der nächste Streich des Eisernen riss dem Zwerg die Klinge aus den Händen. Klirrend fiel seine Axt zu Boden.

Dann hob der Fernands sein Schwert zum tödlichen Stoß.

»Töte ihn«, befahl Isaak von hinten. »Töte ihn für deinen König.«

Ja, der Eiserne würde seinem König gehorchen, dachte Léo atemlos vor Schreck. Kein anderer konnte ihm Befehle geben. Oder … Nein, das war verrückt, dachte Léo. Na und?, fragte er sich im nächsten Moment. Sicher nicht verrückter als mechanische Menschen und eine Hexe. »Ich befehle dir als dein Erbauer aufzuhören.« Léo hatte den Eindruck, als hätte seine Stimme noch nie kraftvoller geklungen. Der Fernands sah ihn an und … zögerte. Sein Arm, der das Schwert hielt, zitterte wie der einer Marionette, die mit einem Mal zwei Puppenspielern gehorchen musste. Und dann senkte der Fernands die Klinge. Nur ein wenig, aber es reichte.

»Was ist los, du metallener Verräter?«, schrie Isaak wütend. »Gehorche und töte den Zwerg.«

»Steck das Schwert weg«, hielt Léo dagegen.

Der Fernands wandte sich verwirrt zu Léo um. Und drehte Isaak damit den Rücken zu.

Rasch trat Léo ganz nah an ihn heran und griff in seine Jackentasche. Er war kein Kämpfer. Aber er konnte dennoch die verteidigen, die ihm wichtig waren. Mit dem winzigen Schraubenzieher hebelte er die Klappe über der Brust des Eisernen auf. Widerstandslos ließ dieser es geschehen. Das Herz hielt Léo mit einem fingerlangen, dünnen Metallstift an. Der Kopf des Fernands sackte nach vorne. Und Léo ritzte ihm mit zitternden Fingern ein M auf die Kugel in seiner Brust. Es war ein krakeliger, kaum lesbarer Buchstabe. Léo hoffte, dass es reichte. Dann tippte er das Herz wieder an. Und der Fernands erwachte erneut zum Leben.

»Nun töte ihn endlich!«, geiferte Isaak, während Léo den Stift wieder einsteckte und die Klappe verschloss. Es waren kaum ein paar Sekunden verstrichen. Die Wut machte den König mutig. Mit ein paar schnellen Schritten war er bei dem Fernands, riss ihn herum und schüttelte ihn wie einen reifen Apfelbaum.

Der Eiserne sah ihn nur unschlüssig an, dann blickte er an sich herab, als betrachtete er zum ersten Mal den eigenen Leib.

»Du!« Isaak deutete mit dem Finger auf Léo. »Du hast ihn kaputt gemacht. Irgendwie.« Er wurde dem Spitznamen Fistelmund in diesem Moment mehr als gerecht. Seine Worte brachen wie die eines Jungen, der gerade zum Mann wurde. »Er ist mein Eigentum. Ich habe für ihn bezahlt. Und ich will, nein, ich befehle ...«

Ein Schlag des Eisernen ließ ihn zurücktaumeln.

Léo blickte ebenso überrascht wie glücklich von dem König, der sich seine Hand auf die blutende Nase presste, auf den Fernands. »Beschütze meine Mutter«, sagte Léo und deutete auf sie.

Der Eiserne schaute zu Hasina und Iza Mellino, die nur durch Silbermund vor dem Tod bewahrt wurden. Und nickte. Dann griff er an.

Der Fernands, der von Graf de la Mort den Auftrag erhalten hatte, ihm Iza Mellino zu bringen, sah sich nun zwei Gegnern gegenüber: Silbermund und Léos Kämpfer. Er machte geschickt einen Schritt zur Seite, als Léos Eiserner sein Schwert gegen ihn führte. Und parierte den Hieb mühelos. Silbermund schob Hasina und Léos Mutter fort von den beiden Soldaten, während diese mit einer tödlichen Genauigkeit aufeinander einhieben, vor und zurück tanzten und versuchten, die Deckung des anderen zu überwinden.

Léo war für einen kurzen Moment wieder in Fernandos Werkstatt und sah dem Grafen dabei zu, wie er das Modell der beiden Kämpfer aktivierte. Wie er den beiden bei ihrem ewigen Duell mit seinen kalten Augen zusah und anschließend den Auftrag zur Fertigung eines Prototyps in Menschengröße gab. Verflucht, der Graf! Wo war er? Léo riss sich aus seinen Gedanken und blickte sich in dem Chaos um. Den Grafen erkannte er nur wenige Meter entfernt mit wutverzerrtem Gesicht.

»Du!« Das Wort klang aus dem Mund des Todeshändlers weitaus bedrohlicher als aus dem des Königs, der sich noch immer die royale Nase hielt. »Die Herrin braucht noch ein letztes Mal viele Jahre, um selbst ein weiteres vom Tod zu erhalten. Du wirst den Anfang machen. Deine restliche Lebenszeit alleine wird ihr Wochen schenken.«

»Ich lasse mich auf keinen Handel mit dir ein«, hörte sich Léo schreien.

»Vielleicht ist meine Geduld mit dir und deinen dreckigen Freunden erschöpft«, entgegnete der Graf ärgerlich. Seine Wut schien ihn mit sich zu reißen. »Ich wollte dem Ersten anbieten, dass ich für dessen Jahre einen von euch laufen lasse. Aber vielleicht würde es mir Spaß machen, dieses eine Mal nicht zu handeln.«

Ehe Léo etwas tun konnte, blickte ihm der Todeshändler so tief in die Augen, dass er glaubte, sich in dem harten Blick zu verlieren. Seine Augen waren wie eine finstere Nacht. Léo konnte sich nicht mehr rühren. Der Graf hob seine goldene Uhr. Ihr Ticken übertönte sogar den Lärm der Kämpfenden. Und dann fühlte Léo todeskalte Finger auf der Stirn. Er liest dein Mal, Léo, dachte er bei sich. Er will sehen, wieviel Zeit in dir steckt. Aber durfte er das gegen Léos Willen? Besagte nicht die oberste Regel der Todeshändler, dass sie gerade das nicht durften?

Der Graf funkelte ihn an wie ein Raubtier, das sich in einem Blutrausch verloren hatte. »Ich werde dir alles Leben nehmen. Kein Handel. Nur der Tod.« Der Graf schien wie von Sinnen. »Ich reiße dir die Jahre aus dem Leib, ich …« Der Graf blickte zur Seite.

Hasina stand plötzlich dort, den Dolch in der Hand. Sie holte aus, um ihm die Klinge in die Brust zu bohren. Doch er stieß sie weg und die Klinge fiel vor ihm zu Boden. Dann hielt er Léo wieder die Uhr vor die Augen.

Sieh weg, sagte sich Léo. Doch er konnte es nicht. Wie verzaubert blickte er die Uhr an. Folgte den Zeigern mit den Augen. Hörte das Ticken, das ihm die Sekunden und Minuten aus dem Leib schnitt, während die Finger des Grafen über sein Mal strichen. Es schmerzte furchtbar. Sein Inneres schien zu brennen. Léo hörte sich laut schreien. Sein Blick verschwamm. Er sank auf die Knie und sah die Uhr nur noch schemenhaft. Und den Grafen … der sich mit einem Mal krümmte.

Der Todeshändler keuchte auf. Die Haut wurde noch weißer, als sie ohnehin war. Schneeweiß. Der Graf blickte ungläubig an sich herab, während seine Haare in Büscheln ausfielen. Er starb vor Léos Augen.

Was geschah hier? Einen Augenblick lang war Léo verwirrt. Doch dann begriff er, während sich sein Blick aufklarte. Der Graf hatte die oberste Regel verletzt. Er stahl Léos Zeit. Und zur Strafe holte der Tod nun nach, was er all die Jahre versäumt hatte. Die schneeweiße Haut des Grafen zerfiel, wurde zu Staub und gab die Knochen frei, über die sie gespannt gewesen war. Es ging rasend schnell. Léo erkannte selbst in den leeren Augenhöhlen des Totenschädels noch immer die Überraschung über das eigene Ende. Nur die goldene Hand blieb übrig. Und ganz leise glaubte er eine Stimme zu hören. Ein Wispern nur. »Willkommen, Graf. Willkommen in meiner Welt. Willkommen für immer.«

Einen Augenblick später war Kafir da, und hieb dem toten Grafen mit seiner Axt den Kopf von den Schultern. Der leblose Körper sackte zur Seite und zerfiel gänzlich zu Staub. »Also, ich fand, dass das hier ein Notfall war«, meinte der Zwerg, als müsste er sich entschuldigen, und klopfte sich ein wenig Staub von den Schuhen. »Und ich bitte um Verzeihung. In Ordnung so?«

Léo ging nicht auf Kafirs Worte ein. Er stemmte sich mühsam auf die Beine, während Hasina auf ihn zustolperte und ihm über die Haut strich. Sie fühlte sich wunderbar warm an und die Berührung vertrieb den Schmerz, der nun so schnell verging, wie er gekommen war. Nur die Erinnerung an ihn blieb. Léo brauchte einen Moment, dann erkannte er die Hexe. Direkt vor ihrer Schwester. Auf einen Wink von ihr hin erhob sich die Schlafende. Sie hatte die Augen geschlossen. Wie eine Traumwandlerin stieg sie aus dem Sarkophag. Die Sommerhexe machte einen ersten Schritt.

»Sie darf nicht in die Hände ihrer Schwester fallen«, rief Hasina. Sie griff nach ihrem Dolch, der auf dem Boden lag, und stürmte auf die Hexe zu. Im selben Moment zog Léos Mutter das Herz aus Silber hervor.

Der Moment der Entscheidung.

Hasina wollte der Hexe offenbar ihre Klinge in den Leib sto-ßen. Es würde sie nicht töten, aber vielleicht lange genug ab-lenken, damit Léos Mutter ihr das Herz in die Hand drücken konnte, um es so zu dem der Hexe zu machen.

Im Takt der klirrenden Schwerter, mit denen die beiden Fer-nands aufeinander einschlugen, rannte Hasina auf die Hexe zu. Léo war dicht hinter ihr. Den Schatten, der Hasina ansprang, sah er nur aus dem Augenwinkel. Fred. Verdammt, er war wie-der halbwegs beieinander und stand noch immer unter dem Zauber der Hexe. Hasina strauchelte und fiel zu Boden, wäh-rend Fred ihr die Waffe aus den Fingern zog. Einen Augenblick später hielt er ihren Dolch in der Hand. Und richtete die Waffe auf Léos Mutter.

»Nein!« Léo hörte sich selbst schreien. Doch ehe er seinen Freund erreichen konnte, war der bereits bei Iza und hielt nun auch das Herz in seiner Hand.

»Es ist vorbei.« Die Stimme der Hexe war getränkt in kal-tem Triumph. »Ein törichter Versuch von Narren.« Sie trat zu Frederick und warf einen angewiderten Blick auf das silberne Herz. »Damit wolltet ihr mich töten?« Sie sah Léo wütend an, während er langsam auf sie zuging. »Ich habe im Wald geglaubt, der Tod könnte dich in seiner Prophezeiung meinen. *Ein Her-zenmacher schenkt der Herzlosen ihr Herz. Und erst im Tod findet sie die Liebe, die nur das Leben geben kann.* Dann hat mir mein junger Diener jedoch berichtet, dass du wie er von der anderen Seite stammst. Aber von dort kommen keine Herzenmacher. Ich weiß nicht, wie du in all das hier gestolpert bist. Aber glaub mir, um mich zu töten, bedarf es mehr, als ein überhebliches Kind zu leisten vermag.«

In Léos Kopf überschlugen sich die Gedanken. Die Hexe glaubte nicht, dass er ein Herzenmacher war. Und sie musste das Herz anfassen. Mehr nicht. Unauffällig zog er den dünnen Metallstift aus der Tasche. »Lass das Messer los, Fred«, sagte er an seinen Freund gewandt.

»Nur wenn du mir dieses Ding in deiner Hand gibst«, erwiderte sein Freund. »Vielleicht bist du nicht dieser Herzenmacher. Aber deine Mutter könnte es sein. Sie hat doch damit angefangen, dieses Ding zu bauen.« Frederick sah drohend zu Léos Mutter. »Ich will sie nicht verletzen. Gib mir nur das, was du in deiner Hand hältst, Léo.«

Verdammt. Léo fluchte innerlich. Er war doch nicht so unauffällig gewesen. Konnte er überhaupt Fred das Herz abnehmen, es irgendwie der Hexe in die Finger drücken und es auch noch rechtzeitig zum Schlagen bringen? Nein, das konnte er nicht schaffen. Fred würde Léos Mutter angreifen, ehe er auch nur in der Nähe der Hexe war. Mit dem Gefühl der Niederlage legte er den Metallstift zu Boden. Er blickte Hasina dabei in die Augen, die sich langsam erhob.

Und die Hexe lachte. »Nun kann mich nichts mehr aufhalten. Ich nehme meine Schwester mit mir.« Sie sah zu Frederick. »Du aber, mein junger Diener, wirst belohnt werden. Willst du Geld? Macht? Vielleicht ein Königreich?«

Frederick sah sie verzückt an. »Nur Eure Liebe«, sagte er leise.

»Oh, die Liebe«, raunte sie und die Worte gebaren in der bitterkalten Luft Eiskristalle. »Die stärkste Macht von allen. Ich kann sie nicht empfinden, da mir das Herz dazu fehlt. Aber du darfst an meiner Seite bleiben, falls dich das glücklich macht.«

»Ja«, sagte Fred sofort.

»Nein!«, schrie Isaak. Sein Gesicht war eine Maske aus Wut. Das Blut, das ihm aus der Nase gelaufen war, malte ihm ein grausiges Muster auf die blasse Haut. Mit einem Schrei stürzte er sich auf Frederick.

Und die Ereignisse überschlugen sich.

Später konnte sich Léo nicht mehr an alle Einzelheiten erinnern. Doch er wusste noch, dass Hasina im selben Moment vorsprang wie Isaak.

Für einen Moment herrschte Chaos. Der König hatte sich auf Frederick geworfen. Das Herz rutschte Léos überrumpeltem Freund aus den Fingern, und die beiden rangen miteinander wie Kinder, die sich auf dem Schulhof prügelten. Nur dass hier einer der Kontrahenten eine Waffe in Händen hielt.

Léo wollte seinem Freund zu Hilfe eilen. Doch dann fand sein Blick die Hexe, die ihre schlafende Schwester fortdirigierte, während ihre Diener miteinander kämpften. Selbst wenn du Fred hilfst, nützt ihm das nichts, Léo, sagte er sich. Ihn rettet nur das Ende der Hexe. Léo atmete tief durch. Rasch griff er sich das Herz und den Metallstift vom Boden und rannte auf die Hexe zu. Er hielt den Stift wie eine Waffe. Die Klinge eines Herzenmachers.

Er brauchte nur fünf Schritte.

Nur noch drei.

Die Hexe sah ihn an. Und erkannte, was Léo in Händen hielt. Verständnislos runzelte sie die Stirn. Wurde ihr nun klar, dass er doch ein Herzenmacher war? Einer, der ihr Herz zum Schlagen bringen konnte? Vielleicht war sie auch nur unsicher geworden. Doch ein Risiko wollte sie offenbar nicht eingehen. Auf einen Wink von ihr hin gefror die Luft um Léo und gebar Eiskristalle. Seine Finger konnten den Stift nicht mehr halten. Noch während er ihm aus der Hand fiel, wuchs eine Haut aus Eis auf dem Metall, das in dem Moment wie Glas zersprang, da es auf dem Boden aufschlug. Auch das Herz wurde so kalt, dass es Léos Finger verbrannte. Mit letzter Kraft warf er es der Hexe entgegen. Die Kugel landete unbeschädigt vor ihren Füßen … und berührte sie nicht. Die Hexe starrte abfällig auf das silberne Ding.

»Wir geben auf.« Léos Mutter trat mit gesenktem Kopf auf die Hexe zu.

Léo glaubte seinen Ohren nicht zu trauen.

»Es sind schon so viele gestorben«, sagte seine Mutter mit tonloser Stimme. »Ich will nicht, dass auch noch mein Sohn das Leben verliert. Ich … werde für Euch arbeiten, wenn Ihr es wünscht. Dem Silbermund dieses Herz in die Brust setzen, damit er es Euch zu Füßen legen kann. Eiserne Krieger zusammenschrauben, die Eure Kriege führen. Ihr werdet sehen, ich bin die Beste meiner Zunft. Und loyal, wenn ich weiß, dass mein Sohn in dieser Welt leben darf, ohne von Euch ein Kleid aus Federn geschenkt zu bekommen.«

»Das kommt nicht infrage«, rief Léo, während seine Mutter direkt vor der Hexe auf die Knie fiel. Léo stolperte auf sie zu und wollte sie wieder hochziehen, doch sie schlug seine Hand fort. Eine Strähne löste sich aus ihrem Zopf. Léos Mutter fuhr sich energisch durch die Haare und zog dabei versehentlich eine der Klammern heraus.

Verdammt, muss sie ausgerechnet jetzt ihre Haare richten?, dachte Léo bei sich, während Iza die Klammer mit einer schnellen Bewegung in Léos Finger legte. Léo starrte auf seine Hand. Die Hexe in seinem Rücken fing schallend an zu lachen.

»Du willst mir dienen? Nun, vielleicht wirst du tatsächlich all das tun, was du mir in Aussicht stellst. Doch nicht, während dein Sohn hier in Sicherheit ist. Er wird uns begleiten. Gewiss wird es dir ein Ansporn sein, dein Bestes zu geben, wenn ihr beide als meine … Gäste in meinem Turm lebt. Dann werde ich sehen, ob du tatsächlich so gut bist, wie du behauptest.«

Léo bekam nur am Rand mit, dass die Hexe gerade über sein Schicksal entschied. Er konnte den Blick nicht von dem ablassen, was seine Mutter ihm in die Hand gedrückt hatte. Keine

Haarklammer, wie er im ersten Moment geglaubt hatte. Sondern ein Stift, um den sie ihre Strähnen gewunden hatte. Ein Stift aus Metall. Die Klinge eines Herzenmachers. Oh, sie hatte offenbar geplant, sich der Hexe nicht ganz unbewaffnet zu stellen.

Ehe die Hexe begriff, was geschah, beugte sich Iza Mellino vor. Sie griff das Herz und warf es der Hexe gegen die Füße. Und Léo stürzte auf sie zu. Nun war er sich sicher, dass sie die Gefahr erkannte.

Ihr Fauchen strich ihm wie Frost über die Haut. Der Metallstift wurde eiskalt. Doch diesmal reichte die Zeit nicht, um ihn aufzuhalten. Ehe ihm der Stift die Finger verbrannte, tippte Léo die Kugel zu Füßen seiner Feindin an.

Und das neue Herz der Hexe begann zu vibrieren.

»Nein!«, schrie die Hexe mit so viel Bosheit in der Stimme, dass Léo schauderte. Er stolperte zurück, fort von ihr, während seine Mutter auf die Füße kam.

Die Hexe aber fiel zu Boden, als raubte ihr das neue Herz die Kraft. Sie stieß einen markerschütternden Schrei aus, der alles andere übertönte. Die Wände der Kirche gebaren Risse. Der Boden sprengte auf, als würde ein Riese seine Wut an der Kathedrale auslassen. Blüten aus Eis trieben auf dem Stein, kleine Kristalle flogen durch die Luft und machten Léo das Atmen schwer. Die Erde bebte und zitterte so heftig, dass Léo sich kaum auf den Beinen halten konnte. Und dann war alles wieder vorbei. Zurück blieb nur die Hexe, die neben ihrer schlafenden Schwester kniete. Verletzlich. Geschwächt. Und … mit einem Herzen, das angehalten werden konnte.

»Jetzt!«, schrie Léo Silbermund zu. Aus dem Augenwinkel erkannte er, dass Isaak Frederick offenbar bezwungen hatte. Hasinas Dolch hielt der Fistelmund hoch erhoben, während sich Fred auf dem Boden liegend die Arme gegen den Bauch drückte, als habe er gerade dorthin einen Tritt erhalten. Mühsam stemmte sich Léos Freund auf die Beine.

»Wenn du mich verschmähst, soll dich keiner haben«, rief Briançons König. Und stolperte auf die kniende Hexe zu. Fred humpelte dicht hinter ihm her. Die beiden waren wie von Sinnen. Und begriffen daher offenbar beide nicht, dass die Hexe nicht durch eine Klinge getötet werden konnte. Noch ehe der Fistelmund mit dem Dolch zustoßen konnte, war Fred bei ihm. Er zerrte Isaak am Arm und versuchte, dem König die Waffe zu entreißen.

Isaak aber trat Frederick so hart, dass Léos Freund aufschrie. Und bohrte ihm die Waffe in die Brust.

Den Schrei, der daraufhin den kleinen Raum erfüllte, stießen Léo und die Hexe zur selben Zeit aus. Ein Schrei voller Schmerz. Léo wollte nicht glauben, was ihm seine Augen zeigten. Fred, der seine Hände gegen die Brust drückte. Das Blut, das ihm die Finger rot färbte. Der Ausdruck der Angst auf dem Gesicht seines Freundes. Fred starb. Nein, rief sich Léo zu. Das darfst du nicht einmal denken!

Hinter Fred kam die Hexe auf die Beine, um dann vor Léos Freund wieder auf die Knie zu sinken. Tränen rannen ihr über das makellose Gesicht. Sie sahen seltsam unpassend auf ihrer Wange aus und wurden zu Eis, noch während sie ihr die Haut benetzten. »Was hast du getan, du Narr?« Ihre Stimme brach fast, als säßen ihr die Worte wie Splitter in der Kehle. Sie blickte Isaak an, dessen Gesicht vor enttäuschter Liebe und Hass auf Fred wie entstellt war.

Ehe er auch nur ein Wort sagen konnte, hatte die Hexe einen Finger auf ihn gerichtet. Aus der Luft wirbelten Eiskristalle heran und bildeten schimmernde Fäden. Sie sponnen Isaak ein, der vergeblich versuchte, sie sich vom Leib zu streichen. Noch ehe Briançons König das Herz einfror, hatte sich die Hexe bereits von ihm abgewandt und sah nur noch Fred, der in ihren Armen starb. »Er hat sich geopfert«, wisperte sie wieder und wieder. »Dieser Narr. Ich war nicht in Gefahr.«

Warum weinte sie so plötzlich um jemanden?, fragte sich Léo.

»Sie hat ein Herz. Ein Herz will lieben.« Silbermund war plötzlich da. Es schien, als hätte er Léo die Frage vom Gesicht abgelesen. »Und ihr Herz spürt die Liebe, die ihr der Junge hier geschenkt hat. Es kann nicht anders, als zurückzulieben. Sie kann nicht anders.«

Ihr Herz wollte lieben? Erwiderte sie tatsächlich Freds Gefühle, die ihr eigener Zauber in sein Herz gesät hatte? Léo war sprachlos. Mit allem hatte er gerechnet, doch nicht dass es zuletzt die Liebe sein würde, die der Hexe zum Verhängnis wurde. Warum wundert es dich? Der Tod hatte es doch vorausgesehen, Léo. *Und erst im Tod findet sie die Liebe, die nur das Leben geben kann.*

»Wollen wir es nun beenden, Her… Léo?«

Léo antwortete nicht sofort. Sein Blick suchte den der Hexe. Und fand ihn. Ihre Augen waren so hell wie das Eis, in dem sie Briançon hatte erstarren lassen.

»Ich will nicht mehr leben, wenn er tot ist«, flüsterte sie. »Der Tod hat zu mir gesagt, ich wüsste nicht, was Liebe ist. Aber ich weiß es nun doch. Das Herz hat es mich gelehrt.« Sie lächelte bitter. »Ich habe einen Namen. Nun soll er endlich ausgesprochen werden.«

Sie tat Léo beinahe leid. Doch er sträubte sich, so für sie zu empfinden. Sie hatte Haluk auf dem Gewissen. Fernando. Und seinen Vater. Und so viele andere. Aber dein Hass macht sie alle nicht wieder lebendig, Léo, sagte er sich. Er seufzte, halb betäubt vor Kummer um seinen sterbenden Freund, und nickte dem mechanischen Mann zu, während hinter ihnen die beiden Fernands unverdrossen aufeinander einhieben. Silbermund hatte es von Anfang an verstanden. Sie alle mussten gerettet werden. Die Diener der Hexe. Und sogar die Hexe selbst. Vor der Dunkelheit, die sich vermutlich in jedes Herz einnisten konnte. Léo fühlte sich plötzlich erleichtert. Es schien, als wäre der Hass auf ihre Feindin, der gerade noch so heiß in seinem Herzen gebrannt hatte, plötzlich fort. Ein bleischweres Gewicht, das er irgendwo zurückgelassen hatte. Silbermund war in der Tat menschlicher als sie alle. »Erlöse sie«, sagte er zu ihm.

Und Silbermund sprach den Namen der Hexe aus.

Er klang kalt wie Eis.

Klar wie ein Wintermorgen.

Und wunderschön.

MEHR ZEIT

Mehr als an alles andere konnte sich Léo später an das Lächeln der Hexe erinnern. Traurig und erleichtert. Sie starb nicht wie ein Mensch und verging nicht wie der Graf. Ihr Leib verdichtete sich binnen eines Augenblicks und wurde zu einer einzelnen Schneeflocke. Sie flog durch die Luft wie ein neugieriger Vogel. Léo aber beachtete sie nicht weiter, sondern stolperte auf Fred zu, sank auf die Knie und legte seine Hände auf die Wange seines Freundes. Sie war so kalt, als würde der Tod ihm bereits über die Haut streichen.

»Hör zu«, brachte er mühsam hervor, während das Leben unablässig aus dem Körper seines Freundes schwand. »Ich bringe dich zu einem Arzt. Du wirst schon wieder.« Tapfere Worte. Alle gelogen. Der Tod stand Fred deutlich ins Gesicht geschrieben.

»Zu spät«, flüsterte Frederick. »Die Zeit reicht nicht mehr. Jetzt musst du dir einen anderen suchen, der auf dich aufpasst.« Er lächelte. Seine Haut wurde weiß wie Schnee. Es waren seine letzten Augenblicke unter den Lebenden.

Mehr Zeit. Wenn Léo doch nur eine Uhr hätte, die die Zeit zurück… Er stockte. Eine Uhr voller Zeit.

Léo sprang auf die Füße und lief zu der Stelle, an der Graf de la Mort sein Ende gefunden hatte. Der Mantel lag noch dort. Léo hörte Hasinas Stimme und auch die seiner Mutter. Er beachtete sie nicht, während er mit zitternden Fingern den Mantel vom Boden riss. Mehr Zeit.

Die goldene Uhr des Todeshändlers fiel zu Boden. Léo packte sie und rannte auf Fred zu. Wie viel Leben steckte noch in ihm?

Léo fiel neben Fred auf die Knie und drückte ihm die Uhr in die kalten Finger. Mehr Zeit. Die Uhr war voll davon. Der Graf hatte es selbst gesagt. *Ich habe bereits den Gegenwert eines Menschenlebens erhandelt.* Mehr brauchte Fred nicht. Doch wie sollte Léo die Jahre aus dem goldenen Uhrengehäuse herausbekommen? Er war selbst kein Todeshändler. »Los, gib die Jahre frei, die in dir stecken.« Wie töricht es war, die Uhr anzuschreien. Ihr Ticken war auf einmal so laut, als wollte es die Zeit zerschneiden. Doch sie spendete Fred kein Leben. Léo glaubte sehen zu können, wie das Leben aus ihm …

Jemand trat neben ihn und riss Léo aus seinen traurigen Gedanken.

Eine Frau, die so wunderschön war, dass es beinahe schmerzte ihr in die goldenen Augen zu sehen.

Eine Frau, die eben noch geschlafen hatte.

Die Schwester der Hexe.

Mit einem Lächeln kniete sie sich neben Léo und sah ihn fragend an. »Willst du die Zeit nicht lieber für dich? Zwei Leben leben statt nur eines?«

Léo konnte nicht antworten. Nur mit dem Kopf schütteln. *Ich will die Zeit für meinen Freund.* Die Worte hatte er nur gedacht, die Hexe schien sie dennoch gehört zu haben.

»Selbstlosigkeit ist ein Schlüssel, der oft passt.« Sie sah ihm tief in die Augen. »Ja, du bist es. Ich kann in deinen Erinnerungen die Worte des Todes hören. *Ein Herzenmacher schenkt der Herzlosen ihr Herz. Und erst im Tod findet sie die Liebe, die nur das Leben geben kann.* Er hat von dir gesprochen. Du besitzt das Talent des Herzenmachens.« Die Hexe legte einen Finger an den Minutenzeiger der Uhr. Dann drehte sie ihn rückwärts.

Die Uhr leuchtete plötzlich auf. Ein Glanz ging von ihr aus, der auf Freds leichenblassen Körper überging.

Léo wagte kaum hinzusehen, während sich die Wunde in Freds Brust wieder schloss, sich die Wangen rosig färbten und die Augen seines Freundes öffneten.

»Mann, ich hatte einen verrückten Traum. Das glaubst du nicht«, murmelte Frederick und gähnte herzhaft.

Léo hätte vor Freude fast losgeschrien.

Die Hexe aber legte Frederick ihre Hand auf die Augen. »Du musst nun schlafen. Den Tod vergessen, der in dir genistet hat. Und alles andere, was geschehen ist.« Ihre Stimme war so glücklich machend wie der erste Sonnenstrahl im Frühling.

Und Fred schloss mit einem seligen Lächeln wieder die Augen.

»Er wird ruhen, bis er wieder zu Hause ist«, sagte die Hexe. »Und nichts mehr von all dem hier wissen.«

Léo starrte sie wie verzaubert an.

»Du hast so viele Fragen. Wie auch die anderen«, meinte die Hexe, während sie sich erhob. Sie reichte Léos Mutter den Metallstift, der das Herz ihrer Schwester zum Schlagen gebracht hatte, dann strich sie Hasina über die Wange. »Mutige Wächterin«, sagte sie. »Mit mutigen Freunden. In meinen Träumen habe ich alles gesehen. Ihr habt meiner Schwester den Tod gebracht. Doch nicht als Strafe, sondern als Geschenk. Das war wichtig. Denn wenn sie wieder erwacht, wird sie deswegen eine andere sein.«

»Was meinst du damit?«, fragte Léo, der sich ebenfalls erhob. Himmel, hätte er die Hexe nicht besser gesiezt? Nicht, dass sie ihn für respektlos hielt.

Aber sie lächelte nur. »Kein Sommer ist wie der andere. Und auch kein Winter. Wir sind immer anders, wenn wir erwachen. Nie dieselbe wie zuvor. Dieser Winter war ... bitter. Bitterer als alle vorherigen. Aber dank euch wird der nächste anders. Ich spüre es. Und sie wird eine andere sein. Eine, die den Tod nicht betrügen wird. Dies ist euer Geschenk an sie. Euer Geschenk und das von allen, die gestorben sind. Nun, wenigstens diesen einen hier konnte ich davor bewahren, das Leben vorzeitig zu verlieren. Doch nun muss ich gehen. Und lasse meine Schwester hier zurück. Damit sie von den Wächtern behütet werden kann. Dieser Ort war gut für mich. Und er wird gut für sie sein.« Bei diesen Worten hob sie ihre Hand. Und siehe da! Die Schneeflocke lag auf ihr. Sanft pustete die Hexe sie an, und die Flocke schwebte auf den Sarkophag zu. Kaum war sie in ihm niedergegangen, wandelte sie sich zu einer Frau. Sie ähnelte der Winterhexe, und doch war sie anders. Da war etwas in ihren Zügen, das sie beinahe menschlich erscheinen ließ.

»Ein milder Winter wird kommen«, sagte ihre Schwester.

Die Winterhexe schlief. Das Silberherz legte ihr ihre Schwester in die kalte Hand. Dann schnippte sie mit den Fingern. Der steinerne Mann, der zuvor den Sarkophag geziert und die ganze Zeit über seelenruhig in der Nische gewartet hatte, hob den Deckel mühelos vom Boden und legte ihn über den Sarg. Tief verbeugte er sich und nahm an genau der Stelle Platz, auf der er zuvor gelegen hatte.

Die Hexe aber blickte zu Isaak, während hinter ihm die beiden Fernands unbeirrt in ihr Gefecht vertieft waren. »Sein toter Leib muss auf die andere Seite gebracht werden. Nichts darf zurückbleiben. Alles muss in Ordnung gebracht werden, was zur Unordnung wurde. Ohne euch aber wären beide Welten ins Chaos gestürzt worden. Ihr habt euch gegen Hexenmagie zur Wehr gesetzt. Nun soll Hexenmagie euch belohnen. Welchen Wunsch kann ich dir erfüllen, mutige Wächterin?«

Hasina sah sie lange an. Dann schüttelte sie den Kopf. »Es gibt einen Menschen, dem ich ebenfalls Lebensjahre hätte schenken wollen. Doch er ist fort. An einem Ort, an den vermutlich nicht einmal eine Hexe gehen kann, ohne dort bleiben zu müssen. Diesen Wunsch also könnt Ihr mir nicht erfüllen. Aber es gibt eine andere Sache, die ich mir wünsche. Die Hexenkrähen, sie …« Ihre Stimme versagte.

»Sie werden kein Unheil mehr über die Welt bringen«, erwiderte die Hexe, als könnte sie die fehlenden Worte aus Hasinas Kopf herauslesen. »Die Hexenkrähen meiner Schwester kennen nur die Dunkelheit. Sie treibt Wurzeln in ihren Herzen. Doch sie können erlöst werden. Wie meine Schwester. Ich führe sie ans Licht. Und schenke ihnen den Himmel.« Sie wandte sich an Iza. »Und du, tapfere Spielzeugmacherin? Was soll es für dich sein?«

»Ein Bild«, antwortete Léos Mutter ohne zu zögern, als hätte sie nur auf die Frage gewartet. »Ich habe einen Mann gehabt, der sein Leben gegeben hat, um die Winterhexe zu besiegen. Und ich habe alle Bilder von ihm vernichtet. Sein Anblick tat mir zu weh. Doch ich will ihn wiedersehen. Ich habe begriffen, dass der Schmerz etwas ist, das von selbst gehen muss, und nichts ist, vor dem man fliehen sollte.«

Die Hexe lächelte und bückte sich. Einige der gefrorenen Tränen, die ihre eisige Schwester für den sterbenden Fred vergossen hatte, lagen noch dort auf dem Boden. Sie nahm sie in die Hand, schloss ihre Finger um sie und erhob sich wieder. Als sie die Hand öffnete, lag dort ein kleiner rahmenloser Spiegel, der gerade in ihre schmale Hand passte. »Er lässt dich denjenigen sehen, den du liebst. Und je mehr der Schmerz nachlässt, desto klarer wird sein Bild.« Sie gab den Spiegel Iza und wandte sich dann Léo zu.

»Nun kommen wir zu dir, Herzenmacher.« Die Hexe nahm seine Hand, und Léo fühlte sich mit einem Mal ganz leicht.

»Ich will nichts, wenn es das ist, was du wissen willst.« Léo hatte sich bereits überlegt, was er sagen würde, falls ihn die Hexe ebenfalls fragen würde. War sie verärgert darüber, dass er ihr Geschenk ausschlug? Er konnte ihr keine Regung vom Gesicht ablesen.

Sie zeigte weiter ihr mildes Lächeln. »Keine Wünsche?«, fragte sie.

»Doch, natürlich habe ich Wünsche«, sagte Léo. »Aber keine, die durch Hexenmagie erfüllt werden müssten.« Nein, er hatte den Tod seines Vaters vergolten. Aber nicht durch Rache, sondern dadurch, dass er der Hexe ein Herz geschenkt hatte, das sie hatte lieben lassen. Und er hatte seinen besten Freund gerettet. Und seine wahre Heimat entdeckt. Und Hasina … Er sah sie kurz an, ohne den Gedanken zu vollenden. Es war schöner mit ihr, als er es sich hätte träumen lassen. Sein tiefster Wunsch wäre der, dass es noch schöner würde. Doch dafür würden sie beide alleine sorgen. Ohne Zauberei. Er wollte nur die Fortsetzung des Moments in der Orgel.

Er hatte das Gefühl, dass die Hexe all das verstand, auch wenn er darüber kein einziges Wort gesagt hatte. Sie nickte nur.

Kafirs Wunsch, einen Weg zum Herzen der Welt zu finden, erfüllte ihm die Hexe, indem sie ihm die Gläser seiner Sonnenbrille anhauchte, sodass sie einen goldenen Schimmer trugen und ihn so stets den rechten Weg unter der Erde würden finden lassen. Zuletzt stand sie vor Silbermund. »Welchen Wunsch trägt ein Mann aus Metall in sich?«

Silbermund überlegte lange, ehe er antwortete. »Es mag einige meiner Art geben, die sich wünschen würden, ein echter Mensch zu werden, werte Hexe. Doch ich bin glücklich mit meiner Existenz, so wie sie ist. Denn man hat mir gesagt, ich sei menschlicher als so mancher Mensch. Und zwergischer als einige Zwerge.« Er blickte kurz zu Léo. »Aber dennoch bin ich alleine. Einzigartig. Nur das macht mich traurig. Doch es gibt andere, die mir ähnlich sind. Sie haben keine Stimme, keinen freien Willen. Ich will für sie sprechen können. Und mit ihnen zusammen nicht mehr alleine sein.«

Die Fernands. Er wollte der Anführer der Fernands werden, begriff Léo. So wie es ihm die Winterhexe in Aussicht gestellt hat. Und dann? Würde er sie fortführen in ein eigenes Reich? Oder bei den Menschen in Briançon bleiben? Beide Vorstellungen waren verrückt. Aber nicht zu verrückt für dieses ganze Abenteuer. Die Hexe strich Silbermund mit einem Finger über die Lippen. Léo konnte keine Veränderung feststellen, doch als Silbermund den Mund öffnete, um etwas zu sagen, hatte sich seine Zunge mit einem Mal golden gefärbt.

»Probiere deine neue Stimme aus, Silbermund«, forderte sie ihn auf. »Oder möchtest du fortan lieber *Goldzunge* genannt werden?«

Silbermund legte den Kopf schief, als müsste er nachdenken, dann wandte er sich zu den beiden Kämpfenden um. »Hört auf und steckt die Schwerter weg.«

Die beiden Eisernen hielten inne und Léo glaubte ihre Augen aufleuchten zu sehen, als sie Silbermund anblickten. Sie gehorchten. Und beugten die Köpfe. Die Fernands hatten einen König.

»Nun werden wir gehen müssen«, sagte die Hexe. »Der Winter schläft. Und der Sommer soll beginnen.«

»Wir können doch nicht einfach hinüber zum Eiffelturm marschieren«, entfuhr es Léo. »Es ist sowieso schon alles durcheinandergeraten. Die Menschen sind nicht dumm. Sie werden hinter die Sache mit den Durchgängen kommen und ...« Er sprach nicht weiter, als die Hexe ihm einen Finger auf die Lippen legte. Sie beugte sich zu Fred hinab und nahm ihm die Uhr des Grafen aus den Fingern. »Er hat fast die ganze Zeit benötigt, die der Graf erhandelt hatte. Nur ein Tag ist übrig«, sagte sie und betrachtete die Zeiger. »Mehr Zeit braucht diese Welt nicht, um das alles hier zu vergessen.«

»Ich verstehe nicht«, meinte Kafir. »Wollt Ihr den Tag ungeschehen machen? Dann würdet Ihr doch nie erwachen. Und Eure Schwester nie einschlafen.«

»Nur der Rest der Welt darf den Tag wiederholen. Diese Nische hier, das Grabmal der Hexe, aber bleibt im Jetzt, kleiner Zwerg.«

»Das verstehe ich nicht«, meinte Kafir.

Die Hexe beugte sich vergnügt zu ihm hinab. »Das mit der Zeit habe ich auch nie recht verstanden. Aber es funktioniert. Meistens. Wenn nicht, könnte jedoch die Welt untergehen.« Sie lachte, als sie Kafirs entsetzen Gesichtsausdruck bemerkte. »Das war ein Spaß. Hexenhumor. Es funktioniert fast immer.«

Während Silbermund den toten Isaak trug, hatte sich einer der beiden Fernands den schlafenden Fred auf den Rücken gelegt. Die Überreste des Grafen nahm der andere mit sich. Es war ein stiller Gang durch die zerstörte Kathedrale. Nicht einmal der Wind pfiff durch die zerborstenen Scheiben. Ehe sie aber in die Katakomben hinabstiegen, legte Silbermund Isaaks Leib ab, trat an das zerstörte Portal und rief nach den Fernands. Die Eisernen kamen so bereitwillig auf seinen Befehl zusammen, als hätten sie nur darauf gewartet. Ihnen folgten nach einigen Augenblicken die verblüfften Wächter und Zwerge. Wie durch ein Wunder hatte es unter ihnen keine Toten gegeben. Doch einige sahen arg mitgenommen aus und würden sicher ihre Zeit brauchen, bis alle Schnitte und Brüche, die sie während der Kämpfe mit den Eisernen davongetragen hatten, verheilt sein würden. Ihre Verblüffung wandelte sich in Freude und Erleichterung, als sie die Hexe sahen und begriffen, dass sie tatsächlich gewonnen hatten.

Silbermund nahm wieder den Leichnam in den Arm und gemeinsam stiegen sie alle hinab in die Katakomben. Léo hing auf dem Weg seinen Gedanken nach. Nur ab und zu sah er zu Hasina, deren Hand er hielt. Er konnte es kaum glauben, dass sie gewonnen hatten, und in ihrem Gesicht las er, dass es ihr ebenso ging.

Als sie die Katakomben wieder verließen, mischte bereits die Sonne ihr Licht grau in die Nacht. Léo wusste nicht, ob es ein Zufall oder der Zauber der Hexe war, der dafür sorgte, dass sie unbeobachtet durch die Straßen zum Eiffelturm gehen konnten. Der schlafende Fred blieb in der Obhut von Iza und einigen der unverletzten Wächter am Fuß des Turms, während Ridvan, der Wächter am Eiffelturm, die Kabine eines der Aufzüge öffnete, die in den Beinen des Turms entlangliefen. Er verbeugte sich tief vor der Hexe. Hasina und Léo fuhren als Erste mit ihr, Silbermund und Fred sowie Kafir und den Zwergen hinauf. Bei der zweiten Fahrt beförderte der Aufzug die Eisernen und den toten König, den Silbermund abgelegt hatte.

Diesmal brauchte der Übergang weder einen Tropfen Blut noch einen Schlüssel. Es reichte, dass die Hexe vor das Gesicht trat. Die steinernen Augen öffneten sich, und die Lippen verzogen sich zu einem ehrfürchtigen Lächeln. Dann wurde das Antlitz des Mannes ernst. »Es ist eine Ehre, Euch auf die andere Seite lassen zu dürfen.«

Noch während die Leitersprossen aus seinen Schneidezähnen in die Höhe wuchsen, trat die Hexe an die Brüstung des Eiffelturms. In ihrer Hand hielt sie die Uhr des Grafen.

Léo stellte sich neben sie. Unter ihnen glitzerte eine verschlafene Winterlandschaft im Licht der Morgensonne. Doch als die Hexe den Stundenzeiger zweimal über alle Stunden zurückdrehte, wurde das Licht so hell, dass Léo die Augen schließen musste. Als er sie wieder öffnete, lag Paris noch immer schlaftrunken unter ihnen. Der Winter aber war fort. Léos erster Blick ging hinüber zur Kathedrale. Für einen Moment glaubte er seinen Augen nicht zu trauen. Notre-Dame war wieder unversehrt. Als hätte der zerstörerische Hexenzauber in dieser Welt nie gewirkt.

»Auf der anderen Seite reicht meine Stimme, damit die Dinge wieder ihren rechten Gang gehen«, sagte die Hexe. »Ich brauche nur den Sommer zu rufen.«

»Briançon steht kurz vor einem Krieg«, erwiderte Léo. »Und es hat keinen König mehr.«

»Der Krieg kann abgewendet werden. Und Briançon hat eine Königin. Die Schwester seines toten Herrschers. Auch wenn sie erst noch lernen muss zu laufen und sprechen. Aber bis sie zu regieren vermag, kann ein Truchsess vor ihrem Thron Platz nehmen. Ich wüsste schon, wer diese Aufgabe bestens erfüllen kann.«

»Ein Truchsess mit silberner Haut und einer goldenen Zunge?«, meinte Léo, der ahnte, an wen die Hexe dachte. »Oh, er ist der Richtige. Allerdings ist er wenig menschlich. Werden ihn die Leute akzeptieren?«

»Er hat ein Herz. Er ist menschlicher als viele Menschen selbst. Und er hat ein Heer aus eisernen Kämpfern. Ich bin sicher, die Einwohner Briançons werden dies sehr zu schätzen wissen. Doch wenn du dich überzeugen willst, komm ihn besuchen. Du wirst immer willkommen sein.«

Hinter ihnen kletterten die Fernands die Leiter bis zu ihrer Spitze empor. Dann wurde einer nach dem anderen durchscheinend wie Nebel und löste sich auf. Ihnen folgten die Zwerge. Kafir blieb einen Moment zurück und schluckte schwer. Offenbar rang er mit den Worten und zuletzt drückte er kurzerhand erst Hasina, dann Silbermund und Léo und vor lauter Rührung sogar auch noch die Hexe. Dann wandte er sich rasch ab, stieg die Leiter empor und verschwand. Zuletzt ging Silbermund mit dem toten König über der Schulter. »Wir sehen uns hoffentlich bald wieder, Léo«, rief er ihm zu, ehe auch er sich auflöste wie Frühnebel in der Morgensonne.

Die Hexe blickte ihm nach, dann wandte sie sich an Léo. »Wenn du wieder heimkehrst, Léo Mellino aus Briançon, wirst du eine andere Welt sehen. Eine, in die der Sommer Einkehr gehalten hat. In der die Apfelbäume schwer an ihren Früchten tragen. In der sich die Ähren auf den Feldern biegen. Und in der die Tage so lang sind, dass kaum Zeit zum Schlafen übrig sein wird. Bis bald, Herzenmacher.« Sie stellte sich auf die unterste Sprosse der Leiter, die zu Léos Überraschung die Hexe wie eine Rolltreppe hinauftrug. Und noch während sie vor seinen Augen verschwamm, fragte er sich, woher sie seinen Namen kannte. Nun, offensichtlich gehörte dies zu den Dingen, die er sich nicht recht erklären konnte. Er war froh, dass der Zeitzauber funktioniert hatte. Und er war glücklich, dass Hasina und er nun Zeit für ihre Fortsetzung hatten.

Dieses Gefühl blieb auch die kommenden Tage über, auch wenn sich Hasina und Léo für einige Tage trennen mussten. Das Mädchen blieb bei seiner Familie in Paris, während Léo und seine Mutter Frederick zusammen nach Hause brachten. Kein leichtes Unterfangen, denn sein Freund schlief tatsächlich bis zu dem Moment, da sie das Gästezimmer ihres kleinen Hauses erreichten. Kaum dass sein Kopf auf das Kissen gefallen war, erwachte Fred.

»Das war vielleicht ein Traum!«, rief er, als er sich aufsetzte und Léo sah. »Das glaubst du mir nie. Übrigens, was mache ich hier eigentlich?« Er blickte sich verwundert in dem Gästezimmer um.

Die Lügen über einen Sturz unten am Fluss und eine deftige Gehirnerschütterung, die sie Fred unterjubelten, hatte sich Léo schon während der Fahrt nach Hause zurechtgelegt. Und Frederick glaubte sie, auch wenn er später noch manchmal von einem verrückten Traum mit einer wunderschönen Hexe und einem Silbermann darin erzählte.

Léo begleitete seinen Freund schließlich nach Hause, dann blieb er noch einen Tag bei seiner Mutter.

Am nächsten Morgen sah ihn Iza beim Frühstück über den Rand ihrer Trinkschale hinweg prüfend an. »Du solltest bald losfahren«, sagte sie mit einem Lächeln, das wieder einmal aussah, als wüsste sie zu viel. »Sie wartet auf dich.«

»Wer?«, fragte Léo. Selbst in den eigenen Ohren klang der Versuch, so zu tun, als hätte er keine Ahnung, wen seine Mutter meinte, jämmerlich. Er seufzte. »Wir wollen auf die andere Seite. Wirst du dir denn keine Sorgen machen?«

»Ich werde mitkommen«, erwiderte sie und lachte, als sie Léos entsetztes Gesicht sah. »Keine Angst, ich lasse euch in Ruhe. Ich werde ein paar Orte besuchen, an denen ich mit Stéfane glücklich war.« Ihr Lächeln wurde traurig, und Léo stand auf und nahm sie in den Arm. Es hatte sich viel zwischen ihnen verändert. Und alles war nun besser.

Léo fuhr am selben Tag mit dem Zug nach Paris. Noch im alten Auto seiner Mutter, die ihn zum Bahnhof brachte, rief er Hasina mit seinem Smartphone an. Er besuchte ihre Familie, von denen nicht wenige Mitglieder in der Kathedrale gewesen waren. Er kam kaum dazu, sich vernünftig vorzustellen. Kaum hatte er den Fuß über die Schwelle des Hauses gesetzt, wurde er auch umarmt und so heftig gedrückt, dass er fürchtete, ihm würde die Luft knapp werden.

Hasina lachte, während Léo ins Wohnzimmer geführt und an einen reich gedeckten Tisch gesetzt wurde. Es wurde viel geredet und noch mehr gelacht, und während Léo in Paris blieb, musste er oft berichten, was ihm auf der anderen Seite alles widerfahren war. Hasina und ihm blieb dennoch Zeit für ihre Fortsetzung. Es waren schöne Stunden und Tage mit ihr. Sehr schöne sogar. Und wirklich: Kein Hexenzauber hätte sie besser machen können.

Nach einer Woche kehrten sie beide nach Briançon zurück. Léos Mutter erwartete sie, wie vorher verabredet, bereits am Bahnhof. »Ich habe dir ein paar warme Socken eingepackt«, sagte sie, nachdem sie in den Wagen eingestiegen waren und sich auf den Weg zur Kirche gemacht hatten – dem Ausgangspunkt des ganzen Abenteuers. »Vielleicht gibt es auf der anderen Seite ein paar kühle Nächte.« Sie lachte, als sie Léos entsetzen Gesichtsausdruck bemerkte. »Das war ein Scherz. Aber das hier«, sie zog eine außergewöhnlich hässliche Mütze aus dem Handschuhfach des Wagens, »ist keiner.«

Léo glaube, seine Augen würden beim Anblick des Musters zu tränen beginnen. »Die ... die ist ja noch scheußlicher als Kafirs.«

»Das nehme ich als Kompliment«, meinte Iza leichthin. »Immerhin ist das der Prototyp gewesen.« Und an Hasina, die sich das Lachen nicht verkneifen konnte, fügte sie hinzu: »Ich bin gerade dabei, eine dritte zu stricken. Vielleicht hast du Interesse?«

Léo grinste Hasina an und setzte probeweise die Mütze auf. Es war wunderbar, zu Hause zu sein. Ganz egal, wo das war.

Sie mussten ein wenig warten, bis sie ungesehen auf den gesperrten Turm der Stiftskirche steigen konnten. Es war ein seltsames Gefühl, wieder hier zu sein. Wieder hinüber zu gehen. Zweimal schon war Léo diesen Weg von hier aus gegangen. Wie sagte man? Aller guten Dinge sind drei.

Er nahm Hasinas Hand und drückte sie. Ja, diesmal war alles gut.

Als sie schließlich vor dem Gesicht standen, empfing es Léo mit einem Lächeln. »Du schon wieder«, meinte es. »Ein kleiner Ausflug?«

Léo überschlug die Wochen, die er noch frei hatte, ehe die Schule wieder beginnen würde. »Ein längerer«, erwiderte er und steckte ihm den Schlüssel in die Nase. »Ich habe meinen Werkzeugreicher auf der anderen Seite vergessen. Und außerdem habe ich gehört, der Sommer dort soll dieses Jahr besonders schön sein.«

»Das habe ich auch gehört«, erwiderte das Gesicht. »Tretet hinüber, Einwohner und Freunde Briançons. Ihr werdet bereits erwartet.«

Wolfgang & Heike Hohlbein
Laurin

400 Seiten
Hardcover mit Schutzumschlag
ISBN 978-3-7641-7058-5

 Auch als E-Book erhältlich!

Die Geheimnisse unter der Erde

Bei einem heftigen Erdbeben im alten Bergwerk werden Laurin und Dietrich vom Rest der Ausflugsgruppe getrennt und in einem Gang verschüttet. Auf der Suche nach einem Ausgang geraten die Jugendlichen immer tiefer in die Eingeweide des Bergs. Alsbald entdecken sie merkwürdig leuchtende Steine, einen unterirdischen See und, tief im Bergesinneren, eine Stadt, in der Zwerge wie Sklaven gehalten werden. Rettung ist weit und breit nicht in Sicht. Doch seitdem sie die leuchtenden Steine berührt hat, geht eine seltsame Verwandlung mit Laurin vor. Bald zeigt sich: Die abenteuerliche Reise durch die märchenhafte, bedrohliche Welt führt zu dem Geheimnis ihrer eigenen Herkunft ...

www.ueberreuter.de
www.facebook.com/UeberreuterBerlin

Akram El-Bahay
Henriette und der Traumdieb

400 Seiten
Hardcover
ISBN 978-3-7641-5112-6

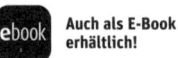 **Auch als E-Book erhältlich!**

Wenn Träume verschwinden ...

Keiner träumt wie Henriette. Jeden Morgen erinnert sie sich klar und deutlich an die Abenteuer der vergangenen Nacht – sogar herbeiwünschen kann sie ihre Träume. Doch eines Tages schlägt ein Traumdieb zu. Jede Spur von dem letzten Traum ist wie ausradiert. Obwohl der alte Buchhändler Anobium sie warnt, beschließt Henriette, den Dieb zu suchen und zur Rede zu stellen. Ihr Weg führt sie durch schöne und böse Träume, in die heiße Wüste, in den finsteren Wald der Alben und zu einer Tür, hinter der etwas Schreckliches lauert ...

www.ueberreuter.de
www.facebook.com/UeberreuterBerlin